LOCUS

LOCUS

LOCUS

LOCUS

catch

catch your eyes；catch your heart；catch your mind……

catch 67 滴淚痣

作者：李修文
責任編輯：葉亭君
美術編輯：何萍萍
法律顧問：全理法律事務所董安丹律師
出版者：大塊文化出版股份有限公司
台北市105南京東路四段25號11樓
www.locuspublishing.com

讀者服務專線：0800-006689
TEL：(02) 87123898　FAX：(02) 87123897
郵撥帳號：18955675　戶名：大塊文化出版股份有限公司

總經銷：大和書報圖書股份有限公司
地址：台北縣三重市大智路139號
TEL：(02) 29818089 (代表號)
FAX：(02) 29883028　29813049
製版：瑞豐實業股份有限公司
初版一刷：2003年12月

定價：新台幣320 元
ISBN986-7600-21-5
Printed in Taiwan

滴淚痣

李修文 著

目錄

上窮碧落下黃泉　兩處茫茫皆不見

——白居易〈長恨歌〉

第一章　花火

一隻畫眉，一叢石竹，一朵煙花，它們，都是有來生的嗎？短暫光陰如白駒過隙，今天晚上，我又來到了這裡，走了遠路，坐了汽車，又換了通宵火車，終於來到了這裡，被煙火照亮得如同白晝的新宿御苑。在我耳邊，有煙花升上夜空後清脆的爆炸聲，有孩子興奮的跺腳聲，還有癲狂的醉鬼將啤酒罐踢上半空的聲音，但是，扣子，藍扣子，沒有了你的聲音，沒有了，再也沒有了。

我是摸黑進來的，進來之後，也不想和眾人擠在一起湊熱鬧，就想找個幽僻的地方坐下來，抽支菸，喝完手裡的啤酒，再和我抱在懷裡的你隨意談些什麼。可是，御苑裡的人太多了，不久前又下過雨，草地上太潮濕，我怕你著涼，正在茫然四顧之際，看見了一棵低矮但堪稱粗大的櫻樹，計上心來，便乾脆抱著你爬了上去，坐下來，繼而躺下去——即便此時也沒忘記給自己找個舒服的姿勢——扣子，如果你還活著，一定又會厲聲呵斥我是惡霸地主轉世了吧？

可惜你已經不會再說一句話了。

你已經死了，化為一堆粉末，裝進一個方形盒子，被我抱在懷裡了。

躺在葉簇如雲的樹叢裡，喝下一口啤酒，我就難免猜想起你會怎樣訓斥我，想著想著就不敢再往下想。如果我沒猜錯，你一定會順手抓過可以抓到的任何東西朝我砸過來：「不要問我，我是聾子，是啞巴，什麼也不知道！」時至今日，即便在此刻，一想起這句話，我也竟至於手足冰涼。迷離之中，心裡一緊，險些從樹冠裡栽倒在草地上。

我也有些醉了。我已經喝了七罐冰凍啤酒，手裡還拿著第八罐。冰涼的風從東京歌劇城、都廳大樓和高島屋時代廣場這些摩天大樓之間的空隙裡吹拂過來，穿過御苑上空的煙花，穿過此起彼伏的興奮尖叫聲，降臨在我拿著冰凍啤酒的右手上，使涼意更加刺骨，我也唯有豎起衣領而已。

可是，扣子，我還是想問，我怎麼會走到這裡來了呢？我明明記得自己是要去秋葉原，而不是這裡，實在想不通，我的腳怎麼會把我帶到這裡來。上午九點，在新宿警視廳，我從一個年輕員警手裡接過了裝著你的那個方形盒子，抱著，我便上了山手線電車，滿東京亂轉，什麼也不想，只看著車窗外的東京發呆。終了，臨近十二點，我又在新宿站南口下車，在光天化日之下閉著眼睛往前走，全然不怕滿街疾駛的汽車。那一刻之間，我眞正是對世間萬物都不管不顧了。扣子，我不敢睜眼睛，原因你自然知道：我閉目走過之地，即是你灰飛煙滅之處。

我的手裡還一直攥著一張落款爲新宿警視廳的信紙，都已經快揉爛了：

本年度八月二日，新宿車站南口發生車禍，一不明身分女子當場死亡。遺物爲一只亞麻布背包，包中計有手持電話一只、現金三百五十元、衛生棉一袋。因該女子手持電話中儲存有閣下電話號碼，特致函閣下核實該名女子身分，熱忱期待閣下回音。

後來，在從新宿開往成田機場的機場班車停靠站臺附近。我感到自己有些累了，便背靠大街上的柵欄席地坐下。對面是一堵牆壁，在我和牆壁之間不斷有人來來往往，即使閉著眼睛，我也能感覺出來來往往的人經過時在打量我。是啊，他們定然奇怪眼前這個年輕的流浪漢爲什麼會手捧著一只骨灰盒。但是我都不管了，扣子，說來你也許不會相信，此刻我竟想大睡一覺——不如此，就有一股看不見的魔力逼迫我回頭，好好去看一看你灰飛煙滅的地方，那地方離我不過兩百米而已。可是，我根本就不敢看！

我只能故技重演，就像過去我無數次對付過你的那樣，表面上看起來不動聲色，腦子裡卻在神遊八極：從莫高窟岩畫到亞馬遜熱帶叢林裡的猩猩；從太平洋上的一艘白色輪船到遙遠的白堊紀山崗上的一只恐龍蛋；再從水彩畫般的普羅旺斯小鎮到銀河系裡孤獨巡遊著的大小星球。每每這樣，儘管你說的話也會飄進我的耳朵，但我只需稍加留心，就不會讓腦子裡的所想被你的話帶走。

當然了，這些你都是知道的。我根本就沒有任何祕密可以瞞得過你。

如此一來，在光天化日之下，我竟眞的抱著你睡著了。

現在想起來，莫不是我睡著的時候你給我托了夢——你從那個最陰冷最孤單的地方偷空跑出來，來到新宿車站的南口，把嘴巴湊到我的耳朵邊上：「還是到御苑裡去看看吧。」於是我就來了。是這樣嗎，扣子？

回答我吧，扣子。既然敢斗膽相問，我就不怕你的懲罰，沒什麼大不了的嘛，儘管抓住你隨手可以抓住的所有東西朝我砸過來，我全然不在乎，反正我已經醉了。

是啊，我醉了，而你也已經死了。

有夢不覺夜長，躺在樹冠裡的我沒有夢，但是也沒覺得夜就多麼短。扣子，我抱著你，懶洋洋地打量著漫天的花火，懶洋洋地打量著那些被漫天花火照亮的臉，漸漸地，突然發現花火會已經行將結束了，意猶未盡的人們正在陸續退場，漫天的花火也在我不注意的時候由繁華轉爲了寂寥。那麼，我又該去往何處呢？

——自然是繼續在東京城裡遊蕩下去，一直到給你找到下葬的地方爲止。

也只有到了此刻，我才在朦朧中意識到今天似乎是一個節日，對了，假如我沒猜錯，今天應該是日本人的「月見節」，大致和我們的中秋節差不多。總之是別人的節日。在茫茫東京，世間萬物大概都是屬於別人的，屬於我們自己的唯有我們的身體。

不要訓斥我，我這個說法一點錯都沒有：無論你如何糟蹋自己的身體，它也屬於我。我無法不想起我們初來新宿御苑，曾經在這裡撿了一個擺地攤的人遺落的手銬。並不是一般的手銬，而是擺在情趣用品店裡那種專供閨房之用的情趣手銬，裹著一圈皮毛。那天還下著大雪，你倒是什麼也不管，被我的三言兩語惹惱之後，乾脆就用那只手銬將我銬在了櫻樹林邊的長條椅上，銬了我一個下午。

在表參道的婚紗店裡，一天晚上，這只手銬再次派上過用場。此前幾天，也是在新宿，在那家名叫「松花江上」的歌廳裡，你剛剛用刀子刺傷了一個人的臉。儘管隱約知道這會讓我們接受多麼嚴重的後果，但是那天晚上，我們將不快和隱憂全都拋擲在腦後。擺完地攤，回到我們的寄身之地婚紗店，我們做愛了。

屋外颳著風，雨點也輕敲在屋頂上。在地鋪上，在被子裡，你的舌頭就像一條小蛇般和我的舌頭絞纏在一起。我無法再壓抑住，側過身去，怕壓著你，還有你肚子裡的孩子，就蜷在一邊，將頭埋進你的雙乳之間，去親你的乳頭，去聞你乳溝裡的體香，不覺中，我的手已從你的小腹處向下游移了過去，越過濕潤的毛叢，停下來。你一陣哆嗦，失聲呻吟著緊緊夾住了我的手；突然，你「啊」了一聲猛然坐起來，將我推翻，也去親我的耳朵、眼睛和那顆滴淚痣。我看著你，急促地喘息，你也看著我，喘息聲比我更重。

還是在突然之間，你從地鋪上站起身來，赤裸著身體跑到樣品室裡去。我只能聽見你在翻箱倒櫃，就閉上眼睛等著。一小會之後，你拿著一只手銬跑過來，二話不說就把我銬在旁邊的置物架上。之後，你坐到我身上，我們開始做愛，我使出全身力氣配合你，你也同樣，嘴巴裡一直在喊著什麼，我聽不清楚，我們流出的汗很快就打濕了已經變得皺巴巴的床單。後來，每次起落之間，你問我：「愛我？」

「是的。」

「再說一次。」

「是的，我愛你。我愛藍扣子。」

「是我一個人的？」

「是的，我是藍扣子一個人的。」

高潮來的時候，你再也支持不住，頹然朝我的胸口上倒下，身體在激烈地顫慄，雙乳也在我的胸口上跳動。我知道，那其實是你的心在跳。

你不抬頭，頭髮垂在我臉上：「我這一輩子，除非你每天和我睡在一起，否則我每天都不會放過你。」

可是，也有過這樣的時候：在秋葉原的那間公寓裡，我們做愛的時候，你將那只手銬遞給我，命令我把你銬在床頭上，我依言而行；之後，你一邊使出全身力氣來配合我，一邊卻再次對我發號施令：「快，用巴掌抽我！」

「……」一時之間，我不知所措了，停下來看著你。

「快抽啊！對一個婊子有什麼好客氣的？」

我頓時癱軟下來。側過身去，在你身邊躺下，點上一支七星菸，儘管身體裡就像有一股滔天巨浪在翻湧不止，但是終了卻一句話也說不出，只是赤身裸體地和你並排躺在一起，瘋狂地盯著頭頂上的天花板發呆。良久之後，悲從中來，赤身裸體地起床，在黑暗中掀開窗簾，看著窗外的滿城燈火，每逢此時，我的心裡都會湧起一股如此致命之感：我越把你摟得緊，就會感到你離我越遠。

必須承認，我無時不在希望有一個人來幫幫我，擋住你的去路：果有此人，他就是我的萬歲萬歲萬萬歲。

扣子，已經是後半夜了，新宿御苑總有關門的時候，我也已經從御苑裡的櫻樹樹冠裡下來，出了門，走在此前從未踏足過的一條小巷子裡了。

下起了雨，我倒是仍然走得不緊不慢。我希望一出這條巷子就能給你找到一個下葬的地方，但是我也知道，不會有那麼容易的事情。不要緊，扣子，反正我有的是時間，你也有的是時間，再也不用工作，再也不用害怕追捕你的那些人了，你大可以心安理得。那麼，我們就一路走一路聊著吧，累了就找地方坐下來歇一歇。對了，你要是不想聽我說了，就乾脆閉上眼睛睡覺，怎麼樣？

不過，暫時我還不想歇一歇，也不想讓你睡覺，我還想和你說說畫眉，對，你沒聽錯，是畫眉。

現在我的眼前就有一隻畫眉。一隻使我竟至於全身顫慄的畫眉。

無論何時，我相信自己都不會忘記記憶裡的一隻畫眉——

那大概是在我們搬去秋葉原之後不久，一天晚上，扣子鬱鬱寡歡，我就逼著她和我一起去看電影。原本是想一起看場恐怖片，但是從秋葉原一直跑到新宿，也沒有電影院放恐怖片。好歹發現東京歌劇城對面的一家華人開的電影院裡正在放周星馳的電影《唐伯虎點秋香》，倒也將就，便徑直進去了。一進去才發現，裡面的人竟然爲數不少，大概也是如我和扣子一般的中國人，笑聲此起彼伏。扣子也哈哈大笑，但是，她總是在別人都不笑的時候突然大笑起來，唯一合上別人拍子的笑聲發生在這一時刻——螢幕上的唐伯虎被關進柴禾房之後，秋香偷偷前去探望，就像今天的記者採訪般問唐伯虎：「作爲江南四大才子之首,你是否經常會感到很大的壓力?」一言既出，我自然忍俊不禁，扣子也大笑著一聲聲地說著「靠」，一聲聲地說著，「眞是I服了You!」

就在我笑著看她的時候，她卻收住笑轉而問我：「這位客官，喜歡上一個婊子，你是否會經常感到很大的壓力?」

一下子，即便眼前並沒有鏡子，我也可以感覺出我臉上的笑意全都凝結住了。但是扣子卻沒有，她繼續在哈哈大笑，笑得眼眶裡流出了眼淚。我沒有絲毫怪罪她，而是發瘋般緊緊攥住了她的手，隨即，將她摟進自己的懷裡。

即便將她摟進懷裡好一陣子之後，我仍然能感覺出她的身體在輕輕但卻是激烈地顫抖。

從電影院裡出來，天上下起了小雨，因爲小，竟至於若有若無。反正也不想回秋葉原，就在新宿地界信步閒逛著，我從自動售貨機裡買來兩罐啤酒，各自一罐。行至東京都廳大樓前的樹蔭裡，我正灌下一口啤酒後懶洋洋地打量著這座形似教堂般的摩天高樓，「哎呀——」身邊的扣子叫了起來。

「怎麼？」我心裡一驚，趕緊掉轉身來看她。

也就是在此時，我見到了永存於記憶中的那隻畫眉，它就蜷縮在扣子的肩膀上。似乎是從一棵櫸樹上飛來的。可是，實在奇怪，可供它停靠的地方那麼多，它怎麼就單單飛到扣子的肩膀上來呢？我暗自詫異著。扣子倒是立刻把它捧在了手裡，對我興奮地叫喊起來：「你快看呀，你快看呀！」

她終於眞正地高興起來了。

捧在手裡之後，她的驚奇和激動都難以自禁，眼神裡滿是孩子般好奇的光，像是捧著什麼奇珍異寶般東看看西看看，也不管我了，兀自說：「眞是邪了門兒了。」

「眞是邪了門兒了。」京片子，她的話裡流露出了標準的北京口音。我非常喜歡聽她這句話：「眞是——邪了——門兒了。」我心裡一動，想伸出手去摸摸她的頭髮。她的頭髮染得黃黃的，在微光的襯照下，使我莫名其妙地想起了夏天原野上的麥穗。

想起來，這都好像是昨天的事。

這麼長時間以來，當我偶爾想起這個下著小雨的晚上，就一定會先想起那隻畫眉，繼而便是扣子黃黃的頭髮。我還記得，似乎在我們捧著畫眉要去坐電車回家的時候，在我們的遠處，從犬牙交錯的摩天高樓之間升起了幾朵煙花，兀自上升，兀自綻放，又兀自熄滅，似乎根本就沒把小雨放在心上，也彷彿這短暫的過程就是它們的命運。

今天，此刻，我又見到了一隻畫眉，牠就站在我身邊的一座自動售貨機的頂端，蜷縮著，似乎是受了傷，再也飛不起來了。扣子，假如你在天有靈，能否告訴我，這一隻是否就是永存於我記憶中的那一隻？

你總歸是不說話了。

呵呵，扣子是個啞巴，扣子是個啞巴。

在秋葉原的那間公寓裡，你曾經逼著我用油漆寫滿了整整一面牆——「藍扣子是個啞巴」。

那也是一隻受傷的畫眉。事實上，那天晚上，扣子捧著那隻畫眉剛剛往前走了幾步，我們就一起發現它的左腿上正在淌著血，「呀！」扣子叫了一聲，又對我說，「走，趕快去給它買藥！」於是，我們一起急步朝前走。但是穿過了好幾條街道之後，並沒有找到一家藥店。夜已經很深了，接連穿過幾條巷子，路上都沒有什麼了，在不夜城的東京，這倒是很少見的事情。「難道今天又是一個什麼節日？」想起剛才天空裡的幾朵煙花，我便在心裡嘀咕了起來。沒辦法，日本就是這麼奇怪的國家，奇怪之一，就是名目繁多的節日堪稱亞洲之最。沒有辦法之後，我們只好坐ＪＲ電車回秋葉原。所謂ＪＲ電車，全稱是Japan Rail，亦即日本國立鐵路公司。我們住的那條巷子口上是有幾家藥店的，此時應該還沒關門。在電車上，扣子的臉緊緊貼在車窗玻璃上。玻璃、玻璃外面一閃而過的霓虹、玻璃上的水珠，還有扣子的臉，使我眼前一陣迷離，也許這就是「不知今夕是何夕」之感吧。扣子在想什麼呢，一句話也不說，倒是她手裡的畫眉，好像終於緩過勁來了，有了幾分力氣，便想跳出扣子的手掌心。也可能是因為恐懼，它掙了幾下，就不掙了，安靜了。

「喂。」她叫了我一聲。

「怎麼？」

「湊近點。」

我便朝她湊過去，近得不能再近了，她才一隻手捧著畫眉，一隻手湊到我臉上，用一根手指定在我眼睛下面的那顆痣上，其實，這顆淡淡的痣不是很注意根本就無法清晰地辨認出來，她的臉上也同樣有這樣一顆。

「我看過卦書了。」她說，「長我們這種痣的人，卦書上說得好乾脆。」

「怎麼說的呢？」我的腦子裡不再有不相干的畫面了。

「只有十四個字。」她抬起頭，喝完最後一口啤酒，告訴我，「一生流水，半世飄蓬，所謂孤星入命。」

停了停，她又補充了一句：「這是卦書上的原話，我一個字都沒記錯。卦書是我上午去吉祥寺那邊找工作的時候在一個中文書報攤上看見的，你不信可以自己去看。那個書報攤離井之頭公園的大門不遠，台灣人開的。」

其實，一直到此刻為止，我才知道她一整天的鬱鬱寡歡所為何事，也只嘆息著伸手去摸了摸她的頭髮。

從秋葉原車站出來，穿過站口花壇裡的一叢石竹，扣子突然停下了，眼睛直盯盯地看著那叢石竹，突然問了我一句話。

我大概是一輩子也不會忘記這句話了。

「畫眉，這些石竹，還有剛才那些煙花，都是有前世的嗎？」停了停，她接著說，「要是眞有個前世的話，我倒想看看自己上輩子到底犯了什麼罪，這輩子才會混得這麼慘，呵。」我也想問問你，扣子。我從來沒忘記你問我的這句話。我沒有回答你，也回答不出來。倒是今天晚上，我想問問你，我的問題有關我們的來生，只是你也同樣不可能回答我了，你已經死了，而且，直到現在，你仍然死無葬身之地。

我還記得，那天晚上，在巷子口的藥店裡買來創可貼給畫眉貼上之後，你攤開手掌，將它放走了。但是我們還不想回去，就站在過街天橋上發呆，突然，你把我往天橋下推了一把，我一驚，接連往後退了幾步，你就咯咯咯地笑著對我說：「開個玩笑而已，怎麼樣，還是怕死吧。別怕死啊，放心，你死了我會找塊好地方埋你的。」

扣子，一想到這裡，我就忍不住想笑，可是又不能笑，一笑就有眼淚湧出來。

最後一班電車。雨雖然止住了，但寒意卻在逐漸加深，地上也生起了彌天大霧，儘管還是八月的天氣，夜深之後，如果不加衣服，也難免會打冷戰。這個自然是不用我多嘴的，對東京的天氣你要比我瞭解得多。如果你還活著，看見我不加衣服，一定會呵斥我的吧。沒辦法，大千世界，茫茫東京，偏偏就只剩下我一個人了。

再也沒有人做出一副凶相來命令我加衣服了。

就彷彿有一隻看不見的巨手在冥冥之中安排著一切，昔日重現：今天晚上，我又捧著一隻受傷的畫眉坐上了最後一班電車，只是你再也不坐在我的身邊了，而是化爲一堆粉末被我捧在了手裡。

扣子，我沒死過，也不知道自己到底怕不怕死。你已經躺在了那個地方，那麼，你怕嗎？你說假如我死了，你會給我找塊好地方埋下去，我絕對相信，你總是比我有辦法。可是，現在要去找塊好地方的是我，我也不知道能不能給你找到一塊好地方；我從北海道來到東京，爲的就是要給你找這麼一塊好地方，無論如何，請你保佑我。

扣子，我還想問你一個問題：一隻畫眉，一叢石竹，一朵煙花，它們，都是有來生的嗎？我不問它們的前世，我只問它們的來生。呵呵，你又要戳穿我的陰謀詭計了吧。是的，我其實是想問你和我的來生。在來生裡，上天會安排我們在哪裡見第一次面？是在中國，還是在日本；是在東京秋葉原電器街附近的那條巷子，還是在遙遠的北海道富良野？

上天還會讓我們來生再見嗎？

第二章　起初

除了眼角上的滴淚痣，我的左手上還有一道淸晰的斷掌紋，在中國繁多的卦書寶典裡，無一例外，它們都被認定爲不祥之兆。很湊巧，這兩種不祥之兆竟集聚在我一人之身，那麼，關於我從來沒見過親生父母這件事情，大概也是命中注定的吧。

我倒是確實有父親的，那是一個不可思議的男人，只可惜，我年僅八歲就已經知道他並不是我的親生父親，沒有辦法，我成熟得實在過早了。假如下輩子我仍然一出生就遭遺棄，仍然在醫院門口被那個具有不可思議的透明感的男人抱走，我希望自己不要再從那麼早就開始懂事。

現在想起來，我的養父實在奇妙，我還有這種記憶：當我還是個孩子的時候，他經常把我最希望得到的玩具藏在我最想不到的地方，然後不動聲色地吩咐我去做一件事情，當我跑到他吩咐的地方，往往第一眼就看見了我最希望得到的玩具。當然，這些玩具無非是他自己用紙疊成的風車、用木頭削成的陀螺之類。那時候，他還很窮，他自己根本就無法想像後來的他會有那麼多錢，最終，因爲這些錢，他也送了命。

有一次，那大概是我和他悠忽不見好幾年之後的一天，他來我的學校看我，帶我去一家不錯的餐廳吃飯。在餐廳門口，我們看見了一個乞丐，他盯著那個乞丐看了好久之後，突然就哭了，除了留下吃飯的錢之外，他把其餘的錢都給了那個失去雙腿的年輕乞丐。

他是一個經常淚流滿面的走私犯。

那時候，我仍然待在他當初把我抱回家的那座城市，而他已經去了南方某個中等城市。其間，他平均半年給我寄來一次生活費；偶爾，遇到他順路，他也會到我念書的那家戲曲學校來看我，或者派人來把我接到他住的賓館裡去洗澡、吃飯。我當然也會驚訝，常常猜不透他怎麼會變得如此有錢，也不知道他在南方的那個中等城市裡到底在忙些什麼，只知道他像當初一樣愛流淚。有一次，我到他住的賓館裡洗澡，當我洗完後從盥洗間裡出來，看見一屋子的人在高聲談笑著打撲克，而他卻一個人坐在角落裡的沙發上對著電視流眼淚：電視裡正在放著一個流落在中國的韓國慰安婦，離別家鄉幾十年後重新回家，給死去的弟弟上墳的故事。

對於我當初的選擇——捨棄上高中，以至於將來不能夠上大學這件事情，他多少有些不滿意，但他從來也沒有說過我什麼，他倒是經常奇怪我怎麼如此著迷於戲曲和寫作——我在戲曲學校學的是編劇專業。我常常能從他的眼神裡看出他對我的疑惑，但我既然沒有解釋，他也就不問。

在我快要從戲曲學校畢業之前的一天，有個人到學校來找我，告訴我，我的養父已經死了，這時我才知道，他其實一直在南方走私汽車。不久之前的一個晚上，他們的船在海上被緝私隊攔截了，他在倉皇中跳進了海水，但是他根本就不會游泳，於是就溺死了。自從他去南方之後，幾年裡便與我一直疏於聯絡，其實是他不想讓他的事情有朝一日連累到我。

「不過，一年多前他就爲你準備好了這個。」來找我的人從包裡掏出一張存摺遞給我，「這上面的錢是他用你的名字存的。」

這張存摺上的錢，假如我仍然待在這座城市哪兒也不去，足夠我充裕地活上十年。

那時候我還根本就不知道有一天會來日本。當天晚上，我作爲唯一的親屬被來找我的人帶到了南方那個中等城市，然後，我一個人去緝私隊領回了他的骨灰盒，把骨灰盒帶回了我最初和他相遇的城市，安葬在郊區的公墓裡。我一直蒙他照顧，在這個城市裡並不認識什麼人，更不認識公墓的人，付了錢後，只好聽憑他們把他埋在一塊水窪邊。水窪旁邊是一座土丘，正好將他的墓遮掩了，不仔細就不容易找見它。不過，這樣也好，我想，經常有鳥飛到水窪邊來喝水，葬在這裡他畢竟可以經常聽見鳥叫聲。

那段時間我是怎麼過來的？現在想起來，大概也和以往差不多，不過我喝啤酒的習慣就是在那個時候養成的。半夜裡，我大汗淋漓地從悶熱的蚊帳裡醒來時，總是會呆坐在床上想起他。我一個人輕手輕腳地走出寢室，又從走廊上一扇損壞的窗子裡翻下樓，再翻出學校的大門，買幾罐啤酒，回到學校裡，在足球場邊叢生的雜草裡坐下來喝，經常是這樣：喝著喝著，天就亮了。

畢業後沒幾天，我還沒去接收了我的一家小劇團報到，仍然住在學校。一天下午，我單獨一人去看一場日本武藏野默劇團的訪問演出。散場後，我坐上計程車回學校，突然聽到電臺裡正在播一則留學顧問公司的廣告，「那麼就這樣吧。」在計程車裡我對自己說，「我就去留學吧，去日本。」

三個月後，當我背著兩包簡單的行李從北京出發，最終站到東京成田機場出口處那幾扇巨大的玻璃門前時，我不禁懷疑這一切是不是真的。經常聽見有人說「像做了一場夢一樣」，說的大概就是此刻如我般的情形。

儘管我一句日語也不會說，但是由於我在辦留學手續時所出費用不低的關係，我還是順利地被一家大學的語言別科錄取了。以通常的情形來看，和普通語言學校相比，語言別科的學生被本校大學部錄取的機會要大得多；另外，在留學顧問公司的安排下，我在到日本的同時就得到了一份中文家庭教師的工作，實在要比許多初來日本的人幸運得多。

我被安排在東京市郊吉祥寺地區的一處破落莊園住下。關於我住的房子，實際上是一位中產業主在七〇年代蓋來專門出租給學生的。時至今日，這座取名爲「梅雨莊」的莊園雖說已經破敗，倒還不失小巧和精緻；內有小樓六幢，每幢小樓分爲三層，每層各有一間寢室、一間廚房和一間盥洗間，我就住在離梅雨莊院門處不遠的一幢小樓的第一層。我的室友，是一個和我一樣來自中國的碩士生，名叫阿不都西提，新疆人，卻自幼生活在天津，從來沒去過新疆。

我來東京後認識的第一個中國人，就是阿不都西提。當我從成田機場巨大的玻璃門裡走出來，茫然不知往何處去的時候，其實已經看見了他。但因爲他的新疆人臉孔，我一時還是把他當成了西方人，他卻一眼就認出了我，說著熟練的漢語問我：「北京下雨了嗎？」那時候，東京正下著瓢潑大雨，天地之間一片陰沈。

給我辦留學手續的顧問公司，實際上在日本的合作夥伴正是梅雨莊的主人。我來東京的那天，這位中產業主的手下人打電話給阿不都西提，問他願不願意去機場接我，報酬是一千日元，阿不都西提當即答應下來。所以，當我們坐上從機場開往市區的機場班車，阿不都西提笑著對我說：「我的報酬是從你辦手續時花的錢裡支付出來的。沒想到吧，你來日本後的第一筆錢就被我賺了。」

我馬上就喜歡上了他，這個從小生長在天津、東京大學在讀的農林碩士有一排潔白得足以使人耀眼的牙齒。在機場班車上，想起以後與阿不都西提同居一室，我不由感到高興。

如此這般，我就算在梅雨莊這個「沙家濱」①住下來了。每天早上坐電車去學校上課，下午回

① 編按：「沙家濱」爲湖南陽澄湖畔的小鎮，因京劇樣板戲《沙家濱》而聞名。劇中歌頌新四軍與中國人民同心抗戰的輝煌戰績。

家看書聽音樂，當然只能聽電臺裡的音樂；每周三和周六的晚上則要坐電車去品川，給一個剛上大學名叫安崎杏奈的女孩子教中文。我的日語當然不夠好，或者說，我根本就沒好好念過日語，也不知道爲什麼，眞的到了日本，我學日語的願望反倒不怎麼強烈了。

在日本，我甚至想寫小說了。小說，當我還是戲曲學校的學生時，曾經寫過一些，後來漸漸疏淡下來。現在，在東京，寫小說的欲望倒是時而強烈起來，非常強烈。

阿不都西提教了我一些對付生活的好辦法，使我在不懂日語、甚至懶得去猜測對方說什麼的情形之下，尙能勉強應付生活裡的不便。比如坐電車，以從品川到上野爲例，他告訴我，其間一共要經過八個站，「你只要數數就行了」，於是，一上車我就開始數數，數到電車第九次停在一處站臺上，我就徑直下去，那准保就是上野車站。依照阿不都西提教我的辦法出門，竟然一次也沒出過什麼差錯。

關於我的學生，那個名叫安崎杏奈的日本女孩子，我必須承認她的可愛。當聽說我的學生是一個妙齡少女之後，阿不都西提對杏奈抱以了強烈的好奇，再三追問我：「她可愛嗎？」

「嗯，可愛。」我已經記不清楚自己是第幾次對他重複這句話了。

「那麼，下次，找個機會讓我也見見她？」他也仍然一再重複著那個對我提起過好多次的請求。

「嗯，好吧。」我再次認眞地答應了他，但是說實話，我不知道什麼時候能夠讓他實現這個願望。

和從前一樣，阿不都西提興奮了，對我說起了他的計畫：「要不下次你請她來我們這裡玩，我們燒中國菜給她吃，我還可以給她做手抓羊肉。哦，不過你放心——我是不會耽誤你們的，吃完了我馬上就出去，房子和時間都留給你們。」

「想什麼呢你！」我笑著回答他。

阿不都西提，這個二十八歲的小夥子有著別人難以想像的天眞，他瘦削的身材、古波斯人的臉孔和一排濃密的胸毛，正好是我最欣賞的男人的那種美，我想女人對這種男人的感覺也大抵差不多吧，可是很奇怪——「我還是個童男子。」他對我說。

看著阿不都西提，我經常會想起遙遠的唐朝。在一片無垠的沙漠中，一位年輕而英俊的使節率領一支龐大的馬隊行走在烈日之下，雖說風沙瀰漫，但他的一襲白袍卻一塵不染。他坐在汗血寶馬上，一邊行走，一邊往嘴巴裡灌下鮮紅而甘醇的葡萄酒；在他身後的馬匹上，端坐著他送給大唐君王的禮物：堆積成小小山丘的奇珍異寶和豐滿妖嬈的鮮衣胡姬。

每當我眼前出現這一幕，我都能很快地確認，那位年輕而英俊的使節就是長著一張阿不都西提這樣的臉。只能是想像。阿不都西提的眞實情況卻是：除了身爲東京大學在讀的農林碩士之外，他還是三份短工的擁有者——建築工地上的油漆工、一家私立醫院的守夜人和他導師急需資料時的助手，後一份工作還時有時無，畢竟他的導師也不總是急需資料。

他每天早出晚歸，所以，我們能坐在一起交談一下的時候，差不多都是夜裡十二點都快過了的時候。

「老實說，你和多少女人做過？」

「兩三個吧。」這我倒說的是眞話，只有兩三個，其中應該還有一個我們從來就沒有眞正做成功過。

「做愛，那種感覺，到底是種什麼樣的感覺？」

「也沒太大的意思。」我說，「很虛無，非常辛苦地做完之後，當你點上一支菸，會覺得做愛的快感並不比抽支菸大多少。」

「這，怎麼可能呢？」阿不都西提滿面狐疑地看著我，眼睛裡卻很清澈，絕對沒有一個成年人的渾濁，或者說沒有一個成年人的複雜，「你肯定是在騙我。」

「不相信的話，你可以自己去找機會試試啊。」我說。

阿不都西提卻有點不好意思地笑了起來，臉上隱約有一絲紅暈：「去年冬天的時候，我生了場肺炎，很嚴重，覺得自己好像就要死了，突然特別想做愛，要不然死了後陰曹地府的閻王都有可能笑話我的吧，我想。其實倒不是怕別人笑話，就是特別想做愛，於是就打電話找了應召女郎——」

我注意地聽他講著自己的事情，沒插嘴，不時喝兩口啤酒。

「掛下電話，我大概在這間屋子裡等了一個小時。很奇怪，這一個小時我突然緊張得覺得天都快要塌下來了，摸摸這裡，又摸摸那裡，情緒還是沒辦法平靜下來，我只好去沖個冷水澡。你想想，一個得了肺炎的人去沖冷水澡，不是不想活了嗎？我一邊沖一邊對自己說，『我就要做愛，死了也要做』。後來，沖完澡，我終於覺得好過了一些，心裡也沒那麼慌張了，可是，當我坐在榻榻米上，我突然發現自己不知道什麼時候哭了。」

「你沒想到我這麼好笑吧？」講到這裡，阿不都西提停下來問了我這麼一句，他問得倒有幾分認眞，全然不是故意去揶揄自己的那種語氣，像是一個犯了錯誤後又不知道錯誤犯在哪裡的孩子，認眞地對父母說著「事情本來就是這個樣子的呀」之類的話。

「怎麼會呢，你接著說吧。」

「當然，也不是眞的哭，就是鼻子發酸那種感覺。這時候，門鈴響了，門外響起一個女孩子的聲音——『對不起，打擾了。』那個女孩子一邊按門鈴一邊說，是標準的日本式禮節，也是標準日本女孩子的語氣。可是，你猜，我聽到這個女孩子的聲音之後怎麼樣了？」

「怎麼樣了呢？」

「我跑了，從盥洗間的窗子裡翻出去了。」說到這裡，阿不都西提從榻榻米上站起來，走到窗子前，推開窗戶，把我也叫過去，指著窗外的一排市內電車鐵軌說，「看到這排鐵軌了吧。當時，我就站在那排鐵軌上緊張地朝房子這邊望，耳朵還能聽見那個女孩子按門鈴的聲音，也能繼續聽見她還在說著『對不起，打擾了』。過了一刻鐘吧，那個女孩子從梅雨莊裡走了出來，不過，她好像並沒有多麼懊惱，大概這種事情她也見得多了。她看上去怎麼也無法和我想像中的應召女郎對上號，一點也不妖冶，還可以算得上清純，年紀並不大，嘴巴裡嚼著口香糖，耳朵裡塞著隨身聽的耳機，一邊走，腦袋和身體還一邊隨著隨身聽裡的音樂節拍有節奏地動著。

「我跟住了她，我想看看她到底是誰，過著怎樣的生活。說起來。眞有點鬼使神差對嗎？她像是住得並不遠，因爲路過車站的時候她沒有上車，可能也正是這個原因，應召公司才派她來。就這樣，我一邊跟著她往前走，一邊猜測著她的性格啊內衣的顏色啊什麼的。她的性格應該是有些暴躁的，一些隨意的小動作就可以看出來：有人撞著她了，她會很生氣地瞪一眼撞她的人；還有沿街的前一夜醉鬼們留下的空啤酒罐，當她經過它們，會一腳把它們踢上半空，她對怎麼把它們踢得更高彷彿很有心得，反正無一落空。

「不過，更有意思、讓我吃了一驚的事情還在後面。你應該還記得，那段時間正流行著周星馳的電影《東西遊記》，裡面有一句臺詞，周星馳扮演的那個古代山大王對自己的同夥說『靠，真是I服了You』，這個你一定還記得吧，當時，這部片子在日本也可以輕易從音像店裡出租到。接著往下說，我跟著這個女孩子走到一個自動售貨機旁邊時，她像是要買點什麼東西，掏出一張紙幣塞了進去，繼續搖著腦袋往四下裡看。奇怪了，她等了半天也沒等到她要買的東西從自動售貨機底下滾出來，她和我一樣都驚訝地盯著它。她又舉起手猛拍了幾下，根本沒有反應，她就生氣了，吐出口香糖，抬起腳就踢了上去。仍然沒反應。於是，她在這邊踢了幾下之後，又換到另一邊去猛踢了一腳，這一次，自動售貨機像是睡醒了，非常聽話地給她送出了一瓶檸檬汁。這個女孩子笑了起來，不是輕微的那種笑，而是突然一下子，像憋了很久之後再也忍不住了，她笑著對自動售貨機說：『靠，真是他媽的I服了You！』

「這下子我明白過來，她並不是日本人，而是和我一樣的中國人，她說那句臺詞時的麻利，是日本女孩子無論如何也學不出來的。還有，她的身材也很好，兩腿修長，胸部也很豐滿，倒不是說日本女孩子的腿就不長、胸部就不豐滿。但在這兩點上能算優秀的女孩子也的確不多。這個可能你也發現了，反正我一來日本就發現了，呵，每天晚上下班以後，在回來的電車上我喜歡盯著她們看看。

「說起來，我已經跟著她走出去很遠了，經過的很多小路我已經叫不出名字，終於，我跟著她走到了目的地，一幢街面上的三層小樓。假如我沒猜錯，她應該就住在這幢小樓上的某一間裡。

「但她並沒有急著進去，而是站住，警覺地朝樓上張望，眼神裡有點慌亂，慌亂裡又含著滿不在乎。順著她的目光，我發現三樓上的一間房子前站著兩個戴墨鏡的男人，那間房子想來就應該是她的房間了。對了，忘記告訴你，那幢三層小樓並不是很顯眼的那種，和梅雨莊差不多破舊。樓梯和走廊都是外置的，所以她和我都能輕易地看見那兩個戴墨鏡的男人。我意識到，她肯定是有什麼麻煩了，那兩個男人一眼看去就知道不會是什麼好人。她倒不急，站在那裡想了想，扭頭進了一家冷飲店。我也想了想，跟著她進去了。

「在冷飲店裡，她不時走到門口朝自己的房子張望兩眼，又買了張報紙回來耐心地翻著，似乎沒什麼事能讓她放在心上。後來，天黑了，那兩個男人失去了耐心，從冷飲店門口走過去，遠遠消失在了巷子口，她這才猛地從椅子上站起來往外跑去，我也隨即起身。我跑出門，正好看見她已經踩著哐噹響的鐵皮樓梯上了三樓，剛準備掏鑰匙開門，她又警覺地站住，趴在欄杆上往巷子口看了幾眼，然後，豎起中指對著巷子口一晃，說了一句什麼，似乎是『Fuck You』。像個美國黑人，對吧？

「她開門進房間裡以後，我還站在那幢三層小樓對面的街上發呆，想著到底要不要上去。最後，我還是決定要上去，幸虧這裡已經很偏遠了，路燈也不亮，不會有什麼人能看見我在幹什麼。當我輕手輕腳地爬上樓梯，走到她的房間前面，發現她的窗子已經損壞得很嚴重了，窗櫺上滿是縫隙，我就把眼睛湊到一條縫隙前面朝房間裡看。你猜，我看見了什麼？

「我看見她正在換衣服。我來晚了一點，黑色的內褲和胸罩已經被她換好了，她正拿著個電熨斗在熨一條裙子，只穿著內褲和胸罩，嘴巴裡還叼著一支菸。天啦，我一下子就驚呆了，說有多慌張就有多慌張。她儘管也穿著胸罩，但是，她的乳房豐滿得就像要從胸罩裡掙脫出來。我的頭都暈了，眞的是暈了暈了，我感覺她的身體白得像一匹白馬，你想想，月光下的草原上跑著一匹白馬。就是那種感覺。

「我預感到她可能還要出門，生怕她突然開門，所以，我並沒有在她的窗子前待多長時間，趕緊彎著腰跑下了樓梯，氣喘吁吁地往梅雨莊這邊跑。可能是因爲慌張吧，跑出去好遠之後，我才發現自己跑錯了方向。

「我的腰沒法不彎。」阿不都西提說，「那時候，我下面已經射了。」

「哦，這樣啊。」我回應了他一句，腦子裡卻還在回想著他剛才跟我講述的幾幕場景——那個女孩子對自動售貨機展開的拳打腳踢，拳打腳踢之後的那句「I服了You」，以及豎起中指對著巷子口說的那句「Fuck You」，想想這些，不禁讓人頓生笑意。

「說起來，這就算是我和女孩子最深入的接觸了。」阿不都西提說，「其實，沒過多久我就認識了她。從北京來的，在北京的時候是馬戲團的演員，叫藍扣子，你想不到吧？『黑人』，『黑人』你知道是什麼意思吧，就是護照上的簽證過期的人，要麼就乾脆沒有護照——抓起來就要坐牢的，你肯定也會認識她的。只不過，我到現在還沒和她說過一句話。呵呵，儘管我也想過和她說句話，可每次碰面的時候人都很多，鬧哄哄的。她的脾氣也不好，遇到不高興的事情，不管旁邊是誰，她照樣砸酒瓶摔碗。我就只好作罷。還有，可能是因爲那天的關係，我也有點不好意思，常常一個人先走。

「對了，據說她還會請碟仙呢。」阿不都西提補充了一句。

——扣子，這就是我第一次聽說你的名字。

第二次聽見扣子的名字是在什麼時候呢？我只記得那段時間我終日過得昏沉不堪，半夜裡做夢的時候，經常看見我的養父：在黑茫茫的大海上，他沈默著來到了生和死的邊緣，但他沒有呼救，聽任身體一點點往海水裡下墜。這時候，我趕來了，死命往大海裡跑去，我依稀看見他對我笑了一下，好像是在抱歉給我添了麻煩，但爲時已晚，一個巨浪打來，他的蹤影便消逝不見了。

醒來後，我就從榻榻米上爬起來，端著罐啤酒，點上一支菸，走到窗子前，掀開窗簾往外看。其實什麼也看不見，大地一片黑暗，四下靜寂無聲。有時候，當我在窗子前站了好半天，能聽見從遙遠的地方傳來的一聲貓叫或者阿不都西提的一句夢話，幾欲讓我覺得自己仍然置身於國內。

在這期間，我越來越多聽說了藍扣子這個名字。在我聽到的各種關於她的傳言裡，許多事情越傳越玄乎。有人說她能把眞正的碟仙請來回答你提出的所有問題，有一次甚至把一個年過五十的老博士嚇得心臟病都發了；也有人說她債臺高築，經常爲了躲債不敢回家；還有人說她床上功夫堪稱遊龍戲鳳，各種高難度動作她都運用自如，把一個叫老夏的開畫廊的中國人都弄得傾家蕩產了。一般而言，我總是不大輕易相信這些傳言，西班牙諺語有云：「人的嘴巴是世界上最靠不住的東西。」我想，扣子，哦不，那時候在我的腦子裡她還叫藍扣子，就依她在大街上對著自動售貨機拳打腳踢看來，想必她也不會把這些傳言放在心上。

倒是開畫廊的老夏，那個傳言裡和藍扣子瓜葛不斷的中年男人，我沒過多久之後就認識了他。

老夏是上海人，是八〇年代初第一批來日本的中國人，當過搬家公司的搬運工，在餐館裡刷過盤子，當然，也在一個三流大學裡拿了個哲學學位，一切經歷均屬平常，和大多來日本的中國人並沒什麼不同。現在，他在淺草開了一家中國畫廊，專賣中國古代山水眞跡。在我們的幾次碰面中，我並沒有和他說上幾句話，但我絕對可以感受得出，他不像其他來日本多年的中國人那般讓人討厭，至少在歌廳裡喝醉了的時候，他會高唱〈大刀向鬼子們的頭上砍去〉。當有人問起他店裡的畫到底是不是眞跡時，他回答說：「叫我怎麼回答你呢？都有，眞的假的都有。」很認眞，像是在和對方探討一個哲學問題。

老夏也有激動得說不出話來的時候，這種時候多半是因爲我從來沒碰過面的藍扣子。有人問他：「老夏，聽說藍扣子爲了提高床上功夫，還專門複印了一本《玉女心經》帶在身上，她看得懂嗎？」

這時候，老夏就急了，雙手在胸前胡亂搖晃，臉上也沁出了汗珠：「不好瞎講的，千萬不好瞎講的，人家孩子可憐嘛，我不過是幫幫人家孩子，人家孩子可憐嘛！」

假如這是在歌廳，老夏的辯白多半沒用，因爲沒有人聽他說話。對他提問的人根本就不關心他怎樣回答，提完問題後，就和別人哈哈笑成了一片，老夏便只好尋找可以聽他傾訴的人。有幾次恰好我坐在他旁邊，他就一把抓住我的胳膊，急切地對我說：「眞不能亂講的，人家孩子已經夠可憐的了。」

我相信老夏的話，因爲這個世界上所有的眼睛都不會說假話。老夏每次緊張地辯白的時候，眼睛裡甚至有乞求之色，眞正的乞求不是隨意就能裝扮出來的。

有一次，我差點就要見到藍扣子了。大家約好去池袋那邊一家中國人開的歌廳唱歌，阿不都西提對我說藍扣子也要去，我便打算放學後直接從學校去池袋。但是還沒放學，我的日本學生，安崎杏奈，給我打來了電話，說她正好有幾天假期，大學裡給一年級新生放了假，讓他們去做社會調查；「希望能過來給我補補課，要是時間晚了的話，但可以住下來無妨，正好父母都到巴西旅行去了。」杏奈在電話裡用稍顯生硬的漢語對我說。

她學的是藝術史專業，最感興趣的是中國的敦煌美術，早就打算畢業後直接去敦煌藝術研究院學習。她身爲油畫家的父母顯然十分支持她的計畫，在她剛讀大學一年級的時候就給她請了我這個中文教師。

「藝術史專業也要去做社會調查？」我在電話裡問她。

「是呀，不過，調查地點由自己決定，到時候只需完成一篇調查報告交給老師就好了。」

「那麼，打算去哪裡呢？」

「淺草美術館如何？聽說那裡有很多中國古代岩畫，正好將來去中國時可以多點感受。假如方便，希望你這幾天也能陪我一起做調查，可以嗎？」

我想了想，答應了她：「那麼，好吧，只是我可能會晚一點過來。」

之所以說晚點過去，是想先到學校的圖書館去借點資料。認眞說起來，我並不是個單純的語言教師，杏奈的中文雖說稍顯生硬，但作爲日本人來說已經相當不錯了，我們在一起的時候，談的最多的話題，往往是中國的古代，古代的服裝啊飲食啊園林啊什麼的。這些我也大多一知半解，不得不去圖書館查資料才能回答她，畢竟她對中文還沒熟悉到可以查資料翻詞典的地步，要不然，我的這份工作恐怕就沒做下去的必要了。

這麼一來，我就錯過了和藍扣子見上一面的機會。從圖書館出來，天色已晚，我去買了個漢堡包，一邊吃著一邊坐上了去品川的電車。雖說在電車上也想起了池袋那邊歌廳裡此刻的熱鬧，終究還是沒有覺得不捨，也許我去了還會惹人不高興呢——幾次聚會下來，已經有好幾個人認爲我是個白癡了。經常花不菲的錢去淺草聽音樂會的人，在他們看來，如若不是矯情，就只能是白癡了。

好在我也懶得去分辯什麼。

說實話，我的確喜歡杏奈的家。那是一幢典型的日本式黑頂小樓，有一個算得上寬闊的院子，院子裡有幾座假山，幾叢綠竹隱約其中，還有幾道細小的水流從假山的山洞裡流淌出來。院子裡有兩個不小的水池，一個作游泳池來用，一個則是純粹的池塘，裡面開滿了紫色的睡蓮。滿眼看去，院子裡的景致使人頓覺神清氣爽，一如置身於中國魏晉時代的某處場景。

我按響門鈴，黑頂小樓的門打開了，門外綠油油的草坪被屋內散出的光映照得更加幽綠。杏奈赤著雙足從門裡出來，小跑著穿過假山邊鵝卵石鋪成的小路來給我開院門。她像是剛洗過澡，身上有一股幽幽的沐浴乳的味道。

我從圖書館裡借了兩本關於中國佛教美術方面的書，果眞沒有借錯。進門後不久，杏奈就端著一杯綠茶來問我：「前幾天看了一本佛經，佛經裡說的『諸行無我，諸法無常』是什麼意思呢？」

我正想著怎樣回答，她又問了第二個問題：「佛經裡還有句話，叫『緣起緣滅』，那麼，什麼是起什麼是滅呢？」

杏奈的問題可謂古怪：從和尚的袈裟爲什麼是紅色，到中國武俠小說裡的點蒼派是否眞的存在過；爲什麼中國的音律多是五聲而西方音律卻多是七聲，到「狸貓換太子」在遙遠的宋朝是否眞的發生過。「眞是用狸貓換了太子嗎？多殘忍啊，那個太子的親生母親眼睛都哭瞎了吧——」我和杏奈從淺草美術館出來，剛在一間咖啡館裡坐下來，她的問題就來了。

對於杏奈提的那些問題，我頂多只能說自己一知半解，這麼說吧，那也正是我喜歡寫作和學了戲曲的緣故。不過，每次她這樣問的時候，我就覺得她的這個老師我眞是做不下去了。我一點都不懷疑：她對那些古怪問題的答案，完全有可能知道得比我還多。

「沒錯，太子的生母眼睛都哭瞎了，幸虧遇見了包公包文拯大人。」

「就是那個黑臉的人嗎？無論走到哪裡都帶著三口鍘刀？」

「對，叫龍頭鍘、虎頭鍘和狗頭鍘。不過，這些都是野史，你別太當眞。」

「哇，中國可眞神祕、眞有意思啊，故事那麼多，不像日本。」杏奈喝了口咖啡，看了看窗外的街道，像是在想著什麼，「可能是地域太小的關係，你看日本的《源氏物語》和《平家物語》，說的都是如何插花如何泡溫泉如何乘涼啊什麼的。」

「也不見得吧。」我笑著對她說，「在你們最動亂的那個幕府時代，應該也有很多故事吧。」

「故事的確也有不少，但日本的故事總是過於妖豔，或者就是太暴烈，說實話，我很不喜歡。和中國的故事相比，日本的故事總是少了許多細節。」

「可能吧，日本故事比中國故事也少了些情趣。」

我已經和杏奈在一起待了兩天兩夜，我們說好從咖啡館出去後便分手，我回吉祥寺補上這兩天和她聊天缺下的覺，她回品川去完成調查報告。她還有兩天時間才去學校，調查報告應該會完成得不錯。這家咖啡館的主人顯然是歐洲絨布的熱愛者，用大量歐洲絨布縫製成了一隻隻可愛的動物玩偶；小至哈巴狗和迷你馬，大至獅子和老虎，它們被最恰當地擺放在吧臺上、樟木桌椅邊和牆角裡。在昏黃燈光的襯照下，使人幾欲覺得自己置身於安徒生童話之中。這家咖啡館的名字眞是沒有叫錯——「Mother Goose」。

杏奈有和我一樣的愛好，就是都喜歡聽古典音樂。她家的唱片櫃裡收藏了足有兩千張唱片，眞讓人豔羨不已，所以，這兩天來，就憑音樂這個話題，我們相處得至少也不乏味。

我就是愛聽古典音樂，沒有辦法，一點辦法都沒有。當我剛來日本，我被很多同樣和我來自中國的人視爲怪物，原因只有一個：阿不都西提不在的時候，我居然經常帶上乾糧去淺草劇場聽音樂會。一個從東北去日本的留學生覺得我的行徑太過古怪，他已經無法容忍，便徑直對我說：「我覺得你很矯情。」

「那你就當我矯情好了。」我回答他，「沒錯，我就是矯情。」

後來，當我再偶爾去淺草劇場聽音樂會，散場後，坐上回家的電車，我也會對著窗玻璃裡的自己說：「你他媽的可眞的是很矯情啊。」

「你能聽見馬蹄聲嗎？」在她家裡，我們一起聽理查·史特勞斯的交響樂的時候，她總喜歡端著杯綠茶問我，「每次聽他的音樂，我好像都能聽見他的音樂裡有馬蹄聲，還有颱風的聲音和羊群的叫聲。」

我最喜歡的作曲家是德布西。當然，我可能主要是因爲喜歡德布西的性格，比如他評論貝多芬：「大師也會沒有品味，比如貝多芬。」對於史特勞斯家族的音樂我則是姑妄聽之，一般不會特別想去聽一聽。

這時候，咖啡館裡響起了紅得發紫的女歌手倉木麻衣的歌〈Stay by my side〉。很突然，把我嚇了一跳。此前咖啡館裡一直在放著幾支蘇格蘭舞曲，店員們顯然不喜歡；咖啡館的主人，一位氣度雍容的中年婦人剛剛從我和杏奈身邊走出店去，店員們就趕緊把音樂換了。

「德布西要是活著的話，現在恐怕要去找倉木麻衣小姐和店員們打架了，說他們比貝多芬都更沒品味。」杏奈笑著對我說。

「是啊，呵呵——」我正要說話，卻一眼看見了老夏。他正和一個年輕的女孩子走進店裡來，像是熱得快受不了了。不過剛入夏的天氣，他卻拿著份畫報使勁對自己搧風，剛一進咖啡館，就急著問店員是否可以把冷氣打開。他身邊的那個女孩子，胸前掛著一隻小巧的手持電話，嘴巴裡嚼著口香糖，一臉滿不在乎地打量著店裡的一切。其實我並不能看清她的臉，她的臉至少有一小半被染成淡黃色的長髮遮掩住了，但是，有那麼一種奇怪的吸引力卻是長髮遮掩不住的。說不清她臉上的神色是慵懶還是倦怠，無論看什麼，她的目光都是輕輕地一觸，不作過多停留。她的年齡應該和我差不多大，我估計著，身材也非常出色，還有，她的臉上有種自然、明亮的光澤，我想，那大概就是所謂的孩子氣了。

老夏一落座就開始招呼這個女孩子和他坐到一起，她卻沒管，徑直走向散落在各處的布娃娃和動物玩偶，眼睛裡的光一下子變熱切了，臉上還有些微的笑意，即使頭髮再長也遮掩不住了。

她徑直坐在了布老虎和布斑馬的中間，揪揪老虎的耳朵，又摸摸斑馬的鼻子。

其實，就連她自己，也像是個成熟了的布娃娃。

我的心裡一動，突然想起了什麼——她，大概就是藍扣子了。

我對杏奈說：「那邊突然來了兩個朋友，要不，我們就先在這裡分手？」

「好的。」杏奈順著我的手勢看了看老夏，很燦爛地笑著點了點頭，「那麼，我們下星期再見？」

「好的，下星期見。」

杏奈站起身，店員趕緊走過來招呼她，她掏錢包的時候，我已經搶先一步把兩個人的錢都付給了店員，她也沒有阻止，淺笑著問我：「還是中國的習慣？」

「是啊，這輩子怕是改不了了。」

「那麼，再見？」

「好，再見。」

我和杏奈互相稍微欠了欠身算作鞠躬，她輕巧地轉身，推門出去，像一朵清涼的蓮花。走到大街上以後，她貼著咖啡館的落地玻璃窗向我揮了揮手，我也向她揮了揮，她的身影立刻消失不見，我朝老夏他們走了過去。

看到我突然出現，老夏的臉色驟然緊張，打量了我身後好一陣子，又認真地環顧了一遍咖啡館，這才壓低聲音問我：「就你一個人嗎？」

「是啊。」我也有些被他問糊塗了。

他這才像是放下了心，長舒一口氣後癱軟在樟木椅子的靠背上。我注意到他的眼角上有幾塊淤青，嘴唇上也留有幾絲血跡。他朝我苦笑了一聲說：「唉，都是家裡那隻母老虎幹的好事。」說著說著，他就更生氣了，一把抓住我的胳膊：「我哪兒做錯了？你倒是說說，我哪兒做錯了？母老虎竟然對我下這麼重的手。我他媽的一輩子都沒挨過這麼重的手。我早就說了，人家孩子可憐，要幫幫人家，可那隻母老虎就是不聽。你說說，我有什麼辦法！」

我不知道到底發生了什麼事情，也就不知道怎樣去安慰他，只好站在那裡聽他倒出滿腔苦水。

「哦，扣子啊——」他想起了什麼，對著端坐在布老虎和布斑馬之間的女孩子叫了一聲，「快過來認識認識我的朋友吧，也是中國人。」

「你坐啊。」正叫著她，老夏看見我還站著，又忙不迭招呼我，「快坐下快坐下。」

我依言坐下，藍扣子——我現在已經完全可以肯定她就是藍扣子了——也朝我們這邊走過來，依然是一臉的冷淡，一臉的不耐煩。老夏好像也不忍說她什麼，只好朝我苦笑。

「我可不想認識他。」藍扣子淡淡地掃了我一眼之後說。

「怎麼了？」老夏顯然沒想到她會冒出這句話來。

「你沒看見他臉上的滴淚痣？我臉上也有一顆。兩個長滴淚痣的人碰在一起絕對不會有什麼好事情！」她也算對得起老夏了，還向他說明了不想認識我的原因。

「喲，你還這麼迷信吔？」見她開了金口，老夏也想開個玩笑，好活躍一下氣氛。

「不是迷信不迷信的問題，而是我的原則，我難道就不配有原則呀？」她定定地看著老夏，眼睛一動不動。

「配，你當然配，我們的扣子都不配的話，誰還配呀？」老夏連忙說，一邊說，還一邊朝我看，臉上分明有歉意，好像他自己犯了什麼錯誤。

他當然沒有，扣子，哦不，是藍扣子，她也一樣沒有。我一點也不會把她的話放在心上。有時候我甚至想：這麼多年下來，不管遇見什麼事情，爲什麼我總是沒有受傷害的感覺？總是感覺不到自己受傷害，其實絕對不能算是一件幸運的事情，但是既然已經這樣了，那就由它去吧。

不過，她要是不說，我還眞沒看出來她臉上也有一顆滴淚痣。也難怪，她的頭髮很長，披散下來後幾乎遮住了半邊臉。反正也不知道該說什麼好，我乾脆就盯著她臉上的那顆痣看。說起來，這就是我和扣子的第一次相識了，我的臉第一次眞正對準了她的臉。

才剛剛看呢，她就對我橫眉冷對了：「看什麼看，有那麼好看嗎？」

「好看，臉和痣都好看。」我笑著回答她，這就算是我和她說的第一句話了。

「那就再看看，看仔細點。」說著，她離開自己的座位，湊到我身邊，撩起頭髮，直視著我。我也終於看清了她眼睛下的那顆痣，只是細小而微紅的一顆，其實還眞不容易看出來。一小會兒之後，她回到了她的座位上，仍然直視著我，問我：「全都看清楚了？」

「全都看清楚了。」

「有什麼感覺？」

「還是好看，臉和痣都好看，除了說好看，呵呵，就不知道說什麼好了。」

老夏顯然有點被我們弄糊塗了，看看我，再看看她，突然，他又一把抓住我的胳膊，問我：「能不能讓扣子上你那住兩天？」

「我才不去呢。」我還沒開口，她倒先發話了，「誰說要和他住一起了？兩顆長滴淚痣的人住在一起要折壽，他不怕我還怕呢。」

「你呀你。」老夏著急了，語氣卻怎麼也無法強硬起來，「扣子啊扣子，讓我說你什麼才好？」

下面發生的事情就更加讓可憐的老夏不知道說什麼才好了——

咖啡館的門被粗暴地推開，一對中年男女叫嚷著走了進來，兩個人的臉上都寫滿了氣憤，而且全是衣冠不整的樣子，和老夏一樣，似乎都是才經歷過一場規模不小的爭鬥。看他們憤怒地朝我們走來，我不禁有些迷惑，好在很快他們就將謎底揭曉了。中年男子用手一指老夏，對中年女人氣咻咻地說：「姐，你看，我沒說錯吧，我親眼看到他和這個小妖精進到這裡來了。」說完，他的手又順帶著指了指藍扣子。

「說誰呢說誰呢！」藍扣子一下子從座位上站起來，也伸出手來一指中年男子，「你媽才是小妖精！」

我即使再愚笨，也可以看出來這對中年男女就是老夏的妻子和他的小舅子了。可憐的老夏，現在變得更加可憐，看看他的妻子，再看看藍扣子和我，嘴唇動了動，卻是一句話也說不出來，剛被冷氣送走的汗珠又回到了臉上。看到此情此景，也不難想像老夏的眼角和嘴角處爲什麼有傷痕了。

「喲？」老夏的小舅子受了一點驚嚇，他顯然不會想到藍扣子會這樣來對待他，他肯定以爲她是不敢還嘴的。他愣了愣，又挺了挺脖子，重新找到了他覺得應該找回來的樣子，厲聲說道：「說的就是你，小婊子你能把我怎麼樣？你不就是出來賣的嗎！」

可能是出於想扭轉不利局面的考慮，老夏的妻子也開口了，她顯然把我也當成了老夏和藍扣子的幫凶，一邊不時地用眼睛瞟著我，一邊對扣子說：「那你說說，我們不把你當出來賣的，難道把你當觀音菩薩？你自己說說吧，這幾年你騙了他多少錢？」她的手一指老夏，憤怒就更加不可阻擋，「你有臉自己說出來嗎？」

「要不——」老夏的妻子甚至放低了聲音，上前一步拉了拉她的胳膊，「我們到外面大街上找個人多的地方去說？」

藍扣子卻笑了起來，她悠悠笑著看了看每個在場的人。這倒讓老夏的妻子和他的小舅子吃了一驚，不知道接下來會怎樣，都盯著她，看看她想幹什麼。只有我，當她笑著看了我一眼的時候，我記得我也對她笑了一下。

笑完了，藍扣子慢悠悠地朝吧臺那邊走了過去，小聲地在用日語和吧臺裡的店員說著什麼。吧臺上有個放冰塊用的小冰箱，說小也不小，大概總有一只小型微波爐那麼大。在場的人不禁感到奇怪，她輕鬆的神色看上去就像已經忘記了剛才的那場爭吵。甚至連店員們也感到奇怪：剛才還在大聲爭吵著，現在卻沒了聲音。

接著，她，藍扣子，抱著那只小冰箱走了回來，打開後，先放了一個冰塊在嘴巴裡咂著，然後又給我、她自己還有老夏的杯子裡各加了幾個冰塊。在給我加冰塊的時候，她問我：「今天晚上我可以住到你那裡？」

「行啊，沒問題。」我回答她。

「那就好。」她又笑了，「好歹算是有個落腳的地方了——」

話音還未落下，她突然抱起那只小冰箱朝老夏小舅子的腦袋上砸去。我懷疑她使出了能使出的所有力氣。老實說，這轉瞬之間發生的一幕，除了她自己，誰還能想得到呢？小冰箱準確地擊中了老夏小舅子的腦袋，又掉落在地，亮晶晶的冰塊從冰箱裡滑落出來，撒了一地，發出了清脆的聲響；還有另外一種聲響也在我們耳邊響了起來：老夏小舅子的慘叫聲。

每個人都在發著呆的時候，扣子從桌子上拿起一張紙巾擦了擦手，又一指老夏，臉卻對著老夏的妻子：「看在他的面子上，今天我放你一馬。」

我靠，她冷靜得簡直像個女王。

接著，她一轉身，斜著眼睛對我一努嘴巴：「走啊，發什麼呆呀！」

這是一口標準的北京話。

第三章　心亂

晚上六點多鐘的樣子，天上下起了雨，下得倒不大，透過淡淡的雨霧和薄薄的雲層，甚至仍然可以感受到夕陽的微光。這樣，大地上所有的景物都披上了一層神奇的紅暈，一切看上去就像一幅疏淡有致的水彩畫。

儘管如此，在銀針般的雨絲悄悄浸染下，梅雨莊裡的樓房、草地和牆角裡的花叢也還是濕漉漉的了，置身於如此靜謐而有生機的環境之中，難怪我也會覺得自己和那些樓房、草地和花叢一樣——比如我的眼睛、肺和耳朵——全身上下都透明而輕盈，都是濕漉漉的感覺。

得感謝藍扣子的提議，是她說要到屋子外面的草地上坐一會的。此前的整個下午，我們一直在阿不都西提的電腦上玩挖地雷的遊戲。其實，阿不都西提和她也算是頗有淵源了，只是她不知道，當然，我也隻字未提。挖地雷遊戲對扣子來說當然不在話下，僅從她身上最時尚的打扮也可以看出來，她應該是經常光顧電玩中心的那種年輕人。據她自己說，即使是最新的電玩遊戲，比如「三角洲部隊」，她也已經玩到第三代了。

當然，這倒不能說明我就有多麼老土，事實上，儘管我不太喜歡電腦遊戲和電玩中心，只願意聽聽音樂看看書，但對於穿著我倒的確有幾分在意。在穿著方面，也許我和扣子甚至還可以找到共同的話題。以司空見慣的時尚標準來看，扣子可能是正好合拍或者走得前一些的人，我則應該稍微退後了一些，但退得也不遠。

在屋子裡，扣子似乎早把咖啡館裡的不快忘得一乾二淨了，而且，對於挖地雷遊戲的落後程度，她也沒放在心上，好像確實沒什麼事情值得她放在心上一樣。坐在那裡，她一邊心不在焉地嚼著口香糖，一邊在幾十秒鐘之內就將遊戲裡的地雷迅速挖完了。我實在有些好奇，因爲我還從來沒有一次挖完過所有的地雷，就老老實實地坐在一邊看她用滑鼠迅速地在電腦螢幕上點來點去。

「閉上眼睛我都能把它們挖完。」她說。

我當然相信她的話。

「什麼時候帶你去個好地方？」她一邊在螢幕上點來點去，一邊斜過臉問我。她像是從來就不肯好好看著對方的臉再講話的人，即使是問問題，她也只是把腦袋稍微側一下，這就算是她已經和你打過招呼了。

「去哪裡呢？」

「日光江戶村。在鬼怒川那邊，到那兒你才知道刺激兩個字是怎麼寫的。」

「眞有這麼好玩？」

我追問了一句，她卻沒興趣再理會了，只輕輕「嗯」了一聲。我一時也找不到什麼話來說，就坐回到榻榻米上尋出一本書亂翻起來,倒是想聽她聊聊自己的事情,但恰如一句歌詞所說：「你若不說，我就不問。」我喜歡這句歌詞的句式和唸出來時的語氣。

看起來，扣子住在我這裡顯然沒感到有什麼不便的地方，該抽菸的時候就抽菸，該喝水的時候就喝水，我喜歡她這樣，別人隨意的話我也會感到自在些。其實，書我根本就看不進去，腦子裡想的都是關於她的事情，比如，她怎麼會這麼安靜，像是和咖啡館裡的她判若兩人？還有，她一個字也沒提我眼角上的那顆滴淚痣了。

也巧了，我隨意亂翻著的那本書，正好是一本關於星座方面的書，我想問問她的星座，於是就問她：「扣子——」

話一出口，我發現她的臉色有幾分驚訝，就想起自己只叫了她的名字，沒有叫她的姓，可能我已經在心裡只叫她名字了的原因吧，還眞是說不淸楚。我多少有點侷促，倉皇中就補充了一句：「哦，藍——」

她盯著我看了一小會兒，便笑了起來：「你傻不傻啊，扣子就扣子吧，你還不好意思了？」

「呵呵。」我也笑著向她承認，「的確有點不好意思了，想問問你的星座。」

「射手座，怎麼了？不過，要是算命的話就不必了，我早算過一千五百遍了。」

「哦，這樣啊，那就算了吧。」我苦笑著對她說。之後，屋子裡又沒有了聲音，一切都回歸了寂靜，其中的轉換倒也自然，至少我並沒覺得有什麼突兀和尷尬的地方。過了一會兒，窗外的天色逐漸昏暝下來，同時，一片雨絲也飄進了窗戶。扣子不再挖地雷了，坐到榻榻米上來對我說：「要不，我們乾脆去院子裡坐坐？」

「好啊。」我十分贊同。

往屋外的草地上搬椅子的時候，她像是在想著件什麼事情，一臉若有所思的樣子，想著想著便笑了起來：「其實，想一想，你這個人倒也眞是奇怪。」

「怎麼呢？」

「你就這樣把我帶回家，也不怕引火焚身？」

「你既不是三頭六臂的妖怪，我也不是手無縛雞之力的趕考書生，怕什麼？難道你是白蛇轉世，喝點黃酒就會顯露原形？」

「不是白蛇，是蜘蛛。」說著，她哈哈一笑，伸出雙手比劃著，臉上也故意做出某種可怖的神色，「專門吸人腦髓的蜘蛛精。怕了吧？」

在院子裡坐下之後，我一邊被院子牆角裡的一叢月季所吸引——儘管已經沒有了花朵，但只要是能開出花朵的植物，總能使我心醉神迷；一邊想起了幾部恐怖電影，大概是因爲她剛才故意做出的可怖的神色，我才會突然想起這個來。

「你喜歡看恐怖片嗎？」我隨意問了她一句。總要找到話來說吧。

「喜歡呀！」沒想到扣子的反應倒是很熱烈，「我最喜歡的就是恐怖片了。你也喜歡？你最喜歡的是哪一部？」

我想了想，回答她：「大概還是那種比較傳統的恐怖片，讓人承受很大的心理壓力，不是好萊塢的那種，對我來說，傳統的恐怖片國家，比如英國和丹麥，他們的片子我更喜歡一點。」

「那你看過《看夜更》嗎？」她問我，「是丹麥的，說一個大學生找了一份晚上十二點以後在醫院太平間看更的工作。」

「看過看過！」我連聲回答她，她不知道那正是我最喜歡的恐怖片。

我也問她：「英國有一部《今夜你會不會來》，說的是一個醫生去一座鄉間莊園給一個老太太治病——」

還沒等我問她看沒看過呢，扣子馬上興奮地從椅子上站起來說：「看過看過，恐怖極了，我是專門後半夜進電影院裡去看的。」

看起來，關於恐怖片，我和扣子的口味的確差不多，喜歡的片子大多都有一個嚴密的故事和精美的畫面，還有一個讓人越陷越深的圈套。我有過這種經驗：在後半夜，你越往下看，就會在圈套中越陷越深，緊張得連氣都喘不過來。不過，和好萊塢的片子有所不同的是，這些片子並沒有什麼血淋淋的場景。

我沒想到的倒是扣子居然也和我一樣喜歡專門把最恐怖的片子放在後半夜看。

「教你一個方法。」扣子說，「看恐怖片的時候含一個冰塊，這樣，你會覺得身體裡有濕氣，就會覺得更恐怖。」

這我就更想不到了，竟然還有這樣的女孩子：在本身就已經夠恐怖了的氣氛中，她還覺得不夠，還在想辦法加深自己的恐怖，我不禁又朝她多看了兩眼。她又坐回了椅子上，縮在椅子裡，像一隻貓。她的眼睛微微閉著，臉也仰著，細密的雨絲使她臉上的胭脂暈開了，顯得非常動人。她的臉上是動人的白和動人的紅——肌膚的白又是胭脂的紅無法掩飾的。

這樣，我也就不再說話，和她一樣閉上眼睛，使勁用鼻子搜尋滿院植物在雨水裡散發出的清香。因爲正是黃昏，時間流逝得特別迅速，等我睜開眼，發現周遭的天色已由昏暝逐漸轉爲了黑暗。梅雨莊院門處那盞從樹枝裡探出來的路燈也亮了，院子裡被籠罩上了一層淡淡的光暈，銀針般的雨絲在路燈的照耀下更加奪目了。

「我去買個東西——」扣子說。她突然從椅子上跳起來，往院子外面跑去，都已經跑出院門了，這才想起來對我補充了一句，「你等著。」

那我就等著吧。

沒過多久，她就跑回來了，一推院門，興奮地問我：「你猜我買什麼了？」

當然是啤酒，我已經聽到了她跑進來時將兩罐啤酒輕輕撞擊著發出的聲音了。這聲音對別人來說可能沒什麼特別的意義，對我則會感到相當熟悉。在國內的時候，我家中的冰箱裡經常有成排的冰凍啤酒，有時候，我也會拿出兩罐來輕輕撞擊著，一邊撞擊一邊看著啤酒罐上被冰凍出的小水珠發呆。

也許，這輩子，可能就在這輩子的下半段，我會變成一個讓人討厭的醉鬼？我倒是經常這樣想。不過，死在啤酒裡也不錯，還勉強能算不錯的結局了吧。

出去買了一趟啤酒，扣子又變回了原來的樣子。可能是買啤酒的路上聽了舞曲的緣故，她一邊進門一邊搖著頭。不奇怪，日本的舞曲總有這樣的效果。進了梅雨莊，她乾脆飛起兩腳，將腳上的涼鞋都踢在草地上，赤著雙腳朝我走過來。看著她，我覺得自己的腦子一團蒙昧，想不清楚哪個扣子才是眞正的扣子。杏奈問過我一句佛家偈語，所謂「諸法無常，諸行無我」——一天中，我做許多事，說許多話，也認識許多人，然而，哪一個行動中的我才是眞正的我呢？這句偈語也正好說明我對扣子的想像：到底是此刻的扣子，還是咖啡館裡的扣子，或者對自動售貨機拳打腳踢的扣子，才是眞正的扣子？

「哎呀！」扣子突然叫了一聲，就在我笑著去接她遞過來的啤酒的時候。

「怎麼了？」我問她。

「我眞是受不了你！」她說，「你看看，你不光臉上有滴淚痣，手上還有斷掌紋，這輩子你算是死定了。」

「是嗎？」我接過啤酒，拉掉拉環，大大地往嘴巴裡灌了一口，這才對她說，「哦，這個呀，那你說說我爲什麼會死定了？」

「大凶之兆。」她回答我，「誰都知道。你可別說你從來就不知道哦。」

儘管路燈有些昏暗，但我手掌上的那道斷掌紋還能清晰看見，我就邊喝啤酒邊端詳著它。在此之前，儘管也有不少人對這道神祕的掌紋表示過驚訝，多少都會對它說上一句什麼，但是我也的確從來就沒把他們說什麼放在心上，今天倒是比往常看得仔細些。看著看著，一些古怪的場景就出現在腦子裡：唐朝的馬嵬坡，唐玄宗正在淒慘地和楊貴妃相擁而泣，在他們的身邊，是怒目而視正要拔刀的三軍將士；在遙遠的曼谷，一個年輕的人妖正在疲倦地卸妝，她的雙腿上躺著一隻熟睡的貓；江湖上，一個俊美的俠客正目睹他的仇人在污辱自己的新娘，而他自己的身體上已經遍布了仇人送給他的八十八處刀傷。

眞要命，我又走神了。

「喂！」扣子把我從胡思亂想中叫醒了，「叫你呢。」

「嗯？」

「你呀，我眞受不了你，和你在一起的人都要倒楣的。」她對我做了個鬼臉，「看來我得離你遠點。」

「好啊。」我笑著從椅子上站起來，「不過那也要等你從麻煩中解脫出來之後才可以吧？現在，我們還是先去吃飯吧。」

她顯然是有什麼麻煩，這個麻煩還大到了足以讓她回不了家的地步。另外，那場咖啡館裡的爭吵，到底是因何而起的呢？這些念頭偶爾會在我腦子裡縈繞一陣子，不過，還是那句話，「你若不說，我就不問」。

往院子外面走的時候，扣子回過頭來看了看院子裡面，對我說：「這裡眞的挺不錯的，其實我以前住得離這兒也並不遠。」

我有點淡淡的緊張，因爲想起了阿不都西提對我講起過的她。不過很快就好了，我這人，向來不會對一件事情感到特別的緊張：兩個人，在彼此都不知道的地方生活著，都不知道會在某個地點某個時段遇見，既然遇見了，自己都長著眼睛和耳朵，自己去看去聽才是最恰當的。

「我好像來過這裡一樣。」她說。

「那完全可能，我還經常覺得自己去過埃及，坐在金字塔上和法老們喝啤酒，眞覺得去過，後來想想，全是做夢。」

我們去了一家壽司店，各自吃了一份青花魚壽司，後來又各自加了一份海苔捲，沒說話，因爲店裡櫃檯上的電視機裡在放著《東京愛情故事》，扣子一直看得很入神。從壽司店裡出來，我們在街上隨意閒逛著。「要不我們去租個恐怖片，回去放在電腦上看？」扣子提議說。我當然同意，於是就去了一家音像出租店。可是很不幸，這裡沒有一部片子夠得上我和扣子喜歡的標準。

「就這個吧。」最後，扣子拿著一部《到底是誰搞的鬼》對我說，「只好將就一點算了。」

走出音像出租店，她突然對我說：「能不能借點錢給我？」

「要多少呢？」

話出口後，我意識到自己可能問得不妥，就拿出錢包，掏出錢包裡所有的錢給她遞過去：「暫時只有這些，你先拿著吧。」

她也沒有推辭，接過去了。

再往前走。霓虹改變了黑夜的顏色，使暗中的一切變得明晰起來。緩緩行駛的汽車像遙遠的太空裡沈默著移動的小星球，我發現扣子的臉上被街燈的光亮籠罩了一層疏淡的格子狀的光暈，我的臉上大概也差不多吧。由於日本國民性格的關係，東京的街燈，還有大小店鋪前照明用的燈籠，除了新宿和銀座這些被稱爲「不夜城」的地方，其實還透露著幾分落寞和黯淡。

回到梅雨莊，扣子先去盥洗間洗了個澡，我便繼續看那本星座方面的書，等她洗完了一起看恐怖片。她洗澡的時間眞是長得可以，只怕夠我在學校裡上一節課的時間。她從盥洗間裡出來後，一邊用條毛巾擦著濕漉漉的頭髮，一邊讓我也去洗個澡，然後再坐下來清清爽爽地看片子，她還對我說：「只可惜你這兒沒有冰箱，要是有冰塊的話就更好了。」

我當然不會想到，當我洗完澡出來，扣子已經不見了。榻榻米上留了一張她給我的字條：我走了，你這個傢伙，我可不敢和你住在一起。要當心哦，當心別的女人也不敢和你住在一起。我笑著把字條拿在手裡，踱到窗子前，掀開窗簾往外面看了看，雨還在下，比先前要下得大些了。我想，她的動作倒是眞夠快的。

《到底是誰搞的鬼》我自然也沒興趣再看，還是看書吧，一邊看，一邊想著自己是不是也該有冰箱和音響了，在國內的時候用慣了，現在沒有了還眞是不習慣。因爲是躺在榻榻米上，看了一會覺得有些犯睏，就雙眼一閉，睡了過去。

中間，阿不都西提打了個電話回來，告訴我今晚他要到打工的那家私立醫院看更，就不回來了。接完電話，我睡眼惺忪地打量屋內，不知道為什麼，突然覺得有點淒涼。

接下來便一直睡得很淺，過一會兒就醒一下，我也就乾脆不睡，決定到外面去走一走，胡亂套了件衣服就推門出去，繞到了梅雨莊後面的鐵軌上。和世界上所有的鐵軌一樣，這條鐵軌也被許多雜草環繞著，此刻，雜草裡還有許多不知名的蟲子在幽幽鳴叫，反使人感到異常清靜。雖說吉祥寺這邊仍然還屬於東京都內的地區，但無論如何也算是郊區了。因此，當我走在鐵軌上，竟然有種在國內的哪條小道上走夜路的感覺。四周悄無聲息。遇到有電車朝我行駛過來，悄無聲息的四周才會被電車的呼嘯聲打破，與此同時，電車頂端的燈光發出了雪亮的光芒，照亮了夜空，也照亮了我的臉。不過，就算是電車的呼嘯聲也很輕微，像是故意放慢了速度，生怕驚擾了別人的夢。

不知道走了多遠的路，我站住抽支菸，不經意中發現距鐵路不遠的地方有片不大的湖，於是就走過去。在月光下，湖面隱隱泛著藍光，我這才看清楚，它其實是一家花卉公司的水池，在它的四周，正搖曳著許多我叫不出名字的花朵。它儘管不大，但作為花卉公司的水池來說又太大了一點，顯然，它也正好適合游泳。

游泳的念頭是一下子冒出來的，但我已經控制不住這個念頭，於是，我脫去衣服，輕手輕腳地下了湖。湖水異常清冽，也非常溫暖，我吸了一口氣，慢慢沉入湖水中，閉上了眼睛，眞是前所未有的踏實。濕了。頭髮濕了，身體也濕了。濕了的感覺如此之好，像是未出生的嬰兒，在母親的子宮裡迅速發育著。一下子，我的鼻子竟然一酸。四肢在水底盡力伸展，但仍然是悄悄地，聲響還不至於驚動花卉公司的守夜人。我的確是哭了，全然沒有任何原由，就是想哭，那麼哭出來就是了。往前游著游著，忽然想起了一段故事。故事說的是一條哭泣的魚對海水說，你看不見我的眼淚，因爲我的眼淚在海水裡；海水說，我看得見，因爲你的淚水在我的心裡。

這時候，扣子在哪裡，又在幹什麼呢？

日子就這樣一天天過去，我和扣子也再沒有見過，我仍然沿襲著過去的生活：除了上學，就是每周去杏奈的家給她講一講中文。扣子卻像是從東京消失了一樣，儘管我也參加了好幾次熱鬧的聚會，但是，從來也沒見過她。偶爾也會聽人提起她，有的說她在新宿歌舞伎町一條街上的一家「女學生制服俱樂部」打工，有的說她在原宿那邊的竹下通車站出口擺了個地攤賣小雜貨。我深知這些傳言可能半眞半假，也就沒有完全相信。遇到聚會的時候，我便只顧著和阿不都西提喝下一罐又一罐的啤酒。

扣子那天跟我一起回梅雨莊的事情，是我後來說給阿不都西提聽他才知道的。不用說，他很吃驚，不斷追問我扣子來屋子裡後的細節，還使勁回憶扣子來的那天屋子裡放沒放他的照片。他怕扣子看見他的樣子，儘管他們以前也見過，但扣子顯然對他沒有留下什麼印象。現在，當他聽說扣子踏足過他的房間，還用過他的電腦，他卻驟然緊張了，彷彿他曾經跟蹤過她的祕密也就暴露無遺了。

「可是，她根本就不知道你跟蹤過她呀。」我提醒他，「就算知道了也沒什麼吧，是人都有好奇之心。」

聽我這麼一說，他反而更加緊張，不斷問我：「那件事情，你眞沒有告訴她？」

「你放心，一個字也沒有。本來就沒有什麼好說的嘛。」我說。

「那就好，那就好。」阿不都西提終於放了心，每到這個時候我總是會這樣想：他可眞是白白長了一張討女孩子喜歡的臉。

「難道就沒有一點接觸女孩子的機會？」我問他，「在東京，找個女孩子過上一夜，應該不是什麼很麻煩的事情吧？」

「是啊，在新宿那邊，機會的確也多得很，經常有女孩子攔住我，問我是否願意和她一起去汽車旅館。」他不好意思地紅著臉說，「可是不知道爲什麼，每次都想好了下次一定去，結果，事到臨頭了又發現自己根本就做不到。想一想，還是生活在古代比較好，不用自己操心，家裡人就把媳婦娶回來了，拜完堂，燈一滅，該做什麼就去做什麼，我還是喜歡這樣子。」

這種想法我倒是第一次聽說，不由得有幾分好奇。

「不過，藍扣子的胸是眞的像我說的那樣豐滿吧？」阿不都西提還不等我繼續表達自己的好奇，就把話題迅速轉到了他最關心的地方，「她的胸，看清楚了吧？」

我喜歡阿不都西提的地方，就在於他的問題即使與扣子的胸部有關，也並不遮遮掩掩，儘管有點羞澀，但這羞澀也只是考試時偷看一眼別人的試卷時的那種羞澀。古波斯人的臉孔上是一層孩子氣的笑，這種奇怪的融合使人不忍拒絕回答他的問題。「的確非常豐滿。」我向他承認。是的，我也不是終年累月駕車漫遊的孔聖人，自然也就沒在看見扣子的胸部時故意將眼光調往別處。

「其實，我前兩天看見她了，在新宿那邊的一家『女學生制服俱樂部』門口。我從那裡路過時，正好碰見她從裡面走出來，不過，她沒看見我。」阿不都西提說。

這樣看來，那些聚會上關於扣子的傳言，應該就不是太離譜了。老實說，對於她在「女學生制服俱樂部」上班這件事情，我也不會感到太吃驚，但終究還是不免想了又想：她為什麼就不能去找一份正常一點的工作呢？我知道，在新宿那邊至少有十幾家這樣的俱樂部，裡面的服務生全都是年輕女孩子。她們有的打扮成女學生的模樣，穿著白衣藍裙的中學校服去侍候客人；有的則穿上員警的制服和自衛隊的制服去侍候另外一部分有這種古怪嗜好的客人。當然，在雙方都願意的時候，他們就會去酒店裡開房間。

也就是想一想，我向來覺得不應該對別人的生活打探得太多，再說，在我認識扣子之前，她就是作為一個應召女郎出現在我想像中的畫面裡的，那麼，無論她怎樣生活，我也不應該感到過於吃驚：對一個女孩子來說，恐怕再沒有比做應召女郎更糟糕的事情了。

不知道為什麼，今天晚上，我突然想和扣子見一見，就乾脆對阿不都西提說：「想不想去一趟新宿，我們把她找出來喝啤酒？」

「現在？」他嚇了一跳。

「對，就現在。」

「我會緊張的吧？要是真見了她的話——」

「沒關係的，早晚反正要見，喝一次啤酒，說不定你就不會再緊張了。」

「真的要去？」

「真的，即使是我一個人，也仍然想去。」

「那好吧，我陪你去。」

即使我們已經坐在JR電車上了，阿不都西提仍然笑著對我說：「眞要是找著她了，我可不敢跟她說話，你們就當我不在場好了。」

很遺憾，我和阿不都西提在歌舞伎町一條街上遊蕩了一個晚上，也沒能找到扣子。當然，我們也沒閒著，我和他找了一家啤酒屋，喝一會，再出來到街上張望一會兒，後來，乾脆各自提著兩罐啤酒專到那些「女學生制服俱樂部」門前遊蕩。結果，時間過了十二點，我們終於放棄了找扣子的打算，因爲這些俱樂部幾乎都是黑社會的產業或受黑社會保護的，總在別人的門前轉，難保不會出什麼麻煩。

到頭來，我們只好坐最後一班電車回吉祥寺。我依稀記得，在站臺上，阿不都西提看著遠處一面巨大的電視牆對我說：「我這個新疆人，說起來還沒騎過一次馬呢。」那時候，電視牆裡正在播放著一部關於池袋賽馬場的廣告。

說來也怪，剛一到家，電話鈴就響了，我拿起話筒，裡面傳來的竟然是扣子的聲音。

「你最近幹嘛呢？」她問我。

「當然還是老樣子了，倒是你呢？」

「我現在在秋田縣。」

「是嗎，怎麼會去那裡呢？」

「小白菜，地裡黃，算了算了，還是不說這個了。」

「像是經歷了很多事情——這段時間？」

「一個字：要命。」

我知道她是故意將「一個字」說成兩個字的「要命」。眞是周星馳的發燒級影迷，連他的經典臺詞都被她運用自如了，我不禁在話筒這邊微笑了起來。

「嗳，打電話給你，不是對你說那些晦氣的事情，是有東西給你聽的。」她可能在想我是不是走神了，所以提高了聲音。

「什麼東西呀？」我問。

「你是不是聾子啊！」她訓斥了我一句，「這麼大的聲音你都聽不見？」

這時我才聽清話筒裡除了她的說話聲和鼻息聲之外，的確還有什麼別的聲音。可說不清楚究竟是什麼，既像一支神祕的部隊在夜行軍，間歇還有馬蹄聲，又像是一台龐大的機器正在進行野外工作，轟鳴聲忽遠忽近。

「喂，想什麼呢？」扣子又在那邊喊了一聲，「我就知道你又跑到九霄雲外去了。告訴你吧，是瀑布。」

竟然是瀑布？這我可眞是沒有想到。

「怎麼會在瀑布下面給我打電話呢？」我的好奇之感就更重了。

「本來是要回東京的，坐車路過這裡的時候，一下子就被這片瀑布吸引了，就下了車。司機和車上別的人也感到奇怪，都勸我別下車，沒勸住，可能他們到現在還在想一個單身女孩子怎麼會在這個荒無人煙的地方下車吧。」

「什麼，荒無人煙？弄了半天是這樣啊，我還以為你在秋田縣的哪個公園裡呢。」我不禁為她感到擔心，「你身邊現在都有些什麼啊？」

她卻並不在意此時是一個人，在電話裡還嘻嘻哈哈地：「現在我這裡可是好得很吔，告訴你了你可千萬別羨慕得吐血。聽好了，我這裡有海，有沙灘，有瀑布，還有一個正在和你打手持電話的我。怎麼樣，夠不錯的吧？」

「那你有吃的東西、有火柴啊蠟燭啊什麼的嗎？」

「都有，哎呀，你怎麼這麼煩？要你聽聽瀑布，你倒好，盡在這兒唧唧歪歪。」

我便不再說，閉上嘴巴聽瀑布奔流的聲音。轟鳴聲裡，似乎還有一絲風聲在其間穿過，從聽筒裡抵達了東京，我眼前立刻出現了這樣一幕：沙灘上燃燒著小小的一堆篝火，距沙灘不遠的地方，是白練一般的瀑布，扣子就赤著雙足站在篝火邊給我打電話，說不定，她腳下還有只有在夜晚裡才會從海水中爬上岸的海龜和螃蟹呢。

倒也不錯。我想。

我本來想告訴她，我今晚到新宿找她去了，終於還是沒有說，便隨口問她：「怎麼會突然想起給我打電話呢？」

「想起你來了唄。怎麼，給你打電話還要小太監通報？」

正是扣子說話的方式和語氣。我又笑了起來。這時候，她的語氣卻柔和了一些：「也說不清楚究竟是怎麼回事情，這時候特別想和人說說話，就想起了你。怎麼，打擾了嗎？難道身邊有個小娘子？」說著說著，話筒裡就傳來了咯咯咯的笑聲。

「沒有沒有，下次還有這麼好的事情一定還記得我，看看你下次再讓我聽什麼。」我說。

「美得你吧。」她笑聲小了些，轉而說，「喂，上次跟你說過的日光江戶村，還記得嗎？」

我一時沒想起來。

「眞是受不了你，就是鬼怒川那邊的日光江戶村啊，我還對你說過，只有到那兒了你才知道刺激兩個字是怎麼寫的。」

「哦——」我連忙說，「想起來了想起來了。」

「明天下午，我請你去那兒玩。」

「好啊，那什麼時候碰面？」

「下午一點吧。我們在鬼怒川車站門口見。至於現在嘛，我就掛電話了。」

「那麼，好吧。」我想了想，又對她說了一句，「一個人在荒無人煙的沙灘上走著，眞的不害怕？」

「眞是奇怪了，有什麼好怕的？那麼多恐怖片你難道白看了呀。哎，不過，依我現在的狀況，倒是特別合適從瀑布後面走出一個吸血僵屍來。哈哈，好了好了，不說了，我掛電話了。」

話筒裡傳來的頓時變成了一陣忙音。

第二天下午，我從學校出來，在速食店裡吃了一份速食，就坐上了去鬼怒川的電車。在路上，我的眼前不斷出現扣子的樣子，我這人總有這樣一個毛病：無論再親近的人，哪怕只兩三天不見，我就會想不起他的樣子，眞是奇怪得很。因此，現在無論我怎樣想，也還是想不清楚扣子的樣子，便乾脆不想，對著車窗裡的自己、自己臉上的那顆滴淚痣發呆。

一出鬼怒川車站，我就看見了扣子，和我第一次見到她時的樣子並沒什麼兩樣：嘴巴裡嚼著口香糖，脖子上掛著一只貼著櫻桃小丸子頭像的手持電話。與上次不同的是，她身邊有一只碩大的、鼓鼓囊囊的旅行袋。

「這麼大的旅行袋幹什麼用啊？」我問她。

「等會你就知道了。」她對我一笑，心情似乎不錯。

她的頭髮有些亂，天藍色的短裙多少也有些皺了，另外，在她的胸口處似乎還沾著幾粒沙子，太陽一晒，沙子便閃爍出金色的光澤。於是我問她：「你是直接從秋田縣到這裡來的？」

「是啊。」

「那，你現在住在哪裡呢？」

我顯然是多嘴了，問了不該問的問題。她臉色一變，故意對我做出一副凶相：「小孩子怎麼這麼不懂事？什麼事情都想知道是吧，好好在家給我做家庭作業！」臉色又是一變，變出了幾分溫柔和狡黠，「作業做好了阿姨買糖給你吃。」

我能怎麼辦呢？只有苦笑而已。

她提起那只碩大的旅行袋要往前走，我連忙接過來，一起走到一家小店裡。她將旅行袋寄存在這家小店裡，說好天黑後來取，寄存費是三百日圓。辦好這些後，我們就朝日光江戶村走過去，她是一副輕車熟路的樣子。我剛想和她說句話，她卻回過頭來嘻嘻一笑：「不要問我，我來告訴你，我這是第九次來這兒了。」我目瞪口呆，她怎麼會知道我正好要問她是第幾次來這裡呢？

步行了幾分鐘，我們就走到了日光江戶村的門口。這裡可眞是一處堪稱遼闊的地方：清一色的江戶時代建築，青磚鋪就的小路兩側還隱約著連綿不斷的竹叢和樹林。怪異得很，這些日常司空見慣的東西，在此刻的光天化日之下竟活生生滲出了一股陰森的氣氛。

「可別走錯了路哦，這裡可到處都是迷宮。」進村之後，扣子提醒了我一句。

我有點心不在焉，眼睛被散落在身邊的一幢幢不祥的房屋所吸引了。這些江戶風格的房屋，清一色的青磚黑頂，窗子上全都掛著一面黑窗簾。正是這些黑窗簾一點點加重著我的不祥之感，使我感覺一下子就和村外的世界隔絕了，彷佛置身在遙遠朝代裡的某座古老凶宅裡，頓時就感到自己血管裡的血涼了下來，眞不愧是聞名東京的主題樂園。

日本人做事情，好像什麼事情都要盡量去接近他們心目中最眞實的那個細節。這裡也一樣，爲了讓這裡的環境更像江戶時代，整個江戶村都密布著一層濃重的霧氣，全然不似村子外面的光天化日。越往裡走，氣氛越來越詭異，霧氣也越來越重，房屋漸漸少了，樹林、竹叢和湖泊卻多了起來。「這裡到處都有機關，連樹林和花圃也不例外，喏——」扣子的手一指眼前的一片湖泊，再次提醒我，「我要是沒記錯的話，這下面應該是座水牢。當然，我是不會記錯的。」

我抬頭看了看，發現天空也暗了下來，與其說是暗，還不如說是近似天剛剛亮的樣子。遠處的樹林裡似乎有人在活動，也有輕輕的咳嗽聲傳來，間歇還傳來一聲烏鴉的啼叫，像一聲冷笑。我的心裡不由驟然一緊。

儘管我也知道這裡畢竟只是個主題樂園，但緊張感怎樣也無法消退。不僅如此，接下來我還會更緊張，因爲按照這裡的規則，遊戲開始之後，只能由每個人獨立完成，主要任務就是由裝扮成忍者的遊戲者去這龐大莊園的某處解救一個人，一路上，要經過密室、暗器和武士的伏擊才能最終完成任務。我們正往前走著，迎面從霧氣裡走來了兩個人。「總算還碰見人影了。」我心裡想著，也稍稍緩解了一點緊張感。可是，當他們真的從我們身邊走過時，我倒眞的寧願自己從來沒有見過他們：一個男人，一個女人。男人身著青袍，戴高冠，一副古代公差的樣子；女人則身著紅裙，頭上頂著一個高高的貴妃式髮髻，紅裙上繡著一條眼睛泛出幾許古怪之光的白蛇。他們都沒有說話，女人還不時低下頭去。我緊盯著她，發現她低頭是爲了塗指甲油。當他們從我和扣子身邊經過時，那個女人對我們妖媚地笑了一下，而我到這個時候才終於發現，她塗上去的根本就不是指甲油，而是貓的血，那個公差般的男人手裡正抓著一隻淌血的貓。

「喂！」有人突然拍著我的肩膀叫了一聲，叫我的顯然不是扣子，她就站在我的身邊。我下意識地一回頭，這下子，我無論再大的膽子，對世間萬物再無所謂，也仍然被眼前這駭人的一幕嚇住了。心臟猛烈地狂跳，彷彿要掙脫出我的身體：一個戴著青面獠牙面具的人站在我身後，他手裡的托盤上放著兩件長袍，一件男式，一件女式，另外還有兩個頭盔。我清晰地看見，此人的左手沒有小指，這沒有小指的手顯得非常突兀和恐怖。

「傻瓜。」扣子喊了我一聲，「接住啊，那是我們馬上要換的衣服和頭盔。」

原來如此，我接過了長袍和頭盔。長袍散發著一股檀香，但這檀香並沒能讓我的頭腦清晰一點，我仍然呆呆地站在那裡，看著給我們送衣服和頭盔的人漸漸走遠，慢慢消失在一片影影綽綽的竹叢裡。

遊戲，這就算是開始了。

我和扣子分別換好衣服，戴上頭盔，各自走進了掛著黑窗簾的房子裡。我進去的這間好像是座佛堂，一推門就可以看見一尊正朝我微笑的泥塑大佛。佛像下面是一張長長的供桌，桌上紅燭高燒，紅燭邊堆滿了獻給大佛的貢果，供桌之下的地面上躺著一支泛著寒光的劍。看到這支劍，我才想起自己的手上還沒有任何武器，那麼，這支劍可能就正是我的武器吧。我正要上前去拿，扣子戴著頭盔的腦袋從門外探了進來：「哎，忘記告訴你，你是第一次來，只要能從出口裡逃出去就行了，不必去救什麼人。不過，眞要逃出去也不是那麼簡單的哦。」說罷，她看了看我，又看看供桌下的那支劍，嘻嘻一笑，不見了。

我正要去拿那支劍，突然卻想起了扣子的笑，覺得其中一定有什麼問題，就留了心，先蹲下來，再取下頭盔，用它去觸動那支劍。我眞是沒有做錯：頭頂上那尊微笑的大佛突然一分爲二，分成兩半的身體赫然坦露出一個幽深的黑洞，一簇短箭，以閃電般的速度從黑洞裡飛奔出來，像長了眼睛一樣齊刷刷地刺進了對面的窗櫺上，假如我不是蹲著，而是徑直躬腰去取那支劍，那麼，它們就會毫無疑問地刺在我身上。這時我才看清了機關所在，這支劍的劍柄上繫著一根琴弦般的金屬絲，而這根金屬絲的另一端又繫在佛像的底部上，哪怕就那麼輕輕一觸，機關也還是被牽動了。我不由嚇出了一身冷汗，使勁盯著剛剛換上的那身長袍。我可以確信，它肯定是用什麼特殊材料製成的，否則就很難抵禦住剛才那簇短箭的攻擊。

現在，我該怎麼辦呢？我手持長劍戴上頭盔後茫然四顧，發現整個房間只有一條通道，那就是佛像一分爲二後出現的黑洞。除了這個黑洞，找不出第二條路可走，我能怎麼辦呢？只好擦了一把汗，腳踩供桌，爬進了那個黑洞。

黑洞既低又窄，我一邊蜷著身體往前爬，一邊想起了我和老夏初見時老夏在咖啡館裡對扣子說過的話：「扣子啊扣子，讓我說你什麼好啊！」

漸漸地，黑洞裡的路稍微寬敞了點，我也終於可以直起腰來了。依照地勢來推斷，我感覺自己已經來到了地平線以下，也就是說，我正走著的這條路其實是一條地道。眼前一片黑暗，我腳底突然一滑，差點就沒站住。踉蹌著身體朝旁邊的洞壁上扶過去，卻突然觸到了一個毛茸茸的東西，我心裡一驚，趕緊把手縮回來，與此同時，一隻蝙蝠從我剛剛觸摸到的地方飛了起來，緊接著又是一大群，地道裡到處都迴響著蝙蝠們撲扇著翅膀的聲音。

好半天之後，我終於來到了一片勉強能算得上寬闊的地方，是一個四四方方的小廳。廳的四周懸掛著從天而降的布幔，布幔背後有微弱的燭光，燭光背後是搖曳的人影，我定睛一看，發現那竟然是幾個武士正在打鬥。和中國的武士不同，日本的武士好像不會那些飛簷走壁的功夫，我的耳朵邊間歇會傳來刀劍的撞擊聲和他們粗重的喘息聲，氣氛簡直令人窒息。一會兒，武士們全都消失了，微弱的燭光突然熄滅。在臨要熄滅的一剎那，我清楚地看見從天而降的布幔被濺上了層層血跡，血跡濺上去以後，順著布幔，一滴滴掉落在地上。

我索性閉上眼睛，什麼也不管了，絕望地想，閉上眼睛往前走吧，走到哪算哪。我的去路，顯然就是那些武士消失的地方，除此之外別無他路。好吧，那就走吧。我閉上眼睛走了幾步，手觸到了布幔，也觸到了布幔上的血。「管你是什麼呢。」我心裡想，「無論如何，我也不睜眼睛了。」沒想到的是，我一腳突然踏空了，更加沒想到的是，這踏空的一步，竟然把我帶到了齊腰深的水裡。還是不管。直覺告訴我，只要我一睜眼睛，一幕空前駭人的場景就會在我眼前出現。

不知道過了多長時間，我終於從齊腰深的水裡上了岸，全身竟然冷得哆嗦起來，我隱隱感到，前方有一絲白光，我便再也把持不住，在幾近癲狂的興奮中睜開了眼睛。我注定要爲自己睜開眼睛後悔：在齊腰深的水裡，在我剛剛經過的地方，十幾條鱷魚正待在那裡和我沈默地對視著。

事情卻沒到結束的時候，我的心臟注定還要再次狂跳不已：我的脖子上突然多出了一樣涼颼颼的東西，假如我沒猜錯，那應該是一把刀。

在這一刻，我敢發誓我的確已經忘記了自己是置身在一場遊戲之中，而是以爲來到了屬於自己的窮途末路，更何況，用刀架在我脖子上的人還冷冰冰地對我說了一聲：「放下武器，繳槍不殺。」

見我沒有反應，這個冷冰冰的聲音一瞬間轉爲了笑聲：「早知道你的膽子都被嚇破了，特意來救你的，傻瓜！」

這下子，我知道背後的那個人到底是誰了。

我發瘋般地轉過身去，又發瘋般地緊緊攥住了她的手。

我還想親她的頭髮、她的嘴唇，但是終於沒有。

從日光江戶村裡出來好半天之後，我仍然心有餘悸，大汗淋漓，而扣子卻悠閒地吃起了香草霜淇淋。看著身邊悠閒自在的她，我也不知道說什麼好，相信別人的體驗和我大致也會差不多：在經歷了一件恐怖至極的事情之後，會虛弱到懶得說一句話。

「緩過來沒有？」扣子神色自如，咂著霜淇淋對我說，「沒緩過來也得趕緊緩啊，待會兒還要靠你幫忙呢。」

「幫什麼忙？」我有氣無力。

「賣東西。我從秋田縣那邊進了一批小雜貨，招財布貓啊小鐘錶啊什麼的，一大堆，裝了滿滿一袋子，待會兒我賣的時候你幫我收錢。」

「哦，這樣啊。」我這才知道她的那個鼓鼓囊囊的旅行袋裡到底裝的什麼東西。

「實話告訴你吧。」她壓低了聲音，嘴巴裡只剩下一根霜淇淋的竹籤，「我在這裡有仇人，你的眼睛得放亮一點，碰到他們你和我都完了。一會兒你要是看到什麼不對勁的人了，一定記得馬上告訴我。」

「既然如此，為什麼還要來這裡賣呢？」

「生意好啊——眞是問得新鮮！」

我就不再問了，跟在她背後往寄存了旅行袋的那家小店走過去。這時候，天已經黑了，霓虹將夜色浸染得彷彿一處太虛幻境，遠處的二手衣店裡傳來了一段爵士樂，是費茲．華勒（Fats Waller）的〈A-Tisket, A-Tasket〉，一種久違的迷離之感便再次席捲了我。一邊朝前走，我一邊問自己：「我怎麼會出現在此時此刻呢？」

沒容我多想，扣子已經從小店裡取出了旅行袋，見我發著呆，就朝我一努嘴巴：「我發現你這人怎麼這麼差勁呀，一點都不紳士，有看著一個女人提這麼重的東西也不搭把手的男人嗎？」我慌忙把旅行袋接過來，跟著她走到鬼怒川車站出口處。她先從旅行袋裡找出一塊藍色格子布鋪在地上，隨後就把旅行袋裡所有的東西都倒了出來，花樣的確不少：除了招財布貓和小鐘錶，還有鑰匙圈啊銀飾啊超人氣偶像的海報啊什麼的。

生意的確相當好，我們身邊立刻聚起了一群年輕人。扣子的日語說得實在流利，足以應付和顧客的討價還價，當價錢談妥後，她又用流利的京片子告訴我該收多少錢或該找出去多少錢。熱熱鬧鬧一陣子過去之後，我數著手裡的錢，發現那些小東西已經賣出去了至少三分之一。從現在到十二點，電車收班還有好幾個小時，那麼，這些小東西全部賣完應該就不是什麼難事。扣子絲毫也沒有放鬆警惕，等人少了點，她又抽空叮囑了我一句：「你千萬可得注意著點我的仇人啊，要是被他們逮著了，我們不被打死也會被打個半死不活。」

「到底誰是你的仇人？」我問。

「說起來，也算不上仇人，是我借了他們的高利貸。」說著，她停下來往四周稍微打量了一下，「我借的錢，再加上他們的利滾利，只怕這輩子都還不起了。」

「那到底是多少錢呢？」

這下子，她又不耐煩了，正要訓斥我一番，幸虧又一班人流從車站裡湧了出來，她趕緊用熟練的日語去招徠他們。剛招徠了幾句，她回過頭來對我說：「不知道爲什麼，今天的感覺特別不好。」

她的預感，倒眞是一點也沒有出差錯——

一撥人群剛剛散去，另外一撥人就圍了上來。扣子突然對我喊了一聲：「完了，快跑！」我根本來不及反應，她已經發足狂奔起來了。我下意識地感到大事不好，想追隨她一起往前跑，但腦子裡一作閃念之後決定往與她相反的地方跑，也許這樣可以使追她的人少一些，她也就能僥倖跑脫了。不過還是晚了，還沒跑兩步，我的身體被一腳踹翻在了地上。我踉蹌著爬起來繼續往前跑，也回頭看了一眼，扣子已經消失不見，應該跑到安全的地方去了吧，我想。

我的心放安了一些，我的步子也放慢了一些。

我乾脆站住了：不就是挨打嗎？那麼，來吧。

剛剛站住，一支木棍就朝我的腦袋上砸來，我下意識地一躲閃，也沒躲閃過去，木棍還是砸在了我的胸口上。疼痛感如此巨大，還來不及承受，好幾隻拳頭便緊隨著朝我臉上猛擊過來，我仰面倒在地上，嘴角也嚐到了一絲鹹腥的味道，我知道，那是血。

我躺著，兩隻手緊緊抱住腦袋，其餘的地方再也管不了，索性也不再管。臉貼在地面上，喘著粗氣，我想，打吧，不管打到什麼時候，也總是會結束的吧。

是啊，總有個結束的時候。這一刻來了之後，我緩慢地從地上爬起來，手裡還捏著幾張紙幣。只剩下這幾張了，其餘的都被搜刮一空。事情就是這樣，我不光挨了打，賣那些小東西得來的錢，還有我自己的錢包，都被搶走了，只有幾張紙幣掉在地上，我從地上爬起來的時候把紙幣也撿了起來。我往剛才和扣子分頭跑開的地方走回去，只一眼我就看見了扣子，她正坐在地上收拾著剩下的小東西。不遠處，一隻滾到道路中央去的招財布貓正在被一輛行使的汽車碾壓過去，就在這時候，扣子突然將手裡的一串鑰匙圈朝著那輛汽車猛砸過去，又用雙手捧住了自己的臉。她的長髮散亂地垂在胸前，之後，又被風吹得飄拂起來。

我喘著粗氣走到她身邊，想了想，把手搭在她的肩膀上，這時候才看見她的衣服上留下了幾個清晰的鞋印——她和我一樣都沒能逃脫挨打。

她在哭，她捧住臉是爲了不讓別人看見。

我的手，從她的肩膀上慢慢來到了她的頭髮上，她的身體像是一震，哭泣聲便大了起來，嘴巴也在不斷地說著：「他媽的！他媽的！」

我慢慢扶起了她的頭，這下子，她的臉被霓虹照亮了，我終於能夠看清楚，她其實已經鼻青臉腫了，除了鞋印，她的耳根處還在滲著血。我伸出手輕輕觸了一下她臉上的傷處，頓時，她疼得咬緊了嘴巴，眼淚伴隨疼痛從眼眶裡湧出來，滑落到嘴角，也和傷痕一起被霓虹照亮了。

她打掉了我的手，把臉轉往別處，看著遠處的某個地方，不說話。

我不知道從哪裡來的勇氣，又把她的臉扶過來，對準我。我們就這樣互相看著對方，她仍然在抽泣著。

看著看著，我們竟然笑了起來。我的笑是哈哈大笑，她的笑既不是嘻嘻地，也不是咯咯咯地，而是突然地噗哧一下。

我笑著對她仰起手中僅有的幾張紙幣：「去喝啤酒？」

「去喝啤酒！」

她吸了幾下鼻子，繞到我身後，紅著眼睛，推著我往前走。

第四章

迷離

一天中午，風雨大作，我正在午睡，接到了阿不都西提的電話。他告訴我，梅雨莊的主人自殺了。儘管事出突然，但是我們怕也只能搬家了。因爲還沉浸在睡夢之中，我並沒怎麼聽進阿不都西提的話。我這個人總是這樣：再大的事情也上不了心。我肯定是聽著阿不都西提的電話就睡著了，等我再次醒過來，居然發現連電話都沒掛好。醒來後，一種強烈的、說不清緣由的悔恨絞纏著我，我點了支菸，隨便翻著本畫報，翻著翻著，這才想起阿不都西提打來的電話，就再給他打回去。

悔恨仍然在絞纏著我。

我抽菸的時候，我在悔恨；我洗澡的時候，我在悔恨；當我坐在酒吧裡給啤酒裡加上一個冰塊，悔恨在冰塊落入水中後迅速綻開的氣泡裡；當我百無聊賴地在鐵軌上散步，悔恨在電車撲面而來時迅速生成的風裡遊蕩著。

它明明在，我卻看不見。

我到底在悔恨什麼？我也說不清楚。它具體萬分，卻又消散於無形；我想撫摸它，可注定了撫摸它就像撫摸從手指處繚繞升起的煙霧一樣虛妄。我猜想：一直到死我都會這樣了吧？

電話接通之後，阿不都西提告訴我，事情實在發生得突然：梅雨莊的主人突發奇想，去非洲小國盧安達買了一塊地，準備在那裡辦英文學校。去銀行貸款的時候，他拿梅雨莊作了抵押，結果，盧安達發生了政變，一群軍人推翻了原來的政權，他以前的土地現在的政府拒不承認，他只好冒著極大的戰亂風險去了一趟盧安達，終究沒有用。回來後，銀行幾乎一天催他一次儘快還款。就在昨天晚上，他喝得醉醺醺地從小田急百貨公司的第十五層樓上跳了下去。現在，只剩下幾天的工夫，梅雨莊裡的所有房屋就要被銀行收走了。

那就搬走吧，接完電話後，我邊翻著畫報邊想。

可是，搬到哪裡去呢？我倒是好好想了一會兒，也沒想出什麼頭緒來。那就別想吧，我對自己說，反正有的是中文報紙，中文報紙上也有的是房屋租賃廣告，實在沒辦法了我就照著廣告去找房屋租賃公司想辦法，無非多出點介紹費。

窗子外面眞算得上風雨大作，陰鬱的天空被大雨拉近了和地面的距離，生硬地擠壓在城市的上空，似乎從某幢高樓上腳踩一把梯子就可以上到黑壓壓的雲層裡去。還有閃電，它穿透雲層，從高樓與高樓之間當空而下，從樹杈與樹杈之間當空而下，發出了奪目的光芒。

我感到焦躁不安。這種情形對於我倒是一直少有，今天卻不知道爲什麼，難道焦躁感一直在我的血管裡流淌著，我卻沒有發現，只是今天被陰鬱的天氣喚醒了？

此刻我希望身邊有一個人，不管是男人還是女人，不管我和他說不說話，只要他坐在一邊，我就會感到心安。原來，我也是這樣喜歡湊熱鬧的人啊。

我突然想見一個人，扣子。

說起來，我和扣子已經又是好久不見了。上次在鬼怒川一起挨打之後，我們大概只見過兩次面，後一次是她不知道在哪裡掙了錢，請我去新宿的電玩廣場打電玩。說是請我，其實整晚都是她一個人在玩，我多少有點無聊地在她身邊看著，暗自驚異電玩對她怎麼會有如此巨大的吸引力。不過她高興就好，畢竟能找到一種可以誘惑自己的遊戲也不容易，在我看來就是這樣。

那麼，她現在在哪裡，又在幹什麼呢？

那晚從電玩廣場分手後，她只給我來過一次電話，說是在歌舞伎町一條街上的一家脫衣舞酒吧裡打工。在電話裡，她對我說：「我也不瞞你，我其實就是個下賤女人，說我是妓女也行，說我是婊子也沒錯。」

「別別，別那麼說。」不知道爲什麼，我居然感到慌張，聽到「妓女」兩個字之後，就趕緊想阻止她說下去。

「怎麼，怕了？要麼就是覺得丟臉了？」

「沒有沒有，無所謂的——噯，下次你要是再進貨的話，多進個招財布貓，最近我也突然想要一個。」我故意引開了話題。

「還進什麼貨啊？你這個烏鴉嘴，是想咒我再去挨頓打吧？良心簡直大大地壞了。不過，我這裡還有好幾個呢，下次見面的時候送一個給你。」

「那麼，我們什麼時候再見見？」

「再說吧，最近挺忙的。」

「對了，你現在住在哪裡？」

「小孩子問那麼多幹嘛！」

她又半眞半假地惱了，隔著電話我也能看見她發惱時眉毛一蹙的樣子。

那麼，今天，現在，她還是在那家脫衣舞酒吧裡打工嗎？到底是哪一家呢？我想見見她，想見見她像個小阿姨般訓斥我的樣子。是的，很想見。

我馬上給阿不都西提打電話，要他幫我找找老夏的電話號碼。號碼很快就找到了，我立刻給老夏的畫廊裡打過去，老夏卻不在，電話響了半天之後，是老夏的妻子來接的。接電話時的那聲「喂」是上海口音，我想了想，沒說話就掛上了。

我得去新宿找她。

已經是入秋的天氣，加上窗子外的風雨越來越大，但是我不想管這些了，套上一件薄薄的毛衣，我便推門而出。一出門，才知道風雨大得超出了我在屋子裡的想像。儘管也打著傘，但是根本就起不了什麼作用，等我好不容易坐上電車，全身上下已經幾乎全濕透了。好在車上的人特別多，我倒是沒覺得有多冷，可能是因爲雨太大之後人們都不願意開車的關係，車廂裡竟然想找個落足的地方都很困難。我站在車廂中間，也沒有吊環可抓，就搖搖晃晃地看著電車外的景致發呆：秋天的確到來了，一閃而過的街心花園裡正在開放著的已經不是夏天的花朵，而是金黃色的波斯菊，還有暗紅色的百日草。

我也不知道今天自己是怎麼了，反正，一種濕潤的情緒正在慢慢浸濕我，我覺得自己孤單，哪怕身邊站滿了人。這種感覺，可以說是傷感嗎？

像上次和阿不都西提來新宿找扣子一樣，其實，這一次我也沒抱太大的指望。新宿畢竟這麼大，歌舞伎町一條街也畢竟這麼長。下了車以後，雨漸漸小了，空氣清新得使人迷醉，我就把雨傘收了，往歌舞伎町那邊閒蕩過去。路過「Times Square」這個以「吃喝玩樂」爲口號的大樓時，我在玻璃窗外向大樓裡面多看了兩眼，扣子會不會正好在裡面打電玩呢？當然看不見，即使她在裡面，也被淹沒在潮水般的人群裡了。離「Times Square」大樓不遠，便是著名的紀伊國屋書店，想想要是找不到扣子的話，去紀伊國屋書店買幾本中文雜誌回去看，倒也不錯。

當然沒辦法找到她，況且我對日語也是半生不熟。一般說來，即便脫衣舞酒吧，也不會在店前的招牌上寫自己是「某某脫衣舞酒吧」，對我來說，想要猜透招牌背後的隱祕含義，簡直就是不可能的。閒蕩了一會兒之後，我又在公用電話亭裡給老夏的畫廊裡打了個電話，這次乾脆沒人接。放下電話，我想了想，便決定去紀伊國屋書店。

我能感覺到，自己身上的焦慮感放鬆了不少，儘管想見到扣子的念頭一點也沒減少，甚至當我走過一條巷子的時候，總是會不自禁地想一遍：她會不會正好從巷子裡走出來？心裡還是輕鬆得多了，更奇怪的是，我突然——幾乎就在短暫的一瞬間，覺得自己今天一定能夠和扣子見上。

在紀伊國屋書店，我只怕消磨了有兩三個小時。下雨的緣故，書店裡的人不太多，正好落得個清淨，我找了兩本中文書：一本是大陸出的《貴州民間剪紙》，一本是台灣出的《民國七十五年優良詩歌選》，又去買了杯綠茶，就到閱讀區去找張桌子坐了下來。我心想，這裡要是允許喝啤酒的話，就眞是再好不過了。

從書店裡出來的時候，我還是買了一本香港出的中文雜誌，一邊隨意翻著，一邊往歌舞伎町一條街走過去。此時天已經快黑了，街上的人卻漸漸多了起來。東京這地方就是這樣，尤其是新宿一帶，夜越深人就越多。這樣怪異的城市，全亞洲只怕也找不出第二個了。

正往前走著，眼前突然出現了個女孩子。我看了她一眼，決然想不到她和我會有什麼關係，但她卻對我半欠著身鞠了個躬。接著，我便聽到她用日語對我說了一聲：「打擾了，實在對不起。」

我下意識地也用生硬的日語想當然地問她：「有什麼事嗎？」

從我生硬的語氣裡，她好像也明白了我是個外國人，微微張了張嘴巴表示驚訝，這驚訝在此時其實也算作是禮貌的一部分，不過，這並不妨礙她接著要對我說的話。她接下來說的話，大概意思是「您需要幫助嗎」之類。我多少感到有些莫名其妙：正在大街上走著，突然被一個素不相識的女孩子攔住，而她又在問我是否需要幫助，我不得不需要再好好想想她到底在對我說什麼。

沒花多長時間，我突然明白過來，她是在問我是否需要援助。這裡的「援助」和「幫助」的意思大有不同。我知道，在新宿這邊，有許多女學生在放假或休息的時候，會在大街上尋找願意讓她們陪著進汽車旅館的人，以此來賺回自己的學費和零用錢。這種情形在新宿這邊十分普遍，這也就是所謂的「援助交際」了。

我來新宿也有不下幾十次，從來還沒碰到過尋找「援助」對象的女孩子，今天是第一次，我不由多看了這個女孩子兩眼。無論從相貌還是身材看來，這個女孩子均屬平常，倒讓人更加覺得她就是一個上午還坐在教室的課堂裡聽課的女學生。

「走吧，你帶路，我跟你去——」我突然說。

聽我這樣說，她好像還有點不太相信，輕輕地「啊」了一聲，有點慌亂的樣子，接著便微笑著對我欠了欠身，意思是把路讓開，讓我走在前面。我們同時邁開腳步，她雖然差不多與我平行著，但還是落後了我一個肩膀。一切和我平日裡看見的日本女孩子的語氣和神態並沒有什麼不同。

走了一段路，也沒有說話，她可能覺得未免有些生疏，伸出手來，淺淺地靠近了我的手。不是握，是輕輕地一觸，像是偷偷地，生怕別人發現了。我不禁又朝她看了一眼。她的臉紅了，對我說了聲：「啊，眞是不好意思了。」

汽車旅館就在附近，轉過幾條街道便是，我交了錢，領了鑰匙，打開了一個房間。房間實在太小了，不過也難怪，一輛並不算大的公共汽車居然被分割成了四個房間。進房間之後，狹小的空間也讓我不知道該怎樣才好，就把電視打開了。電視裡正放著一部關於野生動物的專題片。當電視螢幕上出現一頭犀牛，和我同來的女孩子說：「聽說，一隻犀牛角要賣好幾萬美元呢。」顯然，爲了使我們盡量避免尷尬，她也在尋找著適當的話題。

「是啊。」我也回應著她，「大概是用來製藥吧。聽說犀牛角是世界上最好的壯陽藥。」一時我竟忘了再次使用生硬的日語，不過要眞是講日語的話我也說不好，別的不用說，僅僅「壯陽藥」三個字，我就不知道用日語該怎麼說。她臉上閃過一絲困惑，又紅了臉問我：「我們，現在，是該脫衣服了嗎？」

「這樣啊，那麼——好吧。」我說著站了起來，準備脫衣服，而她卻轉過了身體背對著我，悄悄地。等我也脫完了再看她，她也一絲不掛了。她有點瘦小，但膚色非常白皙，藉著房間裡的燈光，可以看見她的膚色白皙到了可以隱約看清血管的地步。我先上了床，然後，她才轉過身怯生生地問我：「對不起了，可以把燈關掉嗎？」

「好的。」我去按電燈的開關，但開關卻失效了。

「啊，這樣的話，就不麻煩了。」她也注意到開關失效了，連忙對我說，「眞是對不起了，一會兒，能用被單把我們罩住嗎？總是害羞，以前雖說也有過兩三次，但每次都對別人提出這樣的要求，眞是丟人死了。」

這時候，她也上了床，和我躺在一起。我已經能淸晰地看見她的裸體：小巧的乳房，不盈一握；還有纖細的腰部，光潔得像是敷了一層水銀；圓圓的肚臍之下，是黝黑的一叢，被她的手有意無意地擋住了。她沒有擋住的時候，我就正好可以看見。奇怪的是，它明明是黝黑的一叢，我卻無由想起了一片綠色的山谷，還有山谷裡的流水、流水下的岩石和岩石上的青苔。

我不再想了，我側過身去摟住了她，親她的乳房，也伸手扯過旁邊的被單，將赤裸的我們包裹起來。被單裡的微光剛好能讓我看見她的臉和身體。我的嘴唇剛剛觸及到她的乳房，她的身體便是一陣輕輕地戰慄，雙手觸電般抱緊了我的頭。當我的手從她腰間滑落到她的雙腿上，我能感覺出來，她已經濕潤了。

我突然感到虛無。我知道這虛無必將到來，可竟然來得這麼快。我一邊使出全身力氣進入她，一邊像一條躍上岸的魚般虛無地喘息著。我閉上了眼睛想躲避它，剛一閉上眼睛，腦子裡卻奇怪地出現了這樣一幅畫面：在一片漆黑的曠野上，年幼的我正在赤身裸體地奔跑，我的身邊長滿了比我的身體還高的蘆葦，我不知道自己要跑到哪裡去，只知道要往前跑。當我看不見前路的時候，閃電會降臨，給我指出一條路來。遼闊的曠野上只有一個奔跑著的我。就是這樣，當我大汗淋漓地進入到一個人的身體裡去，卻感到全世界只有我一個人。

可能是我心有所思的緣故，整個過程進行下來，竟然出奇地好，我的確在雜誌上讀到過類似的文章：做愛的時候，多想想其他的事情，時間就可以延長很多。在最後的時刻即將到來的時候，我看到她的臉上已經扭曲了，此前輕聲的呻吟逐漸轉為急促，被單裡都是汗水，我和她的身體全都是濕漉漉的了。

她的身體突然猛烈地戰慄起來，我能感覺到她的每一層肌膚都在不由自主地抖動。「天啦！」

她叫出了聲，「快，我要來了，親親我！」

我沒有親她，在一陣迷亂中，我也迎來了最後的時刻。之後，我仍然匍匐在她的身體上，我的頭使勁往她的懷裡鑽，像是要重新回到母親的子宮裡去。

我想離開了。離開她，離開這家汽車旅館。

稍微躺了幾分鐘，我起身對她說，我想出去買兩罐啤酒來一起喝。穿好衣服之後，我沒看她，從錢包裡掏出幾張日鈔來放在電視機上，相信她也看見了，然後，我走出房間，拉開了汽車旅館的門。見到我一個人先出來，汽車旅館的人不禁有些詫異地多看了我兩眼。

雨還在下著，沒走出去多遠，我就聽到那個女孩子在背後叫我。我轉過身，她正好匆忙跑上前來，喘著氣對我說：「實在對不起了，能要你的電話嗎？」

我略微一遲疑，答應了她。她匆忙打開包，取出圓珠筆和一個通訊錄遞給我，我便接過來寫了名字和電話號碼。

把圓珠筆和通訊錄還給她以後，她並沒有和我道別，而是有些窘迫地對我說：「眞希望下次還能見上。說實話，以前也做過，感覺總是不好，今天，相信你也可以看出來，我沒有演戲，你能看出來的吧？」

「是的。」我回答她。

「那麼——」她的臉上又閃過一絲紅暈，接連往後退了幾步，對我微微欠身，「下次有機會的時候再見面？」

「好，再見。」

「再見了。」

她不知道，我給她留的名字和地址都是假的。

我悲哀地發現，一種占據了我全身的陰影，可能是傷感，可能是焦慮，可能是虛無，仍然沒有從我身上消退——「它的影子遮滿了山，枝子像香柏樹；它發出枝子，長出大海，發出蔓子，延到大河」。假如我沒記錯，《舊約全書》的《詩篇》裡似乎有這樣一段話。

從CD店裡飄來一陣歌聲，只是短暫的一瞬，但我還是淸晰地聽見這正是吉本斯的聖歌，可能是顧客正在試聽吧，連一支聖歌都沒放完就戛然而止了，我卻被擊中了。在人頭攢動的夜新宿，誰也不會注意到一個年輕男子站在CD店前發呆，他們也許更不會知道，剛才從店裡飄出的那支聖歌正是最著名的教堂讚美詩之一：《這是約翰所記》。

我又走神了，想起了如下場景：在陰鬱而泥濘的十八世紀歐洲鄉村，一群孩子正屏息靜聲地傾聽一位長袍神父的祈禱，在他們身後，是堆積如山的戰亡士兵；更遙遠的中世紀，一位來自埃及的新娘正站在英吉利海峽的岸邊對著滿天大雨發愁，她要趕到海峽對岸去舉行婚禮，卻不知道自己的未婚夫已經死在前一夜的火災中；在我的祖國，明朝，一個雛妓正蹲在河邊目送自己疊的紙船順水漂流而去。

當我從這些場景裡甦醒，意識到這是在新宿，竟沒緣由地心裡一動：現在去杏奈那裡聽幾張CD如何？於是，我馬上就去公用電話亭裡給杏奈打電話。

電話接通之後，聽到我的聲音，可能是我很少給她打電話的關係，杏奈驚訝地「呀」了一聲，便急忙對我說：「能聽到你的聲音太好了，你知道嗎，明天我就要去印度了——」

我不禁感到突然，也有點詫異：「不是一直打算去敦煌嗎？怎麼突然要去印度呢？」

「電話裡一時也說不清楚，要是沒別的事情，能到我這裡來一趟嗎？很興奮，還眞想和你說說話呢。」

「是嗎？那可眞是巧了，不知爲什麼，現在特別想來你這裡聽德布西，還想喝你家的茶。」

「這樣啊。」杏奈在那邊更高興了，「那就請儘快來吧，放下電話我就去把院門打開，半個小時後見面沒問題吧？」

「沒問題。」我說。

半個小時多一點的樣子，我站在了杏奈家的院門外，院子裡的燈亮著，幽光下的院落和我上次來時並沒什麼兩樣。我一進院子，就聽到德布西的歌劇《聖塞巴蒂斯的殉難》已經隱約從房子裡飄了出來。按響門鈴之後，聽見杏奈在裡面說：「門沒關，直接進來吧。」我推門而入，正好碰見她端著兩杯綠茶從樓梯上下來，看到我，她有些調皮地對我做了個鬼臉，用手一指音箱：「已經開始了哦——你的德布西，這可是我父親千辛萬苦從義大利蒐羅回來的，我都還來不及聽呢。」

「是啊，德布西在天有靈的話，看到你父親那麼辛苦地找他的唱片，一定會後悔自己生錯了時代。有你父親這樣的樂迷在，他也就不用靠寫樂評過生活了。」我笑著說。

她把一杯綠茶遞給我，坐下來，再從地板上拖過兩個布墊來靠在背後，我也和她一樣坐下。她顯然特別高興，一直在笑，是那種比平日裡燦爛得多的笑。接著剛才的話題，她對我說：「德布西要是活在今天的日本，依他時而狂妄的性格看來，倒是有可能變成另外一個麻原彰晃，也成立一個奧姆眞理敎之類的組織。果眞這樣的話，作爲信徒的我父親，說不定還有我，可就要遭殃了。」

她竟會有如此奇異的想法，眞是我沒有想到的。看來，快樂和想像力也是密不可分的，她的快樂顯然來自她即將開始的印度之行。

「怎麼會想到去印度呢？」我問她，「而且還這麼突然？」

「說起來，可眞夠突然的，還得感謝我的父母。印度比哈爾邦的一家藝術基金會邀請他們去那裡住一段時間，可是，他們要留在國內完成幾幅作品，這些作品已經被訂購了，必須儘快畫出來。最後，商量的結果是讓我替他們去。爲了使主人不感到不高興，他們明天會送我一起去，然後留下我單獨在那邊生活一段時間。從他們往常的經驗看來，這種事情在別的畫家身上經常發生，主人也往往不以爲怪。」一口氣，杏奈對我說了這麼多。

「那眞是要恭喜你了。」我說，「可是，沒聽說你對印度感興趣啊。」

「是的。」她回答我，「感興趣是近來的事情。知道自己有可能去之後，就專門找了關於印度的書來看，還買了印度音樂的CD，聽著聽著就入迷了。你想想，在印度的有些地方，至今還有民間藝人用豎笛吹出的音樂使一條蛇爬上半空，多麼奇妙啊，我希望明天就能看見。所謂的眼見爲實，說的就是我現在這種感覺吧？」

「那麼，我們換首曲子聽吧——」我指了指音箱，「傳說這首曲子有不祥的東西。換首熱烈點的，比如史特勞斯。」

「曲子有不祥的東西？」杏奈馬上問我，「是怎麼回事呢？」

未經確切考證的傳說：謠傳《聖塞巴蒂斯的殉難》這首曲子正式公演第一場後的當天晚上，唱女高音的演員便被一隻從叢林裡闖進城市的黑猩猩咬死了。不久，女中音也在自己的家中死於非命。更奇怪的是，這部作品有史以來最出色的指揮坎泰利，也是斯卡拉歌劇院的總監製，在德布西死去近一百年的一九五〇年，一天，當他再次接受邀請去指揮這部歌劇的時候，在前往演出地的時候死於一場空難之中。也正是坎泰利的死，有關這部歌劇是不祥之曲的說法才再度傳揚起來。不過，這個時候對杏奈說起這些，顯然不夠恰當。

「那麼，你父母呢？現在不在家嗎？」我連忙岔開了話題。

「啊，他們就在樓上，我父親還說什麼時候和你談談德布西呢。」

「那可怎麼敢啊。」

就這樣，我邊聽曲子邊隨意地談著什麼，不覺中，兩個小時過去了。我想起杏奈可能還要收拾行李，就起身告辭。杏奈也沒有挽留，送我到院子門外，在道別的時候，她對我說：「從印度回來後，我直接到你的住處去找你。到時候，只要聽到房間外面有笛子聲，就出門迎接我吧。對了，到了那時候，可千萬不要被一條爬在半空中的蛇嚇著哦——」

「呵呵，那我就吹口哨，攪亂你的笛子聲，讓它聽不見。」我笑著回答她，也像她一樣微微鞠了躬，就此別過。雨仍然在下，我的腦子裡又浮現出了扣子的樣子，只是無論我怎樣想把她想得更清楚一些，她的樣子就愈加模糊難辨。

扣子，今天晚上，我還能見到你嗎？

在電車上，我還在想著扣子的樣子，想著想著，一種空落之感便又回到了我身上，深入每一處骨髓。看著窗外的黑暗，我想：我和扣子，大概是一片大海上的兩艘帆船吧。在海面上越走越遠之後，岸上的人看它們就像兩個小黑點，還以爲他們是同伴，實際上他們卻並不是，儘管他們也互相知曉了茫茫大海上對方的存在。窗外的黑暗中，偶爾會有一幢高高的大樓出現在我視線裡，我想，它大約也是孤單的吧。剛有這個念頭，這幢大樓在我的想像中就變成了太空來的隕石，此刻正站在都市裡沈默地回憶著它的前世；也會有一根電線杆被我看見，我仍想，它還是孤單的吧，馬上，它在我的想像中就變成了上世紀一艘沉船上的桅杆，當然，它有可能早就忘了自己的前世。

還是《舊約》，《以賽亞書》裡曾經說：「耶和華使大地空虛，變爲荒涼，那時百姓怎樣，祭司也怎樣；買物的怎樣，賣物的也怎樣。」還說，「那時候新酒悲哀，葡萄樹衰殘，心中的歡樂都止息，擊鼓之樂止息，宴樂人的聲音完畢，彈琴之樂止息了。人必不得飲酒唱歌，喝濃酒的，必以爲苦。」

不過，我他媽的是不是也有點矯情了？得打住了吧，我對自己說。

在吉祥寺站口的過街天橋上，我決定一回家就再給老夏打電話。茫茫東京，我也似乎只有通過他才能找到扣子了。假如再找不到他，我就要阿不都西提去幫我找到他的手持電話號碼，今天晚上，我一定要找到扣子。

在國內的時候，當我看報紙，經常看見這樣的話：「我們的目標一定要達到，我們的目標也一定能夠達到。」在過街天橋上，我也好玩地想起了這句話，還唸出了聲。整整一天的壞心情到這時候才眞正好轉了起來。

下了天橋，我找到一個自動售貨機買啤酒，這裡已經能看見梅雨莊了。我一邊抄起啤酒一邊往梅雨莊看了看，發現我和阿不都西提的房間仍然黑著。看來，阿不都西提又到醫院裡守夜去了。當我喝著啤酒走到梅雨莊院門外，不禁嚇了一跳——扣子就雙手托著腮坐在我門前的石階上。我的腦子眞是混亂了，一時間竟以爲自己是走在新宿的哪條巷子口，正好碰見她也坐在巷子口上。但不是，她現在就坐在我的房間外面，眞眞切切。我急忙推開院門進去，這時她也看見了我，勉強對我笑了一下，也揚了揚手算作打招呼。我幾乎是三步兩步跑到她的身前，她沙啞著聲音告訴我：「我發了好幾天燒，受不了了，沒地方住，只好找你來了。」

她顯然病得不輕，我拿起她丟在一旁的亞麻布背包，扶著她進了屋。我能感受到她的虛弱，她的身體一直在微微抖著。但是，扣子就是扣子，進門後的頭一句話就對我說：「看到了吧，臉上長滴淚痣的人總是會混得這麼慘，小心你也有這一天吔。」

接下來的幾天，我不得不經常對著報紙找房子。在東京，除了阿不都西提，我並不認識什麼交往相對深入的人，所以，除了翻報紙，似乎也沒別的辦法可想了。有意思的是，自從我把扣子留在梅雨莊，當天晚上就在電話裡把這個消息告訴了阿不都西提之後，他就再沒回來過。他顯然還是有點不好意思見到她的。不過，在快掛電話的時候，他在話筒那邊笑著問我：「這下子你看清楚了吧，她的胸部可眞是夠標準的啊。美國的瑪丹娜，還有日本的飯島愛，只怕也就只夠這個標準吧？」

看起來，我們從梅雨莊裡搬走已經迫在眉睫，阿不都西提應該也在四處找房子，但他搬走的時候總是要回梅雨莊收拾他的東西，所以，我和他應該還能見上，扣子也就應該還是會和他遇見了。幾天過去之後，扣子的身體好多了，當她得知我即將從梅雨莊裡搬走的時候，和我開玩笑說：

「這就是你從此走上窮途末路了，怎麼樣，我沒說錯吧？」

「你這張嘴巴可眞是烏鴉嘴。」

「不過，東京這麼大，找房子應該不是什麼難事。」

「那你和我一起找吧，找到了我們就住在一起。」

「誰跟你住啊？我可沒錢住梅雨莊這樣的地方。」

「沒關係，我有錢。」

她顯然有些吃驚，盯著我看了一眼：「你是說眞的？」

「當然說眞的啊。」我回答他。

「你爲什麼要這樣？你這個人，說你古怪，你還眞是夠古怪的。」

「非要要個原因嗎？」我說，「非要要個原因的話，我也有，這就是——我可能已經喜歡上你了。」

她呆住了，看著我，直盯盯地看。看完了，她走到阿不都西提的電腦桌前，從菸盒裡抽出一支菸，仰起頭，一口氣吐了好幾個煙圈，這才對我說：「你這是在逗我玩呢？」

「沒有——」

我剛說出「沒有」兩個字，她一下子封住了我的口。她用夾著菸的手對我一指，大聲說道：「你就是！」接著，她把剛抽了兩口的菸放進菸缸，用力掐滅，走到房門邊，然後，我聽到了她摔門而去的聲音。

在屋子裡愣了一會兒之後，我如夢初醒般地出門去找她。打開門，梅雨莊裡已經沒有了她的影子，我跑出院門外四下打量，也沒有看見她。但是，她不可能跑得這麼快啊，於是，我退回來在院子裡找她。繞過我和阿不都西提的那幢小樓，我走到了靠後窗的鐵路邊，我沒有再往前走了，因爲我已經看見了她，扣子。此刻，她正背靠一扇牆壁面朝鐵路哭著，頭也仰著，淚水流了一臉，但她沒有管，任由它流淌。在她身邊，是一束連日來被雨水澆灌後正在妖嬈盛開的美人蕉。

美人蕉下面是扣子，哭泣的扣子，淚水流了一臉。

有夢不覺夜長，我睡覺時不做夢也沒覺得夜就有多麼長。對付漫長的夜晚，我和扣子都有一套方法，我找露天酒吧喝啤酒，她去打電玩；當然，我們得去新宿或者池袋那些夜晚比白天還熱鬧的地方。在那裡度過喧鬧的一夜之後，我們再坐電車回吉祥寺。回來之後，我仍然喝啤酒看書，她則在電腦前挖地雷，之後沉沉睡去。我睡阿不都西提的床，她睡我的床。一覺睡到日上三竿，我們才從昏沉中甦醒，她總是要比我早醒一會。當我在惺忪中感到有只冰塊在我的脖子或者額頭上慢慢融化，不用問，這肯定就是扣子幹的。每天早上，她醒後都要先出去買兩罐啤酒，順便就會找賣啤酒的人要幾個冰塊回來。

「我說大哥，咱們得去找房子了吧？」中午在速食店吃飯的時候，扣子問我。

「好啊，那就去找吧。」我懶洋洋地回答她。

於是，從速食店出來，我回家去按報紙上的廣告給房屋租賃公司打電話，扣子則到她熟悉的地方去找一找，畢竟，對於東京她要比我熟悉許多。據她說，在東京的許多地方都有地下室房間出租，價格和普通房屋比起來就要合算多了。「你可別找一間醫院裡當太平間用的地下室啊。」在速食店外面分手的時候，我笑著對她說。

「放心吧你——」她對我一揮手，鼓起嘴唇吐出一個煙圈，「我會滿足你的，至少給你找間毒氣工廠的人體解剖室。」

剛一回梅雨莊，阿不都西提就打來了電話，第一句話就問我：「她在嗎？」我回答說不在，他馬上長舒了一口氣：「我馬上回來收拾一下東西，頂多再過兩天，銀行的人就要把房子收走了。」

阿不都西提掛掉電話之後，我又按報紙上的廣告給幾個房屋租賃公司打了電話。開這些公司的都是中國人，所以溝通起來毫無困難，於是就和他們約好明天一起去看房子。剩下的事情，就是坐在房間裡等阿不都西提和扣子回來了。

也就是二十分鐘的樣子，阿不都西提回來了，他馬上就注意到了扣子掛在窗戶外面晾晒的胸罩，對著它努了努嘴巴：「我沒說錯吧，很夠標準吧？」

「想什麼呢你！」我笑著回應他。

他一下子忘記自己回來的任務，在我身邊坐下。「眞的，」他問我，「你，和她做了嗎？」

「沒有。」

「那也難怪，我聽說這種事情，第一次好像是很難開口。」

「呵呵，還是說說你吧，你還沒找到可以做愛的女孩子嗎？」

「沒有，還是經常有機會，還是始終都沒能成。」

和阿不都西提聊天的有趣之處在於：無論說起多麼直露的話題，他總是並不覺得有什麼不妥的地方，假如一個並不瞭解他的人聽到他提的問題，一定會以爲他閱人無數，對於女孩子，他有過無數深入的想像，這些想像要是別人說出來，就足以稱之爲色情，甚至是下流了，但他說出來我卻覺得很自然。他那非常認眞的表情、緊緊盯住你的神色，還有等你回答完問題之後他羞澀的一笑，都會讓你覺得自己就是一個正在給學生傳道授業解惑的老師，這種感覺我一直也覺得有些怪異。

我想起了房子的事情，問他：「那你以後準備搬到哪裡去呢？」

「就住學校的研究所裡吧。」他說，「我又找那家私立醫院多加了幾個班，這樣，就能先打發一段，不用那麼急著找房子了。」

他關心的話題還是扣子，我剛把話題岔開，他又繞了回來：「你喜歡上她了？」

「也許吧。」

「你先別急著回答，好好想想，我先去收拾東西。」他對我狡黠地一笑，「收拾完了我再來問你，那時候才證明你想好了。」

和每一個出門在外的人一樣，我們的行李都不能算多。很快他就把自己的東西收拾好了，只剩下一台電腦，本來就已經快不能用了，他也就不打算再將它搬走了，留待以後的房客處理吧。收拾完東西後，阿不都西提提著兩只大箱子站在房間中央問我：「想好了？」

「想好了。」

「眞喜歡上她了？」

「嗯，也許吧。」

他不禁盯住我多看了幾眼，擦了擦臉上的汗，然後笑了。他一笑，我便像看見了一個在夏天裡踢足球的孩子，當有認識的人從他身邊經過，他紅撲撲的臉上就會是這樣靦腆的笑。「在非洲有一種蚊子，非常可怕，可以用毒針蜇死一頭大象。」他說，「但是，牠唯獨只怕同類們發出的嗡嗡的噪音，要是多幾隻同類對牠一起嗡嗡嗡，牠就要自殺——」

我明白他在說什麼，便回答他：「扣子，我不管她以前做過什麼，以後又會去做什麼，現在我喜歡上她了，可能是喜歡的這一時段內的她。現在看來，我也有可能喜歡下一個時段內的她，也有可能是所有時段內的她。既然喜歡上了，我就不會在乎別人去說什麼，別人也別指望他說什麼我就去聽什麼，我根本就不吃這一套。」

「再說，」我又補充了一句，「在東京我也不認識什麼人，以後，也不想再認識別的什麼人。」

「呵呵，那就好。我想，你現在的心情一定很不錯吧？」

「的確很不錯。」我向他承認。

「那好。」他提著那兩只大箱子往門口走去，背對著門用腿把門打開，「我得趕緊走了，我可是怕見到她。」

「不會啊，你們總應該是會見上的吧。」

「沒辦法，倒不是膽子小，總是覺得那個祕密被她知道了，呵。」他已經站在了門外，對著站在門口的我說，「不用說再見了吧？應該還是經常能夠見上的。」

「說什麼再見啊，說不定明天我就叫你出來喝啤酒呢。」我說。然後，目送他出了院子。

大概只有兩分鐘之後，有人敲門。我還以為是扣子這麼早就回來了，開門一看，竟然還是阿不都西提。「我已經走出好遠了。」他說，「可是，突然又想起來一個問題要問你。」

「什麼問題？」

「雜誌上說，許多女人在性高潮快來的時候，經常會有讓伴侶掐死自己的欲望。你說，這是眞的嗎？」

說實話，我眞是不知道該如何作答了，好在這個世界上大多的問題總有一個答案，再加上我的心情也很是不錯，就沒有吝惜胡言亂語：「答案在音像出租店裡，你只要租張色情片回去看就知道答案了。對了，別租歐美的，要租就租日本的，SM方面的，SM你知道是什麼意思吧，就是性虐待。呵呵，日本人慣於精雕細刻，一定會給你一個讓你滿意的答案。」說完，我笑著關上了門。

扣子回來的時候已經過了晚上八點，好在她帶回來了漢堡包，就不用再出去吃晚飯了。她一進門就對我笑，不光笑，而且還笑得很神祕，這可眞是少有。但我故意沒有答腔，接過她遞過來的漢堡包大吃一通。如此一來，她就忍不住了，坐到我身邊，用力敲了一下我的頭：「今天的成果喜人。」

「哦？難道大寨的糧食又豐收了？或者，遼闊的大慶油田上又鑽出了一口油井？」

「什麼呀，你就貧吧。告訴你，我給你找了一份工作，也給我自己找了一份工作。」

「不是說找房子嗎，怎麼找上工作了？」

「說成果喜人就喜在這兒啊——找到工作之後，就不用再找房子了。」

「是嗎？那說來聽聽吧。」

「也是巧了，我今天去了原宿。原宿車站外面，有條路叫『表參道』，你總該知道吧，就是從神宮橋到青山通的那段斜坡路？哦，知道就好，我就是在那條路上找到的工作。那兒不是有很多露天咖啡座和婚紗店嗎？對了，我給你找的工作就是在婚紗店，那家婚紗店正好前幾天失竊了，想找個白天打完工後晚上還能守店的人。也是奇怪，店主竟然覺得日本人不夠細緻，只想找個中國人或者韓國人。這麼好的事情，我一去就碰上了。後來，店主又指點我說街對面的露天咖啡座也需要人，還親自帶我過去，這樣，我的工作也就找到了。」

「儘管這樣，我們是不是還是要再找間能住下來的房子啊？」我想了想，告訴她，「我想租間房子住下來寫作了，一直想寫。」

她的神色突然就變奇怪了。「哦——」她拖長了聲音，眼神裡有點不相信，也有一絲揶揄，「想當作家？」

「這倒說不上吧。」我告訴她，「反正很想寫。」

「反正很想寫」幾個字剛剛出口，我突然取消了再租間房子的打算。和扣子的不相信和揶揄沒有關係，我就是這樣，當致命的虛無感像落入水中產生的氣泡般朝我湧來的時候，我就會否決一分鐘前剛剛做出的決定。眞的和扣子沒關係，有關係的是氣泡一般的虛無感。

「可別呀。」她說，「要是您成不了作家，叫我一個小女子可如何擔待得起啊。」

「沒關係沒關係，你就當我說夢話吧。」我連忙告訴她。「我這是癡人說夢呢。」

她噗哧一笑，又用力敲了敲我的頭。

第二天，我簡單地收拾好行李，就和扣子去了原宿那邊的表參道。我的行李比阿不都西提的要少很多，收拾起來只需幾分鐘而已。我必須承認，當我走出梅雨莊，心底裡確實湧起過一陣不捨之感。扣子馬上就看出來了，又數落了我一句：「知道什麼叫痛苦了吧，您就悠著點吧，苦日子才剛開了個頭。快走吧。」我呵呵苦笑一聲，也只好隨她而去。

和婚紗店的店主見面的時候，一切都相當順利。店主姓望月，從前是個攝影師，八〇年代也曾到中國的西藏和雲南拍過風景照片。後來，歲數大了之後，就在這邊開了這間婚紗店，假如客人有需要，他也會接受邀請去給那些買他婚紗的人拍婚紗照。

「好了，你就在這兒好好待著吧。」我們和望月先生簡單地交談了一陣子之後，扣子對我說：「我也該到對面見工去了。」她抬起手往街對面指了指。我順著看過去，發現對面散落著足有數十家露天咖啡座。

我目送她過街，又看著她和街對面咖啡座的店主寒暄，這時我突然覺得扣子的舉止其實很像一個地道的日本女孩子，畢竟她來日本也有些年頭了。不過，她到底來日本多少年了？說起來我還不知道，也許會問她，也許也不會問她吧，我想。

如此這般，我們的新工作就算開始了。婚紗店裡的生意談不上很好，卻也算不上壞，望月先生每遇空閒，便和我一起說說西藏和雲南的風土人情，言語之間，也會有唏噓之感。街對面咖啡座的客人也不算多，只有入夜之後，人才會逐漸多起來。表參道這地方，入夜之後被稱爲東京的香榭麗舍大道，自然就有這樣叫的道理。

不過，白天裡，街對面的扣子倒是經常進進出出，一會兒從咖啡座後面的店鋪裡拿出幾只咖啡壺，一會又拿上幾個小東西回店鋪裡去，遇到有客人來，她也總是會在最前面給客人鞠躬示禮，所以，她戴著綠格頭巾的身影經常在我眼前晃來晃去。儘管隔了一條街，遇到空閒，她經常調皮地對我一招手，有時候還對我做鬼臉——眞是奇怪，她那我早已習慣的滿不在乎的表情都跑到哪裡去了？

這樣下來，一天時間便過得很快，四五天時間也就這樣過去了。

晚上，我下班之後，便關了店門在表參道上四處閒逛著等扣子下班，她的工作是從中午十二點到晚上九點。在表參道上，打發時間的方法多種多樣，我最喜歡的則是湊在人群裡觀看「利休流草庵風茶法」傳人在茶藝學校門前進行的茶道表演。在日本，茶道流派多得不勝枚舉，「利休流草庵風茶法」的開創者千利休是日本室町時代末期的茶道大師，被稱爲「茶道天下第一人」。當時，千利休在民間的威望竟然威脅到了當政者的權威，終了，還是被藉口平亂的豐臣秀吉下令讓他切腹自盡了。現在，在表參道，他的傳人每晚就會在這裡表演茶道，以吸引更多的人進他們的茶藝學校學習。當然，只是一些粗略的表演，更細緻的過程只有報名參加學習後才能親眼目睹，但是這對我來說已經足夠了。不知道爲什麼，我看茶道表演就像在看一場法事，心裡對它充滿了神祕感。

晚上九點一過，一般說來，會有一根手指在背後抵住我的腦袋，與此同時響起了一個壓抑住了笑意的聲音：「放下武器，繳槍不殺。」

不用回頭我也知道是扣子，她下班了。

那就接著逛吧。往往又要在表參道上閒逛兩個小時，我和扣子才會回婚紗店裡去。回去之後，我還想和她談點什麼，她卻橫眉冷對，用手一指店堂裡的一排置物架：「還不進去睡覺，明天還上不上班了？」

婚紗店的布局是這樣的：先是一個將近三十平方米的店堂，店堂的右邊是一排櫃檯，左邊的牆壁上掛滿了望月先生拍的照片，有風景照也有婚紗照；往裡走，是一排懸掛著的婚紗，它們都懸掛在一面考究的用巴西紅木做成的置物架上。這些婚紗只是少量樣品，因此，置物架上還有很多空格用來擺上花草和古硯之類的小玩意；在置物架背後，是另外一個將近二十平方米的照相室；與照相室平行著的，是真正用來讓顧客仔細挑揀的婚紗樣品室。進去樣品室之後，可以看到牆角裡有一扇小門，小門裡面就是盥洗間了。總之，婚紗店的結構雖說不上複雜，但也不能說簡單。也難怪，表參道上的門面店大多都是由老房子改建而成，總難免最大限度利用門面店背後的民居。不難看出，婚紗樣品室就是望月先生買來民居後，和店堂打通的。

住到店裡的第一個晚上，扣子認真地到店內各處察看了一陣子，然後一指那排置物架：「你睡裡面的照相室，我就睡外面了。」

「憑什麼啊？你一個小女子，我睡外面正好可以保護你，要不然，來個採花大盜可如何是好？」

「得了吧您吶，您還是好好管管自己，這一帶同性戀可是多得很，難保同性戀裡就沒有採花大盜。」

「噯，你想沒想過，萬一我就是採花大盜呢，你一點也不害怕？」

「少廢話吧你，快，關燈睡覺！」

於是只好關燈睡覺，她已經幫我打好了地鋪，我多說也只能換來她的訓斥，也想通了，老老實實地在地鋪上躺了下來。透過置物架，我看見她手裡的菸頭還在一明一滅。可能是新工作第一天的關係，有點累，看著看著，我就睡著了。

半夜裡，我醒了過來，是被店裡的燈光弄醒來的。燈是扣子開的，可是，她這時候開燈幹什麼呢？我惺忪地透過置物架看去，看到了使我吃驚的一幕：她赤足坐在地鋪上，兩隻手按住一只倒扣著的瓷碟，瓷碟又放在一張白紙上，我甚至能隱約看見白紙上寫著兩排漢字，在漢字下面，各有一個箭頭指向它們，再一看，瓷碟上也畫著兩個箭頭。扣子的口中還念念有詞，我聽不清楚她到底在說什麼，「這大概就是所謂的請碟仙了。」我迷迷糊糊地想。

一般說來，請碟仙大多需要滿滿一屋子人坐在一起時效果才會更好。瓷碟下的白紙寫滿了各人所要問的問題的答案，大家把各自預先設定的答案，不外乎「是」和「否」之類，寫在白紙上以後，就開始請碟仙了。據說在大風大雨之夜，事前先點上一支蠟燭，碟仙便會十請九到。碟仙來了之後，各人就開始向碟仙提出自己想問的問題，如無意外，那只被大家按在手掌下的瓷碟就開始自行運動，最後，當瓷碟上的箭頭和白紙上那些答案下的箭頭相對時，這也就是碟仙對各人的問題給出的答案了。

我只聽說過，從來不曾親身參與，我想，那時候也一定挺有神祕感的吧，說不定，周遭的空氣裡還充滿了恐怖。但是現在，在後半夜的婚紗店，我卻沒顧得上好好體會一番恐怖，倒頭就睡了。我的確是打算叫叫她的，想了想，也沒叫。

第二天下午，我在店裡打掃的時候，在廢紙簍裡發現了一張揉皺了的白紙，白紙上寫著兩排漢字，一句是「他眞的喜歡我嗎」，一句是「算了吧，別做夢了」。

我朝街對面看去：扣子顯然沒有看見我手裡的那張被她揉皺了的白紙，她正在一邊給客人沖咖啡，一邊對我做鬼臉呢。

第五章　臥雪

「吃，吃，吃你個頭啊——」扣子一把奪過我的筷子，「去，洗碗！」

我只好去洗碗，沒辦法，約法十九章在三個月前就訂好了，其中第三章就是規定了每餐飯後由我洗碗。起初只有約法三章，白紙黑字就貼在盥洗間的門背後。望月先生曾經問起過我那上面都寫了些什麼，我笑而不答，解釋起來還要費不少工夫呢——現在，約法三章已經被扣子無情地增加到了十九章，而且，依現在的情形看來，這些條約還有繼續增加下去的可能。

悠忽之間，我來日本已經八個月還多，大街上的樹木已由青蔥轉爲凋殘，整個東京也就瀰漫起了一股蕭瑟之氣；這個時候用冷水洗碗，無論如何都是一件受罪的事情。受罪歸受罪，碗還是得照洗不誤，要不然，那個小魔頭會對我施以加倍懲罰，哪怕她只是在盥洗間門背後的白紙上再加上一排黑字，比如「膽敢拖延洗碗時間，罪加一等，罰每天晚上睡覺前必須唱歌三首」，這對五音不全的我來說，也終究不是什麼太好的事情。

我洗碗的時候，扣子就在我身邊一邊做鬼臉一邊唱歌，她唱的是她自己給我制定的約法十九章，用的則是《三大紀律八項注意》①的調子，間歇還伴以大合唱式的三重唱，叫我哭笑不得。

「看，看，看你個頭啊——」有好多次了，半夜裡，我佯裝入睡，實際上卻睜著眼看她在店堂裡偷偷試穿那些婚紗。將婚紗穿好以後，她會像一個眞正的新娘那樣在店堂裡優雅地走幾步。走著走著，她就發現了我在偷看，跑上前來對我大聲呵斥：「看，看，看你個頭啊，還不快給我

① 編按：「三大紀律八項注意」是中國人民解放軍統一的革命紀律，於建軍初期編成歌曲。

睡覺！」

我馬上閉上眼睛，她也隨之將燈拉滅，黑暗中傳來了她脫婚紗時發出的輕輕聲響。在夢境找到我之前，我在迷糊中總能聽見她若有若無地哼著歌，當然，有時候也會聽見她的一聲嘆息。

自從搬到表參道之後，我已經很少去學校上課，好在是語言別科，學校對於學生上課的時間並沒有什麼特別要求。儘管語言別科的學生被本校大學部錄取要容易些，但是，假如和要求差得太遠，那也是沒有辦法的事情，反正你的別科學費早就交過了。

「你到底打算怎麼辦呢？」有時候，在婚紗店裡，我也偶爾會問自己諸如此類的問題，但我這人永遠都不能自問自答。別人口中的「理性」二字，在我身上則找不到一絲蹤影。我倒是經常會問自己一些問題，但是越想知道答案，我的腦子就會越糊塗。到現在爲止，我還不是一個眞正的「留學生」，按照日本人的說法，沒有在大學的正式課程裡就讀的「留學生」一律被稱爲「就學生」。那麼，我到底是否有必要讓自己從「就學生」變成「留學生」呢？我想了半天也想不清楚。

每到這個時候，想寫作的願望就會很強烈。想一想，假如這一輩子能以此種方式度過：看書，寫作，聽音樂，該是多麼愜意。我也的確心嚮往之，只是世界上從來就沒有這樣一個山洞般的地方供我穴居，即使眞的有，又能怎麼樣呢？就像我們去到一個享有盛譽的風景區，就會發現它眞實的風光總是不如我們此前從電視裡或明信片上得來的印象，所以，罷了罷了，還是不想爲好。

我是不想了，有人卻想了起來。今天早晨，當我悔恨著坐在地鋪上發呆，她突然對我冷笑一聲：「我差點忘記你已經好多天沒去學校了，怎麼，覺得我特別好騙吧？」

「沒有啊，我自己也在猶豫還去不去呢。」我趕緊剎住悔恨，滿面堆笑。

她正在彎腰拖地，聽見我的話，眉毛一蹙，抬起手中的拖把指著我：「你少跟我廢話，從明天起，你老老實實地給我去學校上學！」

第二天一早，她徑直找了望月先生，告訴了他關於我上學的事情。望月先生倒是好說話，他當初給我工作也是因爲要找一個晚上可以守店的人，白天的事情他一人足可應付，於是，扣子和他商量好：從今天起我每隔一天便去一趟學校上課，自然，晚上還是住在店裡。

對我來說，從前眞是從未見過扣子這樣的女孩子，有時候我感覺她永遠都長不大，有的時候，特別是當她和望月先生交談、在露天咖啡座那邊進進出出著招呼客人的時候，我又時刻能感覺得到她的成熟。她成熟得像我從未謀面的母親。

望月先生在店裡養了幾隻金魚，當扣子入神地看著它們在玻璃缸的水草之間游弋，我看得見她的眼神裡充滿了驚異。當她給它們餵食，看它們爭先恐後地浮出水面去追逐食物、卻總也追逐不到的時候，她就噗哧一笑，對著其中的一條說：「瞧你那傻樣兒！」然後，她回過頭看看站在一邊的我說，「和你一樣笨。」假如這時恰好有客人進到店裡來，她又會放下金魚不管，走上前去給顧客微微鞠躬：「請多關照。」這種前後判若兩人的差別，在別人看來或許並沒有什麼，但是卻常常使我迷惑，我不知道這樣的比喻是否恰當：客人進店之前，她像她的臉，年輕，充滿了孩子氣；客人進店之後，她像她的身體，成熟，錯落有致。

我也想像過她的身體。

說起望月先生，倒是一個十分有趣的人，他有個和我一樣的嗜好，就是都喜歡喝啤酒。店裡清閒的時候，他就會買來一大堆啤酒和我一起喝，但是他不勝酒力，半罐喝下去臉就紅了，人也會隨之變得更加有趣：又是給我唱他關西老家的民歌，又是跳久已失傳的「鬼太舞」。還有一次，他正高興地跳著「鬼太舞」，正好扣子遠遠地從街對面走過來，望月先生突然盯著她看了好半天，眼眶就濕了。

後來他告訴過我當時爲什麼會哭起來：原來，當扣子剛一進門，她對我的輕輕一笑使他想起了自己四十年前初戀的姑娘，那時候，他和她都是關西鄉下年輕的花農。他在恍惚中懷疑自己曾親身經歷過這樣一幕——像扣子笑著從街對面走過來，他初戀的姑娘也正肩扛農具從花田裡回來，他正坐在屋簷下喝著傳統的日本清酒，而陽光打在姑娘的臉上，從她的髮根之下開始，一直到她下弦月般的嘴角，全都被籠罩上了一層美麗的陰影。

我完全能夠理解這種感覺，我自己也時有如此這般的恍惚之感。只是我和望月先生都知道：再也回不到他的四十年前去了，現在從門外走進來的，是一個穿著一件緊身高領毛衣和一條白色牛仔褲、耳朵裡塞著隨身聽耳機、嘴巴裡嚼著口香糖的姑娘。

扣子。

望月先生的有趣，無疑爲我和扣子提供了很多方便，甚至在我告訴他我們已經在店裡自己做飯之後，他也絲毫不以爲怪，甚至也不叮囑我們一些「做完飯後一定記得打掃乾淨」之類的話。我都有點懷疑他是否認眞聽完了我的話。「恍惚」，這兩個字眞是再合適他不過了。每天下午，他把店交給我之後，說一聲「拜託了」，就會坐電車到池袋那邊的高田馬場去賭馬。當扣子告訴他，以後我要每隔一天去一趟學校的時候，他爽快地答應了：「這樣啊，嗯，那以後我也每隔一天才去一次高田馬場吧。」

扣子於是連聲說「對不起」，望月先生倒是沒把這件事情放在心上：「不過，我也老了，每天去一次馬場也眞有點跑不動了。」

這樣，我就只有在扣子的催逼之下每隔一天去一趟學校了。

只有坐在去學校的電車上，心不在焉地看著窗外依次閃過的景物，我才會眞切地意識到，冬天是眞的已經到來了，連我自己，也已經穿上了扣子給我買的半高領毛衣。

有天下午，我在學校裡接到了一封信，信居然是杏奈寫來的，因爲在信封右下角的落款處我一眼便看到了「India」這個單字，不禁感到驚異：杏奈難道還在印度嗎？於是急切地打開信來讀——想起來，我的確已經很久沒見過杏奈了，在我的想像中，她應該早就回日本了的啊。

信是這樣寫的：

九月初，我曾回來過，打你的電話始終未通，後來就直接去了你的住處。敲門不應，就在你門前放了一座小小的佛塔，當作送給你的禮物。現在想起來，你一定是搬家了，因爲從前的電話到現在一直打不通，那麼，那座小小的佛塔，只怕你也沒收到吧？

我也沒想到，我會在印度待上這麼長的時間，而且，我還不知道自己到底要在這裡待到什麼時候。好在九月回來的時候已經向學校申請了休學，那麼，就待到不想待的時候再回去吧。現在的日本，應該是已經冷得厲害了，我這裡可不是這樣啊，現在我就坐在海邊的沙灘上給你寫信，只穿著T恤和短褲而已，夠讓人羡慕的吧。從前我一直羡慕南亞女孩子黝黑的膚色，一度還想去新宿那邊的電烤房裡把皮膚烤黑，現在當然不用了，我的皮膚雖說還談不上多黑，但至少也是棕色的了。

一邊寫信，我一邊就能想像得出此刻的日本人穿上棉衣後臃腫得像一隻企鵝的樣子。

其實，這次給你寫信，是想介紹你認識一位你的中國同鄉。她叫筱常月，在中國的時候曾是一個昆曲演員，現在住在北海道那邊的富良野市。她的先生是日本人，已經故去了，現在只剩下她經營著富良野最大的薰衣草農場。因爲最近她創辦了一家劇團，專門給北海道那邊的日本人唱昆曲，所以，在劇本方面，她需要你的幫助。她是我去年在北海道旅行時認識的，從此後就成了朋友。不管你是否能夠幫助她，你們是否可以先見一面再作商量？

也許你已經可以猜測出來，我待在這裡不回日本是因爲愛情。是的，我想我已經深深地愛上了他，一個印度人。不過，這種感覺寫在紙上總不如藏在心裡豐富，所以，還是有機會通電話或見面時再詳說？

對了，請接信後按照信封上的地址給我回信，也請寫上你的地址和新的電話號碼，到時我再打電話給筱常月，讓她和你聯繫。拜託了。

放下杏奈的信，我的腦子一下子就跑到了遙遠的印度：遮雲蔽日的叢林裡，一群赤足的男女正圍坐在一起觀賞一個少女的舞蹈。少女的身材正是最典型的那種飽滿得像是要溢出汁液來的南亞少女身材。在他們身邊，有幾頭大象正在悠閒地散步；在看不見邊際的沙灘上，某支神祕的宗教團體正引領信徒對剛剛升起的太陽狂熱朝拜。他們的首領，是一個年輕的男子，他的眼睛深陷，釋放出某種令人難以擺脫的魔力；比哈爾邦郊外的龍舌蘭農場，一對年輕的戀人正在棕櫚樹下散步，一陣微風從遠處山谷裡吹來的時候，女孩子大膽親了親男孩子的耳朵。

不過，我想像得最多的場景還是這樣一幕：一條吵鬧而潮濕的街道，遠處是若隱若現的古寺廟輪廓。在一處古代祭臺的遺蹟下，集聚著潮水般的人群；有穿布裙的男人，也有戴面紗的女人，他們的身邊散落著古代城邦遺留至今的十幾根斑駁的石柱，石柱上刻著釋迦牟尼捨身飼虎的圖案。此時，一陣印度豎笛的聲音悠揚響起，在眾目睽睽之下，一條橙色的長蛇慢慢爬上了半空。

也不知道杏奈學會用音樂讓蛇爬上半空了沒有？

回到表參道，已經入夜了。扣子還在街對面忙碌著，我就隔著街對她招了招手，然後就進婚紗店裡去給杏奈回信。提筆之後，一時竟不知從何說起，乾脆就簡單地告訴了她我的近況：搬到了表參道、仍然去學校上課；又說，只要能幫得上筱常月的忙，但憑她來找我；最後再寫上我的新位址和新電話，就上街去把這封簡短的回信丟進了郵筒。

從街上回店裡的路上，我進超市去買了菜回來：一塊伊豆豆腐、一束菠菜，還有一條秋刀魚。秋刀魚切成魚片後，蘸一點佐料就可以直接吃了。開門的時候，我又把手裡的菜舉起來朝街對面的扣子搖了搖，示意她我的任務已經完成，剩下的事情就全部都是她的了。

可能是咖啡座生意太好的緣故，晚上九點過了好長時間，扣子才急匆匆從街對面跑回來，這時候，我早就已經把飯做好了：精緻的電鋁鍋裡已經冒起了熱氣，秋刀魚也切成了片，只等她調一點吃秋刀魚的佐料就可以開飯了。不料，她進門後吸著鼻子一掀鍋蓋，馬上就訓斥我：「是誰讓你這麼幹的，居然把菠菜和豆腐放在一起煮？」

「是我自己讓我這麼幹的啊。」我馬上感到大事不好，突然想起來，在許多國家的飲食傳統裡，似乎菠菜和豆腐是不能放在一起煮的，據說對身體有害，但具體有害在什麼地方，我相信大多數人都不甚明瞭。但是，我也只好強顏歡笑，「我犯了什麼彌天大罪啊？」

「你怎麼連起碼的生活常識都不懂？你這個人，眞是的，不會做就不要做，眞是討厭死了！」她放下鍋蓋往門外走，看樣子是再去超市裡買菜。臨出門，她一回頭，氣惱地對我說：「我要是日本鬼子的話，就一槍斃了你！」

「那你捨得嗎？」我笑著衝她喊了一句。

「切——」她說，「我爲什麼捨不得，你以爲你是誰啊？」

「我是你的親密愛人，我是你的護花使者。」

「你就發神經吧你，回頭等我把飯做好了再收拾你！」

飯做完了就吃飯，吃完飯了我便去洗碗，洗碗之後，我們就背靠一個布墊坐在地鋪上聊天。她早就忘記要收拾我了。

「要是有點音樂就好了。」我說。

「我倒是想看恐怖片，好長時間沒看，今天聽喝咖啡的人說起幾個最新的恐怖片，心裡有點癢癢的了。」

「要不，我們再去租間房子？」我試探著說出蓄謀已久的打算，「那樣的話就可以買套音響，買台電視，還有，再買個冰箱，也就可以喝得上冰凍啤酒了。」

「你就做夢吧你，你有多少錢啊？」

「租房子的錢，還有買電器的錢，總還是有的吧。」我更加小心翼翼，「再說日本的電器也不貴。」

「那也不行。」

「爲什麼？」

「少囉嗦，等你有一天混到我這份上，就知道爲什麼了。」

我心裡一動，連忙問她第二個我蓄謀已久了的問題：「你到底到了什麼地步，告訴我一點又能怎麼樣呢？也好一起想辦法啊。」

「你少來！」她臉上一凶，盯著我看了短暫的一會兒，點上一根七星菸後神色又緩和了一點，「我不想等人拿刀砍我的時候你又在我旁邊，像上次那樣。」

「那又怎麼樣？兩個人一起被砍比起一個人被砍，心裡總是要好受些吧？」

「你是這麼想的？」她有點認眞地問我。

「是的。」

她又盯著我看了短暫的一會兒，噗哧一笑：「哦，原來你這麼陰險啊，那就是說你被別人砍的時候希望我也在你旁邊嘍？」

「是啊，能那樣當然再好不過了。」我接口說道，但終究沒能控制住疑問，「你不就是欠了別人的高利貸嗎？我這裡也有些錢，不租房子不買電器的話，可以先拿這些錢去還他們。可能不夠，但還一點總是一點吧。」

「行了，你還有完沒完！」她像是眞的發作了，我也就趕緊閉上了嘴巴。

這時候，屋外傳來的風聲很大，涼意也逐漸加深了，我們身上的毛衣已經快要抵擋不住寒冷的侵襲了，店裡只有夏天用的冷氣機，所以，我們也沒有什麼別的辦法使自己更暖和一點。各自的地鋪上儘管又被扣子加了一層棉被，但是，更深的涼意還是透出地面穿過被褥抵達了我們的身體，「這風要是再大一點，」扣子說，「咖啡座的淡季也就要來了，你說，我是不是得去再找份工作？」我沒有回答她，我又走神了。使我走神的是門外大街上傳來的啤酒罐被醉漢一腳踢出去後響起的叮叮噹當的聲音。

「要是有啤酒喝就好了，剛開始喝肯定還有點冷，喝著喝著身體就會發熱了。」我看了一眼扣子，「要不，我去買？」

「去吧去吧。」扣子不耐煩地一揮手，「你根本就沒聽我到底在說什麼。」

得令之後，我馬上狂奔出去，找到一個自動售貨機，抱回了四罐啤酒。一進門我就扔了一罐給她，她俐落地只用一隻右手接住。「我算是看出來了，你上輩子不是劉文彩就是黃世仁②。哦，對了——」她突然想起了一件什麼事情，趕緊找她的亞麻布背包，掏出一本雜誌來，「我要看看你上輩子到底是劉文彩還是黃世仁。」

「好了，小朋友，給我坐好了，聽阿姨給你提問。」她嘩嘩地翻動雜誌，找到了她需要的那一頁，又喝了口啤酒：「老老實實回答我提的問題，答好了阿姨就帶你去公園裡划船，還給你

② 編按：劉文彩、黃世仁是中國地主的代表人物。

買果果吃。要是答不好，阿姨就罰你的站！」說著說著，倒是她自己沒有忍住，咯咯咯地笑了起來。

我自然又是哭笑不得，腦子裡不禁想起小時候在幼稚園裡唱過的歌：《排排坐，分果果》。

我看清她手裡拿的其實是本命理雜誌，這種雜誌在街上的報亭裡司空見慣，我從來也沒買過，扣子手裡的那本，大概是喝咖啡的客人忘記帶走的。「聽好了啊，現在開始。」她說。

「開始吧。」我一邊回答，一邊覺得自己怎麼突然像是個即將走上刑場的革命者，在臨刑前對劊子手平靜地說：「此地甚好，開始吧。」

「第一個問題，假如你是很有錢的人，想在山上蓋一座房子，你會把房子蓋在山的什麼位置？答案分別是：半山腰的地方、最高的山頂、山下的大草原、森林裡面和山腳的湖畔。」

「嗯。」我認眞地想了一下說，「大概會在山下的大草原上吧。」

「我就知道你會選這個，這個問題實際就是關於你在前世是幹什麼工作的。聽好了——藝術家或許是你的前世，一生都在從事著自己喜歡的工作，但在金錢或戀愛方面，不會非常順利，你所愛的異性最終會一個一個離你而去。」

越往後唸，她就唸得越慢，最後，她盯著我說：「你還眞夠可怕的，離開就離開吧，還一個一個的。」

我的好奇心倒是被她的問題和答案牽起來了，問她：「你這到底是算卦還是心理測試？」

「算心理測試吧應該，名字叫『入侵前世魔法水晶球』。」

「那水晶球呢？沒看見呀。」

「水晶你個頭啊，這裡的水晶球就是打個比方而已，傻了吧？還不好好學日語！」

「那麼，下一個問題呢。」

「下一個可是很重要哦。」她的語氣裡多出了幾分認眞，「是問你和你這輩子的愛人在前世裡是否認識的。」

「趕緊說吧。」

「聽好了：在一個尋寶遊戲中，由你找到了藏寶的箱子，但是旁邊一共有六種打開它的工具，分別是一把不起眼的鑰匙、造型特殊的鑰匙、斧頭、撬子、遙控器和寫有咒語的一封信，你會選哪個？」

「遙控器吧我想。寫有咒語的一封信太恐怖，我倒不是害怕，而是懶得去體驗恐怖。」

「我眞是沒有猜錯。」她說，「下午我就猜你一定會選這個，不選這個才是奇怪了。」

「那麼，快說說我和我的愛人在前世裡是怎麼回事吧？」

「急什麼？」她朝我瞪了一眼，「你越急我還越就不唸。」

「別別，還是唸吧。」

她想了想，還是按照雜誌上的答案唸了出來：「你們兩人在前世時可能是兄弟姐妹，感情雖然很好，但是因爲個性的緣故，也會給對方造成不少困擾。在今世，當你們第一次見面的時候，就能給彼此留下不錯的印象，但是最後卻可能面臨曲終人散的結局。」

「是這樣的嗎？」我馬上接口說，「這簡直就是在說我和你啊。」我甚至都有點嘻皮笑臉了。

「誰跟誰呀，瞎摻和什麼呀？」她的臉色又是一凶，我卻分明看到她的臉上閃過一絲陰影。

她的眼神若有若無地盯住置物架上的婚紗發呆，過了一會兒，她側過頭來輕聲問我：「你覺得這個準嗎？」

「那得問你呀？」我說。

「再搗亂我把你耳朵揪下來！」她一臉忍不住笑的樣子，卻還是裝作很生氣的樣子揪了一下我的耳朵。

「應該還是很準的吧，我們第一次見面時的感覺難道不好嗎？反正我的感覺很好。」正說著，我突然想起她剛才給我念的那段話的後半截，什麼「但是後來可能面臨曲終人散的結局」云云，立刻意識到說錯了話，又改口說，「所謂曲終人散，說的是前世做兄弟姐妹吧，這輩子再遇見當然就不止做兄弟姐妹這麼簡單了？」

扣子沒搭我的話，仍然盯住婚紗中的某一件出神。屋外的風聲越來越大，這太平洋上的風穿過了沈默的海岸、沉睡的平原和城鎮，還有滿城燈火，最終抵達了成千上萬條街道的上空。仔細一點，便可以嗅到這海風中鹹腥的氣息。在冬天，這種氣息愈加濃郁，和寒冷滋潤在一起，成了我們身體的一部分，也就是說，寒冷成了我們身體的一部分。雖說扣子也在慵懶地吐著煙圈，但我還是能感覺出她握啤酒的手有點顫，天氣畢竟太冷了。

「假若眞的有個前世的話，」她用顫著的手往嘴巴裡倒了一口啤酒，「那它到底是什麼樣子的呢？」

是啊，它到底是什麼樣子的呢？

當我們想起自己的前世，腦子裡多半會出現天堂的景況：花草，美酒，美侖美奐的殿宇，還有載歌載舞的歡樂人群。天堂和前世混爲一體，在我們的意識裡是經常發生的事情。不過，這種蒙昧的意識似乎也給許多在今世裡不快的人留下了指望：我們從天堂來到人間，不過是作短暫的停留，最後還是要回到天堂裡去。只是，那個前世，那個每個人在一生中都會駐足想一會兒的前世，我們卻不知道它到底深藏在哪一塊神祕的地方。

後半夜，無論我怎樣努力，就是無法閉上眼睛，我甚至討厭自己的敏感：再微小的聲音也能被我清晰聽見。在扣子幽靜的鼻息中，一些不相干的畫面再次從我眼前依次閃過：我坐在戲曲學校的草叢裡喝啤酒、我的養父正小心翼翼地爲我疊紙鴿、大海被星光慢慢照亮、一根松枝正在被積雪悄悄地壓斷。

我突然好想抱抱扣子。

早晨，當我推開店門，不禁呆住了：鋪天蓋地都是積雪，滿眼裡銀妝素裹。隔壁店前的霓虹燈，因爲承受不住雪的重量，在我剛推門的剎那正好掉落在地，但沒有發出一絲聲響。我興奮地走出店外，往大街上高聳的雪丘上一站，發現表參道的兩頭幾乎已經被雪堵塞了。好在這裡是步行道，所以街道兩頭並沒發生什麼交通堵塞和意外。這時候，我突然感到脖子一涼，全身上下一機伶。回頭一看，扣子正哈哈大笑著跑開了，她把一團不小的雪球扔進了我的脖子裡。我蹲下身去迅速地捏好一個雪球朝她砸過去，準確無誤，正中她的頭髮。

雪球在她頭髮上迸裂之後，像是鋪了一層滿天星。

她當然不肯就此罷休，呼叫著「好啊，你死定了」之類的話朝我再衝過來，我當然也要躲閃。

她起碼朝我砸了十幾個雪球，一個也沒命中，而我卻能輕易使她的頭髮繼續鋪疊上好幾層滿天星。一個趔趄，她倒在了雪地上，半天沒起來。我疑心她在迷惑我，故意不肯去扶她起來，但是，她總也不起來，我就只好充滿了警惕朝她走過去。我剛伸出手要扶她，沒想到，她突然站起來，懷裡抱著一個碩大的雪球。我哪裡來得及躲閃，被砸中之後，眼前頓時一片模糊，到底還是被她迷惑住了。

儘管我眼前一片模糊，也還是能清晰地看見她睫毛上的雪花，一朵剛剛消融，另一朵又輕盈地降落了上去。

我的心裡一陣震顫。

我想，假如有人此刻恰好從我們身前經過，一定會駐足好好看看這個已經瘋狂了的女孩子：飄散的淡黃色頭髮、被雪浸濕了的旅遊鞋、小小的微紅的滴淚痣、寬鬆但合身的牛仔褲，還有貼著櫻桃小丸子頭像在胸前晃來晃去的手持電話和咯咯咯地嘹亮著的笑聲。所有這些，一定會讓路人駐足好好看看已經瘋狂了的扣子。很遺憾，路上並沒什麼人，空蕩蕩的街道上迴旋著的只有她一個人的笑聲。

我不會忘記此刻她的笑聲，一輩子都不會忘記，我確信。

在雪地瘋鬧了總有一個小時，店裡的電話響了，是望月先生打來的。他在電話裡說，因為昨晚東京滿城的雪下得實在太大，估計今天不會有顧客，加上這麼冷的天氣他也不想出門，因此決定歇業一天。放下電話，我有幾分興奮地對扣子說：「親愛的阿姨，昨天晚上不是說要帶小朋友去公園裡划船嗎，那麼今天正好了。」

隨後，扣子也給咖啡座老闆的家裡打了電話，得到的消息和望月先生說的差不多，也不禁和我一樣興奮了：「唉，想起來，阿姨眞是已經好久沒帶你出去玩了，今天不光帶你出去玩，還買果果給你吃。說吧，想去哪兒？阿姨保證滿足你。」

看她一臉的一本正經，看她滿頭的雪花和凍紅的鼻尖，我就忍不住想笑，就隨口說：「只要不去日光江戶村，哪裡都可以呀。」

「怕再挨打？」她問我，笑意一下子就凝結了。

「不不不，我隨便說說罷了，你可別瞎想。」我連忙解釋，竟然有點結結巴巴，「我這人，你又不是不知道，要從我的話裡找中心思想，再找段落大意，不是太冤枉我了？」

儘管心裡在暗叫不好，但我仍然在嘻皮笑臉。

她沒理我，逕自在手裡玩著一個雪球，雪球慢慢融化，一點點使她的手由白皙轉爲通紅。她心不在焉地看著門外的街道，像是懶得聽我的廢話，一會兒之後，她冷不防把手裡的雪球突然貼在自己臉上，低下頭去，眼睛看著自己的腳尖，也可能是在看她手裡的雪球融化後滴在地上的水漬。

「從一開始，你根本就不用理我的。」她說。

「可是，從一開始我就理了。」我盯著她，「以後恐怕還得繼續理下去。」

「你不怕再挨打？」

「不怕。」

「也許還有比挨打更厲害的事情呢？」

「還是不怕。」

她像是不相信我的話，眼神裡有狐疑之光，她就用狐疑的眼神盯著我看，翻來覆去地看，好像是在看一個手托破缽求路人行行好的乞丐。看完了，她搖搖頭，嘆口氣說：「其實你這人眞夠古怪的。」

「哦？」

「我找你借過錢，你還記得嗎？」

「記得啊。」

「那你爲什麼不要我還？」

別無退路了，我乾脆咬緊牙關，愈加嘻皮笑臉：「看情況，我們反正遲早都是一個鍋裡吃飯的人，這不，現在就已經是了——還用得著還嗎？」

她一下子笑了起來，一下決心：「好吧，阿姨今天心情不錯，就不找你的麻煩了。走吧，你說去哪裡？」

「你說呢？」

「去新宿御苑吧。」她蹦蹦跳跳地往門外走，滿臉燦爛地一拉玻璃門，「那可是日本天皇的御花園吔。」

來來往往，我也曾從新宿御苑門前路過許多次，只是一次也沒進去過。當我們從丸之內線地鐵下來，步行了大約兩三分鐘的樣子，新宿御苑便歷歷在目了。入冬之後，新宿御苑在我匆匆路過的時候，都會給我留下一絲半點的蕭瑟之感，今天卻全然不同往日：儘管往日農田一般遼闊的綠草全被冰雪覆蓋，但是御苑內仍然喧鬧著的人群卻足以給我踏實之感。

幾乎全都是年輕人，有的在瘋鬧著砸雪球，有的還搬來睡袋在雪地上搭起了帳篷，帳篷外面竟然還放著燒烤架，堆雪人的人自然也不會少，看起來全世界都一樣。不過，御苑入口處西側的一座雪人與別的雪人有所不同：它的下部不知道被哪個惡作劇的傢伙插上了一根開演唱會時人們拿在手裡搖晃的螢光棒。再往裡走，熱鬧的地方就更多了，賣各種小東西的地攤分散在各處，也各自引來了簇擁在一起的顧客，顧客最多的是賣煙花的地攤。看起來，新宿御苑要迎來一個不眠之夜了。當然，也有散淡一些的地方，在一片凋殘的櫻樹林裡，就散落著幾家小型的露天咖啡座。

也難怪，即使找遍全東京，只怕也再找不出一塊像新宿御苑這樣遼闊的地方了。

「你是怎麼想到來這裡的？」我問扣子，「下雪之後，這裡恐怕是全東京最吸引人的地方了吧？」

「去年冬天我來過。」她抬手一指櫻樹林，「在那邊擺地攤。」

「這裡年年都是這樣？」

「是啊，去年還有搖滾樂隊在這裡演出呢。雪一下，日本人的那個天皇似乎也格外開恩，人們都可以在這兒爲所欲爲了。」

說話間，我往櫻樹林那邊看去，似乎看見去年的扣子正在那兒跺著腳，跺一會兒，再停下來往手上哈幾口熱氣，哈幾口熱氣之後，她又把凍僵的手貼在臉上，嘴巴裡卻在不斷用日語招徠著顧客。

於是，我們信步朝咖啡座走去，在長條椅上坐下來，扣子去端了兩杯咖啡過來，我們便隨意喝起來。平日裡我不太喜歡喝咖啡，現在仍然談不上喜歡，但是，今天的咖啡著實有幾分特別：雪花飄進了杯子裡，稍縱即逝，所以，除了喝咖啡，我們還在喝雪花。

空曠卻喧鬧的御苑裡，不時響起溜冰的人摔倒後發出的尖叫聲。扣子的眼神若有若無地落在櫻樹林的某處，忽然對我說：「這樣的日子，過到今天爲止，就算以後再也不過，也可以知足了。」

「是啊。」我說，「要麼過到今天爲止，要麼以後天天都這樣過，只可惜，往往是一樣也辦不到。」

「也可以辦得到。」她狡黠地一笑，「只看你敢不敢。」

「怎麼才能辦到？」

「你現在從這裡出去，往大街上一站，車來了也不躲，就辦到了。」

「哦，呵呵，要去我們也要一起去才好。大冬天的，一個人過奈何橋太冷。」

「不說這個了。你有沒有這種想法——要麼全世界只剩下兩個人活著，要麼兩個人一起離開這個世界，走的時候還可以互相說一聲『沒關係，這個世界我們已經來過了』之類的話？」

「那倒沒有，你有過？」

「嗯，有過。」

突然，我心裡一熱：「怎麼是兩個人？不用說，還有一個人肯定是我了？」

「你就臭美吧你。」她笑著從長條椅上站起來，撣了撣身上的雪，「你就乖乖坐在這兒做個好寶寶，我去溜達溜達，看看有什麼好玩的東西。」說罷便轉身走開了。地上的積雪太厚，她踩進去我連嘎吱嘎吱的聲音都聽不見。

她回來的時候，我卻聽見她在雪地裡踩出了嘎吱嘎吱的聲音，我扭頭一看，發現她正費勁地搬著一個燒烤架，手裡還提著一個紙袋。我接過紙袋打開一看，東西還眞不少：切好的牛肉、一束海苔捲和密封在盒子裡的鰻魚片，另外，還有一只手銬。我不禁嚇了一跳。

即使我再愚笨，也知道這只裹著一層皮毛的手銬是用來幹什麼的。當我從情趣用品商店旁邊路過，偶爾也會往店裡看上兩眼，經常就會看見這種手銬擺放在他們的櫃檯上，一般總貼著這樣四個字作爲分類標籤：閨房之樂。

「我和你打賭，你這時候不是滿腦子的春宮圖才怪——」扣子放好燒烤架之後，看我一直在盯著那只手銬，馬上呵斥了我一聲，但她的臉卻還是不自禁地紅了，「我可警告你不要往別的地方想，這可是剛剛有人收地攤的時候掉了，我才撿回來的。」

「你可眞會撿東西啊。」我笑著對她表示讚美，笑容裡肯定充滿了曖昧。

「你還說！你還說起來沒完了？」她三步兩步跑到我身邊來，臉雖然還通紅著，但卻出手迅速地把我按在長條椅上，又是一臉忍不住笑的樣子，「我乾脆實話告訴你——這個就是專門用來對付你的。撿它回來的時候我就在想，你要是敢不老實的話，我就把你銬起來！」

說話之間，我絕對不會想到，她居然當眞一邊按住我，一邊從紙袋裡掏出了手銬，還不等我有什麼反應，她就把我銬起來了：手銬的一端銬住我，另一端銬在長條椅腿上。「這樣的話，」我想，「那就銬吧。」這樣想著，就乾脆坐在長條椅上不動了。

「我可不喜歡ＳＭ啊。」我笑著對她說，臉上的笑容肯定更曖昧了。

「S你個頭啊。」她手裡正好拿著一把串鰻魚片用的鐵籤，就做出一副要用它們來扎我的樣子，「再廢話我就給你來個五馬分屍。」

這倒的確是一幅怪異的風景：我被銬在長條椅上無法動彈，扣子悠閒地在給燒烤架上劈啪作響的魚片撒上作料，間歇還命令我張開嘴來嚐嚐魚片的味道是鹹還是淡。這樣的風景，總不免使過路的人多看兩眼。看就看吧，我才懶得管你看不看呢，扣子大概也是這樣的想法吧。當有人好奇地想離我們近點，好看看這裡到底發生了什麼，可是扣子朝他們一瞪眼睛，他們也就駐足不前了。

只是四周的寒氣還在逐漸加深。

「就這樣把你銬一輩子吧？」扣子離開燒烤架坐到我身邊，一邊吹著鰻魚片的熱氣，一邊隨口對我說了這麼一句。正說著，她把吹涼了點的鰻魚片餵進我嘴巴裡。

「好是好啊，只不過不能銬在這裡，要銬就銬在床腿上。」因爲在呑嚥著鰻魚片，我有點口齒不清，「要是銬在這裡我不是變成古羅馬的斯巴達克思了嗎？來往的人像是來觀賞我和別人決鬥的奴隸主。感覺不好。雖說他後來造反了，可我天生就喜歡淸淸靜靜的，才不想造反啊革命啊什麼的。」

「哦？只怕還有一個原因你沒說吧，乾脆我替你說好了——不是還空著一隻手嗎，正好可以寫小說當作家對吧？」她臉上的笑裡有一絲開玩笑時的揶揄，「難怪你就這麼坐著，也不求我開手銬。」

「不求。」我接口說，「堅決不求，準備給你當奴隸，任你呼來喚去。怎麼樣，我夠矯情的吧？」

「不是矯情。」她從我身邊站起來，噗哧一笑，「而是很矯情。算了算了不說了，你就留在這兒當奴隸吧，我這當主人的可要出去尋歡作樂了。」

這時候，天色已經過午了，雪花仍然在輕煙般地落下，快要落到身上的時候就消逝不見了，我知道，日本人將這種雪花稱爲「細雪」。扣子去「尋歡作樂」了，我就乾脆閉上眼睛睡覺，突然想起一句話來，所謂「草堂春睡足」，那麼，此時的我只怕也可以算得上是「臥雪不覺寒」了吧。

似睡非睡之中，我也知道扣子回來過好幾趟，有一次還湊到我眼前打量我。她的呼吸使我的臉發癢，但我閉著眼睛沒理她，我要是一理她，她又會對我半眞半假地發作：「你這人怎麼回事，招呼也不打一個，眼睛說睜開就睜開了。」我都可以想像得出她會說什麼。

時間就這麼在我的昏沉中流逝過去，當我徹底醒過來，天色已經入夜，不遠處，四十五層樓高的東京都廳大樓上的燈火已經亮了。可能是下雪的緣故，滿城的燈火竟呈現出鋪天蓋地的幽藍色。藍光籠罩下的摩天高樓，變得像是一座座水晶山丘。在水晶山丘和水晶山丘之間的陰影裡，行走著的人群彷彿置身於一場節日之中。我相信他們的心裡都藏著一份莫名的歡樂，就像我一樣。我突然發現身邊有份報紙，不用問，那一定是扣子給我送來的了。當我打開報紙，看到了一排用唇膏寫的漢字：「我的奴隸，快撐不住了吧。」

當然還撐得住，我對這排唇膏寫的漢字搖搖頭笑了笑，開始讀報紙。寒氣仍在不停加深，但是沒關係，我還挺得住。

直到御苑裡升起第一朵煙花，扣子才回來了，我的手也才被她鬆開。她一邊從包裡掏出開手銬的鑰匙，一邊對我說：「我算是領教到你的厲害了，I眞是服了You了——」

突然，她哭了起來，她哭著對我說：「是你說讓我銬你一輩子的，你可別忘了！」
一朵煙花升起，照亮了她的臉。
我看見了她臉上的雪，也看見了她臉上的眼淚，還有那顆隱約在頭髮裡的滴淚痣。

第六章　水妖

「穿過縣界長長的隧道，便是雪國，夜空下一片白茫茫，火車在信號所前停了下來。」這句話正是川端康成小說《雪國》的開頭，我不知道已經讀過多少遍，只是從未想到，有一天我也會遇見他描述過的情形——在從東京到箱根的火車途中，我和扣子從火車上下來，在一個信號所般大小的站臺上漫無目的地往前走著。由於前方的一段鐵路正在搶修，所以，看起來只好在這裡停留一陣子了。

這實在是眞正的雪國：近處的站臺和蜿蜒而平坦的山脈、遠處山崗上的一座燈塔和燈塔下的村落。目力所及之處，不禁使人疑心這世界上只剩下了黑白兩色，青磚堆壘而成的燈塔和燈塔下的村落在落寞地坦露著漫天白色中的一絲黑；更遠的地方，天際處的薄雲已經幾乎和地面的雪連在了一起；儘管四周的暮色使一切看上去都顯得如此迷濛，但我有一種奇怪的感覺：越是迷濛就越是清晰，清晰得像是從那座燈塔裡泛射出來的燈火。

當背後小站上的廣播裡響起福山雅治的歌《抱歉吾愛》，我們離小站已經有相當的距離了。腳底嘎吱嘎吱地響著，有時候，我們駐足回頭眺望來的方向：除去原野上孤零零的小站、看上去比小站更加孤零零的火車，似乎只能看見我們遺留在雪地上的兩排腳印了。後來，我們走上了一條山崗，向前看，在四周簇擁著的山崗之下，離那座村落大概兩公里的地方，有一片淡綠色的潟湖。說它是一片淡綠色眞是一點也沒說錯，即使有的地方已經結了冰，但也掩飾不住湖面上的淡綠色。結冰的地方算得上是晶瑩剔透、凝若玉脂。

「噯，我有個主意，就看你敢不敢了。」扣子的手交叉著放在我的臂彎裡，歪著頭問我，狡黠一笑的樣子裡像是又隱藏著一個幾乎和「謀朝篡位」差不多大的陰謀。

「說吧。」我忍不住伸出手去刮了刮她凍紅的鼻尖，「去陰曹地府我有準備，嗯，時刻都在準備著呢。」

「陰曹地府我不去，我要去的是那裡——」她的手一指那片淡綠色的瀉湖，指著遠處燈塔的燈光投射在湖中央後聚起的一圈光影：「去游泳，不會不敢吧？」

「陰曹地府我都敢去，游泳當然不在話下。」聽她一說之後，我的體內也不知道爲什麼會湧起那麼大的衝動，甚至，在短暫的一瞬之間，我毫不懷疑我想跳進那片湖裡去的衝動比扣子還要大出許多來。於是，我撒開腿往湖邊跑過去，她沒想到我跑得這麼快，摔倒在了雪地上，我可是顧不上管她了，只在跑出幾步之後招呼她快點。她迅速捏成一個雪球砸在我的身上，與此同時，她哈哈大笑了起來，我疑心方圓幾裡之內都可以聽得見她的笑聲。只有在不經意之間一回頭，看見雪地上清晰的腳印，想著飛雪很快就會將它們掩蓋，內心裡才會顫動一下，不自禁想起了杏奈問過我的那句話，何謂「諸行無我，諸法無常」。是啊，哪一個時段、哪一個動作裡的我，才是眞正的我呢？

脫衣服的時候，我遇到了小小的難題：天氣如此寒冷，假如穿著短褲下湖，那麼上岸之後，穿著濕淋淋的短褲捂在棉衣裡去坐火車，滋味恐怕會很不好受。我在猶豫著的時候，扣子那邊已經有了答案：她已經通體赤裸裸的了。也許可以這樣說：到這時，她白皙的身體已經眞正和雪地融爲了一體。看著她的裸體，我不禁有些恍惚，幾乎同時，我突然感到自己的下邊慢慢堅硬了起來。撲通一聲，她跳進了湖水之中，我卻還蹲在原地。只能蹲著，因爲現在站起來的話，下邊那頂突起的帳篷正好昂揚著落入她的視線裡。

她當然不知道我在顧忌著什麼，兀自從一塊巨大的冰排處掰下一塊冰來砸進水裡，水花飛濺在我的身體上。也是奇怪，竟不能使我更覺寒冷，反倒使我的下邊更加興奮了。「你幹嘛呢？傻了還是呆了？」扣子衝我叫道。她剛剛將頭和身體扎入水面之下，游了好長一段距離之後，才剛剛從另外一塊沒有結冰的地方探出了頭。其實，我能從她衝我喊叫的聲音裡聽出顫抖來，但她像是絲毫沒有把寒冷放在心上，擰了一把濕淋淋的頭髮，淋浴一般不斷抿著嘴角，又對我喊了一句：「你就傻著吧！」

我也就乾脆站起身來，對著湖面脫掉短褲，當然，也對著她。寒冷並沒有使我下邊有絲毫退縮，相反，它愈加堅硬。儘管天色已經接近了黑暗，但我相信她已經發現了我身體上的這個小小眞相，因爲藉著一點從燈塔裡泛射出來的光影，我也能清晰地看見她嘴巴裡呼出的白氣。

她果然沒再看我，迅速地、幾乎就在我脫掉短褲的第一時間，她的身體往下一沉，我的視線裡馬上就沒有了她，但我能感覺出她猝不及防的慌張。我跳進湖裡，沒在水面上待一分鐘，將身體沉入湖底，將四肢舒展開來，向著幽深不可及的地方游過去。要命地，我又一下子覺得自己就像還未曾出生，正安靜地端坐在一片混沌之處，濕潤的液體包裹著我，我感到踏實，心安理得。湖水應該是寒冷的，我卻覺得有一股莫名的溫潤；我明明是在伸展四肢向前游動，卻又覺得自己就好好地坐在母親的子宮裡。母親，我從不見面的母親，就讓我沉睡在你的肚腹之中吧。這樣想著，我便感覺到眼眶濕了，不是湖水打濕的。

我要找到扣子，我的小小母親。

我猜我一定是哽咽了，喉結處抖動著，身體也在輕微地顫慄，直至更加激烈。我拼了命想叫一聲扣子，可是，嘴巴剛剛張開，水就湧了進去。我感到慌亂，感到自己正在被一雙看不見的手操縱。我注定無法擺脫它，但是，我也不準備擺脫。我拿定主意，決不將身體浮上水面，我寧願在水下的黑暗裡看見我的命運。

就是這個時候，我的手被另外一隻手抓住了，我赤裸的身體被另外一具赤裸的身體抱住了。我的鼻子突然一酸，終於沒能忍住，號啕著打掉了她的手，瘋狂地、不要命地將這具身體狠狠地抱在懷裡，像抱著一個寂寞的水妖。

小小的母親。寂寞的水妖。

後來，過了不短的一段時間之後，在一塊巨大的冰排上，我們做愛了。到了這個時候，我才總算明白田徑運動員們所說的「超越體能極限」是怎麼回事情了。冷到極處之後，反倒一點也不覺得冷。冰排隨著我和扣子激烈的動作在水面上漂游起來。但是，我和扣子並不怎麼感覺得出它的漂游，總是在快要離開冰排落入湖水的一剎那，我和她就順利地找到了最適合的角度和姿勢。我們安然無恙，我們正在安然無恙地使出全身所有的力氣。由於冰塊的關係，她的全身上下沒有一處不是濕漉漉的了。

我們能夠聽見冰排的某處正在斷裂，不時有清脆而細微的斷裂聲在耳邊響起來，但是，我們都顧不上了，最後的時刻正在到來——她痙攣著對我叫了起來：「快，快拿冰塊來冰我！」我顫慄著從冰排的一角掰下一塊來放在她的雙乳之間，她幾乎是倒吸一口涼氣，緊緊抱住了那只冰塊，也緊緊抱住了我。

在最後的時刻到來一分鐘之後，我們身下的冰排從中間悄然斷裂，我們抱著，逆來順受，一起落入了水底。

回到信號所般大小的站臺，廣播裡正在播放著另外一首歌，我有時候也聽扣子的隨身聽，所以知道這首歌是小田和正爲電視劇《東京愛情故事》唱的插曲。列車員正在站臺上遠遠地打著手勢召喚我們，我們正好趕上火車重新啓動的時間。

上車後，我們沒在車廂裡坐下，站在了兩節車廂之間的過道裡抽菸，各自剛點上一支七星菸，扣子就說了一句：「眞希望沒趕上車，想一想，在湖裡凍死也算不錯了。」我沒搭話，可能是累了的關係吧，也可能是突然想起了我和扣子此去箱根的任務——我們是代替望月先生去箱根取一批婚紗回東京的，此前已經約好了時間和地點與箱根的對方見面。現在時間耽誤了，便只能給望月先生打電話，請他和對方重新確定時間和地點了。原本我們打算取完婚紗後就連夜坐通宵火車回東京，依現在的情形看來，是非要在箱根住一晚不可了。

用扣子的手持電話打給望月先生說明了這邊的情形之後，我仍然沒有答扣子的話，抽著菸漫無目的地打量著車窗外的景物，全身慵懶。但是扣子怎麼會放過我呢？「喂，我是不是不配和你一起被凍死？」不知爲什麼，現在，即使她衝我發作，語氣也比從前柔和了許多。

我一驚，馬上轉顏爲笑：「別呀，幹嘛要凍死啊，要活著，好好活著，將來到這裡買房子建花園。」

她盯著我看，看完了，搖著頭嘆氣說：「我明明知道你說的都是沒可能的事情，可是沒辦法，我就是愛聽，這可能就是人家說的下賤吧。下賤就下賤吧，反正我只知道我現在很高興。」說完，她將菸頭扔掉，身體朝我傾過來，兩隻手環抱住我的腰，頭使勁朝我懷裡鑽，就像一隻貓。我也嘆了口氣，摟住了她。

——此時此刻，儘管只是此時此刻，但是，你又怎麼能知道我摟住她的一瞬是不是我的前世和來生？

我希望是。

夜半三更之時，火車停在了箱根站的站臺上。此前，望月先生已經有電話過來，告訴我，對方希望我們明天早晨直接前往箱根郊外的工廠裡直接去取貨，我也在電話裡問明瞭工廠的具體位置。所以，從車站出來，我和扣子便找了一輛計程車往工廠所處的郊外開。這自然是扣子的主意：「在郊區裡尋一家旅館總比在市區裡尋旅館便宜吧，小笨蛋？」

她的話想來自然不會有錯，只是坐上計程車往前行駛了好半天之後，路邊的建築物越來越寥落了，我才覺得不安，不禁疑心我們的目的地是否有旅館。「閉上你的烏鴉嘴吧。」扣子從我懷裡仰起頭，睜開惺忪的眼睛，「你的烏鴉嘴總是很靈驗，我眞是怕了。」我呵呵一笑，去詢問計程車司機，這才知道，我們要去的地方其實是在箱根火山的蘆之湖附近，因爲是旅遊勝地，倒是不用擔心旅館的問題。

終於到了。我們在一條安靜得近乎沈默的街道上下了車，像是剛剛下過雨，踩在青石路面上發出的足音格外清脆，愈加說明滿大街就只有我和扣子兩人。街道兩邊散落著一些還未打烊的酒館，這些小酒館的門口都掛著不甚明亮的紅燈籠，幽幽散著光。在紅燈籠的旁邊，懸掛著寫有「醇酒」字樣的藍色酒旗。只有在偶爾的時候，酒館的門會被推開，有中年婦人——自然是酒館的老闆娘，從門裡探出頭來張望一下夜空，回頭對店裡的客人輕聲說：「呀，雨眞是停了。」

我和扣子也尋得了一家名叫「甘酒草屋」的小酒館，就在箱根舊街資料館的隔壁，室外也有座位，但我們還是推門而入了。不出意外，只好在這裡消磨一個晚上了，不用說，這自然還是扣子的主意。我才剛剛說了一句趕緊找旅館的話，她的巴掌就跟過來了，「你傻呀，沒看見那家酒館門口寫著通宵兩個字嗎？」

無論如何，和從前相比，她的語氣是柔和不少了，她在愛我，我該知足了，不是嗎？

第二天，天氣好轉了不少，在回東京的火車上，甚至有陽光灑進了車廂。應該是許多人都有過這種體驗：當陽光穿過玻璃窗映上你的臉，再加上雪地的反光，你的眼睛就別想再睜開了。我現在就是如此，乾脆閉目養神，看看腦子裡會不會再出現一幅幅不相干的畫面。的確，那些不相干的畫面對於我，就像打坐的僧人入定時唸誦的經文。

可是根本就沒有辦法辦得到，我的腦子裡全是扣子。她明明就坐在我的身邊，身體也鑽在我的懷裡，雙手擱在我的腿上，可我就是忍不住去想她：她的臉、頭髮、洋娃娃般的臉和赤裸的身體。

我突然覺得和她隔了好遠，我環顧了一遍空曠的車廂，只零散坐著不到十個人。罩著藍色天鵝絨布的座位就像一座座孤零零的礁石。每個人的臉上都掛著日本人式的冷峻之色，即使是擠坐在一起的熟人，大多也在各不相干地喝咖啡看報紙。我覺得脊背上有點發冷，我控制不住地去想：有一天，我和扣子，會不會像他們那樣各不相干地喝咖啡看報紙呢？這麼一想，我便使勁攥住了扣子的手，把她往懷裡拉得更近一點，可是，越是這樣，越是覺得還不夠，我和她之間還隔著相當的距離。

我想，人之爲人，可眞是奇怪啊：兩個人出生了，在各自都不知曉的地方生長，即使遇見，此刻也還都是不留印象的路人；有一天，兩個人遇見了，彷彿對方是磁鐵一般被吸引，在一起的願望甚至變成本能，什麼東西都阻攔不住，即使他們各自的身體，也覺得多餘，兩個人只有一具身體就夠了。但上帝造人時就已經安排妥當，誰也改變不了，誰也妄想不了，那麼，解決的辦法，大概最直接的就是交歡了，途徑交歡，兩個人才能完全看清和占有對方，才能喘息著拋棄全世界，又走到世界的最後一日。

今天是世界末日嗎？不是的話，我怎麼會作如此之想：即使將扣子抱得再緊，也還是覺得沒有徹底占有她？還有，要命地，我又興奮了，我又堅硬了。

我把手伸進懷裡，將扣子的頭抬起來。她也覺察出了我的激動，她的胸也急促地起伏了，濕潤的嘴唇微微張開著。儘管此前她一直在沉睡著，臉上殘留著一絲慵懶，但我的激動也的確喚醒了她的身體，我已經不再管我們此時是置身在何處了。我的舌頭穿過了她的嘴唇，又穿過有幾絲冰涼的牙齒，找到了她的舌頭；我的手掀開了她的毛衣，再掀開貼身線衣，從她胸罩的下方伸進去，終於觸及到了她如未成熟的葡萄般大小的乳頭。

火車突然哐噹了一聲，車身隨之顚簸，十秒過後，重新恢復平靜，在舒緩有致的節奏裡向前行駛。而扣子的手，在最顚簸的時刻，掀開我的毛衣，再掀開襯衣，瘋狂的游弋之後，最後在我最堅硬的地方停住了。

半小時之後，我終於一瀉而出了。我們仍然抱著，能聽見對方正在由粗重減爲輕弱的喘息。由於沒有列車員來巡查車廂，我乾脆點了一支菸，先抽了兩口，再遞給她，然後，看著窗外稍縱即逝的景物發呆。腦子裡終於不再有任何所思所想，像早晨的霧氣一般空茫。

回到東京，我們找了一輛計程車，安然無恙地將婚紗運到表參道，正好碰上望月先生在鎖婚紗店的門。見我們抬著裝婚紗的箱子過來，就趕緊來幫忙，一邊彎腰一邊說：「啊，老朋友打電話來，說是我壓的那匹馬今天跑了頭名，正要去高田馬場那邊看看呢，你們能回來實在太好了。」

「啊，那麼，請您只管放心去，這裡有我們就好，請您放心。」我剛想和望月先生說話，扣子就微微欠著身搶先說了，實在是最恰當的姿勢和最恰當的語氣，以至於把箱子抬進店裡之後，望月先生要離開的時候對我說了一句：「你小子，好福氣啊。」

「我是不是特別像個長工，名字就叫二栓或者狗剩？」我也對望月先生微笑著欠身，目送他出門，這才回過頭去問了扣子一句。

「此話怎講？」她一努嘴巴。

「感覺像是回到了舊社會，我在地主家的田裡勞動了一天，正氣喘吁吁地走在回村子裡去的路上，一個老長工突然把我攔下來，伸出大拇指對我說『你小子，好福氣啊』。爲什麼會這麼說呢？自然是因爲你了。我叫二栓或者狗剩的話，你就叫二栓媳婦和狗剩媳婦了。」

「誰是你媳婦啊？」她故意問我。

「你呀，還用問嗎？不會是別人了。不出意外的話，你應該還是我兒子的媽吧？那時候，你就不叫什麼二栓媳婦狗剩媳婦的了，那時候我得管你叫『他娘』，你得管我叫『他爹』。沒說錯吧？」

「切，誰說要做你的什麼『他娘』了？」

「我說的，丫頭。我已經給你做主了，你就認命吧。」停了停，我想想說，「果真如此活著的話，也實在不壞，只可惜這種故事裡總有一個罪大惡極的地主，弄不好，他早就打上你的主意了，呵呵。」

話實在不該說到這裡來，扣子的臉上剛才還是一副拿我沒辦法的樣子，一下子就凝住了，嘆了口氣，眼睛盯著大街上的某處。我頓覺不好，正想著該怎樣去把場圓回來，她卻說：「我太知道了。呵，《紅樓夢》裡有句話叫什麼來著？小時候我爸爸唸給我聽的，反正是說鳥啊林子啊什麼的。」

「『好一似食盡鳥投林，落了片白茫茫大地眞乾淨！』」我說出來了。

「對對，就是這句話，我爸爸唸給我聽過。」

「嗳，我還是第一次聽你說起你爸爸呢。」

我說的是實話，時至今日，即使是在瘋狂地做愛之後，我們都喘息著撫摸對方濕漉漉的身體，她也從沒說起過關於她過往生活的一個字，自然，也沒說起過與她過往生活有關的任何一個人，甚至都沒說起過開畫廊的老夏。

我從沒問過，但我終於必須承認，我想知道。

此刻，她卻根本沒理會我的話題，只輕輕看了我一眼，繼續剛才那個關於地主的話題：「不過，想要霸占我只怕也沒那麼容易，我可能一刀捅了他哦。好了，不說了——」她一指街對面的露天咖啡座，「去上班了先！」

眞要命，又是周星馳的語式。

當她推門而出，又轉過頭來，調皮地一皺眉頭，眯著眼睛，抬起右手的拇指和食指，對準我，做出一副掏槍射擊的樣子，在用嘴巴發出呯呯呯三聲槍響之後，「哼」了一聲，這才一甩頭髮，推門而出。

「無論什麼時候也捨不得殺我吧？」我笑著衝她喊了一句。

「那可不一定，看你做什麼了。有可能先殺你再殺我喲。」她一邊奔跑著過街一邊衝我喊了一句。

晚上，其實是後半夜，我從懵懂中醒來，伸手一觸，卻不見扣子的蹤影，心裡一急，猛然坐起來打量屋內。所幸在店堂裡有一束微光，透過置物架上的空格子，我看見扣子又在唸唸有詞地請碟仙了。可能是爲了不影響她的雙手去按住那只小瓷碟，她將手電筒打開後置於櫃檯之上，一束微光將她籠罩住，她披頭散髮的樣子像一個神祕的中亞巫女。

我沒過去影響她，重新睡下去，閉上眼睛陷入找不到具體目標的空想。

無論如何，我對周遭的一切都感到踏實，我知道世界的遼闊、月亮的圓缺和人心的軟弱，但是它們無法讓我再在它們身上多作思慮了，因爲我同樣知道：現在，在我身邊的三步之內，就必有扣子的影子。比如此刻，我躺著，扣子在請碟仙，上帝在我和她寄居塵世的過程裡安排了這一時段，我們在這一時段內過得心安理得，這就是踏實，前所未有的踏實。

應該可以這樣說吧：和我的眼睛、耳朵和身體裡的肺一樣，她就長在我的身體上。

當她回到我身邊躺下，我覺察到了幾分異樣，她的手在我的手腕處摩挲著。我也不想知道她要幹什麼，「一切全都任由她吧」，每逢這樣的時候我便會作如此想。摩挲了一陣子之後，她安靜下來，又往我懷裡蜷縮。我正打算伸手讓她枕著，卻發現這只手不能動，被什麼東西——好像是一根線繩——把我的手和她的手繫在了一起。我心裡一熱，沒有再動彈，只去聽她在我耳邊發出的潮熱的呼吸。

中國農曆大年初三的下午，扣子在經過澀谷那邊的時候找了一份短期工作。一家華人商會打算在農曆元宵節那天舉行一次華人公園酒會，扣子找到的工作，就是幫他們做一些這幾個活動之前的準備工作。不出意外，她要在澀谷那邊工作到元宵節過完爲止。由於工作繁重，還要連夜加班。好在是待遇不錯，算得上優厚。我正在婚紗店裡忙著，扣子打電話回來，告訴我找到新工作的事情。咖啡座那邊，自從入冬後生意就一直清淡，她不去也沒關係，不過，她叮囑我假如遇見咖啡座的人，就說她和朋友去了富士山遊玩即可，反正到元宵節之前她也回不了表參道。

於是，晚上關了店門之後，我便坐電車去澀谷，也順利地找到了扣子在電話裡告訴過我的那幢她找到工作的大廈，在大廈下面我給她打了手持電話，告訴她我離她不過二十五層樓的距離。她倒是有幾分氣惱：「越亂你倒是越會添亂，我這裡忙得東南西北都找不到了。好了好了，服了你了，十分鐘後在樓下大廳裡碰面。」

掛下電話，我走進大廈的一樓大廳，果真等了十分鐘，電梯門打開，扣子第一個從裡面衝了出來。只有這個時候，別人才能看出她並非日本女孩子，日本女孩子即使跑起來也難免還有幾分舊時代遺留至今的痕跡。

顯然，她沒有足夠的時間來訓斥我，就商量說去附近的博多天神拉麵館去吃一碗熬湯麵。因爲晚上她要到山手線和明治通之間的宮下公園酒會現場去擺放盆景，也只好趁著這會兒去吃點晚飯了。於是，我們就去了博多天神拉麵館。坐下後，我剛想起一件什麼事情要說，她卻突然站起來，將食指豎到嘴巴邊「噓」了一聲對我說：「趕緊閉上你的烏鴉嘴，先坐著，我出去一下馬上就回來。」

我能做些什麼呢？看著她一把抄起座椅上的亞麻布背包，我唯有搖頭苦笑而已。

她再回來的時候，手裡多了一個棕黃色紙袋。她先將亞麻布背包往座椅上一扔，又從紙袋裡掏出一件有掉色感覺的斜紋粗棉布襯衫，在我身上比劃起來。「就知道你能穿，下午就看好了。」她一邊比劃一邊說，「還別說，幸虧你來了，要不我還眞忘記了。」

「還是冬天啊，怎麼買起襯衫來了？你可眞是深挖洞廣積糧。」

「你懂什麼？這可是從45R專賣店裡買的，夏天買的話，你能穿得起這麼貴的襯衫？當然了，你肯定是捨得的，劉文彩黃世仁轉世嘛，你捨得我可捨不得。」

「原形畢露了吧，說你是我媳婦你還不承認。」

「少廢話，我才沒工夫跟你在這兒鬥嘴呢，快吃，吃完了快走。」

鮮美至極的熬湯麵已經端了上來，我便閉嘴不談，很快就把麵吃完了。時間也的確是夠緊的，扣子吃兩口就去看一眼手錶，見我吃完，她馬上叫人過來結賬，又把那個裝了襯衫的紙袋遞到我手裡：「該幹嘛幹嘛去吧，我可來不及了。」

走出博多天神拉麵館，我把扣子送到了宮下公園門口，就在澀谷信步閒逛起來。澀谷這地方，說起來也是全日本最吸引年輕人的地方之一，像著名的109大樓和EST廣場，幾乎每晚到深夜十二點以後都依然人頭攢動，想來在澀谷的街頭閒逛也絕不至於無趣吧。

走到最繁華的中央街和井之頭通之間的那條街上時，我進了HMV澀谷店，這是一家堪稱著名的CD店。進來之後，發現一支樂隊正在作現場演唱，不是什麼重金屬樂隊，他們唱的曲子也多有日本傳統音樂之風，便停下來聽了一小會兒。後來，我看清一面指示牌上寫著三樓爲古典音樂專賣區的字樣，就徑直上了三樓。

德布西，又是德布西。我記得剛上樓時店裡還迴旋著木村好夫的吉他曲《港町十三番地》，等我再去注意聽的時候，響起來的卻是德布西的《佩利亞與梅麗桑》。據我所知，這好像是他這輩子唯一的一齣歌劇。此時正好是一段女高音，空靈的女聲聽上去既像是穿過雲層前往大地的第一滴雨珠，又像是一朵正在漩渦中打轉但最終必將衝破漩渦的浪花。眞奇怪，我怎麼會將聲音想像成雨珠和浪花呢？不過，也正好記起德布西的一段話來，似乎正可解釋：「音樂是由色彩和節奏組成的，反之則什麼都不是。」

CD實在不少，幾乎多得讓我連路都走不動。巴哈、史特拉汶斯基、孟德爾頌等等的作品在這裡眞正是應有盡有，即使是許多遍尋不得的冷門，這裡也完全有可能找得到。

今天晚上我倒是的確不用擔心自己是否會太無聊，僅僅非常馬虎地將感興趣的東西拿在手裡匆匆流覽一遍，也至少要花上三兩個小時。

終了我還是一張也沒有買。「以後吧，等有了音響的時候，無論花多少錢都要來買。」出門的時候，我幾乎是貪婪地這麼想著。沒有一個人窺破我的祕密：我將幾張冷門的偷偷藏在了一般很難找到的地方，我猜我的此等行徑詭祕得就像一個戰敗的將軍正在指揮下人往花園的一棵桑樹下埋進成罐的珠寶差不多吧。

回到表參道，晚上十點已經過了。我手裡拿著一罐啤酒，把夾克衫的衣領豎起來，雖說不時有些小雜物被風掀上半空，我倒是不覺得怎麼冷。走到婚紗店門口，我正要掏鑰匙開門，突然發現門上貼著一張字條。對於身在東京又幾乎不認識什麼人的我來說，這倒的確是頭一遭，扣子並沒有這樣的習慣。於是，我便取下字條，藉著路燈散出的微光來讀：

你好，因爲是同鄉的關係，就不和你客氣了。我是筱常月，蘇州人，也是杏奈小姐的朋友，也是從她那裡，知道你也許能在昆曲的劇本方面幫助我。正好來東京有事，加上杏奈小姐來電話告訴了你的住址和電話，就直接上門來了，請原諒我的唐突。

可惜的是你不在，在門口等了一個多小時，才回到車裡給你留這張字條。假如可以的話，明天上午是否能等我的電話，到時我們再見面？

正讀著字條，我背後傳來一個女聲：「對不起。」

因爲聽出是中文，就連忙回頭，正好看見一個年輕女子對我微微欠身。也許是想著有朝一日去寫作的緣故吧，當我見到一個人，總是能在極短的時間之內將對方的音容裝扮默記下來：眼前這個年輕的女子，一襲黑色阿爾巴卡羊駝絨短款大衣，從領口處可以看見裡面的玫瑰灰毛衫，下面是一條石磨水洗布料的長褲。即使是在路燈散出的微光之下，也可清晰看見她白皙的臉龐、淡藍色的眼影、一對水晶石耳環和隨意背在肩上的名貴皮包，這些，使她渾身散發出了一種難以言傳的成熟魅力。實際上，我很快就確定她的年齡要比我大出一截，但是，這也絲毫不影響她給別人的年輕感覺。

到了這個時候，我就已經可以猜出她是誰了。

「筱常月？」我問。

「是啊。」她微笑著對我點頭。

我忽然發現自己曾經在哪裡見過她，然而事實上是肯定沒有的。有些人就是能給別人如此感覺：即使從未謀面，也能讓別人覺得早就見過面了，至少用不著去客氣了。

「不是說明天上午再來電話的嗎？」我笑著問她。

「是啊，開始是這樣想的。後來又一想，反正也無處可去，回酒店也沒什麼事情，就乾脆坐在車裡等著了。」

這時我才注意到，在街對面停著一輛紅色寶馬汽車①，不是東京的牌照。我不禁有些驚異：「你一個人開車從北海道過來？」

「對，倒是不覺得累，走了三天，一路上要是經過有興趣的地方，就停下來住一晚。」

① 編按：BMW汽車，中國大陸譯作「寶馬汽車」。

「這樣啊，那麼——」我又拿鑰匙去開婚紗店的門，「進去坐坐吧，或者去找個地方？」

「找個地方吧，反正我開了車。」她也就沒客氣，像是熟識已久了，「一會兒我再送你回來，反正你也認得路，好嗎？」說著，她去理被風吹亂了的頭髮。

就在她理一理頭髮的時候，我一下子呆住了，因爲，在她左邊的眼角下，也有一顆細小的痣，滴淚痣。當然，假如她不是遇見同樣也長著這樣一顆痣的我，別人是很難去注意這顆痣的。依普通的情形來看，遇見她的人應該會在第一時間內被她成熟的魅力所吸引，小小的一顆滴淚痣，大概也只有我這樣的人去注意了。

「那現在就走嗎？」她問我。

「哦，好啊，現在就走吧。」要不是她提醒一句，眞不知道我又要在這如影隨形的恍惚中迷離多長時間。

於是，我們上了那輛紅色的寶馬，車裡的後排座位上扔著兩個可愛的做成洋娃娃模樣的燈籠。一股淡淡的香氣在車裡彌散著，和她身上的香水味有所不同，至於到底是什麼香氣，我也不知道。紅色寶馬慢慢駛出表參道，又穿過了幾條街，在一家酒吧門口停下來。「要不就在這裡？」她問我，又說了一句，「正好離我住的酒店也不遠。」

「沒問題啊，那就這裡吧。」我也說。

等她找到合適的車位停車，我們一起從車裡下來，要推門進酒吧的時候，她抬起頭看了看，對我說：「今天晚上的月亮，倒眞像八月十五的月亮。」

我也抬頭看了看，果然如她所說：月亮是那種最極致的充盈，充盈裡又散著冷清，冬天的月亮總能給人如此的感覺。一推酒吧的門，披頭四的歌聲就撲面而來，是《朝三暮四的戀人們》，一曲終了，又是一曲《約翰與洋子之歌》。我們找到一個位置坐下，這時我看見筱常月的手裡多出了一條巧克力格子的披肩。倒是奇怪，酒吧裡的溫度著實不低，她卻披上了披肩。在外面時反倒沒有。

見我在注意披肩，她對我笑了笑：「沒辦法，好端端的，突然就覺得冷。有時候在太陽底下走著，也會突然覺得冷。」

不知爲什麼，我總覺得她身上有一種不好用語言形容出來的冷清，我不知道這樣說對不對：她就像一朵冬天裡的水仙。每次當我看見水仙在冬天裡開了，並不覺得多麼熱烈，反倒生出了幾分憐惜。大多的花都在凋謝之時，一朵偏巧在此時開了的花應該也不會有多麼快樂吧。

我自然是喝啤酒，筱常月要了一杯檸檬雜飲。我有點不知道說什麼，正猜測著酒吧裡的下一首曲子會是披頭四的哪支歌，筱常月突然說：「無論如何，請幫幫我。」我不禁有些愕然地看著她，她又加了一句，「劇本的事情，無論如何都請幫幫我。」

我的確有些愕然。準確地說，她的眼神裡除去揮之不去的落寞之外，還有一絲懇求：這個我實在沒想到，無論從哪個方面看來，她都和一個典型日本上流社會裡的年輕夫人沒有任何分別，我一時不禁有些錯位之感。

「只要能幫得上忙，請放心，我一定會盡力去做。」我對她說。

此前她像是全身都充滿了緊張，聽完我的話才一下子放心，卻又不能全部放下心來：「越快越好，可以嗎？至於報酬方面，請一定放心。」

「不是這個問題，其實我倒是眞的有興趣，只是，我也實在擔心能不能做好，再說，就在北海道找家中文圖書館借幾部劇本出來，想來也不至於太難吧。」

「不是這麼簡單。你一定知道歌劇《蝴蝶夫人》吧？」

「這個自然知道，怎麼了？」

「我想請你把它改編成昆曲，可以嗎？」

「啊？」這我可眞沒想到。

即使我再擁有多麼出色的想像力，也不至於會想到她是讓我把歌劇改編成昆曲吧。我的腦子被這件事情弄糊塗了。這時候，她從皮包裡掏出一本薄薄的小冊子遞給我：「這是從國內寄來的《蝴蝶夫人》歌劇劇本，也是辛辛苦苦才找到的。怎麼樣，能答應嗎？」

她眼裡的懇求之色愈加濃重，使我不能拒絕：「好吧，我來試試。」我鼓足勇氣對她點頭，內心裡卻實在沒有信心把這件事情做好。畢竟，從我有限的所知所聞來看，將歌劇改編成昆曲的事情，此前好像是還沒有人做過。

「可能的話，方便的時候能去一趟北海道嗎？這樣的話，假如遇到什麼難解決的問題，也好商量著一起解決。畢竟我唱過十二年的昆曲，雖說好久不登臺了，但其實每天都有那麼一陣子想起唱過的劇目，想忘記都忘記不了。」

「這樣啊，那我盡量吧，遇到難題我就去找你。」

「那太好了。」她掏出一張便箋遞給我，「這上面寫了我的電話，如果你來北海道的話，就先給我來電話，我也好先把路費寄給你，還可以去札幌車站接你。其實，從東京去札幌還算方便，有通宵火車。」

「路費倒是不用費心，我還是老實說吧，其實我是想著有一天去寫小說，也許試著寫寫劇本正好可以當作練習。不過，我總有個疑問，在北海道唱昆曲，會有人聽嗎？是爲了什麼特別的活動去準備的嗎？」

「哦，是這樣，明年七月，北海道要舉辦一次世界性的藝術節。當地的文化官員知道我曾經唱過昆曲，就找到了我，希望我能和他們合作，唱什麼劇目由我來定。開始的時候我倒沒有特別的興趣，最近也不知道怎麼了，特別想演，想得沒辦法，所以才會急著來東京找你。」

「那可是一齣完整的劇目，琴師啊演員啊什麼的，都不缺嗎？」

「自然還有不少問題，不過還好，說起來也是格外湊巧，札幌那邊有一個昆曲愛好者劇團，雖說裡面的人年紀大了點，大多是退休的老人和閒著無事的家庭主婦，但是我想，只要好好排練，也不會差到哪裡去吧。」

「假如是這樣的話，那就再好不過了。不過，從現在開始到明年七月分，時間實在緊了些，那我就盡量趕時間吧。」

「一定？」

「一定。」

她對我一笑，像是完全放了心。這時我發現，儘管她全身滿溢成熟之美，但是，和扣子一樣，她的笑也不是成熟女子的那種淺淺的笑。只是，她的笑又比扣子的笑裡多出了一絲冷清。是啊，冷清，這是我的感覺，換了別人也許就不會有這樣的感覺了。

這家酒吧的主人也眞可算得上披頭四的超級樂迷了，一盤帶子聽過好幾遍，雖說換了帶子，卻仍舊是披頭四的另外一張專輯，《黃色潛水艇》、《平裝書作家》、《潘妮胡同》這些曲子依次響起，又接連響了好幾個來回。我和筱常月像熟識已久，有一句沒一句地聊著，不覺中，時間已經很晚了。和她聊著的時候，我心裡總有一種輕微的不眞實之感，因爲她的確和一個日本上流社會的年輕夫人別無二致，而請我寫劇本的口氣卻是那麼急切，甚至還有懇求。對於像她這樣的上流社會夫人來說，這件事情怎麼會讓她如此著急呢？也許還有什麼特別的原因？不過，我只在心裡想著，並沒有去問她。

從酒吧裡出來，在送我回表參道的車上，筱常月突然問我：「在國內過中秋節的時候，你一般會怎麼過呢？」

我想了想說：「也沒什麼特別，雖然也吃月餅，但是說實話，即使不吃也不會覺得遺憾，要是月亮再沒有今天晚上的月亮這麼大這麼圓的話，我肯定連想都不會想起中秋節是哪一天的。」

「也是。不過，可能是風俗的關係，我們蘇州的一些地方對過中秋節還是滿講究的，要辦茶會啊聽評彈啊什麼的。我倒不喜歡這些，因爲住得離寒山寺旁邊的銅鈴關不遠，中秋節的晚上，我一個人站在銅鈴關的城牆上甩水袖，月亮特別大，也特別白，白得像是和城牆下面蘇州河裡的水都融到了一起，人的身體也一下子乾淨了不少，乾淨得像跳進蘇州河裡去——」

我注意地聽著她的話，也透過車窗漫無目的地打量著月光下沉睡的街道和建築。

行駛著的汽車幾乎悄無聲息，她坐在那裡，散發著一股說不出的幽雅之氣：「其實，有好幾次，我都跳進蘇州河裡去了，現在想起來，濕淋淋的樣子和一個水妖大概差不多吧。」

我知道，她之所以提起中秋節，一定是因爲今天晚上的月亮。整個東京此刻都被銀白色的月光籠罩了，當汽車駛過那些沉睡的建築，我感覺就像在經過一片片叢林，也許，就會有一隻驚恐的小獸從叢林背後跑出來，在街道上仰頭發呆，好像它們也難以置信這一場由月光造就的奇蹟。

這實在是一場奇蹟。置身於這場奇蹟之中，你無法不失魂落魄，內心裡最柔軟的一角似乎在被一根羽毛輕輕地撩撥，終至慢慢甦醒；即使是一路經過的證券公司、百貨大樓、銀行，這平日裡司空見慣的一切，竟使你橫生了親切之感。就像我們在酒吧裡聽過的那些歌：《黃色潛水艇》、《平裝書作家》、《潘妮胡同》，都成了我們活在此刻的證據，你無法不湧起這樣的念頭——一生，這就是我們的一生。

第七章　短信

三月的天氣，連月來的陰霾終於被陽光打破，空氣濕潤而清冽，太平洋上吹來的風雖說仍然還迴旋在每個人的頭頂上，但已若有若無，幾乎不能感覺到它的存在；每個人身上厚重的衣物正在逐漸消退，僅僅因爲這個，人們臉上輕鬆的笑容就不難理解，更何況，再過不久，上野公園的櫻花就要開了。

我正坐在婚紗店裡對著那本薄薄的《蝴蝶夫人》發呆，手持電話響了起來，是有短信進來的聲音。說起這個手持電話，倒是我在意外中得來的。中國農曆元宵節過後，扣子在表參道東端路口上擺了個地攤，賣些年輕人喜歡的小玩意，無非夜光錶和指甲貼片之類，生意不好不壞，好在只要去澀谷進貨即可，不用費什麼力氣。一天晚上，快收攤的時候，我發現地攤前有一只新款松下手持電話，不知道是誰掉在這裡了，就和扣子坐在路口上等人回來取，等了半天也不見有人來，只好拿回來放在枕頭下當鐘錶用。後來，聽說電話公司在開通英文和俄文短信服務之後，又開通了中文短信服務，扣子就拿它去上了新號碼，遇到有事的時候，她和我聯繫起來也方便些。

扣子這時候給我發短信過來，無非是讓我去超市裡買菜吧。我放下《蝴蝶夫人》，懶洋洋地打開第一條短信，卻看見了這樣一排漢字：「寶貝兒，現在對你的普通話能力進行測試，請用山東話唸出下面的詩——」

居然讓我唸詩？不會吧？我不禁感到奇怪，趕緊揿著按鈕往下看，詩是這樣的一首詩：暗石綠，暗石竹，暗石透春綠，暗石透春竹。

我果眞按扣子要求的那樣，盡量回憶起山東口音來唸這首詩，心中倒在暗自納悶：平白無故地讓我唸詩，不會這麼簡單吧？是啊，眞就不會有這麼簡單，我用山東話唸著唸著，突然明白了這首蹩腳詩的眞正意思，一旦明白過來，即便我是一個多麼嚴肅和矜持的人，也只會哈哈大笑了。我突然明白過來這首詩的諧音，翻譯成諧音後的唸法是：俺是驢，俺是豬，俺是頭蠢驢，俺是頭蠢豬。

除了邊哈哈大笑邊搖頭，我還能做些什麼呢？

剛看完第一條，又來了第二條，不用問，還是扣子發來的。我打開第二條，竟然又是一首詩，不同的是這次是一首現代詩：大海啊，它全是水；駿馬啊，牠四條腿；看短信的豬啊，牠咧著嘴！

看來我就是那頭豬了，我是一頭哭笑不得的豬。現在，這頭豬從櫃檯裡走出來，走到婚紗店的玻璃門邊朝街對面剛剛重新開張的露天咖啡座看過去。發短信的人，也就是這頭豬的主人，這會正彎腰哈哈大笑著呢，笑得連頭頂上的綠格頭巾都掉在地上。

我拉開玻璃門笑著衝她喊道：「笑什麼啊小母豬，該回家吃食了啊，中午你的飯除了米飯還有米糠！呵呵。」喊完了，笑完了，還得回到櫃檯裡去對著那本薄薄的小冊子發呆。假如我眞的是一頭豬，那麼我就不僅僅是一頭哭笑不得的豬了，我還是一頭對著《蝴蝶夫人》胡思亂想的豬。

發呆也罷，胡思亂想也罷，我總還是要拿起筆來開始動手，但結果卻是：一張張白紙被我揉成團後丟進了廢紙簍，一支接著一支的菸幾乎烤焦了我的喉嚨，那些白紙上也沒有留下一個讓我滿意的黑字。昨天晚上，筱常月給我來過電話，儘管沒有問一句事情進展得如何，但我還是能聽出她對這件事情的擔心，我又沒有膽量去說出一番話來消除她的擔心，便硬著頭皮和她談了一通北海道的薰衣草。

今天和昨天也沒什麼不同，拿起圓珠筆之後，不大的工夫，又有十幾張白紙被我扔進了廢紙簍。我總算明白了，寫作再怎麼都不是一件輕鬆的事情，可以肯定：鬱悶、緊張還有莫名其妙的煩躁將會和寫出的每一個字如影隨形。更要命的是，我的腦子還常常走神。

的確不是一般的走神，而是很走神，比如現在，腦子裡一會兒是失聰後正滿臉緊張諦聽著風雨聲的貝多芬，一會又變成了六〇年代末披頭四在英國諾丁山舉行的一場狂熱的演唱會；一會是微服私訪的乾隆皇帝白衣勝雪地走在江南的青石小道上，一會又變成了年幼的廢帝溥儀正仰望紫禁城外的炮火傷心哭泣。走神走到這個地步，也算是I服了Me了。

手持電話又在此時響起，我懶洋洋地抓在手裡，一看號碼不是扣子的，這倒是少有的事，接聽之後，竟然是阿不都西提。說起來，已經好久沒聽見他的聲音了。還是一個月前，我心不在焉地坐上去學校的電車，突然發現他也坐在車上，匆匆聊過幾句，他告訴我他已經搬到秋葉原電器街附近的一間公寓裡住了，之後，我就下車了，在車上約好去新宿喝啤酒的計畫也一直沒有實現。說起來，我又是好長一段時間沒去學校了。

「我說，晚上有時間去新宿喝酒嗎？」阿不都西提在電話那頭問我。

「有啊，幾點鐘？在哪裡碰面？」我似乎比他更加著急，冥冥之中，似乎晚上喝啤酒的酒吧已經近在咫尺，甚至只恨不是現在。可怕啊，我竟然對那本薄薄的小冊子害怕到了這種地步。

「不過，一個人出來可以嗎？」阿不都西提在那邊呵呵一笑，他那張時常羞澀的古波斯人的臉孔就又在我眼前清晰出現了，他繼續說，「晚上的事情，事關重大，想和你好好商量一下。兩個人來的話，我可能會緊張，事情本身也不太好啓齒。這麼說理解吧？」

「什麼事情會這麼緊張？」

「見面之後再說吧。噯，對了，那件事情，沒告訴她吧？」

「什麼事情？」我有點摸不著頭腦，竭力想回憶起和他聊天時談起過的話題。一會兒就想到了，他說的肯定是跟蹤過扣子那件事情了，於是就告訴他，「沒有，隻字未提。」

「那就好。那麼，晚上八點在紀伊國屋書店旁邊的河馬啤酒屋見？」

「好，一言爲定。」

晚上，我做好晚飯，先獨自一人吃完，又將另外一份裝在飯盒裡，在沒有斷電的高壓鍋裡放好之後，就出門坐上了去新宿的電車。因爲下午扣子回來的時候已經和她講過，現在也就用不著再特別給她打電話了。當電車輕輕地呼嘯著經過我的學校，學校圖書館被夜燈照亮的尖頂從我眼前一晃而過，我記得自己的心裡似乎是咯噔了那麼一下子：語言別科的學期就將結束，那個老問題——我到底該何去何從，我到底想何去何從，無論我願意不願意，它都已經成了一個困擾我的問題了。心情也由此而寥落起來。一直到了新宿，穿過幾條窄窄的街道站到河馬啤酒屋的門口，想起裡面或黝黑或金黃的啤酒，心情才豁然開朗。

「我養了一匹馬。」阿不都西提說。

我嚇了一跳，剛剛喝下去的一口啤酒差點嗆到氣管裡。放下啤酒後看著他，像是看著一個我早已不記得名字但他卻突然對我打了招呼的人。說實話，從進門直到現在，啤酒已經各自喝了一紮，但我總覺得他身上好像有什麼不對勁的地方。

一進門，我們微笑著伸出手來互相擊打了一下，他像是累極了的樣子，笑容裡有幾分疲倦，但隨著他提起第一個話題，他的疲倦就消失不見了，隨之而來的仍是我熟悉的樣子：英俊臉孔上的一雙眼睛裡總是散發出某種清澈、固執和好奇的光彩。

有一種人從降生第一天開始，直到他死去的那一天，都不會發生多大的變化。阿不都西提大概就是這樣的人吧。

「嗳，跟我說說，她到底怎麼樣？呃，就是藍扣子，她怎麼樣？」

「哪裡怎麼樣？」

「床上啊。」

這實在是典型的阿不都西提式的問題，但我也得回答他：「嗯，還行吧。」

「還行就是很厲害的意思？」

「差不多吧。」

「我可是聽說兩個人在一起時的姿勢有很多種啊，有的書上說是一百零八種，有的書又說是一百六十九種，你們用過多少種？」

「啊，不會吧。」我又喝下去一大口啤酒，沒辦法，還是得老老實實回答他，「大概有五六種吧。不過，五六種也就夠用了，呵呵。」

「怎麼可能呢？難道不是一有空就做嗎？」

「當然不是了，總得吃飯喝水吧，再說也累啊。」

「要是我的話，可能會連著做他個七七四十九天。」

「那就趕緊找一個可以做四十九天的人吧，應該不是什麼難事的。」

「其實，我現在已經差不多算是做過愛了。」

「什麼叫做差不多？做過了就是做過了嘛，是怎麼回事？」

我倒的確對他的話有興趣，正想問個究竟，他的問題又來了，不光來了，而且還來得很犀利：

「她，藍扣子，做愛的時候會大喊大叫嗎？」

其實，面對他諸如此類的問題，躲閃是沒有用的，只會讓他愈加追根問底，我乾脆據實回答：

「有時候吧。」

「那麼，她是像外國女人那樣大喊著『Oh my God! Oh my God』，還是像香港三級片裡的女人那樣喊著『快點，再快點』？」

天哪，誰能提供一個答案，好讓我能回答他？他還瞪著一雙好奇的眼睛看著我呢。這個時候，也就是他專注地盯著我的時候，一種剛才曾在我心底裡一閃而過的異樣感覺又重新回來了。說不清楚那究竟是什麼，總之，他身上的某處地方讓我覺得不對勁。至於他剛才問的那個問題，我是下定了決心不再告訴他答案了。

是的，還是一瞬間的樣子，我發現我到底從哪裡覺得他不對勁了：他的臉特別紅，是一種泛著白的酡紅，這張酡紅的臉既釋放著濕熱的微光，又像胭脂暈開了一般，讓人橫生出幾分怪異之感，甚至可以說，這不正常的酡紅使我感到不安。此前我從他笑容裡感覺出的幾分疲倦，原因大概也就在於此，因爲那種不正常的酡紅之色使他英俊的臉龐看上去更加瘦削了。由於它的不正常，似乎這瘦削也是不正常的了。

就是這樣，我想我的感覺不至偏差。

我突然想起來，他在約我出來時曾經說要和我談一件什麼大事情，就問他：「到底要和我談什麼？聽上去像是跟雞毛信一樣急。」

他倒沒話說了，端起酒杯環顧起酒吧來。其實，這家啤酒屋並不是嚴格意義上的酒吧，既沒放著爵士樂和舞曲，燈光也不是太幽暗，我得以看清楚他的目光到底落在哪裡：在一處被裝修成一艘巨大輪船的地方，船舷上，一對年輕的情侶正在忘情地接吻，當然，除了接吻，還有旁若無人的撫摸。阿不都西提看得相當出神，啤酒端在手裡也忘了喝，我便微笑著看他。時間彷彿凝滯在了此刻，但是我卻能感覺出在這凝滯之中似乎有什麼東西在運動著，就像我們喝啤酒的時候，地球在運轉，草叢裡的蟲子在交歡，至於那運動著的東西到底是什麼，我也說不清楚。

一直等到那對年輕的情侶結束接吻，轉爲了私語，阿不都西提才對我一笑，露出一口雪白得耀眼的牙齒：「我養了一匹馬——」

「什麼？」我懷疑自己聽錯了。

他倒沒對我的驚異去特別解釋什麼，他本來就是這樣的人，當他發問，或者當他描述，他會認爲世界理所當然就是他認爲的樣子。他喝了口啤酒，繼續說：「是啊，買了一匹馬，幾乎所有的錢都花光了。白色的，暖茸茸的毛摸在手裡眞是舒服。說起來你恐怕不會相信，昨天晚上，後半夜，我騎著牠出門喝酒去了，不過也難怪，誰會相信我是騎馬出去喝酒的呢？」

我暫且放下想問他喝酒的時候把馬繫在什麼地方的念頭，只是問他：「可是，爲什麼突然會想起買一匹馬呢？」

「不買就來不及了。想一想，做了一回新疆人，既沒去過新疆，也沒騎過馬，想起來總覺得不可思議。前幾天，我在銀座那邊的一條馬路上走著，突然想起了新疆。說起來，要是從我身上去找一點新疆人的證據的話，除了我的長相，還眞是找不到，就對自己說，乾脆去買匹馬吧。一有這個念頭，就無論如何也控制不住，第二天就把所有的錢從銀行裡取出來買了馬。」

老實說，我的確有點瞠目結舌，儘管他在電話裡就曾說過要和我談的不是件小事情，但現在這件事情顯然超出了我的想像範圍，而且，好多疑問都很快在心裡生成了，卻又不知道去問哪一個。他說話的風格向來就是這樣，總是會覺得他的事情對方應該全知道才是，哪怕此前從未提起過。

終究我還是問了：「來不及是怎麼回事啊？你要離開日本回國了嗎？」心裡卻仍然抱著老大的疑惑，即使離開日本回國，去新疆騎高頭大馬，想來只會更加容易，何苦要在東京花所有的錢給自己買上一匹呢？古怪啊，眞是古怪。

「啊——」他好像突然明白了什麼，一臉恍然大悟的樣子：「我還沒跟你說起過，是這樣的，我活不長了。」

「什麼什麼？」

「我活不長了，是眞的。還記得我對你說起過我得肺炎的事？」

「記得。」

「轉成肺癌了。醫生已經看過，說是沒救了。不過，我倒是感激那個醫生，多虧他直言相告，要不然我也不會想到去買匹馬回來養著。」

「怎麼會這樣子呢？」我的心裡驟然一驚。

「慢慢跟你說？先說昨天晚上吧。睡到半夜裡突然特別想喝酒，忍都忍不住。開始只是想下樓去買酒上來喝，後來一想，乾脆就騎馬去酒吧吧。馬買回來以後，我費了幾乎整整一下午，才把牠從樓梯上牽到我的房間裡。沒辦法，電梯裝不下，就只好走樓梯。

「後來，我還是下了決心，騎馬上街。我本來以爲牠已經睡著了，等我把衣服穿好，發現牠正躺在地板上吃我白天裡給牠採回來的草。好像是知道我到成田機場旁邊的農田裡給牠採草不容易，牠吃得也特別慢。我剛走到牠身邊，牠馬上就明白了我的意思，輕輕地站起來，還甩了一下脖子上的鬃毛，使我發現自己簡直像個要夜行軍的將軍。

「幸虧是後半夜，要是在白天，我騎著牠經過的地方不發生交通意外才怪。汽車好好地走著，突然在路中間戛然而止，車窗降下，幾個腦袋從裡面探出來，他們肯定會懷疑自己的眼睛。也難怪，大街上突然出現一個騎馬的人，大概也和看見了鬥風車的堂・吉訶德差不多吧。

「到了酒吧門前，把牠繫在哪裡就成了問題。酒吧旁邊是條沒有燈光的巷子，我牽著牠走進去，走了一段路之後，看見一家廢棄的汽車修理廠，裡面堆著好多廢舊汽車，我們就進去了。我找到一輛汽車，把馬的韁繩繫到這輛汽車的方向盤上，就進酒吧裡喝酒去了。

「其實，想跟你說的是喝完酒之後的事情。喝完酒，我醉醺醺地帶了幾瓶酒出來，我找到那家廢棄的汽車修理廠，卻被眼前看見的情景嚇了一跳。原本平坦的地面上只長著一些雜草，另外散落著一些銹蝕的汽車零件。這時候，在牠身邊，卻平白無故地從地底下躥起了一道水柱，不很高，但噴薄的頻率很快。我還以爲是埋在地底下的水管爆裂了，走近一看，才發現根本不是，這其實是一處泉眼，被牠發現之後用蹄子刨出來的。這時候，牠正湊在那道水柱前大口大口地喝著呢。

「後來，我乾脆在地上坐下來，打開從酒吧裡帶出來的酒和牠一起喝。是啊，牠也會喝酒，我和牠像是認識了許多年一樣，我拿一瓶，牠也拿一瓶。牠是用嘴巴拿的。當牠看見我拿著酒瓶往嘴巴裡倒，牠也把酒瓶叼在嘴巴裡，然後一抬頭，酒就算喝下去了。呵呵，我們竟然在相同的時間裡喝完了自己的酒。酒喝完了，我再騎著牠回家，上樓又花了好半天。在爬樓方面，牠倒眞是個外行，無論使多大力氣，姿勢也都很笨重。

「對了，其實我是想問問你，哪天我要是死了的話，你能給牠找個可以去的地方麼？」

我眞的不知道該如何是好，大腦裡一片空茫。換成任何另外一個人，聽到阿不都西提的這番話，十之八九都不會相信，甚至會懷疑他的精神是不是有問題。我卻不得不相信他所說的一切，因爲他的疲憊之態和酡紅的臉頰不由得我不信。我是癡人說夢要去寫小說的人，知道許多小說上的大師都是死於肺病，比如普魯斯特。每當我想起他，眼前總是這樣一幅畫面：在陰雨連綿的法國鄉間，普魯斯特手執一管鵝毛筆正在寫著《追憶逝水年華》，而他因爲肺病而酡紅的臉頰，在青銅燭臺上燭光的照耀下，愈加顯得他正陷於毀滅。

我匆匆對阿不都西提點頭：「好，我一定去找——」說了一半又說不下去了，眼睛慌亂地在啤酒屋的各處游弋。正好在這個時候，手持電話響了起來，是短信進來的信號。我在最短的時間內想了想，最終決定去盥洗間裡好好讓自己平靜下來，也好看看扣子給我發來的短信，便匆匆站起來，卻不小心撞在桌子上，酒瓶掉落在地，啤酒屋裡響起了哐噹一聲。

在盥洗間裡，我仔細打量一面大鏡子裡的自己，又擰開水龍頭，將腦袋湊到水龍頭下把頭髮和臉淋濕，最後，用一張紙將臉擦乾淨，掏出手持電話來看扣子給我發來的短信：螢幕上除了一排問號之外，什麼也沒有。我給她撥回去，但是，不管是婚紗店的電話，還是她的手持電話，都是無人接聽。我也不知道怎麼回事。實話說吧，我其實一直在想著阿不都西提告訴我的一切。他所說的，我都相信，卻又不敢去相信。

從盥洗間裡出來，剛剛坐下，阿不都西提又像是才剛剛想起了什麼，滿臉的恍然大悟對我說：「你是不是覺得奇怪，奇怪我為什麼不怕死？」

倉促之中，我竟然神使鬼差地點了點頭。

「其實，我也覺得有點不可思議，我怎麼會不怕死呢？我怎麼會是不怕死的人呢？可是奇怪了，壓根就不往那裡想，即使偶爾想一想，也彷彿那個人不是我，是個別的什麼人。

「一個人要死了，他會去做什麼呢？對了，他可能要找家酒吧待上一夜吧，於是，我就去找家酒吧待上一夜；對了，他可能要去吃一頓鰻魚壽司吧，於是，我就滿大街地去找壽司店。學校也沒去，工自然是不打了，成天在公寓裡發呆，心裡倒是安靜得很。有時候我也禁不住納悶：這就要去死了嗎？

「我眞的不怕死，說白了，就是沒想過我的死。呵，死，原來就是這樣，你不妨試著說『我要去死了』，其實，和說『我要去上課了』、『我要去打工了』並沒什麼不同，不信你試著說說？看看我說的對不對。

「反正，每天早上，起床之後，我一邊穿襯衫一邊望著公寓外面的汽車和人流，是絕對不會有『這是我的最後一天』之類的念頭的，只是有時候習慣性地穿上鞋要出門，轉過來一想，才發現已經沒有必要了。那麼，幹些什麼好呢？自然是買酒回來喝，看書，聽音樂，當然了，還得去割草。在東京都內要找到能給馬吃的草眞是不容易，每次都得坐機場班車去成田機場那邊的農田。

「日子就這麼過著，奇怪的是，隱隱之中我還覺得自己過得很快樂，一些將死之人理所當然要考慮的事情，比如誰來幫我收拾骨灰啊國內親人的感受啊什麼的，也會偶爾想一想，但想的時間總是很短，想得最多的倒是那匹馬。我死了以後，牠到哪兒去呢？所以迫不及待地想見你。

「然後，到了晚上九點，我就要打電話做愛了，這是每天都要做的事情，一天都沒改過。」

「打電話做愛？」

「是啊，其實就是自慰，記得我剛才跟你說『也算是做過愛了』？說的就是這個。和我做愛的人是在電話裡認識的，每天晚上我們都通電話，先聊天，聊『今天做了什麼』之類的話題，然後各自自慰。其實我想和眞的做愛也沒有太大的不同吧，反正她說沒有什麼不同，一樣能達到高潮，達到高潮的時候她也一樣叫出來了。」

這時候，我的手持電話又響了，仍然是短信進來的信號，打開一看，螢幕上還是一排問號。我馬上再打電話回去，電話卻仍然無人接聽，我低頭看了看手錶，時間已經臨近十二點。說起來我和扣子不在一起已經多達幾個小時，這還是好長時間來的第一次。無論如何，婚紗店裡的她肯定已經心生了不快，拒絕接我的電話就是明證。

一種莫名的焦灼和不安糾纏住了我，其實，既不是因爲阿不都西提，也不是因爲扣子，只因爲我自己。沒錯，是我自己。我坐在這裡，我在焦灼和不安。

「想聽聽她的事情？」阿不都西提問我。

因爲心裡在想著事情，我還以爲他說的「她」是扣子，不過我馬上就明白過來，那個「她」

是和他在電話裡做愛的人。我對他點了點頭。

「偶然碰見的，她把電話打錯了，打到我這裡來，不知怎麼，就神使鬼差地聊起了天。她家住在沖繩，一個建築公司董事長的太太，三十五歲。其實，我和她差一點就要見面了，不過，終於還是沒見上。」

說到這裡他停了下來，因爲我的手持電話又響了。自然還是一大排問號。隔了大半個東京城，我也能想像出此刻扣子的樣子。正在如此窘迫之際，阿不都西提笑著問我：「管家婆在催你這個長工下地了？」

「是啊，沒辦法。」

「那麼，我們先分手吧。對了，過陣子，新宿這邊有個聚會，可能就在河馬啤酒屋，能來嗎？」

我略微遲疑了一下，還是對他點了點頭：「好，到時候我一定來。」

然後，我叫來侍者結賬，又一起走出門，慢慢往車站走。說實話，這是我第一次遇見這樣的時刻：我雖算不上伶牙俐齒，但也絕對不是笨嘴拙舌，現在我卻必須承認自己的無能，搜腸刮肚之後，我也找不出一句話來說。

進了車站，在站臺上等了大概兩三分鐘，我要坐的車來了。正要上車的時候，阿不都西提一把抓住我：「那匹馬，能給牠找個去的地方麼？不是要找什麼好地方，動物園啊有水源的小山坡啊什麼的都行。」

「好的。」我又一次答應了他。

「一定？」

「一定。」

「好，那我就放心了。」

他笑了起來，仍然是那張古波斯人的臉孔、白得閃亮的牙齒和不好意思的笑，不好意思之後，是單刀直入的好奇：「晚上回去會做愛嗎？我聽說，有個口訣叫九淺一深？」

我還來不及回答他，車門就關上了。

下車之後，我跑了起來。一股看不見的力量使我發足狂奔，因爲那股力量使我恐懼，它黑暗，深不見底，我不願意被它的陰影遮蓋，除了奔跑，別無他法。雖說是最後一班電車，候車大廳的人群依然不少。我在人群裡跑著，手裡一直想抓住一件什麼東西，自然什麼也抓不住。我知道大廳裡的人都在奇怪地看著我，他們不知道我爲何跑得如此之快，但我顧不上了，除了奔跑，還是奔跑。

跑出車站，跑下站前臺階，跑過一路上的大小店鋪，終於跑上了表參道的過街天橋。我在天橋上停下來，喘息著隱約看見婚紗店外面的霓虹招牌，全身頓覺鬆散，一下子趴在欄杆上大口大口喘著長氣。

我的身體到這時候才終於得到平靜。

也就是說，我心裡有主了。

但是，我卻絲毫未曾想到，當我掏出鑰匙開門，心裡還在思慮著怎樣度過今天的難關，想著是不是再使出嘻皮笑臉這個致勝法寶的時候，卻突然發現門根本就沒有鎖上。我吃了一驚，衝進店裡按下日光燈的開關，映入我眼簾的卻是一個赤身裸體蜷縮在冰涼地面上的扣子，流著血的扣子。

我不知道發生了什麼事，但是，在最短暫的暈眩之後，扣子流著血的手臂使我狂奔上前，將她比地面更冰涼的身體緊緊摟在懷裡。

一邊抱著，我一邊抓過她的手臂，在慘白色日光燈的照耀下，她的整整一條手臂，甚至她的通體上下，竟是比燈光都更加慘白的顏色。

還有更加致命的驚心一瞥：皮膚下的血管、無動於衷的表情和鮮血正在滲湧出來的那兩道傷口。

我逼迫自己去看那兩道傷口，內心的緊張超出了以往任何時候，好在我尚能看清楚那兩道傷口雖然在手腕處，但還好不是在血管上。看清楚之後，我立刻感受到虛脫般的放鬆，簡直找不到語言來形容。這一切，實際上都發生在極短的時間之內。我根本就來不及喘口氣，先不由分說地將她抱到地鋪上，給她蓋上被子，只留那條流血的手臂在被子之外，然後，跑到店堂的櫃檯裡，拉開抽屜，一頓亂翻，終於找到了一支止血膏和幾片創可貼，便一股勁兒地往置物架後的她跑過去。當我跑過店堂裡地面上那小小的一汪血跡，我看見牆角裡還有一把同樣沾著血跡的裁紙刀。

我沒去把它撿起來。顧不上了，我的恐懼已經到了極點。

是的，我想到了扣子可能會死，我想了可能會只剩下我一人在婚紗店外的表參道、甚至是一生中所有的道路上走來走去了。

我害怕。給她止血的時候，我在害怕；給她包紮傷口的時候，我還是在害怕。

我一點都沒去想這一切都是如何發生的，也忘了把扣子已經包紮好的手臂放回到被子裡去，只是呆呆地看她失去了血色的臉、乾裂而發黑的嘴唇、緊閉著的雙眼上的睫毛，卻想不出一句話來對她說。

「那麼也好，就在這裡坐著吧。」我想，「這裡，只是這裡，既不往前想，腳步也不往後邁一步，僅僅就是這裡，和一切可能的生活都沒關係。」

雖然扣子一直閉著眼睛，但她在呼吸，甚至是很均勻的呼吸，被子正隨著她的呼吸而輕輕起伏著，這樣就夠了。

夠了。

我回到店堂裡將燈拉滅，又轉回來坐在地鋪上，點起了一支菸，滿屋的黑暗裡只剩下菸頭處的一絲熒紅在閃著。當我吸一口的時候，熒紅的光線裡我能依稀看見扣子的臉，於是，我就一口接一口地猛吸不止，好像從那一刻起，我們就不能再見了，我完全沒有意識地這樣做，等到明白過來我在這麼做的時候，一支菸已經吸完了，我便點上了第二支。

大街上仍然有不小的風吹拂不止，除去風聲，再無別的動靜。時間在一分一秒過去，慢慢地，就聽到了淅瀝雨聲。我是莫名地喜歡著雨天的，想一想明天早晨推門後可能看見的潮濕街道，心神這才開始清爽起來。此刻對我而言，這淅瀝雨聲的確有如湯藥般的功效，雨就像下在我的身體裡。

「要喝水——」扣子終於喃喃說了一句話。

我如夢初醒地迅速答應著：「哎哎，你等著。」三步兩步，我跑向店堂裡的飲水機，倒了半玻璃杯的水。跑回來後，我伸手去將她微微抱起來，將水送到她的嘴唇邊。即使是在黑暗裡，我倒是照樣心細如髮，一點錯也沒出。

喝完水，我把她重新放下。正把玻璃杯往置物架上放的時候，扣子輕聲說：「嚇著你了吧？」

我的身體一陣戰慄，是輕輕的但卻是激烈的戰慄。一股看不見的衝動在體內衝撞不止，我的手，甚至我的身體，竟然激動得不知如何是好。終了，我也輕輕躺下，隔著被子把扣子抱在懷裡，並不是緊緊地，我怕弄疼她的手臂。我的頭埋伏在她的頸彎處，我的嘴唇也貼上了她胸口處冰冷的肌膚。她的手，伸出來輕輕梳理著我的頭髮。

夠了，這就夠了。

第二天早晨，當我醒來，扣子已經不見，但我知道不會再出什麼事情，便放寬心洗漱。一切收拾好之後，打開店門，走到大街上一張望，正好看見從街口走來的望月先生。是啊，嶄新的一天，的確是又開始了。

望月先生告訴我，他從街口過來的時候，正好看見扣子在過街天橋上，一臉快樂得不得了的樣子，在天橋上往下吹氣泡呢。聽他一說，我也就更加放寬了心。其實，儘管來日本已經這麼長時間，但我並未習慣日本人見面便欠身鞠躬的習慣，但是，今天早晨，當婚紗店來第一批客人，我就快步走上前去，先是麻利地爲他們開門，而後又對他們行了一個標準的日本式鞠躬禮。

「很高興的樣子嘛。」望月先生對我說。

我也對他呵呵一笑。店內的婚紗樣品由他向客人介紹，我偷空推門出去，踮起腳往過街天橋方向看。雨仍然在下著，霧濛濛的濕氣和雨絲讓我什麼也看不清楚。不過不要緊，知道她在天橋上就行了。

等客人少下來之後，我就跑到樣品室裡找出自己的一只箱子，在裡面翻出幾本舊書來讀。像望月先生這樣的性情之人，自然會像以往一樣不會對我的此等行徑有所責怪。送走兩批客人之後，他還是按老規矩去了池袋的馬場。只有當他出門的時候，我才會想一下：「又有一天不到學校去了。」原本扣子和望月先生訂好的讓我每隔一天去一次學校的計畫，由於我的率先不遵守，望月先生又可以每天都去池袋的馬場了。

從舊書裡挑出一本《阿彌陀經》之後，突然就很想讀，忙不迭地退回到櫃檯裡要坐下來，卻突然想起了《蝴蝶夫人》。到現在一個字也沒能寫出來，眞不知道下次筱常月再來電話的時候，我該如何作答。好在我一直就是這樣的人，此刻就又一次像是在安慰一個不認識的人一般安慰自己說：「管他的呢，總是有辦法的吧。」

正讀著《阿彌陀經》上這樣一段描述西方極樂世界的話：「極樂國土，七重欄楯，七重羅網，七重行樹，皆是四寶周匝圍繞，是故彼國名爲極樂。又舍利弗，極樂國土，有七寶池，八功德水充滿其中，池底純以金沙布地……」一抬頭，看見了在街對面忙碌的扣子，白色短裙、綠格頭巾、胸前貼著卡通畫的手持電話，全身上下一如往常。雖然今天我們沒有像平日裡那樣隔著一條街打個手勢做個鬼臉，但是，互相都能看見對方。還有比這更讓人有底氣的事情嗎？

於是，便接著往下讀：「上有樓閣，亦有金銀、琉璃……而嚴飾之，池中蓮華大如車輪，青色青光，黃色黃光，赤色赤光……晝夜六時，雨天曼陀羅華。」

不覺中就走了神，腦子裡全是西方極樂世界的樣子。只可惜，無論如何努力，面對一個從未踏足過的地方，仍然還是不能想清楚它的細枝末節。

中午的時候，扣子從咖啡店送來一份盒飯，只說了一聲「吃完了把飯盒洗乾淨」，就要匆匆跑回去。

我叫住她問：「沒事了嗎？」

說著，我便故意笑著去看她。要是在平常，我若是笑起來，她也十之八九會忍不住笑，今天卻沒有，只是盯著我看，還是只說了一句：「別忘了把飯盒洗乾淨。」語聲也有些沙啞。

但是，下午三點剛過的樣子，我的手持電話響了。是她發來的短信，只有三個字：對不起。

晚上，我們坐在表參道東端路口的花壇上，這裡是露天咖啡座重新開業前，我們一直擺地攤的地方，她又對我說了一聲：「對不起。」

此前，我們一起在一家小店裡吃了一頓披薩，又回婚紗店裡洗了澡。當然，我一直在尋找使她轉顏爲笑的話題，儘管一直沒有如願，但也明顯可以看出她的心情好了不少。最明顯的證據是在她洗澡的時候忘記穿拖鞋進盥洗間，在門裡大聲吩咐我：「喂，拖鞋給我遞進來！」不覺中，口氣裡又帶上了幾分凶巴巴的味道。

這才是眞正的扣子嘛。

洗完澡，扣子把我們兩個人換下的衣服洗完，在屋子裡收拾了一通之後，才對我說：「出去走走？」

我欣然同意，兩人便鎖好店門後沿著表參道自西向東閒散地走著，不一時來到了過街天橋下面。她找個地方坐下，我去找了個自動售貨機，買來啤酒和七星菸，拉掉啤酒罐上的拉環，爲她將啤酒奉上，還有菸，看著她叼在嘴巴上，我就把打火機湊過去。她也沒說話，看著某個地方，吐出幾個煙圈。夜空裡的一縷輕煙在她頭頂上裊裊升起，又終至消散。

「想聽聽我以前的事？」她問。

「想啊。」我點了點頭。點頭之前，又有一瞬間的遲疑。

可是，她還是不說了，猛吸了兩口菸，仍然沒有下定決心：「算了吧，以後再說。和你說說昨天晚上的事情？」

「也好。」

「其實，你也沒做錯什麼，我並沒有對你生氣，眞的，到現在也沒有。我本來想算了，不對你解釋什麼，可這樣畢竟對你不公平。兩個人在一起，有什麼事情還是要說明白，對吧？別人是什麼樣的我管不了，但是我們在一起的時候，我還是希望我們能徹底地明白對方，能答應嗎？」

「能答應。」

「有一天，你要是不喜歡我了，也要說出來。」

「……好。」

「……也用不著說什麼假話，我是眞正地喜歡你，愛你，希望和你找個沒人的地方生活，哪怕寸草不生的地方。也許就是因爲這個吧，我肯定是有事情瞞住了你。也不叫瞞，是現在還不想跟你說。不過，現在既然決定什麼事情都向你坦白，就一定會對你講的，即使不是現在，時間也不會太長。

「原本昨天晚上也沒什麼的，你不在，我還正好可以試試一個人是什麼感覺，眞的。從咖啡館下班之後，跑回來的路上我還是這樣想的。

「可是，當我洗完澡，把燈拉滅了，在被子裡躺下來，突然，害怕——那種感覺，是一下子就來了。我滿腦子只在想著一件事情，那就是這裡只剩下我一個人了。

「並不只是說昨天晚上，而是說一輩子。只有我一個人，走到哪裡都是。」

她說完了，也喝完了手裡的酒。我沒說話，只伸過手去摟住她的肩膀，她也溫順地靠在我懷裡再也不動。而我該對她說些什麼呢？我不知道。心裡倒是有所想像：這遼闊的世界，果真沒有一塊寸草不生的地方讓我和扣子住下來直至最後死去嗎？哪怕遍體赤裸，哪怕食不果腹？想來也是沒有的。《阿彌陀經》裡的極樂世界，終於不過是虛妄中的虛妄，這樣的道理似乎也不用別人來指點了：在春風沉醉的人看來，那極樂世界實際就是寄託我們肉身的凡塵：七重欄楯說的就是街道上的斑馬線；七重羅網說的就是鋪天蓋地的霓虹；七重行樹說的就是舉目皆是的櫻樹和法國梧桐。我這樣去想也不至於大錯特錯吧。

當然，在茫茫東京裡，我和扣子也從來沒有過春風沉醉，最多只是兩顆流星般的浮生。

「又走神了？」她問。

「嗯。」

「想來想去，還是告訴你的好——越好的時候，我就想越壞。」

「什麼？」

「有過這種感覺嗎？就是，忍不住地想糟蹋自己。」

「沒有啊，怎麼？」

「我有。老實說吧，兩分鐘前我還想繼續瞞下去的，但是我怕哪一天會控制不住自己，所以還是告訴你的好。不承認也沒有辦法。我做過應召女郎，也在無上裝酒吧裡做過招待，這些你也早就知道。我是配不上你，也不配任何一個人，更不配過現在的這種生活。差不多每天我都問自己一遍：老天爺對我是不是太好了？可能就是由於這個吧，昨天晚上我才拿刀割自己，並不是想死，就是想糟蹋自己，心裡還想著就讓一切都不可收拾才好。」

終了，十二點的樣子，滿天星斗，天地萬物都被披上了一層濕漉漉的銀白色光芒。扣子在我懷裡問我：「能忘記昨天的事情，只當沒發生過嗎？」

「能。」我不假思索地回答她。

第八章 櫻時

櫻花，是可以吃的嗎？這個問題從前從沒想過，現在卻不得不想——你看，在漫天飄散的櫻花裡，一個面容清癯身著和服的老人狂奔了出來，端著酒杯，穿著木屐，踉蹌的步態和高唱著的謠曲只能證明他的確已經陷入了巨大的癲狂之中。我猜測，他其實是在跳一種久已失傳的日本民間舞蹈，步態雖然踉蹌，但一次也沒摔倒在草地上。寬大的和服袖口裡鼓滿了風，當他在一棵櫻樹下站定，兩隻手高高舉起，眼神裡滿是癡醉；我也不禁為眼前這前所未見的景象癡醉了。

他全身滿是花瓣，但他不管不顧，突然跪下，高舉著的兩手合為一處。酒杯就在兩隻手的中間，等一兩片花瓣落入酒杯之中，他才將酒杯，還有酒杯裡的櫻花，湊到紅潤的嘴唇邊，仰起頭一乾而盡。

這就是美，美得讓我一陣哆嗦。

櫻花，原來也是可以吃的。

這是日本春天裡所謂「黃金周」的第一天。一大早，按照望月先生幾天之前囑咐過的，我們將店門關上，帶上昨天晚上就已經準備好的食物：壽司、可樂餅和啤酒，徑直坐上了去上野公園的電車。一路上，滿眼皆是將上野公園作為目的地的人，正可謂「出門俱是看花人」。當我們乘坐的電車駛過幾面高懸於摩天大樓的電視牆，偶然看一眼，電視螢幕也儘是關於賞櫻活動的最新消息。在舉國皆醉的迷狂氣氛裡，就連電視裡的櫻花評論員，也竟至激動得語無倫次了。

車廂裡的我和扣子倒是被滿目的和服吸引了過去，心裡當然也充盈著一股說不出的喜悅。但這畢竟不是我們從小就習慣了的節日，而且，對扣子來說，眼前所見並不陌生，她年年都能見到，所以，她的視線已經完全被一個身著紅色和服的小女孩牢牢吸引了過去。小女孩調皮地對她做著鬼臉，她也同樣還以鬼臉。

到了上野公園門口，我們好不容易才從潮水般的人群裡找到一條縫鑽進去，又好不容易找到一塊沒有被占領的草坡。坐下來的時候，扣子突然說了一句：「只怕我們兩個是全東京穿得最寒酸的人吧？」

這個倒是自然的。除去穿和服的人，別的人今天穿衣服時只怕也比平日裡講究了不少，我們倒還是老樣子，都穿著一條洗得發白的牛仔褲而已。只是在此時，我才想起來，除了幾件二手衣，我和扣子從認識以來的確沒買什麼衣服。

「不過，不知道怎麼回事，反而覺得很踏實。」她又說了一句。

「我倒知道是怎麼回事。」我說。

「怎麼回事？」

「因爲你已經對我死心塌地了唄。像古戲裡貧賤夫妻們對唱的那樣：『吃糠不覺半分苦，盼的是前程甜如蜜。』呵呵，還有陝北民歌：『叫一聲哥哥我就跟你走，一走就走到了山旮旯口。』你就認命了吧！」

我大笑著喝了一大口啤酒，仰面在草地上躺下。即便閉著眼睛，陽光也晒得人眼前發黑。不過，全身上下滿是難以言傳的輕鬆。自從來到日本，如此透徹的輕鬆感似乎還未曾有過。不斷有花瓣落到我臉上，那麼，落就落吧，我也沒有花粉症，花瓣將我全身上下全都蓋住才好呢。

我這個人，遇到一件事情，總希望盤根問底地弄清楚，所以，在國內的時候，別人常常爲我動輒就去翻報紙查辭典而奇怪；眼前這小小的但卻釋放出巨大魔力，以至於將所有人都扯入瘋狂之中的櫻花自然也不例外。連日來的報紙上都在連篇累牘地報導和櫻花有關的一切蛛絲馬跡，我自然所知不少。閒來無事，陽光又如此之好，正好可以向扣子賣弄一二：「知道日本人賞櫻花是從什麼時候開始的嗎？」

「不知道。」

「且聽我與你細說分明。說來話長，那是日本曆慶長三年，也就是一五八九年的事情了，豐臣秀吉在京都醍醐寺舉辦了日本歷史上的第一次賞花會，史稱『醍醐花見』，盛況空前，也極盡奢靡。從此後，日語裡就多出了一個詞，『花見』，說的就是賞櫻花，甚至春天也被稱爲『櫻時』了。怎麼樣，知道得不少吧？」

「我倒眞是奇了怪了，你一天到晚在婚紗店裡坐著，到底從哪兒知道的這些鬼東西？」

「哈哈，誰讓我腦子聰明呢——」我正要哈哈笑著灌下一口啤酒，一睜眼，恰好一陣大風襲來，紛飛的花瓣在風裡也不知身在何處，更不知身往何處，又像是置身於茫茫大海上湍急的漩渦之中，被擠作一處之後，反而像山巓奔流而下的瀑布般迸裂。一幕奇異的景觀在我眼前出現了：每一棵樹上的櫻花凋落後還來不及分散，又組成了一面櫻花瀑布，也可以說是一扇櫻花屏風。它們漫捲著，好似不忍分手的離人，但你又分明可以感受出它的快樂。的確如此，有時候，灰飛煙滅也是件快樂的事情。

我想，這大概就是報紙上曾經提起過的「櫻吹雪」了。

可是，在漫天的「櫻吹雪」中，要命的，一陣巨大的虛無感突然而來，讓我心情一下子低沉下去，剛才還在哈哈大笑著，卻馬上就緊閉了嘴巴，灌下一口啤酒之後，又去灌第二口。

到底是什麼在糾纏我？

我緊張地思慮再三也找不到到底是什麼讓我突然心生不安。不過，有的是時間，我就再好好想吧。

終於被我想清楚了，是的，錯不了，是一股深不見底的恐懼：我站在這裡，卻永遠走不到那裡。就好比我想寫作，卻也只是想一想；我想看清楚我的未來，但注定了徒勞無益，因爲我甚至比任何人都又懶得看見我的未來。由此，從這裡到那裡，便滿是虛無。虛無加深，漸成恐懼。

我比任何人都清楚，虛無將和我如影隨形，但是，爲了證明自己還活著，腦子也沒失去意識，總是要繼續思慮下去。想一想，這個世界上像我這樣的懵懂之人肯定也爲數不少：活在此刻，卻在費心尋找活在此刻的證據。

其實，我也知道，我是想找到我和扣子兩個人在一起的證據。

是啊，在一起！

我喜歡煙花，也喜歡櫻花，還喜歡下雨，都是不自禁地喜歡。但是，此刻我卻在不覺中爲自己喜歡它們而害怕，因爲我突然發現自己喜歡的這三樣東西都是無緣而生，又平空消失；突至，但卻一閃即逝。

我無法不感到害怕，因爲我還有第四樣喜歡的東西：扣子。

扣子也會一閃即逝嗎？

我不得不走神，逼迫自己輕鬆，也逼迫自己的腦子裡再生出一些不相干的畫面，結果卻無法奏效，屢試不爽的方法宣告失敗：我想起了滿天的花火，眼前卻總是最後一朵；也想起了雨珠，卻毫無滂沱之氣，只是滂沱大雨之前或之後的幾滴，靜悄悄落在屋簷上，不著一絲聲響。其實，思來想去都還是一個問題：扣子，她也會一閃即逝嗎？

在我們身邊，不斷有人來來往往，我沒有管，我躺到扣子的雙膝上，腦袋緊貼著她的乳房，一股熟悉的體香撲面而來。而我仍覺不夠，伸出手去，掀開她的衣服，將手指伸到她的肚臍處，一個勁地朝裡撳下去，像我每晚臨睡前所做的那樣。

想來也和找到熟悉的乳頭才能入睡的嬰兒差不多，每天晚上，我只有將右手的食指撳進扣子的肚臍裡去才能放心閉上眼睛。並不需要每晚都做愛，在不做愛的時候，甚至只要兩人並排躺在一起的時候，即使她穿著衣服，我也總是下意識地尋找著她的肚臍，實在沒辦法。

「怎麼了？」扣子問我，兩隻手輕輕地撫摸著我的臉和頭髮。

我沒回答她，更緊一些將她的身體環繞在我手臂裡。

「喂。」她又叫我。

「嗯？」

「給我講個故事吧。講故事，不講那些亂七八糟的。」

扣子口中的亂七八糟，顯然就是此前我的賣弄了，我便對她說：「給你講個日本的故事吧，是谷崎潤一郎的小說，叫《春琴抄》。」

「好啊。」

「一個叫春琴的年輕女孩，她有一個同樣年輕的管家。管家愛上了她，她卻是一個脾氣過分刁蠻的女孩。當然，她的刁蠻也是有原因的——」

講到這裡我停了下來，我想到了這個故事的結局：爲了和失明的春琴過同一種生活，年輕的管家弄瞎了自己的雙眼。依我對扣子的瞭解，這個故事她肯定會喜歡，這個故事裡儘是她喜歡的那些細節，也正因爲如此，我才決定還是不再往下講。遲疑了一陣子之後，對她說：「要不，給你講講《蝴蝶夫人》吧，反正都是發生在日本，《春琴抄》我一下子記不起來了。」

扣子當然不相信，她對我的記憶力有足夠的瞭解，狐疑地看了我一會兒，先說了一聲「不可能吧」，轉而又說，「好吧好吧」。

「在長崎，有個名叫巧巧桑的藝妓，因爲她的可愛，人們叫她蝴蝶，經過媒人的介紹，嫁給了駐紮在長崎的美國炮艦上的海軍上尉平克爾頓。這件事情並不順利，首先，她要背離自己的宗教；甚至在後來的婚禮上，她做和尚的伯父也當眾指責她背叛了自己的祖先，並且詛咒她，希望惡魔將她帶走。

「在婚禮上，蝴蝶的女友們向她表示祝賀，稱她爲蝴蝶夫人，蝴蝶孩子氣地伸出一根手指對她們說，不對，我是平克爾頓夫人。

「好景總是不長，婚後不久，平克爾頓回到了美國。在他離開後不久，蝴蝶生下了她和平克爾頓的孩子，從此相依爲命，當然，和他們相依爲命的還有貧窮。儘管如此，蝴蝶還是拒絕了媒人的第二次介紹——同樣一個媒人，此時正打算將她介紹給當地的有錢人山鳥公爵。她反而每天抱著孩子到港口上去對著大海發呆。但是時間一天天過去了，她始終都沒有看見平克爾頓服役的那艘砲艦出現在大海上。

「和所有的故事一樣，平克爾頓總算回來了，但是，是帶著他的美國太太回來的。這樣，故事就只剩下了一種結局：蝴蝶夫人並沒有走出房子去見他，而是安頓好孩子後走進了屏風後面，手裡拿著一把匕首——」

「怎麼了，往下講啊。」

我這時才發現，無論我多麼刻意去避開扣子喜歡的那些細節，終了還是無法避開，甚至，《蝴蝶夫人》的結局比《春琴抄》的結局更爲慘烈。但事已至此，我也不知如何是好了，乾脆硬著頭皮講下去：「她最後抱了抱孩子，把他放下，遞給他一面美國旗和一個洋娃娃，讓他一個人玩了一陣之後，又把他的眼睛包紮了起來。然後，她拿起匕首，走到了屏風後面，等她從屏風後面出來的時候，已經是奄奄一息了，她還在微笑著，把孩子招呼過來，抱起了他，然後跌倒，死了。」

講完了，扣子也聽完了。她盯著眼前零落了一地的花瓣發呆，我還匍匐在她懷裡，我右手的食指仍然擻在她的肚臍裡。從遠處的櫻樹林裡飛出一群鴿子，在離我們不遠的地方落下，扣子心不在焉地不時丟出一些食物去給那些鴿子。不覺中，已經是下午時分了。

「這個女孩子倒是很可愛，蝴蝶。」

我就知道她會這麼說。

「不過，我不會像她那樣做。從前可能會，現在，應該是不會了。」

「哦，是嗎？」

「我胡思亂想的，你可不准笑話我：終究還是活著的好。蝴蝶去死，是她把死當成解決問題的方法了，要是我，就不會。依我現在的想法，活著和死掉，可能就像這公園裡的兩塊草坡，無非是從這裡走到那裡一趟罷了。沒有什麼比死更容易的事情了吧？一枚刀片，一輛公共汽車，都可以輕輕鬆鬆地讓一個想死的人達到目的。這樣看起來，活著其實就格外不容易了，本身倒沒什麼特別奇特的地方，對『怎樣活著』這樣的問題我也不留心；但是，假如你換個念頭去想：活著就該是這樣的啊，如果沒有痕跡，那倒眞的和死了差不多。不過，說實話，這只是我現在的想法，以後會怎麼想誰知道呢？

「這樣的話，就是怎樣活的問題了。我覺得和做運動差不多，嗯，其實就是做運動，至少要走動起來，走動，你知道我在說什麼吧？既然選擇活著，也就要在『活著』裡走動起來，好像我們到上野來看櫻花。

「還有，那天晚上，我用裁紙刀割了腕子，那眞的不是我覺得身邊的東西都不好了，或者你不再管我了；就只是害怕，怕自己站在了那裡，是永遠站住，再也走不動了。所有的東西都在往前走，只有我一個人停在那裡，就是這種感覺。不過，現在不會了，不光要活著，還打算留點心活著，呵。」

「眞的這樣想的？」我從她懷裡抬起頭來問。

「眞的。喫，過幾天，我準備好好地再去擺地攤，多賺點錢，不像過去那樣有一天沒一天地去做，要做就天天做，怎麼樣？」

「當然好了，我們一起去。」幾乎不等她說完，我便接口說道。

這樣一來，心情實在是好得不能再好了。喝完所有帶來的啤酒後，我又跑去買了幾罐回來，同樣一飲而盡。從櫻花的深處傳來了松隆子的歌《終有一天走近櫻雨下》，恰好和這陽光、櫻花和草地融爲了一體，輕鬆之餘，就不能不感到幸福了。

一場糊塗的幸福。

後來，在被松隆子的歌反襯出的巨大寧靜中，我睡著了，做了很多夢。久未夢見的養父也與我再次見面，他正汗流浹背地從床底下爬出來：不過是普通的捉迷藏，卻是小時候我最喜歡和他玩的遊戲。他的確有讓許多人難以理解的孩子氣，已經近乎偏執了。比如我們捉迷藏，他可以悄無聲息地在床底下埋伏一個下午，任憑我費盡心機地在房間裡翻箱倒櫃，他就是不出聲。是啊，這就是眞正的孩子氣了。

眞是悠長的一日。等我醒過來，天才剛剛黑定。我驚異地發現，滿目都是燈籠：樹梢上掛著燈籠，悠閒散步的人手裡也提著燈籠；還有更多提著燈籠的人正從公園的入口處走進來。和白天相比，公園裡雖說安靜了不少，但人卻反而更多了。

扣子知道我醒了，對我說：「我說還是活著的好吧？你看櫻花，從樹上落到草地上也就是一剎那。它越是謝了，越是不存在，反而越讓人覺得驚心動魄。天堂裡只怕也看不到吧。」她把頭俯下來抵著我的頭，「對了，驚心動魄，用在這裡沒用錯吧，小笨蛋？」

「沒有沒有，您聰明著呢。」

「喲，罵我還是誇我呀？」

我又忘記了回答她的話，腦子裡不自禁想起了一段佛教典故。禪宗六祖慧能避禍蟄居嶺南之時，途徑一家寺院，碰見了兩個正在爲一面被風吹動的經幡而爭吵的僧人；一個說：「是風在動。」一個卻說：「是幡在動。」慧能說：「既不是風動，也不是幡動，而是心在動。」

是啊，心動了。

晴朗的一天，也是「黃金周」的最後一天。眞是要感謝望月先生，在日本人裡，他的慷慨絕對是少有的——他甚至一再打電話來告訴我，「黃金周」不結束就不必開門營業。我想，他的慷慨主要是個性的關係吧。他年輕時本來就是個放浪不羈的攝影家，只是，他的氣度在今天的日本人中的確很難找到了。和我相比，扣子就沒有這麼好的運氣。露天咖啡座老闆一大早就來過電話，客氣地宣布假期已經結束。接完電話，扣子還賴在我身邊不肯起床，口口聲聲大叫著「死啦死啦的」。我還以爲她說的是露天咖啡座老闆，其實不是。在被子裡，她用食指頂在我的兩腿之間：「由於你經常不用上班，長期好逸惡勞，已經成爲社會的寄生蟲，現在，我代表人民對你實施閹割手術，送你到宮裡去當太監。」

「什麼亂七八糟的啊。」我哈哈大笑著把她壓在身下，又將她的乳房握在手中，親她。惺忪之中，她的嘴唇和身體漸漸溫潤，終至潮濕，而我則同樣不能自制，比以往任何時候都更加堅硬。在我就要進入的時候，她卻一翻身坐在我的身體上，呻吟聲轉爲了命令：「你別動，讓我來。」

之後，我被她的身體包裹了，我被她的身體操縱了，我成了她的俘虜，天知道我有多麼喜歡成爲她的俘虜。但是，俘虜我的人卻哀求我說：「乾脆讓我死了吧。」我的身體一陣戰慄，一股股冷冰冰又是熱乎乎的東西從腳趾甲上生起，像電流一般捲過我的每一寸皮膚和每一處器官。我成了動畫片裡的變形超人，戰慄著重新把她壓在身下，一次次地進入她，又一次次地對她說：「我讓你死，我讓我們一起死！」

足有一個小時，我們終於大汗淋漓地結束，扣子卻還賴在床上，非要我給她穿衣服才肯起來。沒辦法，我只好遵命，給她穿上內衣和貼身毛衫，吩咐她自己穿外套，我則去燒開水、沖牛奶，再在她的牙刷上擠好牙膏。一切收拾妥當，她也穿好衣服收拾好了地鋪，急匆匆地刷牙洗臉，急匆匆地喝完牛奶，拉開婚紗店的門飛奔而出。恰好是咖啡座開始營業的時間。當她拉開門，陽光和一股青蔥的氣息撲面而來，我打量表參道一路的圍牆上爬滿的爬山虎，說不出的喜悅都快把我全身上下漲滿了。

如此晴朗的一天，幹些什麼好呢？只用了幾秒鐘我就有了主意：乾脆去尋一處人跡罕至的地方，看看能不能寫出一個字，順便也好帶幾本舊書去讀。於是，我帶上紙筆、《蝴蝶夫人》劇本、從箱子裡找出的一本《古蘭經》和手持電話，站在門口給扣子打了個電話，說明了行蹤。扣子在電話裡說：「讓一切資產階級都早日滅亡吧，我來開槍爲你送行。」我笑著掛上電話，正要關門的時候，卻見地上有一只信封，已經被沒注意的行人踩過。我撿起來一看，竟然是寫給我的，字跡卻從不認識，再說又是日語，只認得「品川」字樣。我收起來夾在《古蘭經》裡，打算等找到此行的目的地後再打開來讀。

在遼闊的東京，又是在原宿一帶，找到一塊人跡罕至的地方實在不容易，好在我有的是時間，就一路往前閒逛。在神宮橋上，正好遇見有人拍電影，橋上被圍得水泄不通，花了大約二十分鐘才下了橋。往西去，走完竹下大道，拐上城下町小路，行人逐漸少了，兩邊的櫸樹林鬱鬱蔥蔥，掩映其中的三兩間房舍就顯得格外寧靜。我向小路西邊的櫸樹林深處走去，一直走到盡頭，又是一條更小的路從草叢中隱現出來，才走了一半，眼前就出現了一座神社，名爲「鳥瞰神社」。小小的一座四合院，院子裡的幾株櫻樹高過了屋頂，所以，屋頂上落花繽紛，還有櫻花正綿延落下，毫無疑問，這裡就應該是人跡罕至之處了。

眞是值得紀念的一天：我對《蝴蝶夫人》的改編不光順利地開了頭，而且，這個頭還開得相當不錯。進了神社，果眞如我預料的一樣空無一人。院子裡是一地的落花，踏上去後簡直像踩在櫻花織就的棉絮上。我走到一叢楠竹邊的長條椅前，坐下來，拿出《蝴蝶夫人》來翻翻，翻了一會，就乾脆躺下來了，像是回到了自己家裡一樣放鬆。我沒關心這家神社供奉著哪位菩薩，只關心著那個長崎藝妓巧巧桑，心裡一動：「行了，我好像可以開始寫了。」於是就從長條椅上一躍而起，拿《古蘭經》當凳子，再拿長條椅當桌子，頃刻間寫出了第一句，是《滿江紅》詞牌：

今古情場，問誰個眞心到底？但果有精誠不散，終結連理。萬里何愁南共北，兩心哪論生和死！

其實，這一句並不是我自己想出來的，而是昆曲《長生殿》裡的開頭，被我借用在這裡倒也正好。有了這一句，我就有信心接連寫出餘下的千萬句了。事實上也和我想像的沒有差別：儘管花落如雨，花瓣不斷落到我的身上和稿紙上，但我管不上了，推開稿紙上的花瓣，我開始了信馬由韁。

臨近中午，我突然覺得有些餓了，這才滿心歡喜地放下筆。按來時的原路返回，在城下町小路上的一家小店裡買了啤酒和草莓味的可樂餅，一路喝著啤酒再回到「鳥瞰神社」，繼續開始：心情是好得不能再好，依我無恥的看法：寫出來的句子也是好得不能再好了。

我一個人笑著給自己掌嘴。

直到下午三點鐘的樣子，我才停了筆，照樣的滿心歡喜，卻多出了一絲隱憂：我希望明天也能像今天這樣繼續下去，可明天的事情又有誰知道會怎麼樣呢？我在四合院裡散著步，正打算去神社正中的那間房子裡去看看，也是湊巧，手持電話響了。我一看螢幕上的來電顯示，竟然是筱常月打來的，就高興地打開電話，劈頭就對她說：「我這裡有特大喜訊啊。」

「啊，是嗎？」她遲疑了一下，也高興地問我，「是進展很順利嗎？」

「是啊，不是順利——」我回答她，「是很順利，呵呵。」

「那麼，大概什麼時候可以結束呢？」

「這個的確還說不準，現在看起來似乎用不了多長時間。」

「眞是太好了，有空來趟北海道嗎？也可以商量商量曲牌，我明天就給你把路費寄來，可以嗎？」

「倒是用不著，我暫時並不缺錢。曲牌的事，的確要商量商量，我想辦法最近來一趟北海道吧，不過，你用不著寄錢給我的。」

「那麼，也好。」

我隱約聽見話筒裡傳來一陣轟鳴聲，去年的一幕——扣子在深夜的瀑布下面給我打電話——立刻被我回想起來，此時話筒裡的轟鳴聲和那天晚上話筒裡的轟鳴聲簡直如出一轍，我不禁感到好奇，問她：「你現在在哪裡呢？聽上去像是在瀑布下面？」

「在海邊，吃過午飯後開車過來的，沒記路，所以也不知道這裡具體是什麼地方了。」她停頓了一會兒，雖然在淺笑著，語聲裡卻有說不出的寂寞，「反正都在日本，對吧？」

我忍不住去想像話筒那端的畫面：風定然不小，海水在大風的裹挾下撞擊著礁石，一浪散去，一浪復來；霧濛濛的海面上，孤零零的輪船和淺藍色的海峽若隱若現，只有從霧氣裡翩飛而出的海鷗還清晰可見；一條乾淨而蜿蜒的海濱公路從群山之間伸展出來，一輛奔跑著的紅色寶馬漸漸放慢了速度，公路兩邊的景物在車窗上形成了清晰的倒影。車停穩後，筱常月推門出來，背靠在一塊峭石上發呆。儘管穿著風衣，也圍著圍巾，寒冷仍然讓她感到刺骨，海水撞擊在礁石上，濺起的浪花又濺到她的臉上，但她全都渾然不覺了。

說不出的冷清。

這就是我對她此刻所處情形的想像，我相信我的敏感不至於使我錯得太遠。她是一個有故事的人，一個有過去的人，我確信。她到底有怎麼樣的故事和過去，我不知道，但我知道她肯定是突然想起了一件事情，或者一個人。

「你肯定是想起了誰吧？」我問。

「……是，你怎麼會知道呢？」她遲疑了一小會兒才說話。

「可能是我也有過這樣的體驗吧。」我說，「有時候，一個人待著，想起了一個人，實在無法排解，又不便打電話給他，或者還有別的原因，反正就是不能和他有聯繫，就難免會打電話給別的人，說些什麼倒無所謂，只要有人和你交流一下，心裡就總會好過一些。」

「……是啊。」我竟能聽出她語聲裡的哽咽，但她好像仍能強自鎮定，繼續對我說，「有件事，想問問你。」

「好啊，看看我知不知道標準答案。」

「北海道這一帶有個風俗，兩個人，比如一對夫妻吧，假如他們中有一個先死了，傳說要在奈何橋上等七年，七年過了，另一個還沒來的話，先死的人就只能做孤魂野鬼。」

「不會吧，只聽說過結了婚的人有七年之癢，這個以前倒是從沒聽說過。要麼，和北海道那邊的什麼民間傳說有關吧？」

「具體我也不是特別清楚，只知道北海道這邊有個『七年祭』，是說兩個人中先死的那個人死期滿整七年的那天，沒死的一方要找到一個有水的地方，不管是海水和河水，站在岸邊往對岸看，說是能看見已經死了的一方；要是運氣好，能互相看見的話，死去的一方就可以在奈何橋上永遠等下去，假如沒能看見，他就馬上會變成孤魂野鬼，兩個人也永世不得相見。」

「這個我的確不知道。」

「沒什麼的，我就是想問問你，我們中國有這樣的風俗嗎？或者和這差不多的風俗？中國那麼大，說不定有的地方也有吧。」

「沒有，我敢肯定沒有。」

「是嗎……你能確認嗎？」

「能確認。」

「……哦，那麼，我可以放心了……」

「放心？」

「哦，沒什麼。對了，上次聽你說將來要寫小說？」

「是啊，經常這樣想，儘管一篇都沒寫出來過，呵。」

「那麼，到北海道來吧，也許我可以幫得上你，能給你講個滿長滿長的故事。」

「好，我一定想辦法去一趟。」

「帶上你的女朋友一起來。那個有時候接電話的女孩子，一定是你的女朋友吧，從聲音裡就可以感覺得出來她很可愛。」

「是。」

「那麼，我們下次再聯繫吧。」

「好，再見。」

這一次，在掛電話之前，我倒是遲疑了一陣子，我原本想問問她掛電話之後要去哪裡，終於沒有問。佛法有云：「從來處來，往去處去。」一滴草葉上的露水，在看不見的時候來，又在看不見的時候去，簡單的過程裡也必然包含了複雜的機緣，但幾乎無人會去問它的來歷與去處，就像大海邊的筱常月，一個有過去的人，那她就是從過去中來，無論她多麼不願意，她也似乎永遠活在過去之中，甚至，過去將取代明天成爲她的命運，儘管我並不知道她到底有一個怎麼樣的過去。

即使我的判斷有錯誤，那麼，另外一個判斷我相信絕對不會錯得太遠：她是打冷清裡來，又在往冷清裡去。

我繼續在長條椅上躺下來，點起一支菸，隨手把剛才扔在地上當凳子用的《古蘭經》拿起來讀。這本《古蘭經》是我連同幾本佛經和一本《聖經》一起從國內帶來的，從未取出來看過。已經有些發霉，不過我倒是不討厭書的霉味，相反，有時候還覺得特別好聞。只是，因爲是簡精裝本，看起來頗有不便，剛隨便翻到這一段：「主以黑夜爲你們的衣服，以睡眠供你們安息，以白晝供你們甦醒，主在降恩惠之前，便使風先來報喜。」手一酸，書沒拿住，掉在地上。與此同時，一只信封也從《古蘭經》裡掉出來，我這才想起，還有一封信沒讀。

於是就趕緊打開信封，裡面只有薄薄的一頁紙：

就這樣冒昧打擾您，實屬無奈。先來介紹一下我們吧：我們是安崎杏奈的父母，其實和您並不是陌生人了，但是還是要爲可能會帶給您的麻煩向您道歉。

杏奈的情況，實在讓我們憂心，從印度回來一個月後，我們終於把她送進了府中女子精神病院。這樣做也是沒有辦法之後的辦法，即使在下筆給您寫信的此刻，內心仍然覺得心疼不堪。

關於她的病因，其實我們做父母的也僅僅只是一知半解，而她的近況卻是糟得不能再糟，我們相信也不是三言兩語就能解釋得清楚的；除了日夜爲她祈禱之外，便只能求救和她相識的朋友，看看能否有回轉之機，這才寫信給您，祈請您在閒下來的時候來家裡和杏奈聊聊，或許能使她覺得好過一些。說來慚愧，我們做父母的也只能想出這個辦法了。

現在，杏奈的作息時間是這樣安排的：每周一我們把她送到府中女子精神病院，每周四再去接她回來。因此，假如您能抽出周末時間來家裡作客的話，我們將不勝歡迎，也會感到榮幸。

最後，我們仍要向您道歉，給您寫信的事，我們並未取得杏奈的同意，因爲知道杏奈從印度給您帶回了禮物，禮物上特別注明是送給您的，我們才特別去從她的通訊錄上找您的地址。請原諒我們的唐突，也請您幫助我們。

信寫得並不長，但從看見「府中女子精神病院」幾個字開始，我就被這幾個字拉扯進了迷惑之中：杏奈到底出了什麼事情，以至於非要送到精神病院裡去不可？在我的印象裡，杏奈是一個臉上總有陽光和一絲淺淺羞澀的女孩子，而精神病院卻總是和黑暗、潮濕、恐怖這些字眼聯繫在一起，兩者之間的差異太大了。說實話，我真的不能相信杏奈的父母在信中所說的那些話，但是，這白紙黑字卻不由得我不信。

震驚。難以用語言形容出的震驚。

我頹然嘆了一聲，把那頁薄薄的白紙放回信封，想起一句話來，不過是一句非常普通的話：你左眼看到的世界絕非你右眼看到的世界。到底爲什麼會這樣呢？也許，只有另外一句話能夠提供出一個勉強的答案：魚說，你看不見我的淚水，因爲我的淚水在海水裡；海水說，我看得見，因爲你的淚水在我心裡。

上次接到杏奈的信，我想起過大象和身材飽滿的南亞少女，也想起過神祕而年輕的宗教領袖，還想起過比哈爾邦郊外龍舌蘭農場裡的一對戀人和一條爬上半空的橙色長蛇；現在我又想起了些什麼呢：大象在叢林裡穿行，等待牠的卻是精心掩飾好的陷阱；正在跳舞的少女突然被瘟疫傳染，一曲過後，天旋地轉；宗教領袖被女信徒的目光所吸引，心猿意馬，苦修多年的道行危在旦夕；接吻的戀人不得不停止接吻，因爲從棕櫚樹後面走來了女孩子的父親，他已經將女兒許配給了別人；而那條空中的長蛇，不知何故，轉瞬之間死去，吹奏豎笛的人頓時大驚失色。

全都是不祥之兆。

我的確是過分敏感之人，風吹便是草動，但我控制不住自己的念頭。當我的念頭滑向對精神病院的想像，腦子裡剛剛出現高高的圍牆和一個赤足奔跑的女子，我猛然一驚，胡亂收拾好所有的東西，跑出「鳥瞰神社」，跑出櫸樹林，到處搜尋離我最近的車站——是啊，我的確想儘快見到杏奈。

我並沒能見到杏奈，即便是一個星期後，機緣湊巧，我得以和扣子一起坐上去北海道的通宵火車，也還是沒能見到杏奈。一個星期之中，我已經給杏奈的家中打了無數次電話，但是，一次也沒人接聽，我還徑直去了三次品川她的家，門庭鎖閉。我站在門外眺望自己進出過的院子，除了池塘裡的睡蓮已經死去，竹林和草地都披上了新綠。想起杏奈赤著雙腳給我開門，又想起和杏奈一起喝著茶聽德布西，心情便暗淡下來，悵惘之感久久不能消退。

倒是扣子，見我終日撥電話，又沒有人接聽，不禁感到好奇。我也想起來還沒和扣子說起過杏奈，就拿出杏奈父母寫給我的信讓她看，和她說起杏奈的樣子。她也沈默了，突然撲倒在我懷裡：「能保證像他們一樣對我？」我一時還沒明白她說的「他們」是誰，當然，一轉念之間我就已經知道「他們」就是杏奈的父母，也不由心裡一熱，想去握她的手，卻故意去訓斥她：「我靠，這種問題你也問得出來！」

我也和扣子說起了筱常月，其實她們已經在電話裡認識過了。當我說起和她一起去北海道，她卻從不答應，只說「好啊，寫小說的黃粱夢就要實現了」之類的話，我呵呵笑著也不知道回答她什麼。但是，由於我一向的俯首聽命，她要逮著一個教訓我的機會並不容易，既然逮住了，就不會輕易放過我。她故意做出一副驚奇的樣子來問我：「哦，您就是作家？」

「是啊，要不要我給你簽個名啊？」我也故意問她。

「來來來。」她將身子湊到我跟前，「一定要簽在胸口上，名人給崇拜者簽名都是簽在胸口上。」我剛想順勢把她抱在懷裡，卻被她靈巧地掙脫了，我糾纏著她，去抱她，倒是抱住了，她卻不說話。等我從自己懷裡扶起她的臉，口裡還在叫著：「小娘子，不要這麼害羞嘛，讓老爺我香一個。」細看時，她已經哭了。

我不知道到底是怎麼回事，問過幾次她也不肯說，就乾脆不問，反正我總有辦法去逗她開心。我壓根就沒想到，就在我臨近要出門去坐到北海道的通宵火車時，天已經快黑了，她氣喘吁吁地從露天咖啡座裡跑了回來，又不進門，站在門口問我：「去幾天？」

「兩天啊。」我答。

「那還等什麼？快走啊！」她不耐煩地朝大街上一努嘴巴，卻忍不住噗哧一笑，語氣頓時柔和下來，「我已經請好假了。」

事情是這樣的：我雖然打算去一趟北海道，卻沒想到這麼快就去。有一天在婚紗店裡和望月先生聊天，說起想去一趟北海道，沒想到望月先生一口應允，只說由他來照顧婚紗店即可，條件是我得去一趟他的一個老朋友家。這個老朋友也是攝影家，已經過世了，但過世之前就留下話來，將自己的幾幅得意之作送給他，只是由於擔心郵寄的時候難免會磨損，這幾幅作品就還一直留在老朋友家裡。假如我順路帶回東京，也算了卻了他的一樁心願。望月先生甚至希望我去得越早越好，但是我實在擔心扣子，想著她和我一起去才好，反倒猶豫起來，最後，由於我改編《蝴蝶夫人》一路順暢，和筱常月見一次面就更加顯得有必要了。我在遮遮掩掩地勸說了扣子許多次最終無果的情況下，終於決定還是要去一趟北海道。

話雖這麼說，內心裡還是覺得像個正在逃亡的殺人犯一樣見不得人，只要扣子一看我，我的心裡就慌了，底氣就不足了。我懷疑我一輩子的底氣都不會有充足的那一天了。

現在好了，我們一起從表參道出來，坐電車到東京火車站，我去買票，扣子去買礦泉水和零食。等我買完票，售票亭裡響起了松隆子的《在櫻雨裡無負荷》。「又是松隆子，又是和櫻花有關的歌。」我想著，渾身卻是說不出的清爽，就對自己嘀咕著說：「哈哈，我在火車站也一樣無負荷啊。」正嘀咕著，杏奈那一臉陽光的樣子浮現在眼前，就再拿出手持電話來往她家裡打。和此前幾天一樣，照樣無人接聽，嘟嘟的聲音響到最後一聲，我才悵然收起了電話。

火車駛出東京市區之後，窗外明亮的燈火逐漸被黑暗的四野所替代，車廂裡都是為追蹤「櫻前線」而前去北海道的人。櫻花開放的季節，癡迷於櫻花的日本人沿著櫻花開放的路線從東京前往北海道，這就是所謂的「櫻前線」了。我喜歡此刻所處的情境：眾聲喧嚷，獨剩下我和扣子縮在不為人注意的角落，嚼著口香糖和火車一起別過那些被火車拋下的城鎮和原野。「眞好啊。」扣子舒服地在我懷裡伸了個懶腰，突然問我：「嗳，眞的，你有一天會成名人嗎？」

「什麼？」我一時還沒反應過來。

「就是那種成天被記者追著恨不得要躲起來的人，一開口就喊『做人難，做名人更難，做名女人更是難上加難』之類的話。」

「你的比喻倒是很有意思嘛。」

「從前，還沒來日本的時候，曾經和一個名演員一起演出過，剛才這句話就是她說的。」

「演出？哈哈，狐狸尾巴被我抓住了吧，你沒出國的時候到底在幹什麼啊？」其實我聽阿不都西提說過，她沒來日本前是在馬戲團。

「以後再說吧。」她愣了愣，回答我。

那麼，我就只好回答她剛才的問題：「應該是沒可能的吧，這裡可是日本啊，再說，我靠什麼成爲名人呢？」

「你不是要寫小說嗎？」

「寫小說就能成名人啊？呵呵，許多人寫了一輩子都默默無聞，況且我還在日本呢，哪有這麼容易？我呀，一輩子就只打算和你躲在角落裡過小日子了。」

「我不信。」她突然從我懷裡掙脫，盯著我看，「我知道，有一天，你是會回去的，而且我敢擔保，假如你好好寫小說的話，成名人是早晚的事。」

「好好好。」我苦笑著去再把她拉到懷裡來，「回去也是夫妻雙雙把家還，成名人豈不更好？那樣我們就可以燈紅酒綠紙醉金迷了啊。」

她不再答我的話，全身冰涼：每到她心情不好，她的身體也隨之冷淡下來，我甚至可以撫摸出她的全身涼意。在沈默中，我可以感覺出我們之間有一種東西在運轉，我莫名地恐懼著這個我看不見的東西。兩個人，他們吵鬧，他們和好，全都在兩個人之間發生和停止，他們控制著頻率和速度；但是，假如平地一股狂風，先將兩人席捲，又將兩人送到不通音訊的地方，腳被雜物纏住，眼被黃沙迷住，即便近在咫尺，變故也不會放過兩個人。我和扣子之間，那個我看不見的東西，就是不由自己控制的平地狂風嗎？

我不敢想，這或許就是懦弱，這懦弱一次次驅使我跳過可能產生的陰影去逗她開心。這一次，自然也不會例外。反正我總有辦法讓她高興起來。

火車在一個小站停下來的時候，我們正在兩節車廂的過道處抽菸，既沒有人上車也沒有人下車，站臺上也空無一人。信號燈發出的雪白光芒裡，一隻被這光芒照花了眼的鳥終於迷途知返，衝破光芒後跌跌撞撞地飛到了候車廳屋頂上豎立著的一面可口可樂廣告牌上歇腳。我的注意力被這隻鳥吸引走的時候，扣子突然笑著問：「你說，我敢不敢跳下去，再也不上來，就讓你一個人去北海道？」

「敢——」我不假思索地回答她，就在這時候，我看到站臺上的一角裡列車員正在揮動手裡的綠旗放行，車門行將關上，就故意改口說，「敢嗎？我說你不敢。呵呵。」

話未落音，我已經感到後悔；但全然來不及，她就像一陣風，我剛聽到聲響，根本來不及伸手去阻止，她已經跳下去，哈哈大笑著對我做「V」字手勢。幾乎與此同時，車門關上，火車在輕微而短暫的顫動之後，猶如離弦之箭般往黑夜裡狂奔而去。

一切都在轉瞬之間，我甚至來不及叫喊一聲。

我打開窗子，把頭探出窗外，她還在笑著朝我招手。那個剛剛舉起綠旗放行的列車員也不知道發生了什麼事情，只在呆呆地看著她。僅僅十幾秒鐘，火車進了一個過山隧道，我再也看不見她了。

這時候，我想起身上還有手持電話，就跑回座位上的包裡去取，取出來後，又照樣跑到過道裡來打給她。通了，但她卻沒有接，我當然不肯死心，就一直撥過去。但是，她就是不接，不知響過多少聲後，我才收起電話，手足無措地從口袋裡掏出菸來，點菸的時候，我發現自己的手在發抖。

我一再提醒自己鎮定，可是沒有用，我不能控制自己的頭不往窗外伸出去，儘管除去道路兩邊的灌木叢外一無所見；我明明點著菸，卻又神經質般在口袋裡掏來掏去。我眞的恐懼極了。只有我自己知道，假如沒有扣子，這日子我就過不下去。

我一口一口地抽著菸，竭力讓自己平靜，也回想起剛才在車廂裡的談話。我知道，一定是我說錯了哪句話，讓她覺得害怕了。她就像長在我的身上，我和熟悉自己一樣熟悉她。要命地，我又想起了那個和阿不都西提在新宿喝啤酒的晚上，可是別無他法，只有一遍遍地撥她的電話而已。

在我最絕望的時候，電話通了，她哇哇哭著說：「對不起，我錯了。」

夠了，聽到她的聲音就夠了。

我從來就不曾埋怨過她，即使在剛才我最絕望的時候。我想起有一次我和她去澀谷逛街，她要給我們每人買一個護身符，理由是這樣才能罩住我們臉上那顆滴淚痣的晦氣。我向來百依百順，那一次卻沒有聽從她的安排，想出一個理由來搪塞了過去，她居然也沒發作。現在想來，無非是因爲我們在下意識裡都已經覺得無此必要，我們就是各自的護身符。就像我離不開她，完全是我自己的需要，和她甚至沒有關係。

「公孫大娘你知道吧？」我知道怎樣來使她平靜下來，馬不停蹄地開玩笑，「唐朝的舞劍高人，你已經趕上她的功夫了。只恨我不是楊六郎，要不，你絕對可以做從夫上陣的穆桂英了。」

她噗哧一笑，卻又哭得更厲害了：「你是不是討厭我了？」

「沒有沒有，小的哪敢呢？能被您呼來喚去是我的福氣啊。」這時候，我聽到話筒裡傳來的聲音有些異樣，似乎是風聲，就一隻手拿著電話一隻手去關窗戶，窗戶關上以後，話筒裡的風聲還是沒有消失，就趕緊問她：「你現在在哪裡？」

「不說，你猜！」

「還在站臺上？要是還在的話，我以你男人的身分命令你，趕快去買最快一班回東京的票。」其實，我也下了決心，到了下一站我就換車回扣子跳下的那座站臺，既然已經通上了電話，我現在滿腦子想的就只是儘快地回東京，回到表參道婚紗店的地鋪上去。

「切，想得美，想拋下我當陳世美啊，休想！」停了一停，她終於揭開謎底，「算了算了，不嚇唬你了，我已經快到你前面了，下一站我就上車，我們勝利會師。」

我不禁目瞪口呆，連連直問：「不可能吧？」

電話突然斷了，我打過去，已經關上了。隔了一會兒扣子又打過來，剛剛說了聲「電話沒電了」，就沒了聲音。

半個小時之後，在下一個站臺上，我看見了扣子。列車徐徐進站的時候，當我看見站臺上被風吹得直跺腳的扣子，鼻子竟是一酸。可是，車門一開，我們看著對方，又忍不住笑了起來。她站在站臺上不動，橫眉冷對：「抱我上去！」

「遵命遵命。」我忙不迭地扔掉菸頭，跳下站臺，故意說，「我老了，抱不動了，背上去可以吧？」

回答只有斬釘截鐵的兩個字：「不行。」

那就抱上去吧。

剛剛把她抱上去，車廂裡的燈滅了。滅就滅了吧，反正我們也都不需要了，我要的東西已經抱在懷裡了，多餘一件東西也不作虛妄之求。古文裡說得好，「我心足矣，我心安矣」。可是，我眞的心安了嗎？我知道，沒有。我終於沒有忍住好奇之心，去問她到底哪裡來的這麼大的本事，能在如此短的時間裡趕到站臺上和我相逢一笑。她不回答，卻哭著問我：「就算是眞有機會當名人，也不要當好不好？」

我這才明白這突然的變故到底是從何而生，但是我能對她說些什麼呢？什麼也不用說了，我把她抱在懷裡，說不出話來，只感覺一股熱流在我體內四處游弋，直至衝撞。我的四肢，我的各處器官，甚至我的頭髮，在熱流的衝撞下竟然顫慄了起來。我怎麼會這樣呢？簡直就像通了電一般。我想貼近她，雙手伸進她的貼身毛衫緊緊握住了她的腰，仍覺不夠，下意識地用嘴巴去咬她的耳垂，一直咬，直到她疼，身體一陣輕微地顫抖，我才如夢初醒地鬆開她的耳垂——我在愛，與此同時我在厭恨。

我厭恨我們各自的肉體，這多餘出來的皮囊，使我們的鼻息不能相通，哪怕我和扣子永遠在三步之內。

我想告訴她：我只想和她過小日子，點一大堆爐子，生一大堆孩子，其他種種，我一概不想要。至於我們談笑的所謂名人，姑且不說與我無緣，即使活生生撞上，但凡和我的小日子有絲毫衝撞，我一定會拂袖而去。

這些，扣子不可能不知道，對，她是知道的，她對我早已經瞭若指掌，但她還是害怕。我知道，她害怕的其實不是我成爲什麼名人，而是害怕我和她之間新的可能，不管是好的可能還是壞的可能，她一概不想要，對於她來說，只有眼前的東西是最能把握的。其實，我又何嘗不是如此呢？

只有我們共同使用一具身體，我們才不會擔心下一分鐘可能發生的事情。這大概是唯一的解決方法了。

只可惜，這個願望，即使死去，化爲塵埃和粉末，也還是無法辦到。

「別怪我。」扣子哽咽著說，「眞的是害怕，本來還在呵呵笑著，笑著笑著就覺得害怕了，怕得全身都像是縮到一起去了。」

我沒出聲，只去伸手撫摸她被風吹亂了的頭髮，眼睛盯著車廂裡散發出微弱光影的壁燈發呆，聽她繼續說。車廂裡追蹤「櫻前線」的人們已經結束狂灌爛飲，進入了沉沉的睡眠。車廂裡只有一只啤酒罐隨著車身的輕微顫動而晃來晃去。

「本來只是個玩笑，我也知道，誰知道你將來會不會成什麼名人呢？按說想到這裡就算了，可我就是忍不住，不光想了，而且還想得越來越瘋，就像有一大幫人圍著你，我卻只能躲得遠遠的。

「眞要命啊。那天晚上的感覺一下子就來了，說害怕也對，說絕望也沒錯，反正像是死了一樣。老毛病就犯了，死命問自己：『藍扣子，你配過這種生活嗎？你配和他站在一起嗎？』

「答案是不配。正好車停了，我就想從門口跳下去，離你遠遠的。問你的那句話——猜我敢不敢跳下去——也是突然想起來的，不管你說什麼，我也一樣會跳下去。

「其實，我一跳下去就後悔了，車一開動起來，我就知道自己該去幹什麼，撒腿就跑，跑出車站以後，就到處去找計程車。也不管身上的錢夠不夠付車費，反正只想著找輛計程車把我送到下一站去。也是湊巧，計程車沒找到，倒是找到了個瞞著父母騎摩托車出來兜風的中學生，就把我送到這裡來了。想一想，眞像做了一場夢。」

我這才明白剛才她電話裡的風聲何以如此之大，也明白了她的頭髮何以如此之亂，明白了也沒說話，繼續去撫摸她的頭髮，盯著車廂裡那個晃來晃去的啤酒罐發呆。良久之後，我點起一支菸，往窗外看：火車又剛好鑽出一條漫長的隧道，一群被驚醒的鳥四散著和火車一起飛離棲息了大半夜的隧道，出了隧道，再飛上鐵路兩側櫻樹的頂端，終於驚魂未定地開始了喘息。

我知道，這平常的所見裡，隱藏著我們的愛和怕，還有永不復還的青春。

第九章　空無

我們過著多麼過分的生活啊，在扣子看來，這簡直就是奢靡了——一大早，筱常月在札幌車站的出站口接到了我和扣子，懷裡還抱著一大束帶著露水的波斯菊。我還正在驚詫波斯菊何以開得如此之早，筱常月已經說起了她安排好的計畫：先去吃早餐，上午我們隨意安排，看電影逛街打電玩都可以，只是北海道著名的花田還沒到觀賞的時間，實在是遺憾得很。連她懷裡抱著的波斯菊，其實也是試驗田的溫室裡摘來的；中午就去中華料理店裡去吃淮揚菜，吃完飯開車去被稱爲「日本最後祕境」的知床半島。去的時候要多買些長腳蟹帶上，天黑之後可以在沙灘上烤來吃，當然，「尤其是你，可別忘了買啤酒呀。」她笑著對我說。

說著，她突然停下來，對扣子說：「你眞的好漂亮啊。」一邊說一邊把懷裡的花遞給她，卻又對我說，「你也眞的很有福氣。哎呀，今天眞是高興，眞的，簡直高興得不知道該怎樣才好了。」

扣子也一直在盯著她看，雖然沒有說話，但我可以從她臉上的表情判斷出來，她喜歡筱常月。果然，她展顏一笑，接過帶著露水的波斯菊，對筱常月說：「我也沒想到你這麼漂亮，好像早就認識了，倒眞是有點奇怪。」

「……是嗎？」筱常月一邊伸手去把扣子的頭髮從衣領裡理出來，一邊又像是不敢相信的樣子問我，「也是這麼覺得的嗎？」

「是啊。」我也是呵呵一笑。三個人，三顆滴淚痣。

於是，我們跟隨筱常月出了車站，上了那輛我還依稀記得清模樣的紅色寶馬，車開得不緊不慢。依次駛過名爲「APIA」的商場、大通公園散步道、中島公園旁邊的八窗庵。筱常月也不時對我們說點什麼，比如她說所謂「APIA」，其實就是「All」、「People」、「Intimate」、「Attractive」四個英文單詞的頭一個字母的合寫，還有，一年一度的「札幌雪祭」的時候，大通公園散步道兩旁的樹上掛滿了中國燈籠。大約一刻鐘之後，紅色寶馬在Enyama動物園附近一家三層北歐風格的建築前停下，這就是吃早餐的餐廳了。

直到我們上了三樓，在一個靠窗的地方坐下，Enyama動物園裡的水族館、熱帶動物館和綠油油的草坪盡收眼底，我還是有種不眞實之感。不是因爲我和扣子寒酸的穿著看上去和這家餐廳格格不入，相反的，我倒是經常可以做到入鄉隨俗，只需點上一根菸就能使自己安之若素。我想了又想，終於發現不眞實之感是從何而來了，是因爲筱常月，她太高興了，儘管還是像一朵冬天裡的水仙，但是有陽光照著，水仙就開了。

我和扣子低頭去吃東西，她卻不吃，只是欣喜地看著我們吃，一直到我們吃完。這時候我才覺得，她的欣喜加重了她的冷清。

吃完早餐，我們還有半天時間可以在札幌市區內任意閒逛，又有香車寶馬，實在是愜意得有些過分了。筱常月告訴我們，我們的運氣的確不錯，正好碰上知床半島今天下午二時整開放旅遊路禁，這才有機會去見識一下「日本最後祕境」到底是何模樣。不過，估計到時候不會太順利，因爲是開放旅遊路禁的第一天，遊人自然會非常多。那麼，接下來，我們該去幹點什麼才好呢？

扣子提議去打電玩：「好長時間沒玩過了，一輕鬆下來，就特別想去找點刺激。對了，打完電玩再去看場恐怖電影就更好了。」我自然沒什麼意見，筱常月也不反對，她一邊繫好安全帶一邊對扣子說：「無論玩什麼，只管去玩，千萬不要考慮我。能和你們在一起過幾天，我就已經非常開心了。」

「那我可就不客氣了哦？」扣子頓時露出了小孩子模樣，脫掉鞋子跪在汽車後座上，又趴在筱常月的座位上，掏出三塊口香糖，一塊給我，一塊留給她自己，再剝掉另外一塊的糖紙，直接遞到筱常月的嘴巴裡。

「嗯，好吃，草莓味兒的吧。不過，既然到了北海道，就要吃吃這裡的特產，薰衣草味兒的。不光是口香糖，還有霜淇淋啊巧克力啊餅乾啊什麼的，都是薰衣草味兒的。」筱常月一邊輕巧地控制著方向盤一邊說。

不過是一兩句普通的對話，我卻沒來由地一陣感動。

結果，我們不光打了電玩，扣子尖叫著打穿了「三角洲部隊」的最新一代，也如她所願看了恐怖電影，是我喜歡的丹麥恐怖片：《夜斑斕》。說的是一座鄉村莊園的鬧鬼事件，愛和恨、嫉妒和報復、原始的情慾和精美絕倫的自然風光是這部片子的主題；自然，我是最喜歡這種恐怖片的。看電影的時候，筱常月雖然和我們坐在同一排座位上，但是中間隔了好幾個座位，她解釋說：「真不忍心和你們坐在一起，生怕破壞了你們。我就遠遠地坐著，看看電影再看看你們，就覺得很好了，眞的很好。」

電影開始沒多久，她就出去了，回來的時候，手裡提著一個紙袋，依次掏出啤酒、炸薯條和爆米花，遞給我們，又悄聲說：「你們先看著，我去給車加點油。」說完離去，快要走到電影院裡兩邊座位中間的走廊上時，又快樂地回頭，「哎呀，感覺眞的很好——你們的牛仔褲，洗得都發白了，感覺卻是好得不得了啊。嗯，你們先看著，我走了。」話音落後，身影消逝在幽暗的光線裡，有的人就是這樣來去輕盈，感覺不到一絲聲響。

扣子一隻手拿著爆米花，一隻手緊緊地攥住了我的手。

看完電影，我和扣子從電影院裡走出來。陽光明亮得已經有些刺眼了，空氣裡彌散著海水味，還有濃重的花香。兩種味道交織在一起，幾欲使人覺得置身在拉丁美洲的某一片神祕叢林裡。我們向著停在街對面一棵巨大櫸樹下的紅色寶馬走過去，車門開著，卻沒看到筱常月。回頭看時，筱常月正從超市裡走出來，手裡提著兩個更大的紙袋。我和扣子跑過去幫忙，看見吃的喝的東西裝了滿滿兩大紙袋，扣子笑著問筱常月：「呀，我們這樣是不是太過分了？」

我早已經變成驚弓之鳥，一聽見扣子說諸如「是不是太過分」、「我配不配」之類的話就覺得心驚肉跳，就趕緊說：「不過分，一點都不過分。」

「為什麼？」她問。

「你想啊，一個人的一輩子總得有這樣幾天吧，說是苟且偷生也好，說是醉生夢死也罷，反正總得有這麼幾天，那你就當現在就是我們非享受不可的那幾天罷了。這麼解釋太君還滿意嗎？」

「不滿意，簡直是死啦死啦的！」她故意做出訓斥我的架勢，終於還是沒能忍住噗哧一笑，「不過你說的也有道理，反正你說的總有道理。」

「當然，我是聰明人我怕誰？」

「得了得了吧啊，你根本就不是聰明，而是好逸惡勞，做夢都想騎在受苦人頭上，要是在舊社會，像你這種人，早拉出去槍斃了。」

「無所謂，反正死不了，那時候你早就帶上一彪人馬落草為寇了，知道我要被槍斃，你還不像雙槍老太婆一樣來劫法場啊。這點自信心我還是有的。」

「別做夢了，我要像太君一樣給你的頭上補上兩槍，嘴巴裡還嘟囔著『就憑你也敢炸我的碉堡』。呵呵，好了好了，不說了，怎麼說你的下場都是挨太君的槍子。」

「眞的不救我？唉，你眞是傻啊閨女，說了實話就不怕我搶先一步把你賣掉？」

「切——還不知道是誰賣誰呢。」

我們有一句沒一句地拌著嘴，倒也覺得快活。說話間已經上了車，我坐在後排，扣子就坐在前排筱常月的旁邊。她問筱常月：「你說這個烏鴉嘴煩不煩？一天到晚婆婆媽媽的。」筱常月也不說話，只淺笑著開車。車窗外的街道漸次繁華起來，此前一路上的西洋風格民居逐漸被密集的高樓大廈取代，應該是到市中心來了。扣子輕鬆地打開了車廂裡的音響，曼妙至極的爵士樂就響了起來。彷彿是被音樂聲驚醒了，筱常月「哦」了一聲，然後說：「呀，只顧著聽你們鬥嘴，聽著聽著就想到別的地方去了，也沒問你們想去哪裡，開著開著就開到這裡來了。」

「找間CD店去逛逛如何？」車廂裡的爵士樂提醒了我。

「好啊。」筱常月答應著，將車速放慢，往後倒車，「我知道一家店，只賣爵士樂和古典音樂。」

「如此簡直甚好。」我喝了口啤酒笑著衝她點頭，我的話才落音，扣子那邊就發話了：「聽你說的話，『如此簡直甚好』，你倒是眞敢說，還想當作家呢。」

「我這是在逗你玩呢，你快樂所以我快樂。」我也馬上就接口說。

CD店的名字叫「收割十一月稻田」，倒是別有味道，我只是一直在納悶：北海道這邊都是在十一月才去稻田裡收割嗎？看樣子，筱常月是這裡的常客，我們一進店裡，老闆就走過來熱情地招呼我們。可是非常不湊巧，店堂裡正在裝修，除去他們的招牌商品爵士樂專輯擺在商品架上，其餘別的古典音樂暫時被收了起來。我其實無所謂，原本也只想來逛逛，反正不能像在東京時那樣，將自己喜歡的東西藏在別人無法找到的地方，以備他日之需。於是，就在店堂裡信步閒逛起來，筱常月則和扣子坐在店堂一角的高腳凳子上聊著什麼。

結果倒被櫃檯上的一本爵士樂雜誌吸引了過去，翻開一看，介紹的是兩個女爵士樂歌手：艾拉費滋潔羅（Ella Fitzgerald）和比莉哈樂黛（Billie Holiday），前者被稱為「爵士樂第一夫人」，假聲無可替代，是各大奢華宴會的常客，而後者雖沒有前者那麼受歡迎，但是「假如給她一雙翅膀，這位爵士的天使一定會離開這個世俗的凡塵」。看到這裡，心裡驀然一動，想著這個比莉哈樂黛倒是和筱常月給人的感覺差不多。

正好聽見扣子問筱常月：「……恐怖片，是不喜歡看啊還是害怕看？」

「還是害怕吧。」筱常月說，「總是做噩夢，又喜歡一個人開車出去，也不管是前半夜還是後半夜，只要想就忍不住，所以還是不看的好。」

只要想就忍不住——正好和扣子一樣。她們兩個人應該是有話可說的。

耳邊迴響著不知名的音樂，我嘆息著打量滿目因為裝修店堂而蒙上了灰塵的CD，突然湧起一種奇怪的感覺：我，不見了。世界何其之大，操縱世界運轉的魔力何其之大，我，還有如我般的眾生，又是何其渺小，甚至大不過一粒塵埃，就像《舊約全書》的《約拿書》裡說過的：「我下到山根，地的門將我永遠關住。」可是，我們終不能在轉瞬之間灰飛煙滅，還得活下來，折磨自己，並且互相折磨，生死輪換，世世輪換，如此而已，如此而不得已。

我，不見了。這奇怪的感覺可能是來自於隱約從風聲裡傳來的大海的濤聲，壓迫過來之後，再大的音樂聲也掩飾不住它的存在，也可能來自於CD店外的天空。那天空碧藍如洗，威嚴地伸展開去，沒有來路，也沒有盡頭，讓人幾乎要哭著叩首，五體投地地承認造物的神奇。我並沒有深究，因爲換作任何另外一個人去深究都一樣沒有答案。

佛家說：「空空如也。」說的就是如我此刻般的情境吧。

夢裡不知身是客，看來不對。在夢裡，我不只是作爲不速之客闖入了一片原始人居住區，還被一隻猩猩揮舞鐮刀將我追趕得氣喘吁吁，竟至於大汗淋漓了。掙扎著醒過來的時候，看見車停在一片湖邊，車裡卻只有我一個人。我往窗外看去，扣子和筱常月正說笑著從遠處山腳下的一個小村落裡走出來。兩個人的手上都提著一只塑膠桶，等到走近了，她們把塑膠桶放進車後箱，我才想起來桶裡裝的可能就是北海道特產長腳蟹了。一問，果然是。

中午，筱常月帶我們去吃了本膳菜。所謂本膳菜，其實就是從日本室町時代起就規定下來的接待客人的正宗菜餚。現在已經不多見，只在婚喪宴會上還有所保留，其繁複程度簡直難以言表。我們居然吃到地道的本膳菜，即使是我，也未免覺得有點過分了。當然，我們吃的只是一套菜譜中的一小部分，但是由於吃每個菜時都要喝一點不同的酒，我竟然一反常態地不勝酒力，在去知床半島的路上，一上車就睡著了。從夢中的險境裡醒轉過來，下午三點已經過了。陽光照射在遠處的大海上，形成奪目的光暈，漸漸擴散，波及到更遠處的山麓，使遼闊無際的原始叢林更顯得鬱鬱蔥蔥。

我探出身去，將我睡覺時她們關小了的音響再開得更大一點。剛剛聽過的爵士樂舒緩地響起來，我這才清醒了許多，在身邊的紙袋裡找出一罐啤酒，喝著喝著，不禁就生起了「不知今夕是何夕」之感。車窗之外，正是典型的北海道風光：道路兩邊都是綿延的花田和牧場，只留下一條瀝青公路在滿目蒼翠中穿行出去；牛羊在牧場上悠閒散步，間歇打量一下我們的汽車；花田上的花朵雖然還不到開放的時候，但已吐露出開放的徵兆。無論如何，害羞的花蕾掙脫束縛轉爲花朵的日期爲時不遠了。

我不能不爲之迷醉。

當然也有麻煩。往前開了大約十分鐘，汽車駛下一道斜坡，正好來到一座山麓之下，卻堵車了，而且，一時半會看來還得堵下去。前面的汽車裡不斷有人下車走到牧場上去和牛羊合影，我想起扣子半天沒有說話，定睛看時，卻發現她拿著支鋼筆在一本雜誌上比劃著。我湊上去，發現她在做雜誌上的心理測驗題，就笑著對她說：「別做了別做了，我已經生是你的人死是你的鬼了，下去走走吧。」

「什麼呀——」她頭也不抬，「我這可是測壽命的。」

我就不再管她，轉而對筱常月說：「下去走走？」她笑著點頭，將車熄火，把鑰匙拔出來，和我分頭而下。我發現她無論做什麼事情都輕巧至極，即使在一時半會看不見交通恢復正常的情形下，她也絲毫不著急，只若有若無地跟著車廂裡迴旋的爵士樂哼唱著，我想：如此這般，大概就是眞正的優雅了。

我和筱常月在牧場上閒步走了好一會，扣子來了，先是對筱常月說了一聲「我把雜誌放回你包裡去了」，我正在納悶她的笑容裡怎麼會有一種從未見過的慘澹感覺，她卻又說：「沒辦法，做了三四遍，怎麼都活不過二十五歲。」
我和筱常月的臉隨之變色。筱常月急忙快步走近她，撫摸她的頭髮：「傻丫頭，那種八卦雜誌怎麼能信呢？再說，說到底我們還是中國人，給日本人測試的題目拿來給我們做肯定不會準的。」說著，轉向我，「你說呢？」
「當然當然。」我忙不迭地說，「藍扣子同志，我又要批評你了，早說要你心一橫把人交給我，別的什麼也別想，怎麼到現在還經常大錯不犯小錯不斷呢？」
但是，無論我怎樣想辦法逗她開心，她也始終沒有高興起來。一隻小綿羊走過來，把她的衣角當作食物，舔一舔，再抬起頭看看她，最後便使勁把她往草叢裡拽。我見縫插針說：「大事不好，草原上出了強姦犯。」這下子，她臉色一沉，瞪著我說：「我就沒見過比你更討厭的人。覺得自己特別幽默是吧？」
我苦笑著對筱常月吐了吐舌頭，趕緊閉上嘴巴。她可不像和我開玩笑的樣子。
當然，最終她的心情還是要好起來。一個小時之後，路上終於不再堵車，我們上了車，繼續往前行駛。這時候，舉目所見的景物愈加美麗，幾乎使人不敢相信它們就如此眞實地坦露在自己的眼底：雪山下的櫻桃樹，陽光裡金針般傾瀉的雨絲，還有虛幻至極復與天際融爲一體的海平面。我眞切地覺得，自己一下子被掏空了。我，又沒有了。任何人面對這美到極處的景物都無法無動於衷，扣子嘆了口氣，對筱常月說：「咳，管他活二十五還是八十五呢，想想烏鴉嘴說的也對，一輩子好不容易有這麼幾天來揮霍，浪費了也太可惜了。」
「對，一定要這樣想。」筱常月說，「要高興起來，逼迫自己高興——其實也不難，我經常逼自己高興，也就做到了。」

烏鴉嘴也得開口說話：「是啊，還是多想想長腳蟹吧，肯定不會只放在火上烤那麼簡單，佐料啊什麼的應該也還有很多講究。」

「實在對不起，有件事情沒來得及通知你。」扣子轉過臉來對我說，「我們決定今天的晚飯由你來做。」

「不會吧，哪有大老爺們兒做飯的道理？不怕我休了你？」我故意說。

「怕，我真的好怕啊。」說著臉色又是一凶，「美得你吧，告訴你，晚飯要是做不好的話，我們就把你扔進海裡餵鯊魚。」

「餵鯊魚我倒是不怕，但是，要是突然跑出來兩個土著人，要搶你們回去當壓寨夫人，你們兩個弱女子可怎麼辦啊？」

「這個你倒是不用操心，實在打不過了我們就半推半就，也好明年的今天給你上上墳什麼的。路近，方便。」

筱常月一直含著笑聽我們拌嘴，這時才問了扣子一句：「你們總是這樣嗎？」

「是啊，生命不息吵架不止。」我替扣子回答了。

「真好。」筱常月說，「真好，這樣才給人在生活的感覺。我就沒有你們這樣的時候，所以，有時候，一天過下來，覺得像是沒有過。既沒和什麼人吵架，也沒聽什麼不能忘記的音樂，相反的，只要想忘記，什麼事情都可以忘記。我倒覺得自己像是黑板上的一排粉筆字，輕輕一擦就沒有了。」

說著，她「呀」了一聲，抬高了聲音說：「前面大概就是羅臼嶽了。」

我們往前面看去：夕照之中，一道山頂被殘雪覆蓋的山麓處處都閃爍著奇幻的光輪；從山腳到山頂，時而簇擁時而分散的原始彩林正有節奏地隨風起伏，不時有一片紅色的鳥群翩飛其中，微風一起，藉著山勢，飛向南北兩端，倏忽之間就消失了蹤跡。山腳下的湖邊草地上，已經有數十個帳篷支了起來，但是更多的帳篷支在了山腳下更靠大海邊的沙灘上，先來一步的人已經在帳篷前生起了篝火。越過沙灘和大海往北遠眺，鄂霍次克海峽清晰可見，太陽雖說正在逐漸西沉，海峽上空的火燒雲卻越來越濃，更絢爛的奇蹟正在慢慢蘊積，直至最終生成；甚至連海鷗也驚呆了，忘記了飛翔，總是要隔上好一陣子才想起來拍動翅膀。

這也就是我們的目的地了。

找到車位停好車，我們才發現湖邊草地上的帳篷其實是出售各種商品的小商店。來旅行的人都住在沙灘上的帳篷裡，也根本就不用擔心天氣會不會太冷，因爲支帳篷的地方正好被羅臼嶽擋住了，風進不來，實在是一處洞天福地。我們先去租帳篷，租好之後我就背在身上。扣子和筱常月手裡提著裝長腳蟹的塑膠桶，步行了幾百米，走上鬆軟的沙灘。支好帳篷，筱常月在沙灘上攤開兩張桌布，想起來啤酒和別的食物還在車上，就回車裡去拿來，全都倒在桌布上。忙完了這些，筱常月笑著對我說：「扣子留下來和我一起準備，你去樹林裡撿點木頭來把火生起來吧。」

當然沒問題。我點起一支菸，悠閒地朝樹林裡走過去，發現和我抱有同樣的目的的人還不算少：大家都是在差不多的時間裡來的，把篝火生起來自然是第一件要做的事。當然，也有要先享受一番再說的人：從沙灘到山腳的路其實是一條被日本人稱爲「砂岸」的路，只需用手來往下挖，不出三兩分鐘，就有溫泉流淌出來，所以，已經有不少的人穿著泳衣鑽進沙灘下的溫泉裡了。這倒不奇怪，北海道的溫泉從數量上說，本來就高居全日本之冠，我是早就知道的。

進了樹林，才發現枯朽的木頭實在多得很，既有樹枝也有樹根，用來生篝火正好合適。想著時間尚早，沙灘那邊的筱常月和扣子脫了鞋後跪在桌布上忙著，就坐在一叢堪稱碩大的樹根上抽起菸來。感覺實在是舒服至極，身邊有細碎的聲響，可能是我叫不出名字的植物在生長，也可能是被我擾了清夢的小獸在奔跑，愈加顯得方圓五百里之內的空曠，愈加使我醍醐著以爲天地之間獨剩了我一人。

不，應該說我沒有了。

空空如也。

但是，我沒想到，手持電話此刻卻響了起來，它要是不響，我幾乎已經忘記身上還帶著它了，印象裡似乎已有十幾天沒充過電，居然還沒有自行關上。我實在有些不想接，響了大約七八聲後，才從口袋裡掏出來。一看螢幕，竟然是阿不都西提打來的，馬上就想起上次在新宿見面時訂下的約會沒有赴約，也來不及多想，趕緊接電話。

電話通了之後，阿不都西提第一句就問我：「要是住在死過人的房子裡，你心裡會覺得怪怪的嗎？」

「什麼？」我一時沒能聽懂他的意思。

「我的房子，你有興趣住嗎？房租一直交到了明年。」

「啊，你不是住得好好的嗎？」

「上次和你說過的，我活不長了，這幾天我就準備出發了。」

「出發？你要去哪裡？」

「這樣的，我估計我剩不了多長時間了，想來想去，還是要出去走走。不想回國，就在日本走走，估計錢花完的時候，我的眼睛也就該閉上了。呵呵。」

「即使眞的剩下不了多長時間，一般說來，總該找間醫院住下來。」

「算了，上次拜託你的那件事情，就是那匹馬，你答應過的，能辦得到嗎？」

「能。」

我本不該如此之快回答他。我一直沒給他打電話，其實就是不敢面對他孩子氣地談著自己的病，以及最後的死。我也總是會想起他，一想就覺得恐懼極了，恨不得一把將扣子抱在懷裡。現在又是如此，我有許多話要說，但是一句也說不出，反而只有簡單的一個字：「能。」無非是被恐懼席捲了，一邊講電話一邊站起來張望沙灘上的扣子，只有她在視線裡才覺得心安。

「那太好了，這樣吧，我下星期出發，臨走前見一面？」他想了想又說，「對了對了，下個星期三，還是在新宿，有個朋友過生日，來一趟怎麼樣？」

他的語氣就像在談論一次即將開始的郊遊。

揮之不去的孩子氣。

揮之不去的一張英俊的臉，清晰地浮現在我眼前，就像是我們一起來了北海道，他從沙灘上走過來，對我說著「明天我要去釣魚」，或者「明天我要去橫濱吃四川火鍋了」。

就是這樣。

「好。」我的回答又如此之快，心裡仍然慌亂不堪，「那麼，打算去哪裡？」

「去沖繩。還記得我和你說起過的那個——女人吧，和我用電話做愛的。」說到「女人」兩個字時他遲疑了一下，像是找不到合適的稱呼，最後還是只好說「女人」。

「啊，想起來了。」

「想去看看她。我已經去過一次，見是見上了，但是沒做愛。這次計畫好了，爭取和她見一面，眞正做一次愛，然後就走掉，估計自己差不多了的時候，就找間醫院一躺，怎麼樣？」

我不知道該怎樣回答他。

「其實，我如果不去沖繩的話，也許就不會得肺癌，呵。」他又說。

「是嗎？」

「是啊——」他停了下來，停頓了幾秒鐘後說，「啊，我燒的水開了，準備給馬洗澡，洗完了我還得坐夜車去成田機場那邊，再去採點草回來。那麼，星期三一定來，好嗎？」

「好，我一定去。」我一邊回答他，一邊覺得全身的器官正在被冷水浸泡，冷意頓生，從脊背處開始蔓延，直至布滿整個身體。但是，我下定了決心：無論如何，下星期三也一定去新宿和阿不都西提見面。

「那麼，再見？」

「好，再見。」

放下電話，我甚至是倉皇地撿起幾根樹枝，又抱起那叢剛剛坐過的樹根，就撒腿往沙灘上狂奔。在越過那條「砂岸」時，一時沒有看淸，差點踩著一個被沙子覆蓋了全身的人，急忙跳過去，剛跳過去，一個踉蹌倒在地上，我便爬起來再跑，跑到了扣子和筱常月的身邊，看著扣子，大口大口地喘著氣。

晚飯過後，我們坐在篝火邊喝酒，我和扣子喝啤酒自然沒有問題，筱常月也破例喝了一點。天上繁星點點，地上一堆堆的篝火。晚飯我吃得最多，一大堆長腳蟹被我消滅殆盡，實在是美味至極。就在我們有一句沒一句說著話的時候，大海漲潮了。海水沈默地撲上沙灘，只在離去時生出濤聲，像是生怕破壞了如此靜謐的長夜。

扣子說了一聲「呀，會不會有烏龜啊」，就站起來往海裡跑過去。很快，我和筱常月就聽到了她的尖叫聲，似乎是有什麼東西咬了她的腳，應該不是烏龜就是螃蟹吧。

我和筱常月都笑著看她在淺水區裡尖叫著跑來跑去的樣子，夜幕深重，其實我們只能隱約看清她身體的輪廓。

「上次說，可以給我講個故事？」我突然想起筱常月上次在電話裡和我說過的話，就問她。

「是啊，有好幾次都打算和你在電話裡講，想了想還是沒有講。」

「是你自己的故事嗎？」

「是。有時候，在路上走著，突然就覺得喘不過氣來，要麼就是冷得直哆嗦，趕緊找個有陽光的地方坐下來才會好一些，特別想說話。今天卻不知道是怎麼了，又不是特別想，好不容易高興一次，有點不捨得講了，怕不高興。」停了停又說，「還有件事情，想問問你。」

「其實是個建議。在許多人看來，我也該算是有錢的了，也是，的確算是有錢——富良野那邊最大的薰衣草農場——雖然由我先生的堂弟負責經營，但資產仍然是屬於我的。我是想，你和扣子，乾脆住到富良野去怎麼樣？」

「這樣啊。」我眞沒想到她會這樣想，灌了一口啤酒後說，「這個倒是要和扣子商量一下，我自然沒什麼問題，反正也不想再上大學，得過且過，看看寫完劇本後能不能接下去寫小說。」

「你們如果能來，在札幌也一樣可以上大學，反正富良野離札幌也近，坐汽車一個多小時就到了。」

「呵，聽上去眞不錯啊。」我又灌了口啤酒，笑著問她，「怎麼突然想起這個來了呢？」

「就是想幫你們。心裡想，要是經常能看見你們拌嘴，我肯定也會多些生趣的吧。如果是在北海道生活，你們就完全不用擔心錢的問題，那麼大的農場，每年都有來旅行的學生在這裡打工。哦，對了，安崎小姐就是在這裡打工時才和我認識的。」

我一開始並沒意識到她說的「安崎小姐」是誰，但是很快我就明白過來，她說的是杏奈，心裡竟然不自禁地一顫：那個我時常想起的女孩子，她現在怎樣了？是在品川的家裡還是在府中的病院？說起來，假如沒有她，我也不會和筱常月認識，也就是說，不會有在篝火邊喝啤酒的此刻。我想和筱常月談談杏奈，轉念一想，也不知道筱常月是否知曉了她眼下的情狀，更不想徒增傷感，也就終於還是沒有說。

這時候，扣子跑出淺水區，跑到我和筱常月的身邊，對我說：「喂，敢不敢游泳？」

「敢倒是敢，可是沒有游泳衣啊。」

「沒有就去買啊笨蛋，難道你不想泡溫泉啊？」

我一想，也是，離我只在書本裡見識過的「砂岸」如此之近，如果不享受一番，日後想起來應該是會覺得可惜的吧，就站起來要去買。扣子又把我阻止了，拉上筱常月：「算了吧，還是我們一起去。」

只有我知道，扣子眞正可以算得上是一個心細如髮的人，往往是在訓斥我的同時已經做完了我做不到的事情，比如現在：我去買我自己和扣子的泳衣倒是沒什麼，但是買筱常月的泳衣就不太合適。完全可以說，現在，只需要兩個人的眼睛一注視，馬上就能明白對方在想什麼。這種感覺實在太好了，我想，這大概就是所謂「心有靈犀」了，想來能達到如此地步的人也不會太多。

由此說來，我的確有資格比許多人更加感到幸福。

幸福也延續到了深海之下，有扣子的笑聲爲證：我將身體仰臥在海面上，藉著一浪捲起的一浪順水漂流，漂到哪裡算哪裡，但扣子總能順利地找到我。她的水性和我一樣好，突然能從水底就拽住我，把我往深海裡拖；我是繳槍不殺的俘虜，任由她處置，和她一起，像兩條飛魚般憋著氣往深海裡去。這是絕望的旅程，因爲我們永遠到不了海水的盡頭；游動之間，我們的身體不時觸在一起，光滑、濕漉漉、讓人想哭。最後，實在憋不住了，我們迅速地移動四肢衝出海面。幾乎就在我們的頭浮上海面的一刹那，扣子笑了起來，哈哈大笑，我總能聽出她笑聲裡特殊的節奏——就像冬天的雪輕敲在屋頂上。

筱常月沒有下海，一直就在篝火邊坐著，托著腮朝著大海出神。一直等我們從海裡上來，跑到「砂岸」邊迅速挖出了一個沙洞，看見溫泉從沙洞裡汩汩冒出來，她才進帳篷裡去換了泳衣出來。我們已經躺下了，也留了一個沙洞給她。

我的身體一陣哆嗦：畢竟還不是游泳的時候，這倒也罷，又在溫泉裡泡著，溫度轉換如此之快，看來是要感冒了。正想著，扣子倒是先叫了起來：「啊，大事不好，要感冒了。」我倒很快生出一個主意：乾脆就把我們的帳篷挪到這裡來，憑藉沙洞和帳篷的雙重覆蓋，我們應該能安然度過一夜。

我馬上起身去搬帳篷，回來的時候正好碰上扣子突然衝出沙洞，三步兩步奔出去，蹲在離我不遠的地方吐了起來。我嚇了一跳，連忙扔下帳篷跑過去，和她蹲在一起，摟住她的肩膀，問她有沒有事。她倒是一副沒事的樣子，推開我的手，站起來，自言自語：「眞是怪了，突然一下子就想吐，吐完了又像根本就沒吐過一樣。」

我的心頓時鬆下來，看著她跑回去對筱常月說：「我們來請碟仙吧。」

筱常月顯然不知道什麼是請碟仙，扣子便對她解釋起來，她大概明白意思之後，竟一把抓住扣子的手：「眞的那麼靈驗？」

「眞的。」扣子告訴她。

於是，重新支好帳篷之後，爲了方便她們請碟仙，我又在就近的地方生起了另外一堆篝火，重新鑽進沙洞裡躺好，就聽見扣子問筱常月：「想問問什麼呢？」

我心裡想著她們現在請碟仙倒是方便，預先要準備好的答案只找根樹枝寫在沙灘上即可，卻聽見筱常月說：「如果一對夫妻，一方死了，北海道這邊有傳說說死去的人只在奈何橋上等七年，等不到的話，就會變成孤魂野鬼，我們就來問另一方該不該去吧。」

扣子先嘟囔了一句「怎麼有這麼奇怪的規矩呀」，又說，「可是，只能問和你自己有關係的問題啊。」

「沒關係，就把我當作那個人吧。」她遲疑了一會兒說。

我猛然想起，她曾經在電話裡和我談起過這個奇怪的傳說，心裡就突然一沉，我即使再愚笨，也知道她問的問題一定是和她有關係的。但是，我能說些什麼好呢？我故意不去聽她和扣子說話，先是看扣子用一根樹枝在沙灘上寫下「去」和「不去」幾個字，又去看帳篷外的沉沉夜幕：這麼早的時節裡，夜幕裡居然穿行著螢火蟲，它們寂寞地飛著，最終被熱烈的篝火所吸引，也像是有過短暫的猶豫，最終還是向著篝火寂寞地飛過去，它們並不知道這是一段致命的旅程。

果然，轉瞬之間，它們都化爲了灰燼。

但夜幕還是夜幕，篝火還是篝火，世界還是世界，這就是所謂的「有即是無，無即是有」了。我嘆息著閉上眼睛，沉沉睡去，臨要睡著的那一小段蒙昧裡，腦子裡閃過了一些不相干的畫面：「鳥瞰神社」被櫻花覆蓋了的院落；扣子和我赤身裸體地在冰天雪地裡做愛；某個停電的晚上，我和扣子藉著路燈灑進婚紗店裡的一點微光吃著兩菜一湯。說到底，我還是一個幸福的人啊。

第二天，在回札幌的路上，行至一半時下起了雨，車窗外的山巒、牧場和花田都被煙雨籠罩，我們沒有按昨天的原路回札幌，而是繞路到了富良野，從鋪天蓋地的花田裡穿過。沿途散落著的北歐風格民居幾欲使人覺得置身於瑞典和挪威這樣的國家，當然，我並不曾去過瑞典和挪威，一點印象全從雜誌和明信片上得來，想來也差不多吧。

扣子果然是感冒了，嗓子疼得說不出來話，後來乾脆睡了。我就正好和筱常月談談自己寫的劇本，曲牌也順帶著商量，間或筱常月輕輕地哼唱幾句，汽車近乎無聲地往前行駛，倒也悠閒自在。

談著談著，內心裡就充滿了喜悅。也難怪，這其實是我的第一個劇本，就能在許多方面和筱常月想到一起去，不能不說是幸運，她畢竟是在國內唱過十多年昆曲的演員。當然，也不是沒有問題，問題主要出在曲牌方面，她乾脆把車停下來，和我一起走到路邊，放大一些聲音唱，直到我和她兩個人都認爲沒問題了，就再一起上車。扣子睡得很沉，這些她都渾然不知。

我心裡已經大致有數，只需到札幌後再好好商量商量，讓筱常月在我已經完成的部分逐段標上她傾心的曲牌，接下來我的工作就更好完成了。回東京接著往下寫，相信應該會更加順暢。此前雖說也沒有遇到太大的難題，但是說實話，因爲曲牌未定，難免時而有彆扭之感。

也是湊巧，當紅色寶馬從筱常月的家門口開過去，筱常月放慢了車速指給我看的時候，扣子正好醒了，她馬上就啞著嗓子叫起來：「天啦，好漂亮的房子啊！」

的確漂亮。在遼闊的花田中間，依著地勢簇擁起了一片櫸樹林，疏密有致，一幢尖頂的紅色西式建築就掩映在其中；牆上雖然爬滿了藤蔓，但是白色的木窗並沒有被藤蔓掩住，其中一扇上面掛著一串風鈴，正發出清脆的聲響；還有一個院子，但圍牆卻不是磚石，而是一排低矮的扶桑；院子裡有兩把用大海裡的漂流木做成的椅子，細看時才發現，就連兩把椅子之間的那張長條餐桌，也同樣是漂流木做的。

紅色寶馬繼續向前駛去，筱常月這時候問扣子：「乾脆搬到北海道來住吧？這幢房子有二十多個房間，想住哪一間都行。」

「啊?」扣子的反應也和我昨天晚上的反應差不多。

「你看——」筱常月繼續溫聲對扣子說，「從這裡開始，大概有十幾里路吧，說起來都是屬於我的，有農場，還有生產薰衣草產品的工廠，到時候，你想到哪裡工作就可以去哪裡工作。對了，你的日文說得好的話，可以做導遊，每年夏天薰衣草開花的時候就會有許多人來旅行，怎麼樣?」

「啊?」除了「啊」一聲之外，扣子顯然不知道該怎樣回答才好了。

「一定來，好嗎?」筱常月又追問了一句。

「呀，還是等明年再說，好嗎?」扣子遲疑了一會兒，朝我看了看，對她說，「他在東京還有課程，最早也只能等到他把語言別科念完才行。」

「……也好，那我就等著你們了。」

扣子的這個回答我倒是沒有想到，我也估計她可能並不會太願意來北海道，但是絕沒想到她的理由竟然是我的語言別科課程。眞正的原因何在，我並不想知道，她怎樣回答，自然她就有怎樣的道理。還是那句話：她若不說，我就不問。我轉而去看窗外，不時會有一根插在田埂上的木製告示牌閃過，無一例外都寫著「日之出」三個字，還有遠處的工廠，同樣也掛著寫有這三個字的招牌。我想：筱常月的農場大概就叫做「日之出」了。

中午十二點左右，我們進了札幌市區，就先去望月先生的朋友家，取回亡友送給望月先生的禮物，事情辦得很順利，並未花去多長時間。之後，我們在北海道大學附屬植物園附近找了家中國餐館，一邊吃飯，一邊再和筱常月商量起曲牌來。

筱常月和我約好，假如我再遇到困難，就給她打電話，商量好曲牌再由她在電話裡唱出來。

我擔心這樣是不是不大好，但是筱常月卻說沒事：「既然在舞臺上可以唱，也就可以在電話裡唱，總之，你需要我做什麼都可以，千萬不要客氣。」

「好。」我也說。

吃過午飯，時間尚早，於是，筱常月又開著車把我們帶去看看著名的紅磚廳舍，說是來北海道旅行的人總會去看的。其實紅磚廳舍離札幌火車站已經不算遠了，步行亦只需十分多鐘。我們到紅磚廳舍的時候，正好碰上好幾個旅遊團也同時抵達，便不想湊這個熱鬧，只在門外隨意觀賞。從嵌在牆裡的一塊石碑上得知：紅磚廳舍始建於明治十二年，爲美國風格的磚瓦式建築，以美國馬里蘭州和麻塞諸塞州的議會大樓爲藍本建造，今天已經成了人們懷念北海道開拓全盛期的象徵。

並沒什麼可看的，我們就又去了另外一個地方：那家筱常月爲我解釋過店名的 APIA 商場，走近了才知道，這其實是一條地下街購物廣場，就在札幌車站南口廣場的地下。聽筱常月說，來北海道旅行的人走時多半會在這裡逛逛。北海道的特產，比如馬克杯啊玻璃製品啊什麼的，在這裡一般都能以最便宜的價格買到。

進了 APIA，我們就東看看西逛逛，也沒打算買什麼東西。扣子午飯時吃了筱常月給她買的藥，漸漸好起來，也漸漸活潑了，走路也不好好走，邊走邊隨著店鋪裡傳出的音樂聲搖頭晃腦，時而又繞到我身後，把我推著往前走。

反正我也拿她沒辦法。

筱常月總是和我們隔著兩步距離，含著笑看著我們，淺淺的；只有當扣子一次次找藉口在我身上打一拳或踢一腳，她才笑得更深一點，帶著喜悅和某種我看不清的東西，似乎是些微的驚奇。

路經一家賣工藝品的店鋪時，扣子看見了一個印有「熊出沒注意」字樣的布熊，憨態可掬，可愛至極，就興奮地跑上去，用流利的日語和老闆討價還價。扣子報出的價格老闆顯然接受不了，轉向我訴苦，我當然知道自己的日語水平，能大致聽懂他的話就不容易了，哪裡還有答話的資格，只能笑著聽扣子繼續狠狠地砍價。

最終，僅以五百日圓成交。不用說，從店鋪裡出來之後，扣子就更加得意洋洋了。我倒是對「熊出沒注意」幾個字感興趣，就問筱常月是什麼意思。她解釋說：這句話本來只是寫在深山密林附近，提醒過路行人注意的，但現在幾乎已經成了北海道招徠顧客用的廣告語，畢竟有資格說「熊出沒注意」這句話的地方也不多了。

最後，兩個小時一晃而過，我們從 APIA 出來的時候，離上車回東京的時間也不遠了。筱常月送我們進站，她和扣子在大廳裡站著，我先去買票，回來後又一起走到進站口。筱常月停下來，笑著對我們說：「那麼，再見了？」

「好，再見。」扣子也笑著說。

因爲大多數的人都會選擇坐我們來時的通宵火車回東京，所以，我們要坐的這一班車應該不會有太多人，單從進站口沒有多少送行的人便可以看出來：大廳又特別遼闊，愈加顯得空曠，也愈加顯出了筱常月的孤單。在如此短的時間內，我走神了，不自禁地想像起她一個人開車回富良野的樣子：雨色繽紛，無邊無際的花田裡只有她一個人。

是啊，一個人。

「那件事情——」我們已經走出去兩步之後，聽見她在背後說，「回東京後好好考慮考慮？」她說的顯然是我和扣子搬來北海道住這件事。

「好。」扣子回答她說。隨後，對她調皮地揮揮手，用手捋了捋頭髮，蹦蹦跳跳著往火車走過去。我緊隨其後。看來我一輩子都只能緊隨其後了。

但是，等到火車緩緩啓動，又行出一段距離，扣子突然對我說：「我們就住在東京，哪兒也不去，好不好？」

「好啊。」我刮了刮她的鼻子，「在哪裡我都無所謂，反正有丫鬟伺候著。」

「切，你沒搞錯吧。記好了，我是慈禧太后，你是李蓮英小李子，不對，應該是安德海小安子吧？」

「都對，都對。」

「眞的，你答應我了？」

「答應了。」

她放了心，一邊故意學幼稚園的阿姨表揚我：「嗯，好樣兒的，小朋友眞乖！」一邊就往我懷裡靠過來。我抱住她，讓她找到最合適躺下來的姿勢，又去從包裡找出那本薄薄的小冊子《蝴蝶夫人》來讀。突然看到包裡有兩張紙片，一張寫了字：想來想去，儘管可能會使你不高興，還是要這樣做。這點錢請一定收下，就當作來往的路費吧，千萬不要見怪，好嗎？再看另一張，卻是一張可以在東京的銀行裡支取的支票。

我的確是有些愣住了，惘然不知這張字條和支票是什麼時候放到我包裡來的。想一想，除了昨天晚上我沉沉睡去，三個人也不曾分開過，應該就是那個時候了。退回去已無可能，那麼，就收下吧。我將字條和支票放在包的夾層裡收好，想著要不要告訴扣子，正好在心裡決定暫時先不告訴她的時候，她說話了。她突然仰起頭來問我：「你不會反悔吧？」

「什麼？」我恍惚了一下，不過馬上就明白了她還是在問剛才問過的那個問題。

「絕對不會。」我再一次告訴她。

「嗯，好——」正說著，她「呀」了一聲，突然從我懷裡掙脫出來，奔向過道，再奔向兩節車廂之間的洗手間。事出突然，我只是呆呆地看著她，她已經三步兩步進了洗手間。我不知道發生了什麼事情，就跟過去。她半天沒有出來，我就在過道裡抽起了菸，又覺得自己不夠清醒，總覺得身體和心隔了一層，就打開窗戶，讓冷風呼嘯著進來，頓時便覺好過了不少。

又過了幾分鐘，洗手間的門打開了，扣子臉色蒼白地走出來，說：「完了。」

「我可能是懷孕了。」她說。

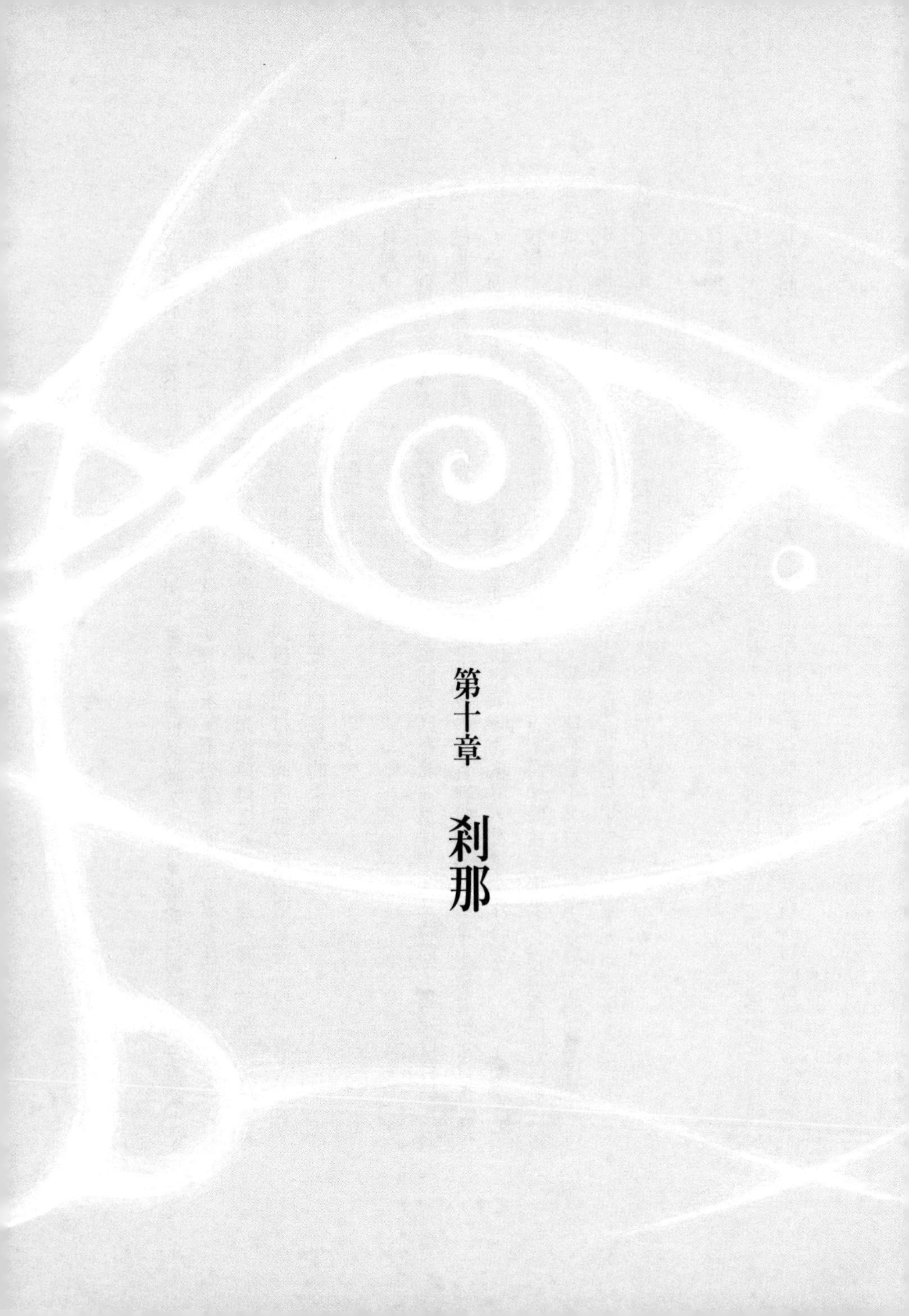

第十章 剎那

一隻畫眉，一叢石竹，一朵煙花，它們，都是有前世的嗎？短暫光陰如白駒過隙，今天晚上，我又來到了這裡，走了好遠的路，累了就坐JR電車，不想坐了便再下車來往前走，終於來到了這裡，黑暗中的鬼怒川：群山之下有日光江戶村，日光江戶村之外是一條寬闊的馬路，馬路上有打了烊的店鋪和葉簇如雲的法國梧桐。在法國梧桐和打烊的店鋪之間的陰影裡，我一個人走著，也不知道走到哪裡去，哦不，是兩個人，我還把你抱在我的手裡。

扣子，我終於又把你抱在手裡了。

終於。

三月間，我在北海道已經住了好長時間。至於到底在北海道住了多長時間，我並沒有掐指去算，反正每天都是不置可否的晨晨昏昏。一天晚上，我去富良野附近的美馬牛小鎮看筱常月排練，然後，一個人坐夜車回富良野的寄身之地；當我的臉貼著車窗，看見窗外的花田上孤零零地矗立著一棵樹——不過是平常所見——就一下子想起了你，眼淚頓時流了出來。我怕那棵樹就是你，孤零零的，不著一物，就這樣在黑暗裡裸露著。我盯住它看了又看，想了又想，語聲顫抖著請司機停車，我下了車，當夜車緩緩啓動了，我發了瘋一樣向著它跑去。花田裡泥濘不堪，但我不怕，摔倒了就再爬起來。跑近了，我一把抱住它，終於號啕大哭了。

這些，你都全然不知。

沒關係，就讓我慢慢說給你聽吧。

好了，扣子，不說這些了，即便我有三寸長舌，能夠遊說日月變色，你也一樣不能再打我一拳踢我一腳了；無論我長了翅膀上天，還是化作土行孫入地，每個最不爲人知的角落全都找遍，我也必將無法找到你，因爲你已經沒有了，化成了粉末，裝進了一個方形盒子，被我捧在手裡。

扣子，我怎麼突然會想起鬼怒川呢？隔了這麼長時間之後，我再次踏足東京已經足足兩天了。幾天來，我抱著你，滿東京走著，走到哪裡算哪裡，累了我也照樣吃飯喝水，入神地看著世界的運轉：好比我在澀谷站的喜之代快餐廳裡坐著的時候，外面的大街上正好有一支興高采烈的遊行隊伍，我就隔著玻璃窗看著。不過，看了兩個小時也沒看清楚他們到底在慶祝什麼；還有，在淺草，我居然進劇院去聽了一場音樂會。樂聲澎湃，只有你是靜止的，躺在我旁邊的座位上，也不說話。扣子，在東京，我去了好多過去從未去過的地方。打從在新宿警視廳，我從一個年輕員警的手裡接過你，幾天來，我已經坐完全東京所有的電車線，一點都沒誇張，丸之內線啊山手線總武線啊什麼的，全都坐過了。

你看，我的老毛病又犯了，說著說著就跑到了九霄雲外。還是說說我怎麼會來鬼怒川的吧，原因說來也簡單：在澀谷的高樓大廈底下走著的時候，看到一幅巨大的賽馬俱樂部廣告掛在其中一幢大樓上，一下子，就想起了你，想起了那個我們騎在馬上度過的後半夜。

我記得，並將永遠記得，那是我們離開表參道搬到秋葉原去的前幾天晚上。晚上十一點，我們收了地攤回表參道，那時候，阿不都西提已經離開東京有一段時日了。正走著，你突然「嗳」了一聲問我：「阿不都西提的那匹馬，今天晚上就給牠找個去處吧？」

我當然覺得好，可是送到哪裡去呢？一時也想不清楚。

後來，我們還是趕最後一班電車去了秋葉原。掏出阿不都西提留給我的鑰匙開了門，一眼就看見那匹白馬正安靜地躺在客廳的地板上吃草。說起來，這是我第一次來阿不都西提的家。臥室異常乾淨，像是他在離去時細心擦拭過；書架和衣櫃，還有寫字桌上的相框，全都收拾得井井有條；不算大的客廳裡堆滿了新鮮的草，幾乎和臥室一樣乾淨，難以置信的是那匹白馬竟全然沒有製造出什麼垃圾。

我在恍惚著的時候，你說了一句：「就送到鬼怒川去，怎麼樣？」

「好吧。」我想了想，眼前浮現出群山下的日光江戶村。阿不都西提囑咐過我給牠找家動物園或者一座沿途有水源的的山坡。日光江戶村所依附的群山之上，一定會有水源，當然，也一定會有供牠食用的豐美野草。

凌晨一點，我們牽著馬出了門，奇怪的是，牽牠下樓的時候，竟然沒費什麼特別的力氣。大街上空寂無人，只是每隔十來分鐘會有一輛汽車從我們身邊行駛過，輕微的動靜更加重了長夜的幽深。開始時是牽著，我們抽著菸和牠一起往前走，後來，也不知道走了多長時間，馬路越來越寬闊，汽車也幾乎沒有了，於是，我鼓動你乾脆和我一起騎在馬背上。

這些，你該都還記得吧，扣子？

在馬背上，我倒並不覺得顛簸，但我沒有一秒鐘掉以輕心，一直用手護住你的小腹，那裡有我們的孩子——我們的喜悅、恐懼和我們的切膚之痛。

「想通了，要高興起來。」你突然一咬嘴唇，「豁出去地高興起來！」

「可是，你也沒有不高興啊？」

「錯！」你說，「剛才其實一直想高興又高興不起來。」

不管如何，你只要高興，對我總也是一件愜意的事，便對你說：「就是嘛，小學語文課裡有一篇課文，叫什麼來著？說的是一隻寒號鳥的事。」
「對對，明天就壘窩。」
「是啊，我們也明天再壘窩好了。」
不如此，又能怎樣呢？我不是不知道，我們就像來到了一片荒野上，倉皇著想要尋找出一條路來，但是伸手不見五指，我們只能蜷縮著互相取暖，相信上天自有安排，我們一定會死有葬身之地。但是，直到我們騎在馬背上這一刻爲止，上天也沒有安排出一條路來讓我們倉皇離去，我們只好睜大眼睛等著、暖著、怕著，寄望上天送來閃電，照亮荒野，我們得以逃之夭夭。
「再說說阿不都西提吧。」你說。
「好啊。」我爽快地答應著，就再說起了阿不都西提。說起來，這實際上是我第二次和你說起他。星期二的晚上，由於第二天就會去見阿不都西提，心情又實在好得不能再好。也不知是誰先提起來的，就和你說起了阿不都西提，我看得出來你聽得很高興，當我說起他有N次問過我做愛的事情，比如什麼是「九淺一深」之類的口訣，你哈哈笑了。剛笑了兩聲，立即又閉上嘴巴，只帶著笑意看我，與此同時，你的手，也下意識地像我幾天來晚上睡覺時做的那樣：有意無意之間就會伸過去護住你的小腹。即使是笑一聲，也怕傷著了那裡。
後來，當我們在地鋪上躺下，拉滅了燈，聞到你的鼻息，我不覺中蠢蠢欲動了，下面堅硬無比。剛想把你壓在我身體底下，你卻叫了起來：「幹什麼幹什麼？」
「我想九淺一深。」我可憐巴巴地對你說。
天都快亮了，我們終於到了鬼怒川。天際已隱約吐露出一絲濛濛的白光，月光也沒有消退，我們就在遍野的幽光裡上山。其實，我們一上山就找到了既有野草也有水源的地方，但是我一直沒有放下手裡的韁繩，一直往前走著，直到走上山脊，再往下已是下山的路，我才下決心放開了手裡的韁繩。

牠並沒有狂奔，而是一點點離開了我們的視線。牠也沒有低頭吃草，卻是沈默地看著我們，就是這個時候，我心裡猛然一驚：我突然發現牠竟然也和阿不都西提一樣，眼神裡滿是透明的清澈之光。我欲言又止，眼睛幾欲濕潤，視線模糊之後，我只能依稀看見牠從一棵巨大的桑樹背後消失了身影。

牠消失不見之後，我聽見你說：「要不我們乾脆和牠一起走吧？走到哪算哪。」扣子，這些我都記得，我將永遠記得。

這麼長時間以來，在北海道，在我寫劇本、餵馬和送報紙的間隙，或者在我去薰衣草田裡忙了一天，躺在田埂上抽根菸的時候，這些點點滴滴，還有更多的點點滴滴，便會不請自來，讓我浮想聯翩，我甚至都可以嗅到它們的味道了。我自然也會經常記起那個星期二的晚上，全然不知道即將到來的變故，全然不知道這變故足以將我們粉碎，死無葬身之地，只顧著春風沉醉，厚著臉，可憐巴巴地對你說：「我想九淺一深。」

不過，說眞的，這麼長時間以來，只要我一想起自己那副可憐巴巴的樣子，也會忍不住想笑。有一次，當我躺在田埂上，竟然眞的呵呵笑了，想來應該也和一個傻瓜差不多了。

就像現在，我在法國梧桐和打烊的店鋪之間的陰影裡走著，就又想笑了。但是，扣子，我不能笑，一笑就有眼淚湧出來。

日式煎餅的做法——

步驟一：將麵粉和水適量調和，比例爲嚴格的三比一；步驟二：將配料洗淨後準備好，配料分別是豬肉、蝦仁、章魚和一個雞蛋；步驟三：麵粉最終調至糊狀，再加高麗菜和蔥花攪拌，一半倒上鐵板，而後將配料放入，剩餘的麵粉此時一定要趕快覆上去；步驟四：中火煎至略呈金黃色後，翻面，時間約需三四分鐘；步驟五：反覆翻面兩到三次，每次都是三四分鐘，至金黃色，起鍋。

如此這般之後，大功就即將告成了，只需再將沙拉醬和調味醬準備好，一頓堪稱豐盛和精緻的晚飯就算做好了。

我早已忙得大汗淋漓。實在不容易：光是買那塊鐵板就花了不少工夫，跑了不下十家超市才買到。起因僅僅是中午扣子隨口說了一句「好想吃煎餅啊」。說者無心，聽者卻不是一般的有意，而是很有意，一下午都在婚紗店裡籌畫著自己動手做份煎餅。晚上，關了店門以後，我就先去表參道東端「降臨法國」大樓裡買食譜，之後，沿著表參道往前走，遇到超市就進，直至將配料全都買齊爲止。

回到店裡，天色雖然黑了，但離扣子下班的時間還早，我便慢條斯理地開始工作，不免手慌腳亂。固然是因爲第一次做，更多的是做著做著就走了神，想起了扣子，想起從北海道回東京的火車上，她蒼白著臉從洗手間裡走出來，劈頭就說：「完了。」

但是，這幾天，她卻隻字不提。我想和她說，但總是欲言又止，我不知道該怎樣形容自己：心猿意馬，但全身上下又分明是無處不在流動著狂喜。

是的，我在狂喜——我也竟是個可以有孩子的人啊！

這種感覺類似於第一次夢遺，醒來後，盯著濕掉的床單，感覺到自己在一夜之間便從時間的這一端來到了那一端；還類似於第一次和女孩交歡，結束之後，原本喘息著和女孩並排躺在一起，突然一陣冷顫：原來，我也可以這樣啊。

就像是換了另外一個人。

我知道，扣子的感覺和我並無多大差別，要不，爲何總是一副想笑的樣子？就像今天中午，她要跑著到街對面的露天咖啡座上班，剛剛一開門，卻突然想起了什麼，小心翼翼地將身體放規矩，準備好好走到街對面去，這樣一來，就顯得很不自然。我坐在櫃檯裡看著，看著看著就笑起來，剎那間，她也忍不住噗哧一聲笑了出來，還要訓斥我一句：「笑什麼啊笑？像個神經病！」

我不管，只顧邊聽她的京片子邊笑，她拿我有什麼辦法呢？

也只有對著我笑，足足笑了一分鐘。

但是，當我們笑著，心情好得恰似頭頂上湛藍的天空，爲什麼，我心裡的某個角落裡又分明躲藏著幾團陰雲？

我知道，扣子也知道，有一件事情我們是躲不過去的：她腹中的孩子，我們到底是要還是不要？

我騙不了自己：多半是不會要了。

此刻，當我看著鐵板上的麵粉漸成煎餅的模樣，我一樣在想：要不要？結果是我得再一次告訴自己：多半是不會要了。人之爲人，可眞是奇怪啊：剎那間，出生了；還是在剎那間，死去了。在吉祥寺的那家「Mother Goose」咖啡館，我和扣子在剎那間認識了；在從北海道回東京的火車上，扣子告訴我懷孕了，仍然是在剎那之間；我知道，還有一個下一個一剎那，扣子會告訴我，我們的孩子不存在了。

全都是一剎那。

好了，我乾脆承認了吧，我希望這個孩子存在，一直存在。我看過一本書，大概是一個日本作家的作品，他有一個頗有意思的說法：假如你是一個外鄉男人，去了一個陌生的城市，想要和這個城市有密切的關係，那麼，最好的辦法就是先和這個城市的女人有密切的關係。同樣，我和扣子原本都是一樣的人，就像兩棵海面上的浮草，只在浪濤和漩渦到來時才得以漂流，直至旋轉；那麼，這麼說也許不算誇張：她腹中的小東西正是大海中的漩渦，他推動我們旋轉，和世界發生關係，就像本地女人之於外鄉男人。

畢竟，我和扣子就像與這個世界沒有任何關係，不承認都不行。

還是老時間，晚上九點過後，我的煎餅剛剛做好，扣子回來了，一回來就把我推出了婚紗店。我全然不知道發生了什麼事情，想要問個究竟，她卻根本不解釋，只邊往外推我邊發號施令：「給你二十分鐘，愛上哪上哪。」

我苦笑著被她推出門，被路過的行人詫異地注視，不過我倒不在乎。回頭看時，發現店裡的燈也被她拉滅了。

二十分鐘過後，門開了，我被放進去，她像什麼事情都沒發生過，坐下來吃飯，連連稱讚我的日式煎餅：「天啦，怎麼這麼好吃啊？」

過了一會兒，她拿了一塊煎餅去蘸沙拉醬，叫了我一聲：「喂。」

「嗯？」

「你說，給他起個什麼名字呢？」

「誰啊？」

「你的兒子啊。」她對我做了個鬼臉，「或者你的閨女。」

我目瞪口呆地看著她，一塊含在嘴巴裡的煎餅也忘記了吞下去。

「別發呆嘛小朋友。」她把臉湊過來抵住我的臉，「你沒聽錯，我也沒有說錯。」

「眞的決定留下來？」

「眞的。你不想？」

「想啊，當然想了。」我追問了一句，「可是，爲什麼呢？」

「想通了唄——我想好好活下去。我需要有種東西讓我好好活下去，實話說吧，只要有你，我也能活下去，但是，還是覺得不夠。

「我小的時候，我媽媽已經來了日本，說起來，她也算是第一批來日本的留學生了，和開畫廊的老夏是同一批。她走後不久，我爸爸在送我上學的路上被汽車撞傷了，在醫院住了一個多月，還是沒活下來。打那以後，在北京，就只剩下了我一個人。親戚倒是有，大多都是遠親，也有來往，但是人人都有自己的事情，我就一個人住在海澱的一間筒子樓裡，每天上學放學，也沒被餓死。呵。」

我完全沒想到，扣子突然和我說起了她的過去，我甚至不能相信自己的耳朵。毫無疑問，我比這個世界上的任何一個人都更想知道。散步的時候，仰望頭頂幽藍的夜空，我想知道；喝啤酒的時候，微醺之後，我比任何時候都更渴望知道；抽菸的時候，當一支菸燃盡，我又想了，也別無他法，就狠狠地抽兩口吞到肚子裡去——這的確是常有的事情。但她從來就隻字不提。時間長了，我也就隻字不提了。

現在，當她眞的說了，我倒不敢相信自己的耳朵了。

「沒餓死是因爲我媽媽每個月都寄錢給我，一直寄了兩年，從第三年開始，我既收不到她的錢，也再沒有她的消息了。一直到來了日本之後，我才知道她早就嫁了人，也生了孩子，又跟著新丈夫去了加拿大。呵，都是老夏告訴我的。

「說那間海澱的筒子樓吧。我一個人住著，白天晚上都不用開燈，一回去就往床上躺。現在想起來，好像那幾年就是躺在床上過來的。還記得我對你說過的那句話吧，『越好的時候我就想越壞』，忍不住地要糟蹋自己，可能就是從那時候開始的吧。有時候，接濟我的親戚送錢過來，我感動得一塌糊塗，但是人剛一走，我就像換了個人，躺在被子裡一張張就把親戚接濟的錢撕碎，撕到不能用爲止。接下來怎麼辦呢，只有餓著肚子了。

「糟蹋不了別人，我就糟蹋自己——我知道那時候我就是這麼想的，因爲到現在還是經常這樣想，估計一輩子都改不掉了。

「心裡明明想要的東西，嘴巴上卻不說出來，等別人送過來了，我還要拒絕。我小時候，特別喜歡吃果脯，橘子的柿子的不管是什麼，只要是果脯就喜歡吃。我在班級裡還算漂亮吧，還有一個女孩子也很漂亮，經常有個男孩子給她送果脯。本來和我也沒關係，但是不知道怎麼了，我只要一看到那個男孩子送果脯給她，心裡就特別不舒服。後來，我想了很多辦法，終於讓那個男孩子送果脯給我了，結果，就在送給我的一剎那，當著全班級的面，我把滿滿一盒果脯全都扔在地上了。

「那天，回到家，我就用被子把我蒙住，不透一點氣，想把自己憋死，其實也不是想憋死，沒有目的，知道那樣做很危險，可是，偏偏就想往危險裡去。

「實話說吧，這些，我一輩子只怕也改不好了。像我這種人，不管我多喜歡你，你有多喜歡我，我能不能好好活下去，始終都是問題，你也不會不承認吧。我知道，你只是在心裡想，嘴上不說罷了。

「我再說一遍吧，我在無上裝俱樂部裡打過工，也在應召公司幹過，也就是說，我是個婊子。

「不想承認都不行了。

「可是，老天爺對我還是好啊，讓我喜歡了你，又不得不問配不配得上你，我在想：假如我們要是有了孩子，叫你爸爸，叫我媽媽，我們也可以像你說的那樣，『他爹』、『他娘』地叫著，我可能就不會有這種感覺，也覺得一下子平等了，對吧？這樣，我也可以好好活下去了。我知道，你覺得無所謂，但是我的問題到最後只有靠我自己解決，只要我不解決好，我就又會忍不住想辦法糟蹋自己。

「所以，我想要這個孩子，留下他——對他再不公平也要留下他，假如我前幾年我活不下去的時候眞的死了，現在也一樣沒有他。」

我沒有插一句嘴，只在入神地聽她說著，她說完了，看著我，我也看著她，終了，長嘆一聲把她摟在懷裡。

一直摟著，一直到上床睡覺。

我就想這麼一輩子摟著她。

躺在床上，我的手指仍然習慣地往扣子的肚臍裡撳下去，但是，和以往不同：不過是輕輕一撳，她的身體卻輕輕一顫，生怕傷著了那裡。我一驚，馬上就把手抽回來，轉而去撫摸她的頭髮。

「喂。」她又在叫我了。

「嗯？」

「還是不放心，想再問一次：嫌棄我嗎？」

「不！」我答著，使勁去攥她的手，把腦袋使勁朝她的頭髮裡鑽。

「對了，給他起個什麼名字？」

「……剎那，怎麼樣？」

「剎那？」

「對，就是剎那。」

第二天早晨，當我拉開婚紗店的門，又在門口發現了一封被路過的行人踩過的信。撿起來一看，竟然是一封公函，落款處寫著我就讀語言別科的那所大學，一見之下，還未拆看，我就已經大致明白信裡寫著什麼內容了。終究還是拆開來看了，果然和我想像的一樣：由於您未參加結業考試，所以，我們遺憾地通知您，您不能獲得任何成績和資格證書。「罷了罷了。」我邊看邊笑著對自己說，「我也可以一門心思地過我的小日子了。」是啊，與其在這張紙片上多作思慮，還不如好好想想去哪裡給扣子買點北京果脯回來。

我將信丟進廢紙簍的時候，看見廢紙簍裡有兩張揉皺了的小紙條。我低下頭一看，發現一張上寫著漢字「要」，另一張上寫著漢字「不要」。到了這時候，我才明白昨天晚上扣子爲何會把我從婚紗店裡趕出來，還拉滅了燈：是啊，她又在請碟仙了。

此時，她正背對著我，跪在地上收拾地鋪。我看著她，突然湧起唏噓之感，一時竟不能自已。只是我們都不知道，我們的噩夢就要開始了。

扣子，抱著你，我從鬼怒川來到了神宮橋上，只敢走到這裡，再也不能往前走了，再往前走就是我們擺地攤的表參道過街天橋了。你看，「降臨法國」大樓、茶藝學校，還有亮著寫有「Cafe de Flore」字樣霓虹燈的花神咖啡館，全都近在眼前。但我就是不敢再往前走。再往前走就是過街天橋、露天咖啡座和婚紗店了。

扣子，我害怕。你幫幫我吧。

你總歸是不說話了。

你總歸是不說話了！

可是，我還是想聽你說話，聽你聲色俱厲地訓斥我；當我饒舌，我想聽到你當頭棒喝：「烏鴉嘴滾到一邊去！」可是，已經沒有了這一天。再也沒有了。

在茫茫東京裡，爲了給你找個下葬的地方，我已經走了幾天。我也想過要你永不下葬，把你裝在我的背包裡，還有口袋裡，我走到哪裡你就走到哪裡，可是，最後我還是做不到了，我得給你找個地方，住下來，住到我也住進來的那一天爲止。

理由實在是簡單：你從來就不曾稍微長期一點在一個地方住下來過。

這次，我一定要辦到。

可是，扣子，我找不到這個地方。你說假如我死了，你會給我找塊好地方埋下去，我絕對相信，你總是比我有辦法。可是，現在要去找塊好地方的是我，我也不知道能不能給你找到一塊好地方。扣子，請你保佑我。

你總歸是不說話了。

你早就變成啞巴了。

是啊，我又怎麼能忘記秋葉原公寓裡的那些晚上？聽力失去之後，你就再也不開口說話，只要我一開口，迎接我的就是你朝我砸過來的梳子、鬧鐘或者茶杯，還有你的叫喊：「不要跟我說話，我是聾子，是啞巴，聽不見！」所以，有一天晚上，我們從秋葉原出來，信步走到神田川，你突然用口形告訴我，說是想去表參道的時候，我的確是驚愕了那麼短暫的一陣子。

終於，我們還是來了，不過，我又耍了陰謀詭計：半途上，我藉口買菸，跑到雜貨店裡買了一支筆和一個記事本，以備不時之需。但是，當我們眞的來到表參道，站在過街天橋上，也只敢遠遠地看一眼婚紗店而已，不知何故，就是不敢走過去好好看一看。現在想起來，總算可以確認全都是因爲害怕了。

我記得，當時我們站在過街天橋上往前看，幾乎第一眼就發現婚紗店已經不再是婚紗店了，而是改換了門庭，店面頂端的霓虹招牌已經換成了另外一塊，因爲上面的字樣是日語，我也不全都認識。但是有一件事是可以肯定的，那就是，望月先生已將店面轉給了別人——世事無常，無非就是眼前此等情狀了。

這時候，你的心情好像還不錯，指了指天橋底下，又指了指你自己，似乎是在問我什麼。每到這個時候，我的心就像針在扎，也像蟲在咬，但是，我掩飾住了，趕緊掏出掖在口袋裡的筆和記事本，乖巧地遞給你。你怔了怔，也就笑著瞪了我一眼，低頭在記事本上寫了一句話：「你說，我敢不敢從這裡跳下去？」寫完了，還繼續笑著看我。

我頓時大驚失色，瘋狂地將你的手攥住，仍覺不夠，就乾脆把你一把摟在懷裡，抱著你，我的臉蹭著你的臉。要命地，就想起了在從東京去北海道途中你的縱身一跳。

其實，我知道，你那時候還可以開口說話，是你故意不再說了。

你在糟蹋自己。

記憶中還有一幕，還是在前面那座過街天橋上，就是我們給你腹中的小東西起名叫「刹那」的第二天，也是晚上，我們來擺地攤。你從咖啡座那邊下了班，回婚紗店只胡亂吃了兩口飯，就趕緊收拾起以往沒賣完的東西，不出十分鐘便收拾完畢，急匆匆要出門。我剛一磨蹭，你就瞪著我說：「還不快走？找死啊。」

我當然不想找死，就迅速和你一起關上店門，去了過街天橋。但生意的確不夠好，等了半天，也只買出去一個手持電話皮套。

我點上一支七星菸，問你：「怎麼像換了一個人啊？」

「什麼？」

「總覺得哪裡變了，以前走路從來就不好好走，現在一下子規矩了，規矩之後也還是覺得怪，反倒像是比以前走得更快了。」

「還有呢？」

「還有，你總在笑。有時候，我明明走在後面，看不見你的臉，卻總是覺得你在笑，呵呵。」

「知道就好，我是高興，想著我一下子變成了兩個人，就忍不住高興，所以，要掙錢。以後，每天晚上都來擺地攤，ＯＫ？」

「ＯＫ。」

過了一會兒，我想起昨天晚上你和我談起過的話題，想接著往下聽，也不知道怎樣才能得逞，想了半天才說：「昨天晚上，我還眞沒想到你和我說那麼多啊。」

你盯住我，看了好半天，又找我要了一支菸，抽了兩口，搖頭晃腦地吐煙圈，吐完了，就再盯著我看，突然笑起來：「從現在起，我準備向你徹底坦白。」

然後，你又說了一句「呀，心情怎麼這麼好啊」，就歪著頭自言自語：「從哪裡講起呢？」可惜的是，就在這時候，有人走過來，在我們的地攤前面蹲下來，問你一隻青蛙玩偶的價錢，你馬上置我於不顧，操起流利的日語和他們討價還價起來。

想起來，都像是昨天的事情。

現在，當我站在神宮橋上，遠遠地看著前面的那座過街天橋，要命地，我就又想讓你和我說句話了。不瞞你說，我從鬼怒川過來的路上，看見了一對爭吵的情侶。其實並不算爭吵，因爲只有女孩子一個人在說話，她的男友只垂頭喪氣地在後面跟著；霎時之間，我就想起了你，想起了我們如此刻般的過去。想著想著，眼眶就濕了。站在大街上，抱著你，竟不知身在何處，也不知今夕是何年。

我想你從人群裡走出來，來到我身邊，訓斥我，使我羞慚，啞口無言，只能呵呵笑著討好你。假如你還活著，我甚至能想像出你聽完我的要求之後會是什麼樣子，你肯定會大發雷霆地在記事本上寫下這樣的話：「我是個啞巴，你要我說什麼！」

呵呵，扣子是個啞巴，扣子是個啞巴。

在秋葉原的那間公寓裡，你曾經逼著我用油漆寫滿了整整一面牆——「藍扣子是個啞巴」。

星期三，一大早，我和扣子還躺在地鋪上沒起來，電話響了，我跑過去一接，是阿不都西提打來的，話筒裡先傳來一陣音樂，惺忪之中聽出是一首活潑的吉他曲：西班牙的《晒穀場之歌》。「還沒起床吧？」阿不都西提在那邊問。

「是啊，不過，今天見面的事沒忘，在哪裡見面呢？」

「下午五點，在新宿站南口一家中國人開的歌廳，叫『松花江上』，記住了？」

「好，記住了。」

「其實，這時候打電話來，不是光通知你聚會地點的，還想和你聊聊她。」

我不用多想，也知道他說的「她」就是和他在電話裡做愛的女人，就說了一聲「好啊」，一邊就開始穿衣服——扣子把我的衣服送過來了。

「今天外面的陽光很好，早上一起床，可能是因爲要出發的緣故吧，心情好得不得了。」然後，他在那邊笑了一聲，繼續說，「就想聽音樂，快活一點的，挑了半天挑出這張來，用電腦放出來的。怎麼樣，還不錯吧？對了，電腦不能送你，已經答應過送給別人了。

「我有種感覺，覺得自己像一個跟著哥倫布出海的水手，說是海盜也可以，一點也不像去死的樣子，倒像是去發現新大陸，眞是奇怪。」

的確像，我在這邊手握著話筒想，眼前就翩然出現一幅畫面：一個陽光明亮的早上，在一處吵吵嚷嚷的碼頭上，哥倫布正要起程開始他的第一次航行。空氣中彌漫著海鮮和燒酒的味道，哥倫布的隨從和水手們都坐在高高的船舷上喝酒，巨大的船帆正在徐徐升起。那些水手大有來歷，有從前的海盜，有剛剛放棄學業的神學院學生，還有阿不都西提。不過，他倒不像海盜，卻像是一位剛剛遭到貶逐的中國校尉，不知憂煩地打量送別的人群，然後，走到一個大鬍子海盜跟前，問他：「昨天晚上做愛了嗎？」

話筒那邊，他繼續說著，語氣是一如往昔的輕快：「其實，因爲輪船發船時間的關係，下午的聚會我可能只能去一小會兒就得走，正好可以把我這邊的鑰匙交給你，你也不用送我，我自己走就好了。

「昨天晚上，她沒來電話，我只有她的手持電話，打了半天也沒打通，估計是我告訴她要去沖繩見她的緣故吧，她可能害怕了，像上次一樣。

「記得我告訴過你，其實，假如上次沒去沖繩見她，我現在也許不會死。當然了，她上次也一樣沒答應我，我還是去了，唐突是唐突了些，可是我這人，你知道的，一旦決定了就覺得我要去沖繩這件事和她沒什麼關係，是我自己想去啊，和她有什麼關係呢？

「就去了。到了沖繩之後，我也不知道往哪裡去，只有坐在碼頭上給她打電話而已。電話關著，我就在碼頭上坐了一上午。到中午，想著估計是不會再見到她了，就去找地方吃飯，打算吃完飯隨便走一走就去買回東京的船票，也不覺得有多後悔空來了一趟，還感到特別輕鬆。也難怪，任何在東京生活了一年以上的人，一旦離開東京都會有這種感覺吧。

「吃完午飯，又去買了船票，我就到處閒逛起來。逛到了美軍駐日基地，正好一艘軍艦要出海，碼頭上站滿了送行的人，大多都是美國軍人的日本妻子。就在這個時候，她來了電話，說她改了主意，想見我，但是，只有到了晚上，她才可能有機會從家裡跑出來和我見面。

「怎麼辦呢？那就退票吧，呵呵，我就再去退票。票退了之後，因爲心情好，我就進電影院裡去看電影，現在我還記得看的是部好萊塢片《魔鬼終結者》。正看著，她又來了電話，說和我見面的時間終於可以確定了，就在晚上十二點，那時候她丈夫已經睡著兩小時了。接著就告訴我在剛才那個電話裡仍然沒告訴我的地址，說家門口有一棵棗樹，到時候就在棗樹背後等著她。

「實際上，我比約好的時間早到了一個小時。她住的房子絕對算得上氣派，我心裡想著：果然是董事長夫人啊。躲在那棵棗樹背後，我模模糊糊能透過蕾絲窗簾看見房子裡的擺設。二樓上的燈還亮著，也就是說，她的丈夫還沒睡，我也不著急，就盯著二樓看。過了一會兒，窗簾裡有個人在走動，是個女人的身影，這個時候我的心裡是緊了一下的，我想，那個走動的人一定就是她了——在聽嗎？」

「一直在聽著。」我在這邊回答，順手點起了一支菸。

「好，我接著說。一直在她家門口等著，可樓上的燈總是不滅，我一看錶，約好的時間已經過了十分鐘了。這倒無所謂，反正我也不急，關鍵是突然下起了雨，一下就不小，雨珠有豆子那麼大。我想了半天，想出了個辦法，乾脆爬上了棗樹，花了半天的力氣，終於找了個舒服的姿勢。

「又過了十分鐘，她來了電話，這才告訴我，因爲丈夫下班的時候多喝了酒，醉得厲害，正躺在客廳的沙發上，她現在是躲在盥洗間裡給我打電話。果然，我一邊聽她壓低了聲音說話，一邊還可以聽到她不斷沖水的聲音。後來，她說，實在是沒辦法，她可能出不來了，丈夫雖說醉得厲害，但還絕不至於不醒人事。

「我告訴她沒有問題，我可以先去尋一家旅館，住上一晚再說，明天她方便的時間再見面。她想了想，答應了。正要掛電話的時候，她卻突然問我，是否可以繞到院子後面，翻牆進院子，到洗手間的窗戶下面，讓她看看我。

「當然可以了，呵呵，我想都沒想就答應了，馬上跳下棗樹，繞到院子後面，翻院牆的時候，我才感覺到雨下得越來越大了，反正也沒多想，手腳麻利地跳下院牆，跑到了二樓洗手間窗子下面的草地上，往上看，正好她拉開窗簾。

「怎麼說呢?反正和我想像的還是有點差別，不是漂亮和不漂亮的差別，具體是什麼我也說不太清楚，她卻說我和她想像的樣子差不多。奇怪得很，我們都沒有覺得尷尬，我對她一笑，因爲雨下得太大了，她沒看清，但她感覺出來了，在電話裡問我，剛才，是笑了嗎?我就說，是啊。眞的像是早就認識了。

「可能就是這個時候吧，我不但不覺得冷，反而覺得身上越來越熱，兩腿之間的那個地方有了反應，就問她，你那裡，有反應嗎？

「她也竟然說有。想想眞是奇怪，按理說，就算我們在電話裡做過愛，好像總該有點尷尬吧，奇怪，一點都沒有，我也就罷了，你知道，我向來就是這樣的人，可是她也一樣覺得自然，和以往在電話交談相比，沒有什麼不同的地方。我就問她，想做愛嗎？

「想。她說。

「呵，就眞的做起來了，我們互相都能模模糊糊地看見對方的表情，雖說還是自慰而已，但覺得比往日每次都刺激得多。其實她比我更麻煩一點，因爲一邊做一邊還要不停地拉抽水馬桶的線繩，這樣她的聲音才不會被她丈夫聽見。我們一起到了高潮，結束的時候，她剛剛說了一句『眞的好舒服啊』，突然就把窗戶關上，裡面的窗簾也迅速放下了。後來我才知道，那時候是他丈夫敲門來了。

「說起來，這就是我和她見過的唯一一面了。」

「就見過這一面？」

「是啊，那天晚上，窗戶關上之後，我在下面等了半天，看見樓上的燈拉滅了，估計無論如何也見不上了，才去翻院牆出了院子，站在剛才站過的那棵棗樹下面等計程車。終於等到了，上了車，我剛說完請司機幫我尋家旅館住下，馬上就覺得全身不對勁。結果，費了好大力氣找好旅館，進了房間，一上床就發了燒。

「第二天早上，一起床，我就覺得肺出了問題，那時候眞是嚇了一跳，因爲看見被單上有血跡。如果沒猜錯，那肯定是我睡覺時咳出來的。說起來，我的肺病轉成肺癌，起因可能就在這裡了。

「不過，我這個人，總是一會兒就忘了，也不那麼怕了，腦子裡又開始想她，就給她打電話。你猜結果怎麼樣？」

「怎麼樣呢？」

「我在沖繩又住了兩天，也就給她打了整整兩天電話，總是打不通，她把手持電話關了。我心裡總還是不甘，就徑直去了她的家，隔得遠遠地看著。但一連兩天大門都鎖著，既沒看見她，也沒看見她的丈夫。最後，我只好再買票回東京了。在船上，我覺得身體更不對勁了，但是，總還是不能說淋了一下雨就得上肺癌了，至於哪一天轉成了癌症，大概沒人能說得清楚。

「就是這樣了，說起來要說好半天，其實不過才見了一面。」停了一小會之後，他說。

我也遲疑了一小會，終於還是問了：「後來呢？不是說還一直有聯繫嗎？」

「有啊，前幾天還做過愛。」

「那麼，沒有解釋那幾天爲什麼不在嗎？」

「解釋過，說是喝醉了酒的丈夫住進醫院去了。」

「你相信她的理由嗎？」

「說實話，不相信，但是有什麼關係呢？她也有她的苦衷，還是那句話吧：是我自己想這樣的啊，和她沒有關係。」

我在心裡嘆息著，說到底，阿不都西提原本也是和我一樣的人，就像我和扣子，我喜歡她，需要她，其實就是我自己的救命稻草，甚至和扣子一點關係也沒有。

「啊——」阿不都西提在那邊叫了一聲，我馬上不再讓自己走神，聽他說，「時間不早了，我得去成田機場了。」

「還是去給馬採草回來？」

「是啊，最後一次了，呵。」

「那麼。」我極力掩飾著心裡的慌亂，因爲我心裡突然湧起了幾分不祥之感，這不祥之感不知怎麼竟和扣子有關係，就問他：「下午見？」

「好，下午見。」

掛掉電話，我當即就定下主意：一定要扣子去咖啡座那邊請假，下午和我一起去新宿，假如她不願意去那家叫「松花江上」的歌廳，那也得讓她就在歌廳外邊逛著，百貨公司和電玩廣場都可以，只等我結束和阿不都西提的見面後就去找她。

我無法不想起那個我和阿不都西提在新宿河馬啤酒屋見面的晚上，我害怕扣子在她不在我三步之內的時候再出什麼事情。原因不僅僅爲此，使我不能心安的是剛才升起的不祥之感。那麼，這不祥之感到底是緣何而起的呢？

其實就是因爲阿不都西提的一句話——「至於哪一天轉成了癌症，大概沒人能說得清楚。」是啊，說不清楚。可是，又是在哪一瞬間呢？我想，就更加沒有人能說得清楚了。可我害怕這樣的瞬間，我知道，這個世界上最不能讓人相信的事情，往往就發生在這樣的一瞬之間：飛機的空難，高樓的倒塌，耶和華的誕生、受難和復活，還有更多更多。

我不能讓扣子離開我的目力所及之處。

我坐到地鋪上去，甚至是哀求扣子和我一起同去新宿。當然遭到了她的拒絕：「切，說得倒是輕鬆，你知道少上一天班要少拿多少錢啊？」

我自己都沒想到，一下子撲過去，攥住她的手：「就這一次，好嗎？過了這一次，日本天皇要召見我，我也不去了。」因爲莫名的慌亂，我向她撲過去的時候，沒穩住身體，就像是跪在她面前。

「你呀，看看你那傻樣兒吧！」她盯著我看，還是笑了，「好了，我答應你了。起來吧。」

「喳。」我像個剛給西太后請完安的太監般如釋重負了。

可是，扣子，我又如何知道，悲劇也好，錯誤也罷，此刻正在我的玩笑裡鑄成？而且，一旦錯了這一步，我們就必將一錯再錯？剎那間的流轉，還有轉瞬的變幻，原來都不在別處，根源就是我們的一轉念：一轉念，長城被哭聲驚倒；一轉念，虞姬別了霸王。原來大千世界，芸芸眾生，在人裡瘋，在夢裡夢，不過是動了心，轉了念，只有等到瘋過了，夢過了，這才知道菩提無樹，明鏡非臺，瘋是裝瘋，夢是癡夢。

扣子，你說句話，幫幫我吧。不過，你不說也沒關係，就讓我來慢慢說給你聽吧。

第十一章　鸞鳥

在東京這樣的城市裡活著，我無時不有一種渺小之感，怎麼說呢？就好像大樓和街道才是這個城市的主宰，而建造它們的人到頭來卻成了它們的寄生物，如此說來，來去匆匆的人群和天上的鳥雀、地裡的螞蟻也就本無不同，不過是飄來浮去，不過是緣起緣滅吧。

坐在電車裡，我就這樣胡思亂想著。扣子倒是很高興，也難怪，終於下定決心去買件衣服了嘛。說起來，自我們認識，這好像還是她第一次打算買件衣服，反倒是給我買了不少。一上車，她就嚼著口香糖開始聽隨身聽，當然是中文歌，不自覺就唱出了聲，引來滿車日本人的側目，其中不乏鄙視。扣子突然站起身來指著一個中年男人說：「看什麼看？再看我挖了你的眼睛！」說完，那個中年男人嚇了一跳，扣子繼續傲慢地盯著他看，然後緩緩坐下，嘴巴裡吐出一個泡泡來。

心情並沒有受影響，下了車，剛剛走了兩步，我一眼瞥見「松花江上」的招牌，就指著身邊的一幢百貨公司對扣子說：「就此別過？你先進去逛一會兒，我頂多半個小時就來找你。」

「那我可就要狠狠地花錢了哦？」她指指自己的肚子，「要不就來不及了。」

「一定要狠，不狠不是我兒子的娘。」我也笑著對她說。

「知道了知道了，你快去吧。」她裝作不耐煩地對我一揮手，轉身離去。

我看見她蹦跳著進了百貨公司，這才放心走開，拿出手持電話來一看時間，正好是和阿不都西提定好的時間，就小跑著進了掛著「松花江上」招牌的大樓。其實，歌廳在這座大樓的二樓，我上樓梯的時候，一路聽到的都是中文，看起來，這裡應該算作是中國人聚會的「據點」了，不然，單單就憑歌廳的名字也斷然不會有多少日本人光顧。

一進歌廳，我就看見了阿不都西提，他正在一個包廂門口等我，一看見我，馬上一笑，露出一口白亮的牙齒：「我馬上就得走了。」

「怎麼，不是還有聚會嗎？」我說著，眼睛卻不能不去看他愈加酡紅的臉。

「是啊，但是沒考慮到這時候正是交通高峰期，待會再走的話怕塞車。在市內坐電車當然沒問題，怕就怕下了電車去碼頭的那段路不好走。」說著，他對著包廂歪了歪頭，「我來得早，已經和他們解釋過了。」

我便順著門框處的一道縫隙往包廂裡看，既有認識的人，也有不認識的人，我特別去留意了一下老夏，沒發現他在裡面，也就覺得索然無味，懶得進去了，便對他說：「這樣啊，那麼好吧，我們一起走吧。」

說著，我接過了阿不都西提遞過來的鑰匙。接過鑰匙的一刻，我甚至看見他的手也在蒼白中透露出了一股酡紅，我的手也就微微顫了一下。

接過鑰匙之後，我終於又一次知道了自己原來還是個膽小的人：我原本就想好，無論如何也要好好和阿不都西提聊一聊，臨頭了卻怎麼也無法開口，只到處找菸，找了半天也找不到。正在這時候，手持電話響了起來，掏出來一看，竟然是扣子的。

「捨不得，還是捨不得。」扣子在話筒那邊說，「忒貴了，小日本死啦死啦的！」

「捨不得也得買啊。」我胡亂說了一句。

「不買了。」扣子斬釘截鐵，「喂，我過來找你吧，在樓下等你，我想回表參道了。」

「好。」我心裡一熱，對她說。

掛了電話，我和阿不都西提一起下樓梯，再一次答應他，一定給他的馬尋個合適的去處。他在樓梯口站住，問我：「噯，你說，這次，我能見到她嗎？」

我想了想，乾脆回答他：「可能還是不會。」

「我想也是。不過，死在沖繩好像也還不錯。」他一點都沒對我的回答感到驚奇，停了停，問我，「你說，我是不是愛上她了？快點說，把第一反應告訴我。」

「算。」我回答。

「眞的嗎？」

「眞的。」

「啊，眞不錯啊，我自己的確有點弄不清楚，左想想右想想，既覺得是又覺得不是。你可以再確定一次嗎？」

「絕對可以。」

聽到我的回答，他喜不自禁，一句句說著「原來這樣啊，原來這樣啊」，就像一個讀書失敗的學生偶然考了一次高分。他的一舉一動都感染著我。我們於是開始走下樓梯，但是，對面正好有個過去見過一次面的人走上來，其實根本就算不上認識，我初來東京之時，因爲經常帶著乾糧去淺草聽音樂會，還曾被他視爲怪物，他應該是比我不喜歡他更不喜歡我吧。但是，今天他卻一把拉住我，說是新搬了家，正打算買一套音響，無論如何也要我幫他介紹一二。

我心裡著實不情願，就隨便說著，無非是讓他多買幾本音響雜誌來參考，他卻不肯輕易甘休。如此一來，阿不都西提就等不及了，笑著對我說：「我得先走一步了，你先聊著吧，可別忘了我拜託的事情啊。」我正要和他說上一句什麼，他竟然蹦跳著已經下到了樓梯的拐角處，再一使力氣，又接連蹦下幾級樓梯，轉眼便消失不見——原來我不時念著如何跟他最後一次說「再見」，竟是如此平常。

他無非是出遠門去了而已。

站在樓梯口大約又談了十分鐘，好不容易壓抑住不情願，和對方說了聲「再見」，想著扣子可能已經在樓下等著了，就和阿不都西提一樣跳下樓梯，快步下樓。下樓之後，沒見到扣子，只見有幾個人在大廳裡圍成一團吵吵嚷嚷著。因爲聽見他們說的也是中文，原本也想湊過去看看發生了什麼事情，終了，還是沒有，徑直走到玻璃門的門口，點上一支菸等扣子。

抽著菸，就不免四處打量街景和過往行人，也回頭看看大廳裡那群圍成一團吵吵嚷嚷的人。這一次，我驚呆了：他們之所以要圍成一團，原因是怕被他們圍在中間的人逃跑。

被他們圍在中間的人竟然是扣子。

坐在地上的扣子，頭髮散亂地看著他們，兩手有意無意護著小腹。

我立刻丟掉菸頭，推開玻璃門，發足狂奔過去。跑近之後，一把推開其中的一個，蹲下來看扣子。還好，她並沒受什麼傷，但也顯然是被人推搡過了。

扣子盯著我看，終了，說了一句：「這下子再怎麼想瞞你也瞞不住了。」

我卻不去想到底發生了什麼事情，只是蹲下來摟著她的肩膀，最後一次確認她沒事之後，我轉身去問那些人：「什麼事？」

眞是奇怪，我一點都不覺得害怕，好像萬事都成竹在胸。實際上，我在第一眼就認出了他們，我和扣子在鬼怒川挨過他們的打。在極短的時間之內，我大致想出了個眉目，肯定是和扣子借他們的高利貸有關，想著養父還在銀行裡留了一筆錢給我，又想著這麼長時間來我和扣子打工後省下來的錢，說實話，心裡並不缺少底氣。

剛才，在情急之下，我曾一把推開一個人來摟住扣子，可能是力氣使得太大，他踉蹌了一下後幾乎仆倒在地上，而他正是眼前這群人的頭領。聽我問什麼事情，他笑了起來，走到我身邊，蹲下來，掏出一把上弦月形狀的短刀來，抵住我的臉：「有性格，我喜歡。」頓了頓，「你說呢，你說我們爲什麼和她過不去呢？」

「錢？」

「眞聰明，是啊，錢，你有多少？」

「她到底欠了你們多少？」

「一個字，多。兩個字，很多。利滾利，息滾息，這麼說吧，她這一輩子都還不起了。」和我一樣，他也是中國南方人，這從他濃重的南方口音裡就可以聽出。這並不奇怪，東京的黑社會裡本身就有很多中國人，哪怕我的日語再差，也能每隔幾天就從報上讀到關於黑社會的報導。他繼續用那把短刀抵在我臉上來回摩擦，一小會兒之後，他往扣子那邊努了努嘴巴，問我：「喜歡她？」

我就去看扣子——大概是知道無論如何也躲不過去了，扣子乾脆笑了起來。當眼前這個人問我是不是喜歡她的時候，她甚至「呵」了一聲，全然不在乎的樣子。

是啊，又能怎麼樣呢？看到她這個樣子，我頓時感到寬慰，轉而回答眼前的人：「是，喜歡。」

「想娶她做老婆？」他又問。

「是。」

「可是，我想把她賣到地下妓院去做妓女，你說怎麼辦？」

「不行。」

「不行？」

「不行。」

「好，有性格，我喜歡。」說著，他突然站起來，對準我的臉一腳就踢了上來。我應聲倒地，只聽見他說，「你是什麼東西，竟敢從背後推我？」

扣子馬上朝我撲過來，和她一起撲過來的是更多的腳。我們被困於其中，一點也動彈不得，只有閉上眼睛接受他們的拳打腳踢。不到一分鐘，我的腦袋上就出了血，傷口具體在哪裡我甚至根本就沒有感覺。突然，我想起來一件事情，就在對我踢下來的一腳一腳之中去看扣子，只能依稀看見扣子的兩隻手好好地護在她的小腹處。「好了好了，那麼就打吧。」我閉上眼睛，「總有結束的時候。」

「把他們抬到樓上去跟我們一起喝酒吧。」我聽見剛才的那個聲音這樣說著，接著，毆打停止，我們被架起來抬上樓梯。頭上的血不斷淌下來，順著額頭往下滴，眼睛便愈加睜不開。最終還是睜了，看見扣子已經披頭散髮，雖然沒有流血，但是鼻子和顴骨都腫了，雙手還好好地護在小腹處，一句話都不說，要走就往前走，要停就停下來，大概和我想的差不多：任由處置吧，即使最壞又能怎麼樣呢？

錯了，我想的都錯了。等他們找到唱歌的包廂以後，剛才那個人將手持電話和那把短刀一起丟在茶几上，唱完了一首歌，他才回過頭來問我：「喜歡她？」

我稍微怔愣了一下，明白過來他問的還是扣子，就說：「是的。」

「想娶她做老婆？」

「是的，想。」

「奇怪，你怎麼會想娶一個婊子做老婆呢？」他自言自語地在不小的包廂裡走著，走到茶几邊喝了一口啤酒，突然淚如雨下，狂奔到包廂的一角死命拍打牆壁。哭完了，拍完了，猛然回過頭來，指著扣子問我，「說，她是個婊子。」

我不說，我似乎還對扣子苦笑了一下，意思是這並不怪我，我縱有三頭六臂，也已經被打得無法動彈，封不住他的嘴巴。

「不說？」他湊過來盯著我看，再看看扣子，突然間哈哈笑了，連連說，「明白了明白了，毛病在這裡呢。」說著，他走過去，一把打掉了扣子交叉著護住小腹的手。

我和扣子頓時大驚失色。

其實，扣子本就算得上玲瓏之人，即便危險近在眼前，她也應該在最短的時間內便可保護好自己。比如現在，她的雙手被他打掉之後，就乾脆全然不管，兩隻手直直垂下，只要有人看著她，她也就看著對方。我知道，她是想分散那個人的注意力。可是，眼前的這個人無論如何都不是初生牛犢了，既然看出了端倪，他就不會輕易放過去。他用一根食指抵住扣子的小腹，笑著問她：

「有了？」

「沒有啊，怎麼？」扣子也笑著回答。

「哦，那麼，應該能吃得住我一腳吧。」說著，他退後一步，抬起右腳抵住扣子的小腹，一點點往下壓。

一下子，我不要命地掙脫將我緊緊按住的人。與此同時，扣子也掙脫了按住她的人，往後退縮。但是後面就是牆角，她退無可退。我剛要朝著那個人跑過去，那個人突然將抵住扣子的腳收回，對準我之後，一腳就讓我仰面倒下了。我再爬起來，他又是一腳將我踢倒。這一次，我倒下的時候嘴角刮在茶几上，血就又從嘴角處湧了出來。

我聽到那個人聲嘶力竭地對扣子叫喊道：「說，說你自己是個婊子！」

「我是個婊子。」他的話音一落，我就聽見扣子說，「我本來就是個婊子。」

我絕望地想看一眼扣子，看不清楚。我害怕聽這句話，從和扣子認識之初就怕她說這句話。不爲別的，只爲扣子在我眼裡本來就沒有絲毫不潔之處，和大街上的任何一個女孩子都沒有不同。一開始就是這樣的感覺，我也能做到一直保持這種感覺，但扣子會嗎？我根本就不敢想下去，只絕望地想去看她。

咯嚓一聲，我似乎是聽到了世界某處在發出不明的聲響。像是竹節在斷裂。

「大點聲音，我聽不見。」那個人說。

扣子就又重複了一遍：「我是個婊子。」

「再大點，我聽不見！」那個人又哭了起來。他哭著吼叫完，又坐到茶几邊的沙發上去喝了一口啤酒，之後，就將腦袋側過，把耳朵對著扣子。

「我是個婊子！」扣子抬高了聲音說。我去看時，她臉上竟然還在笑著。

「好好，好好。」那個人就像如釋重負，疲倦地窩進沙發裡。過了一小會兒，對著把我和扣子緊緊按住的人揮了揮手，「先喝酒吧。」

於是，我們暫時被放在一邊不管，我爬起來，走過去和扣子站到一起，去幫她理一理頭髮。我能怎麼辦呢？「就讓天塌下來吧。」我在心裡想，「反正我和扣子在一起。」

即使是他們開始喝酒，包廂裡的氣氛也算不上熱烈，剛才那個人和另外三個人邊喝酒邊玩撲克，剩下的三兩個人偶爾唱唱歌，偶爾再去看看他們玩撲克。沒人說話，氣氛只能算得上沉悶。就是這個時候，扣子看著我，往包廂的門使了使眼色，我的心和身體都是一震，頓時明白了她的意思。

不足一分鐘之後，所有的人都把注意力放在了撲克上，我和扣子幾乎同時出腳，一起就往門口衝。我先行一步拉開虛掩的門，可是，我根本不會想到，扣子沒有直接跑出包廂，而是剛跑到門口處就一把拿起了茶几上那把上弦月形狀的短刀，想都沒想，一刀下去，準確無誤地刺在剛才那個人的臉上。一聲慘叫響起，玩撲克的人如夢初醒，但是已經晚了，我和扣子已經跑出了包廂。

我們跑出包廂，跑下樓梯，跑出大廳，這才跑到了大街上，一口氣都沒歇就接著往前跑。拐進一條小路後，又跑過了三個十字路口，我們才氣喘吁吁地停下。這時候，我嘴角處已經停止了淌血，眼睛卻還是睜不開，全然不知身在何處，只和扣子靠在一面爬滿了藤蔓的矮牆上喘氣。喘著喘著，扣子就呵呵冷笑了起來。滿街的櫻花都謝了。

滿街的櫻花都謝了。第二天晚上，九點以後，我們在表參道過街天橋上擺地攤。生意不錯，我們都忙得不亦樂乎。一直到十一點多，客人逐漸少下來，我們各自抽著菸發呆，過了一會兒，我對她說：「說點什麼吧？」

「好啊。可是——」她將被風吹散了的頭髮往下撥弄兩下，以此來遮住昨天的傷口，「靠！說點什麼呢？」

她竟然說了一聲「靠」，一邊說一邊將菸頭彈出去好遠。我的確喜歡她這個樣子。說起來，自我們認識，我倒眞是無法想像出她從前的樣子，只有她說著「靠」把菸頭彈出去，我才會想起我們在咖啡館裡的初見——她用冰箱砸老夏小舅子的腦袋。至於昨天，她拿刀子刺了那個人的臉，倒似乎並不是她從前的樣子，而兩者之間到底存在著什麼樣細微的差別，我也說不清楚。

「想到哪說到哪吧。」我說。

「好，我準備向你坦白交代了。」她把手伸進我的口袋裡，又掏出一支菸，點上，火光照亮了她一直腫著的臉，她深吸了一口對我說，「要說就從來日本第一天說起吧。」

「……」我想說句什麼，並沒有說出來。

「小學畢業後，有一天在東直門那兒走著，看到有張布告上寫著馬戲團招人，就去了，一考，也就眞的考上了。那時候，馬戲團是學員制，既練功也上文化課，國家負擔生活費和學費，我就成天窩在馬戲團的院兒裡不出來。幹嘛呢？就是訓練老虎。那時候我可用著心吔，你知道爲什麼？就因爲從那時候起我就想來日本，知道把功夫練好了就一定可以來日本。院兒裡有幾座假山，假山中間有個宣傳欄，裡面貼著馬戲團到世界各國演出的照片。

「眞是苦啊，不過我從來就沒有起過不想再練下去的念頭，受不了就多跑到宣傳欄那兒去看看，看看就再回去鐵了心練，方法就這麼簡單。要說馬戲團的老虎早就被馴化過了，但是牠們都認人。我剛開始訓練的時候，那頭老虎一看換了人，那時我也不高，小不點一個，差點就被牠一口咬死了。

「馬戲團裡沒有一個人知道我媽媽在日本，我從進去的第一天起就瞞得嚴嚴實實的；但是，對怎麼去日本這樣的事，比如要護照要簽證啊什麼的，我都瞭解得一清二楚，每天都在留心。功夫自然也練得不錯，果然，從第二年起我就開始登臺演出，我同一批的學員中我是第一個。又過了一年，我就可以出國表演了，香港啊馬來西亞啊什麼的都去了好幾次，可是，就是沒有機會來日本。

「照說我也算是個有心機的人。儘管暫時沒有機會去日本，我也一點都不著急，暗地裡開始學日語，計畫也一天比一天周密。其實計畫說起來也簡單，就是一到日本就離開馬戲團去找我媽媽。拿什麼去找呢？也無非就是她幾年前給我寫信時留的地址了。

「從那時候起，我就知道我以後會是個『黑人』，沒有護照，更別談護照上的簽證，反正就在日本黑下來不走了。你知道的，馬戲團出國演出，演員們雖然有護照，但是根本就不會發到個人手裡，有專門的人負責，出關入關的時候一用完就得再交上去，不過我就是覺得不用擔心來日本黑下來之後會怎麼樣，呵，總覺得還是有媽媽在嘛。

「五年前，大概也是現在這個時候，我來了日本，和大家一起住在新宿的一家小酒店裡。耐心也真夠好，總覺得還是不要影響馬戲團的正常演出，所以，一直等到三天演出結束的那個晚上我才一個人跑掉。後半夜，同屋的女孩子睡著了，我就把早就準備好的包裹往身上一背，下了樓。

出了賓館後，又一口氣跑出去好幾條街。

「那天晚上，我背著包，把我媽媽從前給我寄信的地址拿在手裡，一點一點往前走。結果可想而知，地方是找到了，我媽媽卻早就不在日本了。怪只怪那個地址離我跑出來的地方實在太遠了，一直找到快天亮才找到。是幢破落的公寓，三樓，門口還有一雙拖鞋。你想得到嗎？我根本就不敢敲門，在門口站著，渾身發抖。最後還是敲了，敲了好長時間，裡面的人終於來開了門，是個中年男人，接著又出來一個中年女人，就是老夏和他老婆了。

「我一看是他們，腦袋就嗡了起來，但是聽見老夏的老婆說的是中文，心又有點安下來了，就站在門口和他們說話。一直到老夏告訴我，說我媽媽早就不在日本了，我才不得不跟自己說，完了，這次眞是完了。

「老夏眞是個好人，他一邊和我說話，一邊想把我讓進房子裡去。我看得出來，但是她老婆攔在門口不讓進，他也沒有辦法。那時候，老夏應該也算是有點積蓄的人了吧。後來我才知道，幸虧那天他們正在裝修淺草那邊的畫廊，才到我媽媽從前住過的房子裡去住。那裡本來住著老夏的一個朋友，就是通過老夏租的那間房子。我媽媽和老夏也算不上很熟悉，只是在要離開日本去加拿大的時候才偶然碰到，談起那間已經付了兩年房租的房子，老夏才說幫忙問問的。

「不幸中的萬幸吧，也是湊巧，要不是老夏裝修畫廊，自己住的房子已經賣掉，又剛好朋友不在，他和老婆一起來過夜，我才能和他見面，要不然，後來的幾年如果不是他幫一幫的話，我可能早就死了。

「最後，他們要關門的時候，老夏朝我使了個眼色，我雖然沒有全都明白，大概也能預感得出來他能夠幫幫我，就下了樓。那時候天已經亮了，再過兩個小時，和我一起來日本的人就該去機場坐頭一班飛機回國了，發現我不在之後，他們肯定已經亂成了一鍋。但是我卻沒有多想，下樓之後就在樓下的花壇上遠遠坐著，心裡一點也不慌，只知道自己做的這件事情可眞夠大的，到底就大到什麼地步去了，我一點都不知道。」

說到這裡，扣子停了下來，因為身邊起了風，一起就不小，越來越大，地攤的四角都被風掀起，怎麼壓都壓不住。扣子走到欄杆邊往天橋下面看了看，回頭對我說：「走吧，收攤了。」

於是，我們收了攤子，下天橋回到婚紗店。扣子在前面走著，我背著裝滿那些小玩意的旅行袋走在後面，走著走著，就想一把將她摟在懷裡，再蹲下來掘地三尺，掘出一條能被全世界的人都忘記的地縫供我們容身。這個念頭剛剛從腦子裡一閃而過，我悚然一驚，竟然覺得自己多少有些卑污：是啊，既然已經沒有了容身之地，日子又還得一天天往下過，那就只能和扣子一樣，根本就不當有事發生過，該吃飯就吃飯，該擺地攤就擺地攤，如此下去，說不定我們還眞的能找一條容身的地縫呢。

稍微思慮了一會兒，我就在心裡暗暗定下了一個主意。

至於這主意到底是什麼，現在我還不想和扣子說。

深夜的表參道，還有零散行人在走著，一家接著一家的露天咖啡座終於抵擋不住大風的侵襲，紛紛打烊。已然是臨近春夏之交了，天氣仍然有一絲鑽到皮膚裡去的寒涼，只是在路過「同潤會青山」這些如今已經改裝成精品店、畫廊和平面設計室的原昭和時代集合住宅，看見外牆上爬滿了的蔦蘿，我才覺得神清氣爽。扣子突然問了我一句：「怕嗎？」

終於說起我們一天來都不曾提起半個字的話題了。

是啊，總是要說起的。

我就說：「不怕。也不知道怎麼回事，就像沒挨過打一樣。」

「我也是。」她露齒一笑，「實話跟你說吧，今天一天忙得夠嗆，我壓根兒就沒空去想。」

「那麼，」我站住問她，「明天還是這樣過吧。」

「是啊，一直就這樣過下去，也沒什麼大不了的嘛。」她說著，語氣還是轉了，「不過，我們這次眞的有大麻煩了。」

我就不說話，跟著她往前走。到了婚紗店，她掏鑰匙開門，又說了一句：「不是大，是很大。」放下背著的旅行袋，時間的確也已經不早，我們便分頭洗漱，她先我後，等我洗完了從盥洗間裡出來，她已經把地鋪收拾好後躺下了。我去店堂裡關燈的時候，她說：「別關，就讓它亮著吧。」我就不關，走過去和她並排躺下。

「那個人——」躺下之後，她說，「不會就這樣放過我們。」

「以前見過他嗎？」我問她。

「不止是見過，我第一次去無上裝俱樂部裡去幹活，就是他押著我去的。這麼說好像他就是個什麼壞得了不得的人，我就是在他手裡毀了似的，也不是，有的時候還不錯，心思也很細。在國內的時候，他老婆和他的弟弟好上了，他知道後把兩個人都殺死了，就偷渡到了日本；福建人，那地方好像是個偷渡特別有名的地方。

「每次我被他們抓到了，反正沒錢還，無非是被他們送到地下妓院裡去，我也不在乎，每次都能想辦法跑出來。也是怪了，每次押我去的人都是他。其中有兩次，還沒到他們要送我去的地方，我就從他手上逃脫了。

「但是這次想要過關恐怕就沒那麼輕鬆了，也不是因爲往他的臉上刺了一刀，關鍵是像他這種人吃的就是黑社會的飯，抓人沒抓到，倒流了一臉的血回去，他上面的人肯定不會放過他。自然也不會輕易放過我們。不過不要緊，要來就來吧，反正總是要來的，反倒不怕了，還很有把握能過得了這一關。過了這一關，哪怕再沒有護照，也沒有簽證，也覺得可以一門心思當你兒子的『娘』了，你呢？」

「也是。」我老老實實地說。

「一開始我就想拿那把刀刺他來著，從他說我是個婊子的第一聲起，想了就放不下了。一直都沒有多擔心能不能逃走，只擔心能不能刺上他。不錯，我的確是個婊子，我剛和你認識的時候，你就知道我幹過什麼，我也和你說清楚了，當然了，後來又想把從前的事情瞞得嚴嚴實實的，你一點都不知道才好，現在一下子又變了，想得也通：你喜歡我，也包括了喜歡幹過那些事情的我吧。」

「嗯。」

「你看，這就是有了他的作用——」她拉過我的手放在到此時爲止依然平坦的小腹上，輕輕地撫摸著：「什麼都不怕了，覺得活下去根本就不是問題，因爲他總歸是要活下去的；還有，也不想把過去的事情再藏著掖著了，想越說得清楚明白越好。他說我是婊子，第一次聽見的時候就想刺他，可說著說著也無所謂了，自己本來就是嘛。說來說去還是老毛病，一想，一動念頭，就停不下來了，就是想刺他。」
「我知道。」
「咳，不說了，來什麼接什麼吧，只要能過這一關，所有的關都可以過了。」
店堂的燈還在亮著，店堂外的風也在颳著，漸漸地，雨點開始敲打屋頂，愈加顯得地鋪的暖和，也愈加顯得兩個人纏在一起的暖和：心定之所，即是安身之處。我們兩個人一起縮進被子，扣子再縮進我的懷裡，我抱起她的頭，把她的嘴唇湊到我的嘴唇邊，終於可以好好親親她了。
她的舌頭就像一條小蛇般和我的舌頭絞纏在一起，我無法再壓抑住，側過身去，怕壓著她，就蜷在一邊，將頭埋進她豐滿的雙乳，去親她的乳頭，去聞她乳溝裡的體香，不覺中，我的手已從她的小腹處向下游移了過去，越過濕潤的毛叢，停下來。她一陣哆嗦，失聲呻吟著緊緊夾住了我的手。突然，她「啊」了一聲猛然坐起來，將我推翻，也去親我的耳朵、眼睛和那顆滴淚痣。我看著她，急促地喘息，她也看著我，喘息聲比我更重。
還是在突然之間，她從地鋪上站起身來，赤裸著身體跑到樣品室裡去，我只能聽見她在翻箱倒櫃，就閉上眼睛等她。一小會之後，她拿著一個手銬跑過來，二話不說就把我銬在旁邊的置物架上。我認得那副手銬，在冬天的新宿御苑，她曾經用它銬了我一個下午。
她坐到我身上，我們開始做愛，我使出全身力氣配合她，她也同樣，嘴巴裡一直在喊著什麼，我聽不清楚，我們流出的汗很快就打濕了已經變得皺巴巴了的床單。
後來，每次起落之間，她問我：「愛我？」
「是的。」

「再說一次。」

「是的，我愛你。我愛藍扣子。」

「是我一個人的？」

「是的，我是藍扣子一個人的。」

高潮來的時候，她再也支持不住，頹然朝我的胸口上倒下，身體在激烈地顫慄，雙乳也在我的胸口上跳動，我知道，那其實是她的心在跳。

她不抬頭，頭髮垂在我臉上：「我這一輩子，除非你每天和我睡在一起，否則我每天都不會放過你。」

夜裡做了很多夢，一時夢見海水淹了東京，滿目皆是汪洋一片，我和扣子坐在一只木桶裡順水推舟，突然一個滔天巨浪翻捲了過來；一時又夢見我和扣子回了國，在江南的某處深宅大院裡置辦婚禮，曲終人散之後，我卻找不到扣子的影子了，就提著一盞油紙燈籠到處找，見到假山和草叢，都伸手去打探一番。做著做著就醒了，一睜眼，看見扣子也沒睡，睜著眼睛正在看我。

我兀自起來點了一支菸，遞給她。她剛要接，又不接了，說：「嚇你一跳——我戒菸了，剛剛決定的。」

「眞的嗎？」我不禁感到驚異。

「眞的，說戒就戒了。不過，你還是照常抽吧。」她說著，俯臥著看著我，笑著，「心情好，反正也睡不著，說點什麼吧，要不然，再給你接著講我過去的那些事情？」

「好。」我深吸了一口之後，將菸掐滅，再遞過一隻胳膊去讓她枕著。

「說到哪裡了？哦對，說到那天晚上我在公寓樓下面的花壇邊上坐著，一坐就坐到了早上。後來，老夏和她老婆一起出來了，老夏到處看我，看到我了也沒過來，就給我做了手勢，叫我繼續在那裡坐著的意思。我就一直坐著，早上九點鐘都過了，老夏急匆匆跑回來，把我帶到快餐廳裡吃了頓早飯。在快餐廳裡，老夏總算問明白了我是怎麼會突然到了東京的，我也總算知道了我媽媽的一切。

「那時候，我到底害不害怕呀？後來我經常想記起當時我是什麼感覺，每次都想不清楚，應該就是一片空白吧。不過，無論怎麼樣，有件事情我總歸是明白的，那就是再也回不去了，至於待下來到底會有多少麻煩，當時，一直到現在，都沒想，這一天天的不也都過下來了嗎？

「老夏眞是在可憐我，問明白之後，一個勁地說『你這個孩子啊，你這個孩子啊』，可是他也幫不了我什麼，知道我會說日語的時候，倒是高興了一陣子，高興完了又接著說『叫我說你什麼好啊。叫我說你什麼好啊』。也難怪，我幹的這件事，無論如何也都是他想不到的吧。

「老夏就把我帶到一家華人餐館裡去找工作，因爲老闆是他的朋友，很快就說定了，頭一個月只管食宿，做完一個月後再談報酬。結果只做了三天，就有員警來餐館查『黑人』——在東京的華人餐館，這是經常有的事——我只好跑了。不說這個了。眞的，老夏是眞可憐我，我第一次借高利貸，就是他幫我還的。

「開始，老夏幫我的時候一直都瞞著別人，後來就瞞不住了。他老婆知道之後，又哭又鬧，女人的那些老一套吧，結果好多人知道了。說實話，我一點都不恨他老婆，爲什麼要恨她呀，眞是的，她怎麼做也都是她的權利。她本來就是個不願意管閒事的人，再加上後來閒言碎語一多，她就算是不懷疑我，也會懷疑老夏和我媽媽之間究竟是什麼關係的。

「說起來，我在東京混得的確慘，最慘的時候還睡過工地上的涵管，可能連涵管都找不到的時候也有，但是記得的只有兩次，一次就碰上了你。兩次都是發高燒，可能是糊塗了的關係？」

她停下不說了，我側過臉去看她，看見眼淚從她眼眶裡湧了出來，順著腮一直往下淌。我心裡一疼，把她抱進懷裡來，她也乖乖地在我懷裡蜷好，我就像抱著一隻貓。

「要不，先睡吧？」我的手撫摸著她的臉、嘴唇和眼角的滴淚痣。

「不。來，你掐我一把，就在這兒掐——」說著，她把我的手拉過去放在她背上。

「怎麼了？」我有點不明白她的意思。

「掐一把，實際上應該掌嘴來著，嘴就不掌了，掐一下吧。」她說，「因爲我剛才又想停下來不講了，其實我是還想講的。」

那麼，我就依她所說，在她背上輕輕掐了一下，她「嗯」了一聲說：「好了，可以接著講了，反正什麼都不想瞞你了，說得越多，我就覺得自己越乾淨。

「剛才說沒地方睡覺只有兩次，一次被你收留了，那是第二次，還有第一次呢？

「第一次我就做了妓女，也就是別人罵我的婊子，呵。」

我的心裡一緊，愈加緊地抱著她。

「冬天，下好大的雪，也是發燒，燒糊塗了，天旋地轉的，什麼都看不清楚，一個人在新宿走著，打算給老夏打個電話，口袋裡又一分錢都沒有。從一條地下通道裡過的時候，看到一個流浪漢，眼睛瞎了，靠在牆上打盹，腳邊上放著一頂禮帽，禮帽裡有別人施捨的錢。開始我也沒打算偷他的錢，只想著能不能像他那樣討幾個施捨錢，但是我要是也像他那樣靠牆坐著，估計也不會有多少人給我幾個施捨錢吧。沒辦法，我只好走過去，偷了他的錢去打電話。

「結果老夏那段時間正好不在東京，我只好從電話亭裡出來，繼續一個人在新宿竄著。那天雪下得好大啊，竄著竄著，就想：今天晚上，不管是誰，只要他能帶我去個暖和的地方，無論他要把我帶到哪裡去，讓我幹什麼，我都答應。

「無論他是誰。

「竄到歌舞伎町附近，那地方有好多公共汽車旅館，你總該知道的，好多年輕的女孩就站在那裡等需要她們陪的人，那時候我也不知道這些，反正就在那兒胡亂竄著，每走一步都覺得再也走不動了，全身軟得恨不得就躺在地上算了。竄了一會兒，看到那些女孩的打扮，又看到旁邊的公共汽車上掛著『旅館』招牌，心裡也大概明白是怎麼回事了。這時候，有個男人朝我走了過來，戴著棒球帽，我看不清他的樣子，不過，我對自己說：好了，就是他了。

「不管你相信不相信，我一直都沒看清楚他長什麼樣子，脫了帽子以後也沒看清，燒得太厲害了吧，只記得腦子裡只有一道白光，別的什麼都沒有；還記得他看見床單上的血跡之後很驚訝，後來，他把錢包裡所有的錢都給我留下了，付了通宵的房費後就走了。

「就是這樣。」扣子說，「說完了。」

只有等到這個時候，我才終於忍耐不住，身體掙扎著無聲地哭了起來。什麼都不管了。什麼都不想了。除了哭，就只有哭而已。

我的扣子。我一個人的。

一連幾天，我都在關了店門之後出門，理由是手頭上的資料不夠，改編《蝴蝶夫人》的時候卡了殼，要去圖書館借書回來參考。扣子將信將疑，但我總能在她下班之前趕回來，她也就索性不管我了。

「倒是很奇怪嘛。」她也突然想起來似的問我，「你怎麼又不帶我一起出去了？」

我輕鬆就能蒙混過關：「怕妨礙你掙錢啊。」

「那以前你就不怕？」

「也怕，只是今時不同往日，現在不怕你再出什麼事了，你也捨不得再出什麼事了，對吧？再說，把劇本寫好了也一樣掙錢啊。」我也是照實回答。

她想了想，噗哧一笑：「也是。好了，我不管你了。」

「這就對了。」一連幾日之後我終於可以忘形地饒舌了，「天要下雨，娘要嫁人，由我去吧。」

順利地出了門，我就真的放心了嗎？並沒有，我得找個僻靜的地方坐下來，要麼是一間店鋪，要麼就是在一棵櫸樹的背後，只要它正對或者斜對著露天咖啡座，我要麼站著要麼坐著，點上一支菸，耐心地等上半個小時，看見她給客人彎腰鞠躬，看見她端著咖啡進進出出，我才能離開，但也不放心。

不放心也得走。

坐在電車上，我懶洋洋地打量東京，時刻提防著身上的錢出問題，因爲這是除去留下我和扣子兩個月生活費之外所有的錢，我已經瞞著扣子取出來，全都帶在身上了。當然，這其中的絕大部分是養父爲我留下的，扣子甚至從來沒有過問過。將萬千世人罩於其中的東京似乎並無太大變化，也許是因爲「只緣身在」的緣故吧。偶然也能見到幾幢新建好的摩天大樓，要麼是商場要麼是銀行，倒讓我想起昆曲《桃花扇》的開篇第一句：「孫楚樓邊，莫愁湖上，新添了幾株垂楊。」只有在回表參道的時候，臉貼在玻璃上往外看：轟鳴的電車驚醒了已經在道路兩旁的樹冠裡沉睡的鳥群，電車過時，哀鳴而出，四處飛散，頓覺驚心，久久不能自已，就忍不住地作如此想：我和扣子，置身於此刻，又何嘗不是兩隻受驚後正在強自鎮定的鳥呢？

還要一直強自鎮定下去。直到徹底鎮定下來。

到了新宿站，下車從南口出站，走出去兩步之後，一眼看見「松花江上」，就加快了步子往前走。進了一樓大廳，看著前幾天我和扣子被人團團圍住後拳打腳踢的地方，也只一陣苦笑，再急步上了二樓，每個包廂都輪番找一遍，但是，一連幾天下來，我也沒能碰見那些對我和扣子拳打腳踢的人。

是的，我要把我所有的錢都給他們，即便如他們所言：扣子欠下的錢一輩子都還不清，那麼，還一點總是一點，更何況，她一個人還不清，那麼，多出了我之後呢？

我做的這些扣子全都蒙昧不知，只是我的斗膽做主，但總是想不至有錯，也只能如此這般來安慰自己了。只是，一連幾天我都沒能見到他們。

今天，臨要關店門出來之前，接到了筱常月的電話，拿起話筒，也不知從何說起，只說劇本的事情還算順利，看樣子也會一直順利下去。放下電話後，我看著街對面正給客人倒咖啡的扣子，悚然一驚：由此開始，並且一直綿延下去，我和扣子剩下的諸多歲月難道每日都像此刻般度過，連講電話也因爲心存恐懼而語焉不詳?

絕對不能這樣。

還是像前幾天那樣上了車，懶洋洋地打量著東京。到了新宿站，就從南站口裡出來，一眼看見「松花江上」，加快了步子跑過去。剛剛走進一樓大廳，就迎面碰上了我要找的人，但是並沒見到那個淚流滿面的人，只見到他身邊的幾個，大概就是他的跟班了。

我絲毫都不害怕，微笑著走上去，徑直對他們說：「我還錢來了。」

「是嗎，好好，還錢就好。」一個中年男人說著一口蹩腳的普通話來招呼我，大概不是台灣人就是香港人。

前後只花了五分鐘，我所有的錢都交給了他們，換來的是他們的一張收條。我對他們說：即便現在就將我和扣子殺死，欠他們的錢也一樣還不了；現在既然來還了，我們兩個人總還有幾十年活，就一定還得清，唯一的請求就是我們一點點來。還有，扣子欠的錢雖然多，但總有個具體的數目，請他們留下具體地址和電話號碼，我改日好去計算清楚。

「沒問題沒問題。」招呼我的人說，「我說了，只要還錢就好。」

說完了，他們上了二樓，我總覺得不能踏實，看了他們半天，也終於還是無話可說，只有拔腳離去而已。剛剛走到門口，我看見又一群人正在走進來，一下子，我就看見了那個淚流滿面的人——他又在哭著問另外一個年輕的女孩子：「和我說說，你怎麼這麼不要臉啊?」一言未畢，他一腳朝那個女孩子身上踢去，那個女孩子跌跌撞撞地往前奔了兩步之後，終於還是摔倒在了地上。倒是他，看上去更像是受害者，轉爲了號啕大哭。

他並沒有認出我來。

坐在回表參道的電車上，左思右想，總覺得還有不少蹊蹺之處：我已經做好準備來接受他們的辱罵甚至毆打，結果卻風平浪靜。隱隱中，我感到不安，事情不該輕易就是我所希望的結果，並且，我不得不告訴自己：事情的確不會就這樣輕易結束。但是，終究還是輕鬆了些。便想，我和扣子，就像受驚後四處逃散的鳥，無非是要找個避風躲雨的窩，也知道下次風雨來的時候還得再找窩，但是，總能過段不被別人注意的生活了吧。

在原宿站下了車，我朝表參道步行過去，路過竹下通一帶的時候，看到人來人往，在人群裡走著，就特別想找個人說說話，便想起了杏奈，也不知道她現在怎麼樣了，就拿出手持電話來撥她家中的號碼，依舊是響過十聲後無人接聽。「可能又是父母陪著去了府中的精神病院了吧。」我想著，掛了電話。

上了表參道，我找了個自動售貨機買了罐啤酒喝著，沒有徑直回婚紗店，而是上了過街天橋：正是九點鐘的樣子，反正扣子一會也要來這裡擺地攤，就在這裡等著吧。等我低頭喝著啤酒上了天橋，一抬頭，看見了扣子，她正拿著個布老虎和兩個蹲在地攤前的人討價還價呢。

我趕緊跑過去，她看了我一眼，沒說話，繼續和對方討價還價，等生意成交了，她才往婚紗店方向指了指，對我說：「麻煩大了。」

我跑到欄杆邊看過去，一見之下，我的第一個反應就是「麻煩的確大了」：一輛警車正停在婚紗店外面，不用說，它是衝著我們來的。只有到了現在，我才明白那些人剛才何以如此風平浪靜，原因就是他們已經通知了員警。

我反而笑了起來。是啊，既然無論如何也躲不過去，那麼，就來吧。我回頭看扣子，扣子根本就是一臉沒事的樣子，只是說：「來的真是時候。我剛一出來他們就來了。」

「你要是不早點出來，」我說，「那我們連最後一面都見不著了？」

「是啊，要是那樣的話，頂多再過一個月，我就得去坐牢了。」

「我絕對不會讓你坐牢，死了也不會。」我喝了一口啤酒，「你記著。」

「切，幹嘛要死啊。」她吐了吐舌頭，「我還要生兒育女呢。」

「對對，就是這個話。」我說著，走過去和她坐到一起，遞給她啤酒，她沒接，我頓然醒悟，她現在已經是個菸酒不沾的人了。

此後兩小時，婚紗店前的員警一直沒走，我們的生意倒是照做不誤。十一點過了之後，員警還沒走，天橋上已經沒有過往的路人，我們就收了攤子，一直走到竹下通，尋了一家熱飲店喝飲料，我原本還想再來罐啤酒，想了想，終於還是買了最便宜的豆奶。

凌晨兩點，估計員警已經走了，我和扣子出了熱飲店，剛一出店門，天地一陣顫動，是地震。不過，是那種司空見慣的地震，行人只需停下來將身體站立住即可。這樣輕微的震感在地震多發國日本本來就沒有什麼稀罕之處。我們就繼續往前走，扣子突然「呵」了一聲說：「想一想，命運還眞是個奇妙的東西，你說，那天晚上，我去找我媽媽，要不是找到快早晨了才找到她住的地方，我也可能已經和馬戲團的人一起回國了吧？」

我沒有答話，因爲也不知道說什麼好，腦子裡想起了被電車驚醒後飛出樹冠的鳥，再想想我和扣子只能後半夜才能回家，不由得浮出《桃花扇》裡的一句來：「曾見金陵玉殿鶯啼曉，秦淮水榭花開早，誰知道容易冰消；眼看他起朱樓，眼看他宴賓客，眼看他樓塌了。」一念及此，便禁不住想自己給自己掌嘴，對自己說：「沒起過朱樓，朱樓自然也塌不了。」

第十二章　莫愁

「莫愁湖邊走，春光滿枝頭；莫愁湖邊走，春光滿枝頭。」一大早，扣子就唱了起來，但是只會唱兩句，便翻來覆去地唱，唱著唱著，也像是在提醒自己，也像是在對我說：「所以說，莫愁！」

我們在大掃除，我、扣子和望月先生。

起因是望月先生的一句閒話。在店堂裡坐著，望月先生說起日本的傳統節日「彼岸祭」近了，妻子在世之時，每年到這個時候，都要來一次大掃除。我並不懂「彼岸祭」的來歷，就請望月先生解釋一番，這才知道，「彼岸」二字在佛教中本是「死者渡河的對岸」，而對活著的人來說，所謂「彼岸」就是死之世界了，爲告慰已在對岸的親人，就必須在「彼岸祭」期間去爲親人掃墓。說起來，大概和中國的清明節差不多。

聽完望月先生的解釋，我想起筱常月告訴過我的那個流傳於北海道一帶的古怪風俗，心裡兀自一沉，想來這個風俗絕不至於是空穴來風了。

興致一來，望月先生又跳了一段他關西老家的「鬼太舞」，也許是因爲大掃除的時候太累了，跳完舞，他進櫃檯裡坐著，竟然睡著了。

「喂。」扣子從樣品室裡走出來，天氣正在逐漸熱起來，她身上只罩著一件我的棉襯衣，頭上頂著塊綠格頭巾，神祕地叫了我一聲，「跟我走。」

「去哪兒？」我問。

「哎呀，跟我走就是了。」於是，我便跟她進了樣品室。一進去，她就掀開棉襯衣，再掀開貼身的內衣，對我說：「有感覺了。」

「什麼感覺啊？」我的手被她拉著在她的小腹處輕輕游弋，「疼？」

「什麼呀！」她伸出手來敲打我的腦袋，「你可眞是個榆木腦袋，他還那麼小，又不動一下，我怎麼會疼呢？」

我正要再問她究竟有什麼樣的感覺，她卻又先問我了：「噯，你說，他到底是什麼樣子？像你還是像我？」

「太早了吧——」我替她把掀起來的衣服放下，整理好，「現在大概還只有一只蘋果那麼大吧？」

「也是。不過，眞奇怪啊，我好像都能看見他的樣子了，特別是做夢的時候，看得特別清晰，夢一醒就想不起來了，越想就越不清楚。」她說。

然後，我們開始打掃樣品室，花了總有一個小時吧，終於打掃完了。出來到店堂裡，望月先生已經睡熟，發出了輕微的鼾聲。扣子走過去給他披上一件衣服，我們就通體慵懶地坐下來看書。我照樣看佛經，她在看著本八卦雜誌，咖啡店裡帶回來的，上面又是一堆的心理測試題。我時常要走神去想《蝴蝶夫人》，想著想著就去看扣子，才發現她也沒好好看雜誌，正坐著，托著腮，看著店外，一臉的笑。

再後來，我們就搬了新買的梯子，出了店鋪，在表參道上走著，終於找到一條小路繞到婚紗店後面，在盥洗間的窗口下，把梯子放下來。扣子爬上梯子從窗戶往裡看了三兩分鐘，說了聲「OK」就下了梯子。我不放心，也爬上梯子往裡看，發現果眞OK：窗戶下面堆著幾只箱子，箱子又墊高了，扣子爬起來也似乎不是什麼難事了。

——這，就是扣子的逃命通道了。

一連幾天，當然，也不是每一天，晚上九、十點鐘的樣子，警車，連同警車裡的員警便會不請自到；又有兩天，來了幾個穿西裝的人，我們遠遠地站在天橋上看過去，也看不清楚他們到底是什麼來歷，前天晚上，總算看清楚了他們車上的「入國管理」字樣。扣子的身體一顫，說：「眞是想整死我呀，連入國管理局的人都來了。」不過，白天倒還平靜無事，想來警視廳和入國管理局的人在白天裡總有比抓扣子更重要的事情吧。

我不知道他們到底是從什麼地方弄到我們的地址的，想來是對我們拳打腳踢的人告訴他們的，那麼，他們又是從哪裡知道我們的地址呢？我想過，慢慢就不再想了，就像扣子所說的：「連我們的地址都弄不到，他們還怎麼混黑社會啊，只要他們想知道，就一定可以知道。」

短暫的幾天之內，沒有一天不考慮此種情形：萬一，在後半夜，我們在婚紗店裡睡熟，員警和入國管理局的人去又復來，扣子該如何逃走？商量的結果，就是照我們剛才所做的那樣，在盥洗間外面放一把梯子，一旦有風吹草動，扣子便可以從盥洗間裡逃到外面去。

除此再無他法，都已經想過了。

下午，望月先生走了，我猶豫再三，終於覺得心神尙能入定，就拿出劇本來接著寫，已經小有一段時日不寫，倒是沒覺得多麼生澀，我已經寫到了巧巧桑的婚禮，她的伯父正在婚宴上咒罵她背離了自己的宗教，我用了《蝶戀花》作詞牌，寫來頗爲順手。正寫著，扣子問我：「那個女孩子，怎麼樣了？」

我放下筆看著她，一時也不知道她說的是誰，還以爲是巧巧桑。

「去印度的那個。」她說。

杏奈。是啊，現在她究竟好轉了沒有呢？自從接到她父母的信，我已經記不淸楚給她家中打了多少次電話，始終未能聽到她的聲音，現在扣子一提起，我也禁不住一陣黯然，正想著是否再打一次電話去試試，扣子說：「要不，你去看看她吧。」

「啊？那你一個人怎麼辦？」我有些吃驚，對她說，「暫時還是算了吧。」

「不要緊，白天裡他們總不會來。」她走過來，站到櫃檯邊，「我就在櫃檯裡坐著，鬼子的行動逃不出我的眼睛，一會兒我得去對面上班，他們即使來了，也不知道我就在街對面上班啊。」

「可是，怎麼會突然想起來讓我去看她呢？」

「高興啊，想大家都高興。認識不認識的人都一樣高興。」

「聽著怎麼像國母的口氣啊——」我還在猶豫著調侃，她卻一把把我拽起來，拉出櫃檯，往前推：「去吧去吧，怎麼那麼煩人啊！」

我已經被她推到了門口，還是回過頭來問她：「眞的不要緊？」

「眞的，我總得有一個人過的時候，就從現在開始吧。」她把我推出門外，「我現在是越來越矯情了，其實碰到你之前也是一個人過，這個毛病得改了。」

於是，我只好聽從扣子的命令去看杏奈，話雖這樣說，其實眞正的原因還是覺得白天裡不會有什麼麻煩，才敢稍微放心地去。一直到已經坐在電車上，才想起來根本就還沒給杏奈的家中再打一遍電話，趕緊掏出電話來打。這一次，竟然通了。

我更加沒想到的是，接電話的竟然就是杏奈。

聽到我的聲音，杏奈「啊」了一聲，頓時我便覺得她就站在我的對面：彷彿去年，我和她一起，正從淺草的美術館裡走出來。

「眞是奇怪啊——」杏奈喝了一口茶說，「我從第一眼起就喜歡上了他。」

此前半個小時，隔了這麼長時間之後，我終於得以再見杏奈，一見之下，實在難以相信——單從外貌上看去，和我去年見她時並無絲毫不同。我呆呆地看她泡茶，看她打開音響，但卻不再是德布西，是不知名的印度音樂，悠揚中伴有幾分妖嬈。杏奈笑著告訴我這是印度人婚宴上的音樂，類似中國的禮樂。「父母給你寫信的事情，」她說，「實在對不起了。」言辭之間，仍然是最標準的日本女孩子的語氣。另外，她對一切身外之物都感到驚奇的習慣依然還在，我在小雜貨店裡買了一支鵝毛筆來送給她，她拿在手裡翻來覆去地看，不禁使我想起去年，她坐在咖啡店裡問我「袈裟的顏色爲什麼是紅色的」。

無論如何，我都不能把眼前這個一直在笑的女孩子和想像中潮濕陰冷的精神病院聯繫在一起。

那麼，說點什麼呢？

我乾脆橫下心來，準備直說我實在想像不出她爲什麼會住進精神病院，杏奈先說話了：「我的情形，想起來不可理解吧？」

於是我說：「是。」

「白天裡還好，可是一到晚上，就像換了個人。」她說，「全身發抖，好像活在前一晚的噩夢裡，我也知道現在是在日本，不是在印度，叫自己不要怕，可就是忍不住，一到晚上就大喊大叫。」

「從哪裡說起呢？」我們搬了兩把籐椅從房子裡出來，繞過假山，在池塘邊的草地上坐下來，杏奈自言自語了一聲「從哪裡說起呢」，就「啊」了一聲：「還記得那封信？」

自然是說她從印度寫給我的那封信了，就說：「當然還記得。」

「現在想起來，那該是我最快樂的時候了，和他認識才不久，儘管不能像別人一樣上街，一切都只能是偷偷的，連散步都只能在晚上，但是就是覺得快樂。像我剛才說的，『從第一眼起我就喜歡上他了』，這種感覺正是我從小就嚮往的，所以，那段時間，我每天都要對自己重複幾遍：『哈，眞不錯啊，我是第一眼就喜歡上他的。』」

「連散步都只能在晚上？」

「是啊，因爲怕他被他從前的朋友殺死。」

「啊？」

「他是個恐怖分子，一個不殺人就可能被別人殺死的恐怖分子，可他就是不願意殺人。說眞的，我從來都沒想過電視裡面目猙獰的恐怖分子有一天會離我這麼近。也是，一個日本女孩子，誰會想到和印度的恐怖分子有什麼關係呢？」

必須承認，杏奈講的事情已經遠遠超出了我的想像範圍，只能聽她繼續往下說而已。

「印度和巴基斯坦之間的喀什米爾地區，知道嗎？」在我迷離著的時候，杏奈問了一句。

「知道。」我想了一會兒。儘管需要遲疑一下，但是仍然能夠記起「喀什米爾」這個地名來。

在我還沒來日本的時候，就經常從電視和報紙上知道關於這個地區的消息。印象中，戰爭在那裡一直都沒停止過。年歲稍長之後，我也大概知道了些來龍去脈：它屬於主權上有爭議的地區，印度和巴基斯坦都宣稱對其擁有主權。來日本之後，幾乎沒看過電視，但是偶然一翻報紙，還是能看見關於那裡的消息。

「他，我喜歡的人，叫穆沙・辛格，就是從那裡來的。」杏奈說。

「這樣啊？」

「是。他是那裡一個恐怖組織的成員，還不懂事的時候就被送到了那個組織裡，常年接受爆破訓練。和其他的人一樣，等到他們訓練完成，就會被派出去執行任務——製造出一起又一起的爆炸案，必要的時候，甚至自己充當人肉炸彈。

「我住在印度比哈爾邦的伽耶城，就是佛陀釋迦牟尼睹明星悟道的地方，離當地最著名的佛教勝地大菩提寺僅僅兩里遠，所以，每天晚上，吃完晚飯，我就一個人走到大菩提寺裡去散步。

「那天，天黑得很早，和往常一樣，晚飯過後，我打算去大菩提寺。出門後，剛走到一條小巷子口上，突然聽到一陣槍聲。街上的人們都尖叫著四處逃散的時候，我還站在街上發呆，根本沒以爲自己聽見的是槍聲。

「終於還是跟著人群一起逃了，這時候，有個年輕人在我前面摔倒了，身上到處都是血。我剛要跑上去把他扶起來，他自己已經跟蹌著站起來繼續往前跑。剛跟著人群拐進另外一條巷子，他又搖晃著要摔倒，我就趕緊跑上去將他攙住了。

「他就是辛格。

「這時候，又是幾聲槍響，尖叫聲更大了，我根本就來不及看看我攙著的人到底長什麼樣子，只是直覺告訴我槍聲和他有關，就不要命地攙著他往前走。剛走到一個水果攤前面，終於還是摔倒了，我和他一起摔倒了，臉湊在了一起。

「他的確是個美男子，我只看了一眼，就覺得他好像看過的印度歌舞電影裡的男主角。後來想起來，我應該就是從這個時候喜歡上他的。

「我使出全身力氣，想把他再攙起來，無奈我的力氣太小了。這時候我才發現，他在哭著，應該也不算哭吧，因爲是仰著躺在地上，眼淚流出來之後，順著額頭流進了頭髮，可是，我有一種奇怪的感覺，他好像並不是爲了自己的受傷在哭。當然，這種感覺很短，大概只有一眨眼那麼短吧。

「也不知道是怎麼了，看著他，還有他身上的血，我特別心疼，只有一個念頭，就是一定要幫他逃走。

「中國有句話，叫『天無絕人之路』，我突然想出了辦法：站起來，將水果攤推倒正好把他蓋得嚴嚴實實的，芒果、檸檬還有橘子，滾得到處都是。我乾脆站住，看看會發生什麼事情。過了不到兩分鐘，幾個拿著槍的人踩著水果從我身邊跑過去，我也總算知道這起碼不是員警在追捕逃犯了。

「後來，員警來了，街面上慢慢開始平靜起來。雖說正在平靜下來，吵鬧聲也還是不小，你知道的，在印度，大街上總是鬧哄哄的。我去找了輛計程車來，想把他送到醫院去。結果，計程車來了之後，掀開水果攤，看見滿身是血的他，就說什麼也不願意送他去醫院，招呼也沒打，馬上就把車開走了。

「最後，實在沒辦法了，我乾脆買了一輛三輪車回來，花了好半天時間才把他弄上車，就騎著三輪車去找醫院。但是，伽耶城我並不熟悉，怎麼找也找不到，想著他身上的血還在不停流，突然想起我住的地方也有專門爲入住藝術家提供服務的醫院，就往我住的地方開了回去。

「在我住的那幢小樓前停下後，我把他從三輪車上扶下來，他的手卻抓著一根欄杆怎麼也不肯下來，一直在搖頭，但是一句話都說不出來。我湊過去看，發現一本書掉在車廂裡，是本英文書，書上都是血。我把它撿起來拿在手裡，他才把我的手放了。

「我把他放下，轉身就要往醫院裡跑，他卻一把抓住我，不讓我去，就像是在哀求我，我一點也不知道該怎麼辦，想了半天，就決定先把他扶進我的房間，然後再想辦法。這時候天已經快黑定了。我攙著他進房間的時候，才看清楚那本沾滿了血的書是美國詩人金斯伯格的詩集。」

這時候，天黑了。庭院裡飄滿了植物的香氣，背後的小樓裡也散出了昏黃的燈火，若隱若現的音樂聲竟一直沒有停止，已經重播了好幾遍，不用猜也知道那必定是杏奈的父母一直就站在音箱邊。實際上，杏奈在給我講她的故事的時候，說話的速度倒不是很快，她畢竟說的是不夠標準的中文，說話的時候總要遲疑著尋找最恰當的詞，但是，伴隨她的講述，我卻禁不住浮想聯翩，彷彿身臨了她的情境——就蹲在伽耶城的那條巷子口，看她救下那個叫辛格的小夥子，又看見了那本沾滿血的金斯伯格詩集，就想起一句話來，在西方，這句話經常被人鐫刻在死去親人的墓碑上：「上天注定我們相逢，或是不日，或是一生。」

山崗上種著綿延不絕的菸葉，還不到成熟的時候，即使在月光下也是滿目青翠，正好和山崗下的一大片茴香田、遠處的大海在幽光裡相映成一幅絕妙的美景，就像杏奈所言：「我住的那地方，在印度也該和中國的桃花源差不多了。」一個後半夜，杏奈和身上還纏著繃帶的辛格從房子裡走出來，走上山崗，穿行在菸葉田和茴香田裡，之後，他們走上沙灘，靠近了大海。

「奈——」辛格叫了一聲杏奈，他用英文對她說，「我唸一首詩給你聽吧。」

「啊，」杏奈一臉驚奇地笑著看他，「是眞的嗎？」

辛格對她點頭，微笑，一笑就更顯出身體的單薄，畢竟還沒完全恢復。杏奈在月光裡盯著他看，不自禁問自己：「我是喜歡上他了嗎？」當然，她可以自行回答，「嗯，是的。」有那麼一陣子，哦不，是經常會有那麼一陣子，杏奈會想：天哪，他怎麼會長得這麼好看呢？

他們便在沙灘上坐下來，辛格開始唸詩：

我們這是去哪兒，瓦爾特・惠特曼？店門再過一小時就要關了，今晚你的鬍子又將指向什麼地方？

我們要在這空蕩蕩的大街上行走一個通宵嗎？樹影重重，各家的燈火熄滅時，我們都會孤獨的。

我們要溜步，夢見迷惘的美國夢見愛，走過行車道上的藍色汽車，回到我們寂靜的茅舍嗎？

啊，親愛的父親，鬍鬚灰白、孤獨年老的勇氣的導師，當卡隆撐著他的渡船離去時，當你走上煙霧彌漫的河岸、矗立在那兒望見小船消失在勒忒河的黑水中時，你會有一個什麼樣的美國？

是金斯伯格的〈加州超級市場〉。

其時微風輕送，近在眼前的海面上波光縠縠，鬆軟的沙灘被月光照耀得金光閃閃，不遠處的一座礁石上棲息著沉睡的螃蟹，更遠處幾艘已經廢棄的巨大輪船下，晾晒著漁民們白天裡編織好的漁網，月光透過漁網，使那一小片沙灘布滿了格子狀的光影。

這，就是我對杏奈身臨其中的情境的想像了。

只要是閒來無事，店裡沒有了顧客，我就一邊寫劇本一邊作如此想。

一個月過去了，員警和入國管理局的人好像已經忘記了我們，後來想起來，那大約就是上帝施與我們的憐憫，讓我們像一對眞正的小夫妻那樣度日，也就是所謂的偷生了。每隔兩天，我便去一趟品川，和杏奈坐在院子裡聊天，回來後就再說給扣子聽，扣子聽罷總是久久不能說出話來。

天氣逐漸炎熱起來，白天裡只需穿一件棉襯衣便也不覺得冷，我和扣子繼續在表參道上生活，日出日落之中，也頗有「生生不息」的味道。因爲扣子在露天咖啡座一直上的是下午三點至晚上九點的班，所以，上午這段時間，她也找了件事情來做——每天上午九點至十點半，她就會準時到表參道西端的一家「母嬰教室」聽課。不過不用付學費，她只需在那裡做點茶水方面的服務即可。至於她到底是怎樣辦到的，我也不清楚，反正她是個遇事總有辦法的人。

至於我，還是像過去一樣，守著婚紗店，寫著劇本，總是寫著寫著，腦子裡就想起了前一天或者前幾天杏奈講給我聽的故事，便暗暗想：假如眞的有認眞寫小說的那一天，一定會將杏奈的故事寫出來吧。寫不出來的時候，我就擱了筆，抽著七星去想像印度——

杏奈救下辛格的當晚，把他扶進房間裡去之後，正著急著要去醫院裡請醫生來，辛格一把拉住了杏奈，沙啞著嗓子用英文對她說：「千萬別去。」杏奈一驚，不知所措地看著他，而且，一直到這個時候，她才看清楚對面這個英俊的男人所受的傷到底有多重。她這輩子也沒見過一個人竟然流了這麼多血。這時候，這個男人虛弱地微笑著對她說了一句：「沒嚇著你吧？我叫辛格。」

十分鐘之後，杏奈又匆匆跑出了門，並沒有跑向醫院，而是跑進了一家還在營業的超市裡，買了酒精和紗布，還有一把匕首大小的刀，又匆匆跑回來，當她一推自己房間的門，看見辛格在虛弱地對她笑著，她就在心裡又重複了一遍剛才在奔跑時已經重複了無數遍的話：「無論如何，一定要救活他。」

她覺得自己的心正在變得無以復加的柔軟。

「是啊，眞柔軟。」在杏奈的家裡，還是在草地上，杏奈曾端了一杯茶對我說，「過去從來沒有過這種感覺；而且，還想，這個世界上，此刻也一定會有不少的人像我一樣正在變得柔軟起來吧？」

「絕對是的。」我回答。

「你不知道那種感覺，我在她身邊忙著的時候，既像個爲哥哥擔驚受怕的妹妹，不知怎麼，又像個在照顧小孩的母親，這種感覺奇怪吧？」

「其實並不奇怪。」我告訴她，「應該許多女孩子都有過你這樣的感覺。」

「不過，過了十分鐘，我又從自己房間裡出來了，直到這時候，我才知道我剛才買的那些東西是派什麼用場的。對，他要自己給自己動手術，把體內的子彈給挖出來。他和我商量著，要我先出去一下，不然會被嚇著的。他的英文並不標準，而且說話的聲音又小，斷斷續續的，我聽了半天才聽清楚。明白了他的意思之後，我被嚇得呆住了，是啊，我想留下來幫幫他，最後，膽子還是太小，終於按他說的那樣從房間裡出來了。

「我在一棵棕櫚樹底下走來走去，月亮也不大，但是，突然間，覺得自己好像來過這個地方，不單是說我住的地方，而是整個比哈爾邦，整個印度，不是在夢裡，可是又想不起是什麼時候，朦朦朧朧覺得自己上次來的時候，一個人在大菩提寺的寶塔下面跳舞，還有一隻大猩猩爲我鼓掌，想法也的確是夠奇特的了，我就想：上次來這裡，是在前世嗎？

「再回自己的房間，是一個多小時以後的事了，在門口站了半天不敢進。人啊，想著眞是奇怪：自己在大街上救了個受槍傷的人回來，跑前跑後的時候並不覺得多害怕，就像是自己本就該做的一樣；雖說他給自己動手術的時候，我因爲害怕出來了，但那還不是純粹的害怕，而是覺得像這樣的場合，我本來就不應該在場。但是現在，一想到進門後又會看到那張微笑的臉，心裡就慌了。

「有一種東西在我身體裡慢慢滋生了出來，後來想起來，那應該就是喜歡，就是愛了。

「其實，我們第一晚並沒說太多話，子彈挖出來之後，他都已經快昏迷過去了，虛弱得一句話都說不出來。我照顧他沉沉地睡了過去，他手裡還抓著那本金斯伯格的詩集。

「世界上的事情就是這麼奇妙：我救下的這個人，我即將愛上的這個人，他不光是一個臨陣脫逃的恐怖分子，還是一個詩人。」

「詩人？」
「是的，詩人。他給我背誦過好多他自己的詩，不過那已經是一個星期以後的事了；我還幫他去一家報社送過詩稿，那就是更後來的事了。那時候，他的事情我大多都已經知道得一淸二楚了，知道他是哪個恐怖組織派來炸比哈爾邦的一座大橋的，但是，到了比哈爾邦的第一天晚上，他就將那顆威力巨大的微型炸彈藏了起來，自己則偷偷跑了。他當然知道這樣做自己會面臨什麼樣的結果，但是，像他自己說的那樣，『非做不可』。
「報復來得實在太快。就在第二天晚上，他剛剛從一家小店裡買了本稿紙出來，昔日的朋友找到了他，他撒腿就跑，還是沒有跑脫，中了兩槍，傷口都在肩膀上。也就是在中槍的同時吧，他的鼻子一酸，就哭了起來。不是爲受了傷，而是想起他和昔日朋友在一起的時光。後來，他告訴我這些的時候，又哭了。
「我也總算知道他當初爲什麼不願意我去醫院請醫生了。那個恐怖組織本來就是個殘酷到極點的組織，派出來的人也都無孔不入。可以肯定，他只要活著一天，就一天也見不了陽光，那些人絕對不會輕易放過他。一般說來，像他這樣的事發生之後，大大小小的醫院，他們都會派人去打探。
「所以，在他的傷好了以後，我們即使想出門散散步，也只能在後半夜。要等路上一個行人都沒有了才敢出門。可以這樣說吧：每次我們即使只踏出我的房門一步，也都是在後半夜。
「就說說那個後半夜吧：那天，凌晨兩點多的樣子，我們又到了海灘上。坐了一會兒，辛格叫了我一聲『奈』，說想背一首他自己寫的詩給我聽，我當然高興得都有點不知道如何是好了，乾脆就不說話，聽他背自己的詩。應該是一輩子都忘不了的吧，那首詩的名字叫〈媽媽，我掉進了地道〉，說的是有一天，他在喀什米爾山區裡走著，突然掉進了爲敵人挖好的陷阱，一下子，他想起了他早已死去的媽媽。

「其實，我只聽了這首詩的名字，眼淚就流了出來，除了想哭，別的什麼事情也不想幹，不是因爲想起了遠在日本的媽媽，而是突然間又覺得自己好像在前世裡來過這裡，好清晰呀——我就坐在那幾艘廢棄的輪船下織漁網，我的孩子在我旁邊蹦蹦跳跳著，我的丈夫背對著我在淺水區裡彎腰忙著什麼，我想看清楚他的臉，就停下手裡的事情，出神地盯著他看。終於等到他一回頭，我的身體竟然一顫，天啦，就是坐在我身邊的辛格。

「我知道，我肯定是愛上他了。」

中午，望月先生有朋友路過表參道來訪，我便騰出座位讓他們坐下來好好聊天，自己則抽著菸，出了婚紗店去「母嬰教室」接扣子。「母嬰教室」離婚紗店不過十分鐘的路程，就在一間畫廊的二樓。等我到了那間畫廊，又經人指點上了二樓，發現扣子就在樓道裡站著，注意力則被教室裡歡快的笑聲吸引走了，手裡還拿著幾個紙杯。

我看著胸前掛著「義工」字樣胸牌的她，頓時明白了是怎麼回事：她在這裡只是做茶水方面的服務，服務完了自然要退出教室。

再想起我和她已經是不折不扣的窮光蛋，不禁一陣黯然。不過，我還是呵呵笑著朝她走過去了。回來的路上，我又和她說起杏奈與辛格的故事，當我說起杏奈坐在海灘上恍如看見了自己的前世，還沒來得及告訴她杏奈在前世裡的丈夫就長著一張和辛格相同的臉，扣子就搶先說：「我知道我知道，她肯定是愛上他了。」

一天下午，確切點說，就是將阿不都西提的馬送到鬼怒川去的第三天下午，在得到望月先生的允許之後，我和扣子去銀座一間二手衣店去買夏天的衣服。消息是她從報紙上看來的，說是歇業之前的淸倉大拍賣，此等機會扣子自然不會放過。

並無什麼好東西，在裡面逛了兩個多小時，兩手空空地回來了。想著時間已經不早，我應該儘快換望月先生回家，就不像往日那樣走得慢，但是，過了「同潤會青山」，就再也不敢往前走了。

一輛警車停在婚紗店外。

往露天咖啡座那邊看去時，赫然發現咖啡座的老闆娘也正和兩個穿西裝的人坐在一起談話，我和扣子當然都認得他們，他們都是入國管理局的人，一個月前曾經來這裡守過幾晚。

我的腦子頓時嗡了一聲。

「終於還是來了。」扣子臉色慘白地對我說，「麻煩眞是大了。」

我們靠著爬滿藤蔓的圍牆站住了，腦子裡一片空白，只是茫然看著警車和警車上亮著的警燈，還有員警和入國管理局的人在表參道上來來去去，穿行在婚紗店和露天咖啡座之間。足足半個小時還多的樣子，那兩個穿西裝的人終於結束和咖啡座老闆娘的談話，再看這邊時，望月先生也正在送員警出來。

「表參道待不下去了。」我聽見扣子說。

待不下去也就不待了吧，不如此又能怎麼辦呢？

至於現在該如何，明天又將如何，我根本就不去想，腦子裡只有一個念頭：將扣子帶走，帶到一個山洞般的地方去，世人根本就找不到的地方。

員警和入國管理局的人走了以後，也差不多到了望月先生在往日該離開婚紗店回家的時候了。今天卻沒有，店門一直開著，不用說，望月先生肯定是坐在店裡等我和扣子回去。但是，我和扣子並沒有回去，僅只在三言兩語之間，我就和扣子定下了一件事情：離開表參道，去秋葉原阿不都西提留下的房子裡住。

我們走到街對面，在緊靠露天咖啡座的攝影器材專賣店裡裝作在閒逛，其實一直緊盯著婚紗店看：望月先生不再像以往那樣喝啤酒，臉上滿是焦慮之色，在店堂裡踱來踱去。一直到夜幕降臨，望月先生終於鎖上店門走了，步態也不似平日那樣矯健，甚至顯出幾分憔悴：畢竟年紀大了，況且也不知道剛才來的人和他談了些什麼，唯一可以肯定的是，望月先生已經知道收留所謂的「黑人」，認眞說起來其實也是一項不算小的罪名了。

望月先生走了，扣子也說道：「我們走吧。」

我原本以爲要回婚紗店，不禁詫異：「去哪兒？」

「隨便吧。」她說著先走出攝影器材專賣店，回頭朝我一笑，笑得我心裡像是又被針扎了一下，「走到哪兒算哪兒。」

恐懼降臨了我們。

不想承認都不行。

扣子一句話也不說地走在前面，我看著她，看著大街上的建築，明顯感覺出有一種東西，就像狂風，要把我們捲入其中。我想起前因後果，懊惱就糾纏了我的全身。我加快步子跟上扣子，想了又想，還是對她說：「假如沒有帶你一起去新宿，我們也許不會到現在這個地步。」

「這個地步怎麼了？」扣子馬上接口問我，「該來的總是會來，而且，我們遲早都會遇見這樣的事，不是今天，就是明天；不是這件事，就一定會是那件事。其實，來早一點也不錯，眞的很不錯，老是躲著，事情就不會有結束的時候，早點來了，也會早點結束吧。」

「眞這樣想嗎？」

「眞的，給你說說我現在的心情吧：這一步眞的來了，雖然害怕，但想的最多的是接下來該怎麼辦，呵。」

「要不，我們搬去北海道？」

「不去，爲什麼要去？即使去了，我還是我，你還是你，一大堆的麻煩還是一大堆的麻煩。我就想待在東京，好好活著，把孩子生下來，把一大堆的麻煩解決掉，別的地方哪兒也不去。」又往前走了兩步，她回過頭來，笑著對我說：「不知道怎麼了，今天晚上我特別想去一個地方。」

「哪裡？」

「吉祥寺，你當初收留我的的地方。」

「梅雨莊？」

「嗯，還有我住過的那條巷子，其實離梅雨莊也不算遠。想帶你去看看。」

我當然不會反對，反正也沒別的地方可去，就從原宿站上了電車去吉祥寺。在電車裡，無故想起看過的一段典故，說的是禪宗二祖慧可問達摩祖師：「我心未寧，乞師與安。」達摩便對他說：「將心來，與汝安。」慧可沈默良久之後說：「覓心了不可得。」

和慧可一樣，我的心在不安，可是我的心到底在什麼地方，又將安在哪裡呢？

電車駛過新宿站，又呼嘯著往池袋方向開去，一條小巷子從車窗前一閃即逝，扣子指著那條巷子說：「我學會請碟仙就是在這裡。」見我立刻收神聽她說話，她就接著往下講，「實話說吧，是我做應召女郎的時候，有天晚上應召公司接到電話，對方說明要一個講中文的人去，就把我派去了。」

「後來呢？」我問。其實我已經心如刀絞，每次只要一聽她說起過去，我都是心如刀絞，都會作如此想：爲什麼我沒有早來東京，早和她相逢，早和她在人海裡一起浮沉呢？

「倒眞是沒想到——」她說，「他們叫我去，只是讓我和他們一起請碟仙。一共有三個人，偷渡來日本好多年了，搶了銀行，不知道該往哪裡逃，就乾脆請碟仙來決定。

「他們一直在吵，從我來之前一直到我走的時候，一直在吵，坐下來半天了，我才知道他們要我來是幹什麼，很簡單：因爲每次請完碟仙得到的答案都不滿意，所以，他們乾脆要把我抓到的答案當作他們逃走的目的地。按說這種事情找誰都可以，但他們說只有中國人會請碟仙，要叫自然要叫一個中國人來。

「後來我抓了個寫著『奈良』字樣的紙條，他們就不吵了，當著我的面商量了半天，最後決定逃到奈良去。可是，他們中的一個從口袋裡掏出一把鈔票遞給我，剛把我送到門口，我又聽見他們在吵，這次吵的是把錢藏起來逃走還是帶上錢一起逃。

「一出門，我就一門心思地只想著請碟仙這件事，覺得太有意思了。正好那天晚上又要找地方睡覺。有兩個地方可以去，可是拿不準去哪個才有空床鋪，我一想，自己幹嘛不也試試請碟仙？就找了家冷飲店坐下來，找了個小瓷碟來請碟仙，你猜怎麼著？碟仙告訴我的答案完全正確，我要是不聽碟仙的答案，去了另外一個地方的話，就正好會碰上入國管理局的人。

「呵，我終究還是個女孩子的關係吧，從那以後，碰上什麼事情，我就請碟仙，反正也沒有能幫我拿主意的人。也是怪了，後來再碰到命理啊八卦啊之類的雜誌，我都要買來看看，其實也不奇怪，我本來就沒讀過多少書，不看這個看什麼去呢？」

說話間，我們已經下了車，這麼說並不算誇張：從車站出來，一直到梅雨莊，這段路上諸多景物撲面映入眼簾，我隨便打量著，竟在恍惚間頓生隔世之感。是啊，我在這條路上走過，今天又走過來了，但是，我還是那個我嗎？

不是了。

在梅雨莊住的時候，我終日只在喝啤酒看閒書，再大的事情也上不了心，而現在呢？現在我已經動了心，轉了念。

但是，即便如此，我也沒覺得有什麼不好，反而覺得好得很。

就是這樣，當我站在梅雨莊的院門外往裡看，心裡湧出的念頭是：現在我是一個心有不捨的人了。這就是幸福。

駐足看了一會兒，我們推開院門走進去，踏在去年踏過的草地上，往去年住過的那幢連夜色也掩飾不住殘破之氣的小樓走過去。在門口，我看見一個小東西，拿起來一看，竟是一座小小的佛塔，也不知是什麼材料做成的，在黑暗裡隱放著白光。我心裡一動，想起杏奈寫給我的那封信，在信裡，她曾經說起從印度回日本辦理休學手續時，在我門前放了一座佛塔，應該就是這個小東西了。

我可以想像那時候杏奈哼著歌蹦跳著來到我門前的樣子，再想想現在，不由得生出疑問：那雙操控我們肉身和心魄的手，到底躲藏在哪裡？

看來，梅雨莊在轉手之後並沒有派上什麼用場，所有的房屋都空著。我們往前走了幾步，看見那棵比人還高的美人蕉已經死去了，在它倒塌乃至腐爛的地方，反倒生出了半人高的荒草。再往前走就是鐵路，我們便折回來，出了院門，漫無目的地繼續走。

實際上是有目的地的，只是我不熟悉路而已。走過我從前經常買啤酒的那座自動售貨機，再走過我和扣子吃過壽司的壽司店、租過恐怖片的音像店，轉進一條巷子，人跡漸漸少了，沿途的路燈也壞了不少。扣子站住了，抬手一指一幢外面盤旋著鐵皮樓梯的小樓：「我在這裡也住過兩個多月，原來住的是個吸毒死了的菲律賓人，我接著搬進去住，被房主發現之後，就被趕出來了。」

我沒來過這裡，但是，對這裡我並不感到陌生，第一次聽阿不都西提說起扣子時就知道這裡了。

「像我這樣的『黑人』——」扣子說，「只要是『黑人』，就總有一天會和應召公司啊賭場啊這樣的地方發生關係的吧？」

「……」

「一定會，回國沒有護照，抓到了要坐牢，也只有那些地方能暫時容納一下，哪怕也知道到了最後同樣不會有什麼好的結果。」想了想，她自己接著說。

「扣子。」我突然想起那件在我心裡憋了不短時間的事情，就對她說，「有件事，我一直瞞著你。」

「什麼事啊？」她倒是若無其事的樣子。

「我的錢，所有的錢，都沒有了。」

她一下子呆住了。既然已經說了，我索性就把事情的過程對她從頭到尾都說了。她盯著我，我說完之後，她嘆了口氣對我說：「你呀，終究還是不知道他們是什麼樣的人啊。」過了一會，她突然喊了一聲，「哎呀，要高興起來。」接著說，「也沒什麼，反正我也壓根就沒問過你的錢。我想，兩個人一起打工，日子也總不至於過不下去吧。」

「是。」

「對了，給望月先生送點什麼東西吧？」

「好啊，送點什麼好呢？」

一直到坐上回表參道的電車，我和扣子也始終都想不出送點什麼東西給望月先生才好。下了車之後，因爲搬到秋葉原去住的主意已經拿定，再加上又在外閒逛了一晚上，那種置身荒野等待上天送來閃電給我們指路的想法雖然還在，但是不論如何，心情總算好了很多。上了表參道以後，我走在前面，充滿了警惕，時刻提防著員警和入國管理局的人。

菸和酒，扣子說戒就戒了，有時候，我正打算將已抽了兩口的菸再遞給她，突然想起來她已戒掉，只好再縮回手來，不由得有一種感覺：雖說有堪稱巨大的危險正在使勁拽我們的衣服，但也有另外一隻手要把我們拽到該走的路上去。

這種感覺奇妙得我都不知道該怎樣形容出來。

我突然生出一個主意：乾脆買一箱啤酒放在店裡送給望月先生好了，就馬上和扣子談起，她也贊成：「反正想不出別的什麼東西了，啤酒就啤酒吧。」

但是，表參道一路的店鋪幾乎全都打烊了，想不出其他辦法，我只有找到一座自動售貨機，買光了裡面所有的啤酒，也不過十幾罐。我們抱著，到了婚紗店附近，我先上前去打探一番，確定沒有什麼人之後，才掏鑰匙出來開了店門。

兩個小時之後，我們收拾好所有的東西，將啤酒和鑰匙都放在櫃檯上，抱著所有的東西出了門。

就是這麼簡單。

我原本想給望月先生留一封信，爲了給他帶來的麻煩而向他道歉，掏出筆來，對著一張白紙，愣怔了半天，終於一個字也沒有寫出。

罷了罷了。

出門之後，我讓扣子提最輕的袋子，自己拿過來重的背著。走出去好遠之後，扣子呵呵笑了起來：「覺得忒狼狽是吧？」

「是啊，惶惶如喪家之犬。」我也故意說。又說，「有口啤酒喝就好了。」

「好啊，劉文彩黃世仁轉世的眞面目又露出來了。」她往前跑兩步敲了敲我的頭，「喂！」

「怎麼？」
「我有主意了。」
「什麼主意？」
「不就是坐牢嗎？那我就坐牢去好了。」一看我張大了嘴巴在看著她，又對我頑皮地一笑，「別嚇著了你，我說的不是現在。」
「那是？」我更加摸不著頭腦了。
她一指自己的小腹：「當然是先把他生下來再說。」
見我站住不往前走，她也停下，對我說：「坐牢我真不怕，又不是殺了人去坐牢的，也沒什麼丟人的地方吧。問題是我以前覺得沒必要去坐牢，反正總有容身的地方。如果把他生下來再去坐牢就不同了，我想過了，像我這種非法居留罪名，總不至於把牢底坐穿，總有出來的時候，到了那時候，也就和每個正常過日子的人沒什麼不同了。
「是啊，過去都是入國管理局的人來找我，這次多了員警，無非是我在那個人的臉上刺了一刀，我想著罪名也不會太大，即使多關上個一年半載，我也受得了；還有，我是自首，我一把他生下來就去自首，『坦白從寬』，這個規矩應該全世界都一樣吧——你覺得怎麼樣？」

第十三章　首都

可以說我自己是眞正的男人嗎？我自己覺得是，扣子也說是，那麼，如此一來，我也就該是個眞正的男人了。

自從搬到秋葉原，每天早晨三點起，我就起床下樓，騎著扣子給我買的單車送報紙。我和扣子兩個人每天早晨要發出去的報紙足有上千份之多。找到這份工作並不容易，一點差錯也出不得，儘管如此，和扣子一起出去發了一個星期之後，我就不肯再要扣子和我一起出去了。早上起床的時候根本不發出絲毫動靜，腦子裡就浮出一句話來——「悄悄地進村，放槍的不要」，一個月下來，也並沒出什麼差錯。

我送報紙的範圍從電器街開始，騎著單車經過神田川和萬世橋，一直要沿著JR中央線至昌平橋附近。到了昌平橋，御茶水地區也就遙遙在望了，路程的確不能算不遠。但一路走下來，有時候雖然已經大汗淋漓，但一想「世界上有許多男人此刻可能也和我一樣在養家糊口」，就覺得心滿意足了。

我們住的地方其實離眞正的電器街還有不算短的距離，具體說來就是神田川至電器街之間的一條小巷子，但是出門坐車的話，只有先從電器街裡走出來，給人的印象就是住在電器街裡了。

回來的時候，在殘留的月色裡或者隱約的魚肚白裡騎著單車，想起扣子，還有她肚子裡的孩子正在安睡，就不由得騎得更快了。

一覺睡到中午，我和扣子再到秋葉原車站附近的一家中華料理店送外賣。秋葉原一帶到處都是電器商店，吃飯多有不便，因此，到了吃飯的時間，街上隨處可見我和扣子這樣送外賣的年輕人。還是老規矩，我騎單車去送遠一點的地方，近的則留給扣子來送，她只需走路即可。

扣子總是個有辦法的人。我也不知道她到底用了什麼方法，如此輕易地就找到了工作，而且一找就是好幾份。有時候，送外賣的路上，我看著她，總是會生出疑惑來：她怎麼會有這麼多辦法？還有，既然如此，她本不該落到找高利貸公司借債的地步啊。

扣子是何等的冰雪聰明，我只要稍一遲疑，她就知道我在想什麼：「弄不懂我怎麼會混得這麼慘吧？」

「是。」我乾脆老實承認。

「很簡單，因爲我掉進了高利貸公司的圈套裡。」她往前快走兩步，「說來話長，就長話短說吧。像我這樣的人，遲早都會和高利貸公司這樣的地方發生關係，因爲我怎麼都要找個地方混口飯吃，但是，我能混口飯吃的地方好多本來就是高利貸公司辦的，只要去了那種地方，他們隨便給你下個圈套，你不掉進去能怎麼辦？

「我第一次借高利貸，是在一家無上裝酒吧打工的時候。去找工作的時候，別人問都沒問我有沒有身分證，那還不高興得一塌糊塗？當天就開始上班。沒上幾天，店裡丟了東西，老闆自然一口咬定是我和另外幾個人一起偷的，只有賠，拿什麼賠呀，高利貸公司的人就來了，條件是就地脫了上衣開始上班。

「這第一步算是踏出去了，說起來就只有這麼簡單。你聽著肯定覺得就像假的一樣吧，我也是，有時候想起來這一步一步的，就跟不是眞事兒似的。其實，我的運氣還算好的，比我運氣更不好的人，好多都被送去當AV女優拍色情錄像帶去了。」

我聽著，往前走著，眼睛隨便落在某處地方，扣子明明就在我身邊，我卻又好像看見扣子在我隨便看著的地方走著，一如我近來經常做的夢：在一片綠色的山谷中，扣子在一條淺淺的小溪裡走著，就只是走，我在後面追，卻怎麼也追不上。

送完外賣，我就回那一室一廳的公寓裡去抽菸看書喝啤酒，還是看我從國內帶來的幾本老書，大多都是佛經、戲曲劇本之類的閒書，偶爾也去阿不都西提的書架上抽他的書來讀，多是農林方面的畫冊，看得倒也津津有味。總是這樣：我看書，扣子照著買來的編織畫冊織著幾件小東西，好像總也織不完，不覺中，一個下午就這樣過去了。當然也會想起阿不都西提，就只是想一想，沒有給他在想像中安排去處——是啊，他現在究竟怎樣了？

甚至這樣想：他現在還活著嗎？

多半是沒有了。

到了下午五點，我就和扣子一起從電器街口出去，走到秋葉原站，坐上去御徒町的電車。到了御徒町，從車站裡出來，經過三菱銀行的營業所，走到那家名爲「友和」的廢舊玻璃回收公司門前。這樣，從下午五點四十分至晚間十點的另外一份工作就要開始了。

我們的工作，說起來也煞是簡單，就是搬運工而已。這家廢舊玻璃回收公司每天要回收大量玻璃製品，其中有爲數不少的啤酒瓶。我們要把近兩百箱空啤酒瓶搬上一輛敞篷貨車，即使使出做愛的力氣，也要到晚上七點鐘左右才能全部搬完。隨後，我們坐上敞篷貨車，跟隨成千上萬只啤酒瓶一起周遊東京市區，一直到橫濱，在一家啤酒廠的廠區裡停下，再接著往下搬。這樣一來，每天晚上回御徒町就只能是十點鐘以後了。至於回到秋葉原的公寓，總要到十一點之後。

怎一個累字了得。

不過，心情是好得不能再好。一般來說，我根本就不讓扣子動手，只讓她在一邊待著，時而唆使她跑到廠區外面去給我買菸和啤酒來，腦子裡就想起光著脊背在農田裡忙著的農民，汗珠在陽光的照射下晶瑩剔透；還有煉鋼爐邊的工人，四濺的火花將快要烤焦的臉映照得更加黑紅。想起此刻的自己和他們並無不同，就覺得說不出的高興，覺得自己就像扣子說的那樣，正在「和世界發生關係」。

也可以說，「我在生活」。

「我在生活」！還有比這更好的事情嗎？

今天又是如此。在工廠裡忙完之後，我們坐上敞篷貨車從橫濱回御徒町的路上，車行至澀谷一帶，扣子「哎呀」了一聲，扯著我的襯衣袖子叫了起來：「他在踢我他在踢我！」說著，掀起了自己的棉布T恤，欣喜之情，彷彿置身在奇蹟之中，又說了一句，「呀，他在踢我——」

我也被她感染了，伸手去摸她掀起來的地方，已是微微凸起了，心裡亂跳著，生怕手太重了，好像游泳之前試一試水溫般輕輕晃了一圈，就忙不迭地抽出手來，替她將掀起來的衣服放下去，忍不住好奇地問她：「他是怎麼踢的？」

「說不好，就像竹子要開花之前，竹節悄悄地動了一下。對，就是那種感覺。」

於是，我就去想像開花之前的竹子，繼而就是一大片清幽的竹林，風吹過時，綿延起伏。我和扣子就住在竹林裡，水井啊磨坊啊鋤頭之類的生活用品一應俱全，我們只需男耕女織即可，倒像是一齣夢境。

天氣是漸漸熱起來了，轉眼已是夏天。我們坐在貨車上，兩腳垂在半空中，我喝著啤酒，看著風吹起她的頭髮，看著她時而戲水般擺動兩腿，就覺得說不出的愜意。在東京，這樣的時刻的確還算不上太晚，又是在夏天，樹陰下的花壇、摩天高樓的臺階，還有舉目皆是的露天咖啡座，到處都坐滿了人。端的是花團錦簇、鶯歌燕舞，如此良辰美景，不用說，一定有絕倫的傳奇在人群裡發生，一定有。

我和扣子不需要傳奇，只要在「生活」著就夠了。弱水三千，我們只需一瓢足矣。

秋葉原這地方，在江戶時代原本是下級武士的住地，日本有句名言說：「江戶的熱鬧就在於火災和吵架。」據說這裡由於火災頻繁，早在一八七〇年，當地居民就從富士山腳下的靜岡縣迎來了鎮火的「秋葉大權現」神像坐鎮此地，秋葉原便由此得名。至於我是從哪裡知道的這些淵源，我也忘記了，應該是在一張什麼報紙上吧。

時至今日，秋葉原早就成爲了世界上最大的電器購買場。外人印象或想像中的秋葉原，即便不是極盡繁華之地，至少也是相當熱鬧的所在。實際卻並不盡然，比如我和扣子，有時候出門散步，就總能發現一些幽僻的去處。

從秋葉原車站裡出來，我們繞過人多的地方，專揀沒有人的地方走。轉過幾條巷子之後，看見了一個貨場，平日裡司空見慣，今天晚上，裡面堆積如山的貨物遷走了不少。隔著鐵柵欄看過去，竟然看見了一座江戶時代的武士雕像，我對這些東西素有興趣，就慫恿扣子和我一起翻過半人高的鐵柵欄進去看看。

我先翻進去，然後，等扣子爬上柵欄，再伸手去把她抱下來。一起走到雕像旁邊，這才發現這尊雕像由於風吹雨淋，再加上工人搬運貨物時的磕碰，已經損毀了不少，其中一個武士手中的圓月彎刀已經沒有了刀柄。如果我沒有猜錯，這裡原本應該是一條交通要道，只是天長日久之後才冷落下來，最終被圈起來成了貨場，要不然，這尊雕像當初也不會建在這裡。

貨場空曠，遠處泛射而來的燈光照著雕像和裝滿了電器的紙箱，讓人頓生一股淸幽之感。沒看見守夜的人，我們便在雕像下面的臺階坐下來。剛坐下，扣子伸手一指前面：「看，那是什麼？」

我定睛看時，發現那裡竟然有一片小小的墳塋。並不是公墓裡那樣四四方方用大理石覆蓋住的墓，假如不是前面還豎著一塊殘缺了的墓碑，我幾乎看不出這就是一座墓，還以爲那只是一坯隆起的土堆呢。

我和扣子一起走過去看。大概花了二十分鐘，藉著一點微光，又經過扣子的翻譯，終於得以淸楚這座墓的主人究竟是誰——一個昭和時代的朝鮮妓女，名字叫金英愛。從殘缺的墓碑上大致可以看出「昭和三年立」的字樣，立碑者都是和她同一妓院的妓女。至於到底是何緣故她從朝鮮流落到了日本，又是何故香消玉殞，終不得而知。我兀自對著這座寂寞的墓發呆的時候，扣子嘆了口氣說：「想想都覺得寂寞。」

「什麼？」我被她喚醒後也不知道她在說什麼。

「墳墓裡的人。」她蹲著，雙手捧起一把土澆上去，再去拔不知名的雜草，「那麼多年下來，往前走兩步都是人來人往的，唯獨沒有人管她，連個來看看的人都沒有。想想都覺得寂寞。」

「是啊。」我說，「要不然，我們以後多來看看？」

「眞是這麼想的？」聽罷我的話，她興奮得一扯我的袖子，「我也是這麼想的！」

「呵呵，當然了，這才叫心心相印嘛。」
「嗳，我有個主意。」
「又有什麼主意啊？」
「我要給她上香，供奉她，讓她保佑我們，還有我肚子裡的小東西。怎麼樣？」還不等我回答，她又繼續說下去，「總不能光請碟仙吧，得信個什麼。就信她了。我想過了，不管是誰，只要有人信，把他當菩薩，他就是菩薩了。」
「好。」奇怪得很，我也和扣子一樣，覺得和墳墓裡的人特別親近。
「婆婆，說定了，以後我就要你保佑我了，好不好？」說著，扣子突然對著這座墳墓跪下了，連著磕了好幾個頭，轉而看見我還在一邊蹲著，馬上說，「過來跪著磕頭呀，傻站著幹什麼？」
於是我就趕緊跪下來磕頭。
磕完頭，我們便就地坐下來聊天，有一句無一句地說著些什麼。
「喂！」扣子叫了我一聲。
「怎麼？」
「發沒發現——」她把身體倚到我身上來，伸手揪揪我的耳朵，「你越來越像個男人了？」
「怎麼？」我故意問，「難道過去我不是男人嗎？」說完了，還故意去盯著她的小腹。
「什麼呀。」她的臉一橫，做出一副凶相，終於還是勉強不來，笑著說，「我覺得自己幸福得不得了。你說，這樣的感覺，我會一直都有吧？」
「會。」

「敢保證？」
「絕對敢保證。」
「噯，你說，等我生完孩子，去警視廳自首的時候，員警會怎樣對我？」
「……」
「不管這個了，說說坐完牢之後的事情。我在想，我從監獄裡出來的那天，一從鐵門裡出來，看見你抱著小東西在門口等我——那種感覺，肯定特別好吧？要是眞有那一天的話，我想回國去，好不好？」
「好。」
我們就這樣在地上坐著，說著，也不覺得地面有多潮濕，說著說著，天就亮了。

而悲劇遲早都是要來的！
爲了證明自己是個男人，還是個不錯的男人，我已經接連兩個星期不讓扣子和我一起去啤酒廠送啤酒瓶，就讓她在公寓裡待著，什麼也不幹。可是，那天下午，扣子和我一起出了門，我去廢舊玻璃回收公司，扣子去銀行存我們剛剛攢下的錢。因爲回收公司旁邊就有三菱銀行的營業所，扣子就和我一起去了御徒町。原本說好她存完錢就回去，但是存完錢後她又賴著不走。我一看她賴著不走就知道她想幹什麼，我故意問：「這位小娘子，怎麼還不回去啊？」一句話還沒問完，我倒先笑了起來，沉下臉來說，「這是最後一次了，下不爲例。」
扣子噗哧一聲笑了：「好好，最後一次。」

於是，我便開始工作，將裝滿空酒瓶的塑膠箱搬上車去，搬完之後，兩個人往車廂裡一坐，就朝著橫濱去了。

在路上，經過一家中華料理店的時候，依稀聽到店裡飄出一首陝北民歌的調子，就忍不住向扣子賣弄：「知不知道這首歌原本叫什麼？」

「什麼亂七八糟的？」扣子問。

「叫〈跑白馬〉，原來的歌詞是：騎白馬，跑沙灘，我沒有婆姨你沒有漢，咱們好像那一咕嚕蒜，哎呀那個都需要瓣——瓣其實說的就是伴兒——就像是爲咱們寫的吧？」我突然想起來了什麼，馬上又說，「哦不，你就是我的婆姨我就是你的漢，說錯了，該掌嘴！」

「什麼亂七八糟的呀。」扣子又笑著說了一句。

到了啤酒廠的廠區，和以往一樣，我將衣服、打火機和菸交給扣子，自己開始工作，直至汗流浹背。休息的時候，當我抽著菸，看著眼前的空酒瓶壘就的玻璃山泛著綠光，風一吹便叮噹作響，讓人莫名想起月光下的海洋。那樣的景象想來和眼前的奇觀也差不了多少吧，所以我說：心定之所，即是安身之處。

剛過九點的樣子，扣子的身體有了反應，連忙小跑了幾步到一旁去吐了；回來的時候，臉色也不好，我便要她別在我身邊站著，到空酒瓶壘就的玻璃山底下找了個位子。那不過是一只塑膠箱，我要她坐好，確認她沒有別的什麼事之後，才再回去工作。

後來，她坐在塑膠箱上睡著了，我將她拿在手裡的衣服輕輕拽出來，給她披好，再轉回去完成剩下的最後一點工作。其實，一直有風在颳著，原本風勢並不大，這時卻慢慢大了起來，似乎是要下雨的樣子。

悲劇就在此時降臨了——

我剛剛將一只塑膠箱搬到玻璃山上放好，轉身往敞篷貨車走過去，一邊走一邊看自己雙手的繭。突然，一陣巨響傳來，我大驚失色，一回頭，正好看見玻璃山轟然倒下。我瘋狂地喊著扣子的名字，瘋狂地朝著她狂奔過去。可是，晚了，轉瞬之間扣子就已經被埋進了空酒瓶裡。

我的扣子啊！

我狂奔著跑到扣子被埋住的地方，喊著她的名字，不要命地撥開酒瓶，雙手都被碎玻璃刺傷了，血流如注。我根本就不管，再死命往下挖，終於看到了扣子流滿了血的臉，雙眼緊閉著。我一把將她抱住，緊緊摟在懷裡，再也不鬆手。

我一遍又一遍喊著她的名字，但她卻沒有回答我，她根本就聽不見。

我的扣子啊！

這時候，從廠區各處陸續有人朝我們跑過來，將我們圍住。我也聽不清楚他們到底在說著些什麼，只是緊緊抱著扣子。突然，我想起了醫院，就抱著她站起來，衝出人群，瘋狂往工廠外面衝出去。

瓢潑大雨此時當空而下，我抱著她跑出工廠，剛跑到馬路中央，一輛疾駛著的汽車朝我們衝過來，我下意識地更緊地抱住扣子去躲閃，終於躲閃不及，兩個人一起摔倒在地上。這時候我才看清楚，她的牛仔褲上也都是血，全都是從兩腿之間湧出來的。汽車裡的人惡狠狠地咒罵著，我沒有管，在滿地的泥水裡朝著扣子爬過去，捧住她的臉，終於號啕大哭了。

幾十秒之後，我再抱著她站起來，往前跑——我要跑，一直跑到死！

第三天的下午，在橫濱一家簡陋的私人診所裡，接近五點鐘的樣子，我滿身疲倦地看著窗外電線上的一隻紅嘴鷗，看它翩飛起落，看它失足後驚恐地撲扇著翅膀。我已經三天沒有睡了，除去回秋葉原取錢，我沒有離開這家診所一步，終日只看著昏睡的扣子，腦子裡已經失去了意識，什麼也不想，什麼也都不願意去想。

三天了，扣子沒有動一下。

即便用光我們所有的錢，仍不夠扣子的醫藥費。別無他法之後，我曾想起給筱常月打電話，看她能不能幫幫我，終於還是沒有打，最後，去了我們送外賣的那家中華料理店，求老闆預支了兩個月的工錢，這才勉強湊夠。

因爲只是私人診所，設施極其簡陋，房子裡異常悶熱，我坐在扣子躺著的床邊，汗流不止，但我懶得去管，一動不動。好在扣子的傷已經沒有什麼問題，只是，可能因爲那天淋了雨的關係，她一連三天在昏睡裡發燒不止，護士來注射了好幾針青黴素也始終不見好。

診所外面的院子裡有什麼花開了，花香飄進房間裡，和沉濁的空氣混合在一起，使人更覺壓抑。我繞過扣子的病床去關窗，一回頭，發現扣子已經醒了，她眼睛空無地落在牆壁上的某處，滿臉都是眼淚。

我走過去在她床頭蹲下來，又去理一理她的頭髮，她臉上的傷口已經結了痂。

過了一會兒，我伸出手去抱住她的肩膀，把自己的臉貼住她的臉，兩個人都沒說一句話。

也不知道過了多久，外面的天都黑了，東京灣裡輪船發出的汽笛聲此起彼伏，扣子問了一句：

「沒有了？」

我知道她在問那個小東西，那個名字叫「剎那」的小東西。我的心裡一沉，沉到極處之後，就乾脆說了實話：「……沒有了。」

一言既畢，扣子笑了起來，先是輕輕地、冷冷地，然後，笑聲越來越大，她雙手捧著頭，在枕頭上一遍遍掙扎。「扣子！」我叫著她，將她的手拿過來攥在自己手裡：「不要這樣，以後還會有的，以後一定還會有。」

「還會有？」她指著自己的眼角下，「看見了嗎？這是滴淚痣，滴淚痣你懂嗎？就是災星命，我是災星，你也是災星！」

說完，她又笑了起來，先是輕輕地、冷冷地，然後，笑聲越來越大，又一次用雙手捧著頭，在枕頭上來回掙扎著。

我心如刀絞，但是並沒有顯露出來，只是再去摟住她的肩膀：「總歸會好起來的，總歸會好起來的。」

「好不了了。」扣子接口就說，「因爲——我終究還是不配過這樣的生活。」

我心口一陣錐心的疼痛。

這時候，注射的時間到了，穿著白大褂的護士端著一只托盤進來。我起身，讓出位置來給護士注射；扣子不聞不問，任由護士擺布。注射完之後，我去替她掖好被子，不經意之間，竟然發現她的腿一直在顫慄著。

不管扣子吃不吃，到了晚飯時間，我還是出去給她買飯。出了診所，走上大街，也不知道該買什麼，各色餐廳自然不少，但是我口袋裡的錢已經所剩無幾，在診所裡還有幾天要住，只能精打細算，最後，只尋了一家蛋糕店給她買了一份草莓味的可樂餅。

回到診所，就來餵可樂餅給扣子吃。

她不肯吃，無論我怎樣想辦法，她也只死命地搖頭，根本就不讓我將可樂餅靠近她的嘴唇。一下子，我的眼眶裡湧出了眼淚，下了狠心去按住她的肩膀，讓她的頭不能動彈，然後，將可樂餅餵進她的嘴巴裡。

她仍然掙扎，與此同時，我能感覺出她的腿顫慄得更加激烈了。突然，她伸出手來打了我一耳光。

我不管，我什麼都不管了，依舊狠狠按住她的肩膀，流著眼淚，終於將可樂餅餵進了她的嘴巴裡。

我就這樣逼迫著她吃完了買回來的所有可樂餅。

吃完之後，又過了好長一段時間，她終於平靜了一些，但仍然對一切不聞不問，不管我說什麼，她都不應答。後來，我拿著毛巾出了病房，找了一個水龍頭，將毛巾打濕，回來要給她擦一擦，她卻突然說：「我想吃蘋果。」

「好，好！」我興奮地答應著，忙不迭地跑出病房，在走廊上還險些和一個護士撞了滿懷。等我買完蘋果，進了病房，又發現沒有水果刀，便去找護士借了一把來。正要削的時候，扣子卻說：「先別忙，放在那兒吧，又不想吃了，想吃的時候再削。」

「好。」我依言將蘋果和水果刀在床頭的小櫃上放好，再去理一理她亂了的頭髮，朝她笑，「要不，先睡一會兒？」

沒想到她竟然乖乖地點了點頭。

後半夜，我困倦至極，再加上扣子聽話睡覺了的關係吧，我也在不覺中睡著了。做了夢，又夢見了那片數度夢見的清幽竹林：我和扣子安居其中，晝夜輪換，日月交替，全然與我們沒有關係，和我們有關係的是竹林一角的水井、另一角的磨坊和掛在茅草屋簷下的農具。後來，又夢見了一片綠色的山谷，山谷裡流淌著一條清澈的溪流，扣子在溪流裡走著，我想追上她，卻怎麼也追不上，我便叫她，她也聽不見，就只是往前走。

這時候，我被哐噹一聲的動靜驚醒了。

剎那之間，我感到了絕望——扣子正睜大眼睛在黑暗裡看著我，床上到處都是血。我絕望地看到，扣子的兩條手臂都裸露在被單之外，兩隻手腕都已經被割破，血正在湧出來，而那把找護士借來的水果刀已經掉在水泥地板上，正是它掉下去時發出的細微聲響驚醒了我。

那一刻，我感到自己的皮膚在急劇收縮，失聲地叫喊著：「醫生！醫生！」

醫生來了之後，病房裡變得亮如白晝。我說不出話，一個人退到醫生和護士之外，來到走廊上，找了個水龍頭，將頭伸到水龍頭底下，死命沖刷，越沖鼻子越酸。我真正感到了絕望無處不在，它就藏在我的頭髮裡，它就寫在我的臉上，但是即使將水龍頭扭到再也扭不動，也還是沖不走。

我害怕。這種感覺就像扣子說過的：什麼都在走，就只有我停下了。

扣子也在往前走。

我終於還是冷靜了下來，提醒自己裝得若無其事，一口一口狠狠地抽著菸，想起剛才的夢。在夢裡，我應該是叫了扣子的名字，要不然，扣子也不會失手將水果刀掉在地上。正想著，醫生已經給扣子包紮過了，等他們魚貫而出之後，我重新回到病房裡去，將燈拉滅，照舊在她的床邊坐下，看著她，一句話也不說。

「別怪我。」坐了兩分鐘後，扣子說。

「沒有啊，怎麼會呢。」我朝她笑著，再替她掖好被子，「先睡覺吧。」

「活不下去了。怎麼都活不下去了。」她說著，突然問我，「中國的首都是哪裡？」

「北京啊。」儘管有點不知道她爲什麼會這樣問，但是既然她問了，我就回答。

「日本的首都呢？」

「東京。」

「我心裡也有個首都。」她笑了一聲，「呵，就在心裡，什麼模樣兒我也看不清楚。但是現在沒有了，塌了。」

「扣子！」

「你是想寫小說的人，應該知道：一個國家的首都要是給人占領的話，這個國家也就完了吧？」

我拒絕回答，而且下定決心：無論她說什麼，我也不再回話，只是將笑著的臉對著她。

在診所裡住到第十天，下午，我們終於可以回秋葉原了，出院那天，本應該再帶些藥物回家，無奈囊中空空如也，只好作罷，只有想著扣子不用去工作，只需在家臥床休息的時候，我心裡才稍微覺得好過一些。

不作如此想又能如何呢？

從診所出來，一直到車站，中間要步行十多分鐘，我想攙著她往前走，她卻一把打掉了我的手，隻身搖搖晃晃地往前走，臉上掛著冷冷的笑意。我心如刀絞，可是沒有別的辦法。過馬路的時候，剛走到馬路中央，正是綠燈即將轉成紅燈的時候，她卻站住了，右手往我面前一伸：「拿來。」我的確不知道她找我要什麼，剛要問，她又不耐煩地說了一句，「把菸拿來！」

我掏出菸來遞給她的時候，綠燈轉爲了紅燈，汽車喇叭聲此起彼伏地響了起來，扣子卻一點也不急，慢騰騰地點菸，再慢騰騰地抽了兩口，然後就只看著堵在路口的車冷冷地笑著。我要把她拉開，她卻又是一把打掉了我的手。誰也沒想到，這時候，從對面的一輛車中下來一個人，怒氣沖沖地跑過來，劈頭就給了扣子一耳光。

我彷彿看到自己滿身的血都變成了油，只需一根火柴就能熊熊燃燒起來。

我撥開扣子，一拳就將對方擊倒，拳頭正落在他的鼻子上，血流了出來，我仍覺不夠，一腳一腳猛踢了上去，也不管到底踢在他的什麼地方。對方疼痛難耐，捂著小腹哀號，可是，我的確是已經蒙昧得失去了意識，只知道一件事，那就是一腳一腳交替著踢下去，踢到沒有力氣爲止。灑水車也被堵在群車之中，《拉德茨基進行曲》的旋律一直在我的耳邊響著。

後來，我累了，全身彷彿虛脫了一般拉著扣子往街對面走過去。才走出去兩步，扣子一下子掙脫我的手，重新跑到了那個還在哀號著的人跟前去了。

我回頭看時，扣子已經趴在了地上，她的臉幾乎已經和對方的臉湊在一起，大聲對他喊著：

「打呀，求求你打我呀！」一言未畢，她就笑了起來，上氣不接下氣，直至笑得流出了眼淚。

之後，她笑著從地上站起來，又笑著踉蹌跪下，再笑著站起來。

哈哈大笑。

從灑水車裡傳出的《拉德茨基進行曲》還在耳邊響著。

「去去去，哪兒涼快上哪兒待著去！」扣子一把拉開門，把我推到門外的走廊上，我剛想和她說句話的時候，面前的門已經被關上了。

說不清楚這是第幾次被扣子趕出來了，好在我也無所謂，只要胡亂閒逛後回家的時候扣子還給我留著門就好，即使沒留門，我在走廊上湊合著睡上一晚也不是什麼大不了的事。說實話，我已久不見扣子對我發作，現在即便捲土重來，我也能受得住，這就是扣子原本的樣子嘛，再說，無論她怎樣發作，只要她的身體在一天天恢復，我似乎也沒有什麼可埋怨的事情了。

回秋葉原之後的第二天，扣子在床上躺著，我則開始翻報紙找工作——我已經失去了送報紙和送空酒瓶的工作。報紙上介紹的工作大多都要經過仲介公司的轉手，所以，差不多是白看。最終，還是送外賣的那家中華料理店網開一面，允許我除了中午，晚上也可以多加三十份外賣送，另外，每天上午九點起也可以來店裡刷盤子。這實在是一件讓我喜出望外的事情。在東京，如此穩定的工作的確不容易找到。

和中華料理店的老闆說好之後，第二天早晨，八點四十分的樣子，我已經在狹小的客廳裡呆坐了兩個小時。終了，走進房間，看著閉上眼睛在床上躺著的扣子，對她說：「我離不開你，你一定要記著。」

僅此一句而已，說罷我就套上T恤出了門。

中午，我帶了中華料理店的春捲回來，她已經起床了，蜷在床邊的地板上發呆。我去拉開房間的窗簾，讓陽光進來。就在陽光灑進來的一刻，我猛然發現她瘦了好多，顴骨明顯比平日裡高出來了。我盯著她看，發瘋地看，怎樣都不夠。這時候，她也看了我一眼，眼光落在書架上的某一本書上：「我們——分開吧。」

「那是辦不到的。」我乾脆呵呵笑著告訴她。

「我要走你也沒有辦法。」她又低下頭去，看著自己T恤上一處沒洗淨的斑點。

我不理會她，走到她身邊，蹲下來，將筷子和春捲一起遞到她手裡。哪知她將筷子和春捲全都打掉在地上，哭著說：「你滾，你滾！」

我驚呆了，盯著她看了半天，終了，我還是站起身來，出了房間，再走出客廳，坐電梯下樓，在大街上消磨了一個中午。

這是扣子第一次說讓我滾。

今天又說了，我也只好乖乖地依她所言從公寓裡滾到大街上來。時間太晚了，實在沒地方可去，只有秋葉原車站口的Radio大樓還沒關門，我便走了進去。沿著賣電器的店鋪一家家看下去，但店員們都在忙著打烊，無人理睬我。我頗覺無趣，便從大樓裡出來，在出口處的自動售貨機裡買了一罐啤酒，就站在臺階上喝起來。

聽見Radio大樓上的大鐘敲響了十一下，想著扣子可能已經消了氣，我就一邊捏著喝光了的啤酒罐一邊往回走。剛走到電器街的街口，心裡突然一動，想起了那片貨場，還有貨場裡的那座孤墳，便忍不住想去看看，就立刻掉了頭。

當我抽著菸剛剛走到貨場的鐵柵欄外面，往裡一看，竟然看見了扣子：她就在墳前坐著，托著腮；墳上點著幾根停電時備用的蠟燭，藉著一點燭光，我遠遠看見墳上還放著一只蘋果。

我翻過鐵柵欄，走了過去。看見我，扣子也沒動一下，我便在她身邊坐下來。

良久之後，扣子說話了：「碟仙是再也不請了，可我還是想信個什麼，知道為什麼？」

「不知道。」我又點了一支菸，抽了兩口之後，遞給她——她又開始抽菸了。

「還有指望，指望和你再好好過下去。我還想試試。可是我他媽的眞的又不想再試了！眞的，沒有力氣試了，想死，也想離開你，跑掉算了，可是我他媽的就是捨不得！過去聽人說『孽債』，現在才知道什麼叫做『孽債』，呵。

「我想什麼事都對你說清楚，要不然對實在你太不公平了——喜歡上一個婊子，對你來說就已經夠不公平的了。是啊，什麼事都想對你說清楚，這一次也還是說清楚吧：眞的，我還想再試，但是，十有八九是做不到了。

「只有我自己最明白自己，說到底，我，只能是個婊子，是不配和你在一起的人。還記得我總是怕你將來去寫小說？還有上次割了腕子，無非都是怕你遠遠地走了，把我一個人丟在這裡，再也不管我了。逼你去好好上學，就是因為上學這樣的事，雖然學完了也要去找份好工作，到正常人的圈子裡去生活，但是總覺得身邊的年輕人都是這樣在生活，又總覺得寫小說就不是在好好生活，就有可能把我拋下不管了。

「你是喜歡我的，我心裡有數，可我根本就見不得人，死了只怕也是孤魂野鬼，現在快樂的時候雖然也有，但是一輩子都能這樣嗎？我是無所謂的，大不了一死，但是，你是可以見得人的人，我不願意自己拖累了你。

「說實話，這樣的想法自然不是今天才有的，從第一天開始就有，只怪我太喜歡你，每次只要這樣的念頭一閃，我就逼著自己不去想。

「像你說的那樣，那個小東西雖然沒有了，還可能再有，但是你別忘了，我是個越好的時候就想越壞的人，好像現在，就像是有個聲音在對我說：『藍扣子，這樣的生活，還有這個人，你不配！』就是這樣。你不用勸我不去糟蹋自己，不去越好的時候就想越壞，不可能了，這個聲音比任何一次都大，被它震得一點力氣都沒有了。

「我耳朵裡只有這個聲音，而且，我很清楚，我擺脫不掉這個聲音了，一輩子都擺脫不掉了。

「可是，還是捨不得你，還是想再試試，就為了我也知道你喜歡我，離不開我，好像走夜路，想摸著黑再往下走走，到了實在看不見路的時候——十有八九都會有這樣的時候——就再作打算，好不好？

「矯情點說吧，其實我已經說過了：一個人，哪怕他再下賤，他心裡也有個首都，首都不在了，他不是孤魂野鬼又是什麼？

「還想再試試。」扣子又重複了一遍。

我早已心驚膽戰，無言以對，終究只能生出已經生出過無數次的厭恨：上帝安排兩個人在人海裡相遇了，浮沉了，流轉了，何苦不讓他們就此合為一人，何苦還要讓他們各自擁有自己的皮囊？比如此刻，我只願和扣子一起化成一堆粉末，被狂風席捲，被大雨沖刷，被螞蟻吞食，直至消散於無形；但是，事實又是如何？世界還是這個世界，夜晚還是這個夜晚，到頭來，我們還是端坐在夜之世界裡的兩個人。

只能是兩個，不是一個。

回去的路上，剛剛走到公寓樓下，地底一陣震顫。「罷了罷了，又是地震。」我想，「你能奈我何呢？」

我記不起來曾在哪裡看到過這樣一段話：「我既過得了今天，我就過得了明天；我既過得了這個月，我就過得了下個月。」在輕微但卻鋪天蓋地的震顫中，我站住了，兩手扶住扣子的肩膀，看著她的眼睛：「不管怎樣，能一直記著『我離不開你』這幾個字？」

「嗯。」她也盯著我看，之後，我終於看到她對我點了點頭。

夠了，這就夠了。

可是，僅僅就在第二天，她還是又發作了。

送完外賣，我拿著一張別人扔下的報紙回到公寓裡，時間已經過了晚上十點了。扣子彎腰跪在地上擦地板，我先去洗澡，洗完了長舒一口氣就在她擦過的地板上坐下，看報紙。正看著，她仍舊跪在地板上問我：「明天我也該出去再找份工作了。」

「好啊。」我去回答她的時候，才發現她根本就沒看我，不過我並不奇怪，最近她總是這樣：我以爲她是在對我說話，其實卻是她在自言自語。

時至今日，即使我再愚笨，連矇帶猜我也總算能完整地讀完一張報紙了。我看著的這張報紙的旅遊版上刊登著一篇介紹北海道風光的文章，我們曾經去過的紅磚廳舍和知床半島在文章裡都有所提及。看著看著，不禁回憶起筱常月名下堪稱無垠的薰衣草農場，又想起已經有一陣子不在劇本上下功夫了，正想著的時候，卻不知爲什麼脫口對扣子說：「我們去北海道住吧？」

話一出口我就知道說錯了，其實我心裡早就已經認同了扣子的話：不管去哪裡，問題還是問題，一大堆的麻煩仍然是一大堆的麻煩。可是，已經說了，想收回是來不及了。我朝扣子看過去的時候，扣子正好將打濕了的抹布從水裡撈出來，根本就不給我解釋的時間，她「呵」了一聲：「想過好日子了吧？去吧，去吧，那麼漂亮的地方，寫小說寫劇本都合適，明天一早就去，不寫成個名人就別回來——」

我也說不出話來了。

「一定得去！」她扔下手裡的抹布，跪在地上爬到我身前來，臉對著我的臉，終於笑了起來。當她展顏，我頓覺驚心，因爲那種我已好長時間不見的揶揄之色又回到了她臉上，就藏在她的笑容裡。她笑著一抬手，指著我的眼角下：「要是寫小說的話，就寫這顆痣，名字我都替你想好了，就叫《滴淚痣》，怎麼樣？」我嘟囔著什麼，她根本就沒聽，突然聲音就高了起來，「去呀，你怎麼還不去呀！」

我乾脆站起身來，從客廳回到房間裡去，百無聊賴地掀起窗簾，毫無感覺地看著窗外明滅的燈火發呆，同時提醒自己一定要多想想高興的事情，至少去想想和此情此景無關的事情。說起來，如此的感覺也好長時間不再有了。

結果我眞的做到了：從陝北黃土高原上一支吹嗩吶的迎親隊伍到明朝末年闖王進京後四處奔逃的青樓女子；從酒醉後在一口水井邊昏睡不醒的柳永到同樣酒醉後失足落水的李太白；從皚皚雪山上的一株櫻桃樹到蒲扇大小的荷葉上的一隻青蛙。也算是浮想聯翩了。心情隨之舒爽起來，想去找根菸抽，一回頭，看見了扣子，不知道她是什麼時候進來的。

「眞高興啊，都笑起來了。該笑，前程似錦嘛，接著笑吧，怎麼不笑了？」房間裡沒有開燈，而且，因爲她的頭髮一直胡亂披著，我也看不清楚她的臉，只看見她手裡的菸頭也和窗外的燈火一樣一明一滅。見我不答話，她又上前了一步，盯著我，「眞奇怪，你怎麼不打我？不知道該怎麼對付我吧，不要緊，你應該對我喊：『你這個婊子還不快滾開！』哦對，別忘了再給我一巴掌。沒什麼難的，就跟電影裡一樣。」

說著，她就抓過我的手要打自己的臉。

我一把打掉了她的手，回頭盯著她，就在一瞬間，我突然笑了起來，故意油腔滑調：「呵呵，辦不到，摸都捨不得摸一下，還打什麼呀？」然後，對她一伸兩手，「受委屈了吧，來來來，讓哥哥抱抱。」

十二點過了以後，我去客廳裡叫她進房睡覺，她在看著我看過的那張報紙，聽見我叫她，「說錯了這位客官，」她一邊將菸頭扔進菸灰缸用力掐滅，一邊說，「你應該這樣說——『你這個婊子還不滾過來睡覺』！」

第十四章　上墳

記憶總是和節日有關——我記得，並將永遠記得。十一月的十五日，是一個節日，日本人所謂的「七五三祭」，如此古怪的節日似乎也只有在日本這樣奇怪的國家裡才會有了。在日本，奇數是相當吉利的數字，假如一個家庭的男孩正好長到三歲或五歲，或者女孩正好長到三歲或七歲，就會在這一天穿上和服跟父母一起前去神社參拜，還會去買畫上了鶴和龜的紅白千歲飴。

不過是如此普通的節日，既沒有遊行的隊伍，也沒有漫天的煙花，按理說，好不容易兩個人都休息一晚上——在公寓裡睡覺就是最大的享受了。天快黑的時候，扣子抽著菸，手裡拿著罐啤酒，在客廳裡的窗臺上坐著，懶洋洋地朝窗外大街上看著什麼，我則趴在地板上修理出了毛病的高壓鍋。

「好漂亮啊！」我在地上趴著的時候，聽見扣子興奮地喊了一句，我連忙起身走過去，朝窗外看：一對年輕的父母正在電器街的街口等車，他們身邊站著一對穿著鮮豔和服的兒女，玲瓏可愛至極。正看著，另外一對帶著兒女的年輕父母也走了過來，這對男孩和女孩同樣也穿著和服。兩家人站到一處後，正親密而客氣地攀談著什麼。

「一定是個什麼節日，下去看看？」扣子轉過頭來問我。

「好啊。」我當然沒問題。

結果，下樓之後，在大街上閒逛了半夜，總算知道是「七五三祭」，和我們全然沒有關係，不過，想一想：又有什麼節日和我們是有關係的呢？

在秋葉原轉悠了一陣子，扣子說想去表參道看看，於是就坐上電車去表參道。在車上，接到筱常月打來的電話，又有一陣子沒和她通電話了，我支吾著迴避和她說起劇本的話題，終於，她還是問了：「……劇本的事，還在繼續嗎？」

「在繼續，一切都還順利。」我乾脆如此說。這麼說的時候，心裡也在想著無論如何該重新動筆了。

「我不知道該不該問——出了什麼事情嗎？」筱常月又遲疑了一小會兒，還是說了，「我給婚紗店打過電話，說是你們已經不在那兒了。」

我沒有告訴她我和扣子現在是何地步，只說一切都好，劇本大概也能順利完成，電話掛上之後，扣子頭靠在窗戶上吐了一口氣說：「總覺得她會出什麼事，出什麼事也不清楚，那麼孤單，太孤單的人一定會出點什麼事情吧。」

我聽罷無語，只在想像著筱常月給我打電話的地方。剛才的話筒裡隱隱之間有海濤聲。打冷清裡來，往冷清裡去。

在表參道，我們反正也沒有別的去處，就在婚紗店門口來來回回了好幾趟，大概是第五次經過婚紗店的時候，「走吧，心裡空落落的。」扣子看著婚紗店那扇曾被我們無數次推開又關上的門說，「還不如回秋葉原，到貨場裡去坐坐呢。」

所謂去貨場裡坐坐，其實就是去貨場裡的那座墳前去坐坐。

從秋葉原車站出來，在電器街口的過街天橋上，不知道扣子有什麼樣的感覺，反正，在一刻之間，我幾乎以爲自己是站在表參道的過街天橋上。天上落起了細雨，夜幕變得濕漉漉，我們就像被包裹在輕煙般的霧氣裡。扣子對著濕漉漉的夜幕吐著煙圈，吐完之後問我：「你說，那隻畫眉還活著嗎？」

——兩個多月前，快近三個月的樣子，我們在這裡放生過一隻畫眉。從新宿一直帶到了這裡，給它貼上創可貼後才放它飛走。我還記得那天晚上也是下著這樣若有若無的細雨。放它飛走之後，過了一小會，它又飛回來了，就站在一面土耳其浴的廣告牌上。小小的一團，橄欖色的一團。

「肯定還活著。」我說。

「那可不一定。」她喝了口啤酒，「弄不好它也是混得最慘的那種畫眉呢！就像我這麼慘，也不知道前世裡犯了什麼天條。」

「哪裡哪裡，你要真是犯了天條，就該變成豬八戒，好像天蓬元帥。」我也喝完手裡的啤酒，將啤酒罐揉成一團後扔出去，正中土耳其浴的廣告牌，「可是你不是啊，你是個小美人兒，大大的花姑娘。」

「切，你就貧吧！」扣子伸出手來狠狠敲了敲我的頭。

我也故意一縮脖子，心情卻是舒爽得一塌糊塗。

因為滿足，所以舒爽：絕對不是扣子減少了對我發作的次數，相反，越來越多，簡直成了端坐在紫禁城的慈禧太后，不用說，我也成了小太監李蓮英，察言觀色之類的事情早就不在話下了。有時候，當她發作，我也找到了對付她的好辦法，無論她說什麼，我只將笑著的臉對著她，一句話也不插，腦子裡卻在神遊八極：從這裡到那裡，從東方到西方，只把杭州作汴州。

也出過紕漏，有好幾次，在她怒氣沖沖的時候，我腦子裡所想的東西卻讓我一下子笑了起來，這就會引來她加倍的報復：讓盥洗間的水徹夜流淌，以至於我想睡上兩分鐘都不行；或者在我笑起來的時候，她會隨手抓過身邊可以抓住的東西——梳子，書，有一次甚至是水果刀，朝我砸過來。對付她的發作，我已經越來越小心，當然也越來越有信心，現在，一般說來，經過反覆演練以後，無論我的腦子如何瘋狂地在神遊八極，我都會微笑著面對她的臉。

是啊，我就是覺得滿足。

當她怒氣沖沖地朝我扔來梳子、書和水果刀，我卻分明感到徘徊在我們之間的陰霾正在日復一日地消退，我知道，我們仍然置身在那片黑夜裡的荒野上，但是，遙遠的天際已經開始發生變化，照亮荒野並且給我們指路的閃電就要適時降臨了。

我就是這樣感覺的。

還有，當她笑起來，儘管一開始也還是噗哧一下，但是，慢慢笑聲就會越來越大，一直笑到連腰都直不起來，一聲一聲地說著「靠」，一聲聲地說著「I眞是服了You了」！我知道，這正是扣子和我認識之前的樣子，我喜歡。無論她怎樣，我都是難以自制的喜歡。想想吧，當她站在大街上，突然笑得直不起腰，路人都駐足而視的時候，她卻馬上直起腰來，滿臉不屑地打量著看她的路人，當路人慌忙離去，她才命令我：「走，去天竺！」

呵呵，又是周星馳電影裡的臺詞。

不過，我終於必須承認，在我們之間，仍然還有糾纏不去的陰霾。當我們做愛，她顫抖著迎來高潮，卻總要對我說：「快，快罵我！」

我茫然不知她在說什麼，停下來看著她。

她便又說：「快，罵我是個婊子！」

她又在糟蹋自己。我頓時癱軟下去。

不過，今天晚上，她的心情似乎相當不錯，可能是一路上見多了穿和服的小孩子的緣故吧。從電器街口的天橋下來，她突然想起來什麼，只對我說了聲「你等著」就跑遠了，我就在天橋下的陰影裡站著等她。大概等了五分鐘，她跑來了，手裡拿著一支香燭，也不知道她是從哪裡弄來的，反正她總是有辦法。

我頓時明白了她是要給貨場裡的墳墓上香。

「一年裡有那麼多亂七八糟的節。」在墳前，她點燃香燭，在土裡插好了，想想又從亞麻布背包裡掏出幾片口香糖來放到墳上，轉身問我，「你說，陰間也有什麼節日嗎？」

「應該還是有的吧。」我說。

「即使有的話，肯定也輪不著她的份。」她看著生出了裊裊輕煙的香燭，「活著的時候是苦命，死了只怕也好不到哪兒去。聽人說，要三個輪迴才能脫胎換骨。」

「噯！」她又叫了我一聲。

「怎麼？有事兒您說話。」

「你說，我媽媽現在在幹什麼？」

我倒沒想到她會問起這個問題來，假如我沒記錯，這還是第一次。儘管如此，也只能胡亂猜測著說：「加拿大這時候應該是白天吧，可能在去上班的路上？」

「你說，這些年下來，她會不會偶爾也想想我？」

「肯定會。」

「呵，不知道爲什麼，說眞的，我從來就沒恨過她，無論什麼時候都沒有。有時候我想，假如我們見面的話，我會怎樣對待她，她又會怎樣對待我呢？」

「眞有那時候的話，你會怎麼樣？」

「應該就和見一個普通的中年女人差不多吧，恨自然是從來就沒恨過她，要說去愛她，好像也不太可能了。不過，我夢見過她，總是夢見她牽著一個小孩在北京的故宮裡走著，就在乾淸宮前面的那個院子裡。不過，她牽著的那個小孩子並不是我，可能是她後來生的小孩吧。說起來，該是我的弟弟或者妹妹了。」

我心裡一動，還是平靜下來了：「我們以後還是會有孩子的吧，如果眞的有了，先說好，孩子生下來我就送你去坐牢？」

扣子的眼睛裡似乎有一絲火苗閃了一下，下意識地看著眼前的孤墳，就像在哀求著什麼。可是，只有短暫的一小會兒，火苗迅即暗淡了下去，只笑了一下，眼光癡癡地落在還散發出裊裊輕煙的香燭上。

過了一陣子，她心裡像是好過了些，頭一揚：「說說那個叫杏奈的女孩子吧。」

扣子眼裡的火苗也曾在杏奈的眼睛裡一閃而過，這樣的時候，必然是在杏奈家池塘邊的草坪上，當她說起和辛格之間的點滴，如此一閃而過的火苗就會被我淸晰地看見。當然，多半是因爲她說起了甜蜜而見不得人的後半夜；彼時微風輕送，滿院的陽光明亮得像一張白紙，而她的身體就像只有一半在日本，另外一半還遺留在印度。

於是，我便對扣子說起杏奈和辛格：「杏奈的假期是到八月底爲止，過了期限之後，杏奈的父母就經常打電話去印度問問情況了。他們自然不會想到，正在和他們通電話的女兒身邊還坐著一個印度小夥子。後來，父母的電話去得越來越多，實在沒辦法了，杏奈乾脆決定回日本去徹底辦理休學手續。決定雖然下了，行期卻是一推再推。」

說著，我想像中的畫面就跟隨我的記憶跑到了天之一角的印度，也跑到了杏奈家的院子裡。不去精神病院的時候，白天裡她仍然聽著音樂、讀著關於敦煌的書。每當我去了，總要先談起諸多關於中國的話題，從東北民俗「踩小人」裡的「小人」指的到底是什麼，到神農架林區裡是否有野人；或者「呀，達摩祖師眞的就是踩在蘆葦上到中國的嗎」、「那個叫秦檜的人，爲什麼就那麼恨岳飛呢」之類，但是，話題總歸會轉到辛格身上去。

只是她聽的音樂再不是德布西了。

「回日本的前一晚，我囑咐了辛格好多次，叫他無論如何也不要出門。食物我都給他準備好了，足以應付我不在的這段時間。一直到這個時候，你信嗎，我，還有他，都還沒有對對方說過『我愛你』、『我喜歡你』這樣的話。現在想起來，好像從來就沒有說過。

「那天晚上，還是按照以往的規矩：我睡在床上，他睡在沙發上。但無論怎麼我都睡不著，在床上翻來覆去的。他睡覺的時候倒是一點動靜都沒有，我就拉開掛在床前的布簾去看他。看不清楚，就乾脆穿著睡衣下了床去看他。

「我跪在地板上，看著他，他多像個剛出生的嬰兒啊，儘管鬍子都沒修——印度人嘛。他喜歡側著睡，明明有枕頭，他卻非要將兩隻手側過來放在枕頭上枕著，還不時吞咽幾下，完全是個小孩子模樣，對吧？

「突然想摸摸他，就摸了他的臉。可能是長期在那個組織裡接受訓練的關係，我的手剛一觸上他的臉，他就醒了。醒了之後，我們就在黑暗裡對看著，『他可眞是個美男子啊』，我記得那時候我正在這麼想著，突然，他一下子從沙發上坐起來，將我抱到他懷裡去了。接著就不要命地親我。

「我也拼命親他。他把我抱到沙發上，壓在我身體上，兩個人的喘氣聲都大得厲害。眞奇怪，我一點都不緊張，好像自己本就該這麼做一樣。

「結果還是停住了，是他停下來的，我知道他是爲了我好，我都知道他是怎麼想的：無非是覺得他的性命都是問題，自然就不應該再愛上我吧。是啊，我知道他是這樣想的，不過，我也覺得沒什麼不好。他這樣做，也證明他是眞正愛上了我，對吧？

「睡回自己的床以後，覺得很滿足，一下子就睡著了。」

在杏奈家的院子裡，當她說到這裡，我分明見到她眼睛裡有火苗迅疾地閃過。

此刻，在貨場裡的孤墳前，我問了扣子一句：「如果你去想像一下辛格的話，他會是什麼樣子？」扣子沒回答，或許是聽得入迷的關係吧。我就接著說：「我倒是想過。奇怪得很，每次一想起辛格，滿腦子都是阿不都西提的樣子。可能是新疆人和印度人在歷史上有什麼淵源的關係？」

「你說什麼？」扣子揉了揉耳朵，「我沒聽見。」

我總覺得什麼地方有些不對勁，還是又把剛才的話重複了一遍，這一次扣子聽清楚了，「哦」了一聲說：「你管那麼多幹什麼？接著往下說呀——」接著又去揉耳朵，一邊揉一邊說，「眞是奇了怪了，今天我耳朵是怎麼了？」

我就往下說，說著杏奈曾對我說起的一切，就彷彿杏奈在前面走，我在後面看，然後，再把看到的說給扣子聽。

「回到日本，我一共只待了五天，如果不是到學校辦手續的時候有些麻煩，我可能一回日本就走了。」杏奈說，「急匆匆地回到比哈爾邦，一開房間，我嚇了一跳：房間裡到處都是花，他正脫光了上衣在房間裡忙著。我這才看清楚，他正在做一張花毯，牆上也釘了釘子，還差一點，花毯就可以掛到牆上去了。

「那些野花，都是他半夜裡到茴香田和菸葉田裡採來的。我手裡的東西都還沒有放下來，就只顧去盯著那張花毯看。看著看著，我就哭了：他眞是個心靈手巧的人啊，竟然在花毯上拼出了我的樣子，旁邊還寫著個『奈』字。又一次確認了自己有多喜歡他、愛他——當他笑著，搓著手上的泥巴朝我走來的時候。

「晚上，我發現沙發上有張報紙，打開看後，居然看見了他的詩。雖然署了一個陌生的名字，但他的詩我幾乎首首都記得。我興奮得叫了起來，卻一下子像掉進了冰窖裡：顯然的，我不在的時候他出去投過稿了。

「我立刻問他是怎麼回事，心都提到嗓子眼裡去了。果然，他是出去過了，不過仍然是後半夜才出去的，找到報社之後，把詩稿往門縫裡一塞就馬上離開了。他向我保證絕對沒有人看見過他。

「這才算鬆了一口氣。

「我回來之後，自然不許他再冒險。當他寫完一首詩，就由我送到報社裡去。當然了，雖說是白天裡送去的，但我每次只把詩稿送給負責接待的小姐，然後就馬上離開。一段時間下來，他也在那份報紙上發表了十幾首詩。稿酬就郵寄給喀什米爾地區的一間小學，送到報社去的稿件後面附上了那間小學的地址。

「那應該就是他讀過書的小學吧，不過，我從來沒問過他。還是女孩子的關係，時間越往後去，我甚至就會越害怕他談起從前的生活，只需要他唸詩給我聽就已經足夠。

「此外，我還想和他做愛。

「我直接問過他想不想和我做愛，他紅著臉說想，但是至少要等到他再也沒有人追殺的時候。我倒是說不要緊，現在也可以做。呀，想一想，沒有別的女孩子會這樣說吧，一點也不覺得害羞。

「夏天暖和冬天寒冷，喜鵲走了烏鴉再來，日子也就這樣一天天過下去了。我是把每天都當最後一天那樣過的——並不是每天都覺得可怕，相反的，一點都沒有，到後來都無憂無慮了，總是想：就這樣過一輩子吧，也算不錯。之所以說『把每天都當最後一天那樣過』，還是因爲珍惜，每天都在房間裡變著花樣玩：疊紙飛機啊下棋啊朗誦金斯伯格的詩給對方聽啊什麼的，兩個人都不覺得厭。對了，我還練就了一手好廚藝；到了晚上，我們就穿過菸葉田和茴香田去沙灘上散步。

「那讓我變到現在這個地步的兩個晚上，也離我越來越近了。」

說到這裡，杏奈的手幾乎端不動一只茶杯，全身突然發抖起來，臉色在極短的時間裡轉爲蒼白，哽咽著，再也說不出話來。

我在一瞬間感受出她晚上的樣子，那不由自主地大喊大叫的樣子。就在我慌忙問著「要不要緊」的時候，杏奈的父母已經從小樓裡飛奔了出來。

今天晚上，不知道怎麼回事，總覺得扣子哪裡有點不對勁，好在她一直在笑著聽杏奈的故事，我自然也就不敢去問她哪裡有什麼問題。我停下來去點支七星菸的時候，扣子將兩隻手分別貼在兩隻耳朵上，往下按，按了一小會兒，深吸一口氣，與此同時放開了兩隻手。見我奇怪地看著她，她也滿臉疑惑地說：「真是邪了門兒了，一晚上就覺得耳朵邊上有蜜蜂在飛。」

「蜜蜂？」

「對，不是一隻兩隻，嗡嗡的，一大群，像《東西遊記》裡的唐僧，有時候連你的話都聽不清楚。」她接著再揉揉耳朵，「呵，又好了，你接著說吧。」

「不要緊？」

「有什麼要緊的？接著說吧。」

接著就該說起那個晚上了。那個春風沉醉中，離杏奈和辛格越來越近的晚上。

幾次說起，杏奈都語不成聲。

終於她還是說了：「以前看電影的時候，看見有人哭，旁邊勸解的人就會說『哭出來吧』，我也打算過讓自己哭出來，可就是沒有用。比如躺在床上，看到牆角的衣架，會覺得那是舉槍對著我的人，一下子就想起自己的腦袋迸裂的樣子了。想哭，哭不出來，就只有叫喊出來了。」杏奈對我如是說。

「這樣的情形，很多嗎？」我問。

「是，除了衣架，還有座鐘啊音箱啊書櫃啊什麼的，草木都是兵，是這樣說的吧？對，草木都是兵。有時候，對面明明什麼也沒有，也覺得有人站在那裡朝我冷笑。

「那個晚上，就是從一聲冷笑開始的。之前，我們已經在沙灘上坐了半個晚上，辛格背了另外一首詩給我聽，作者不知道是誰，叫〈被雷電擊斃的馬車夫〉。正要起身回去的時候，我們突然就聽到背後傳來的一聲冷笑。

「我還發著呆的時候，一聲巨響傳來，身邊的辛格一頭栽在了地上。前後不過兩秒鐘。就這麼簡單。

「我還以爲他在和我開玩笑，要知道，他也是一個孩子氣很重的人。誰知道錯了，我回頭看的時候，三個人正冷笑著在看我，其中的一個正在收回手裡的槍——我突然明白過來是怎麼回事，不要命地往辛格身上撲過去——

「……他的頭全都迸裂開了。

「那三個人並沒有給我一槍，他們笑著走了，只剩下我一個人在沙灘上大喊大叫著。但是，無論我怎樣喊，辛格卻是千眞萬確地死了。

「那時候，我害怕地叫著，就有一種預感：我這一輩子都將不得安寧了。

「我抱著他在沙灘上坐了兩天兩夜，腦子裡什麼都沒想。是啊，我能想什麼呢？懷裡抱著的這個人，儘管我喜歡他、愛他，可是，連接吻也不曾有過。大概是第三天的清晨，天還沒完全亮，我突然又覺得自己前世裡也好像有過這樣一幕：抱著自己的丈夫，呆呆地在沙灘上坐著。

「給他找地方埋葬下來的想法，就是那時候產生的。

「我自己用手在沙灘上挖了一個沙洞，把他放進裡面去——還記得跟你說過兩個晚上把我弄成了現在的樣子？第二個晚上就是我埋葬辛格的晚上。

「腦子終於清醒了一點，就跪在沙灘上，一邊把沙土灑在他的身上，一邊想著那些人到底是怎樣找到我們的。後來，我終於可以確定：一定是我往報社送詩稿的路上出了什麼紕漏，不知道出在哪裡，總之一定是這樣。

「想著想著，沙土已經把辛格的身體蓋住了。這時候，我站了起來，突然看見辛格的血從沙土裡滲出來，正朝著我的鞋子湧過來。我沒有在意，只往後退了兩步，血還是在湧過來，湧得那麼快，就像不是眞的一樣。

「無論我往後退出多少步，辛格的血也一直緊緊地跟著我。我知道，他就像是在用自己的血拉住我，讓我多陪他一會兒。可是，我害怕了，特別特別地害怕——幾乎是一瞬間的事。

「我哭著，沿著沙灘往前跑，腦子裡全是他歌舞片男主角般英俊的臉，可是我就是不敢停下來，更不敢低頭。只要一低頭，我就會看見辛格的血還在隨著我一起跑。

「即使現在，我已經回到了在日本的自己的家，天一黑，我也總是覺得自己的腳下有血，永遠都湧不完的血。那天晚上，我一邊跑，一邊就生出了辛格死時已經生過的念頭：我這一輩子，再也不能安寧了。

「這就是我的印度之行。」杏奈說。

我不敢看杏奈的臉，眼睛只去盯著池塘裡的睡蓮：死去之後，又重新復活了。但是，杏奈能否像池塘裡的睡蓮，春風化雨之後就重現了生機？我茫然不知。假山、幽竹，還有睡蓮，誰又知道它們是否就是我們的孽障？

不知道，可是我卻分明看見我的腳下也有血從地底湧了出來。

風吹便是草動。

這也是孽障。

「這就是杏奈的印度之行。」即使現在，我對扣子說起杏奈的故事，仍覺驚心，彷彿身邊就有一朵睡蓮正在不由自主地生長，「不由自主」，即是自己做不了主。

扣子也沒說話，閉上眼睛，聽我說著。我乾脆仰面躺下，將四肢伸展開來，眼睛四處隨便看著些什麼，無非是深不見底的夜空、頭頂上曾經裝滿各種電器的空箱，還有那支快要燃到盡處的香燭。

「我有個好消息要告訴你。」就在這個時候，扣子一吹散落在額頭上的頭髮，「我聾了，什麼都聽不見了。」

記憶總是和節日有關！在節日的醫院，十二點早已過了，醫院裡還到處都是病人，最多的就是穿著各色和服的小孩子，他們都是在參拜神社的來去路上受了涼，甚至發了燒，還沒來得及回家，就先進了醫院。

那個手拉一個年輕的女孩在醫院漫長的走廊裡狂奔的人是誰？

是我。

不知道跑進哪間房子，於是，想了又想，進了第一間，結結巴巴地用日語和醫生說著我們的來意。扣子什麼也不說，一遍遍地看著我的嘴唇，再去一遍遍看醫生的嘴唇，看著看著，就甩掉我的手，「呵」了一聲。

耳科醫生早已經下班，無論我怎樣結結巴巴地懇求，眼前的這個醫生也只攤開雙手表示愛莫能助。我拉住扣子往外走，在走廊上，強迫她在長條椅上坐下，不管她聽不聽得見，我也對她說了一聲：「就在這兒坐著，求你了。」說罷，轉身再走進房間裡去，將門關上，走到一臉驚愕的醫生面前，給他跪下了。

那個在聽力診斷室門外丟下一地菸頭的人是誰？

是我。

一點多鐘的樣子，一臉惺忪的耳科醫生來了，扣子被帶進聽力診斷室，我則被留在了門外。我一支支地抽著菸，每一支菸都只抽兩口就扔在地板上，再用腳狠狠踩滅，全然不顧自己置身在禁菸區。後來，我在長條椅上坐下，兩隻眼睛死死盯住診斷室的門，希望它打開得越早越好，與此同時，又希望是越晚越好。

手心裡的汗水涔涔，聽覺卻出奇地發達起來，幾乎連菸頭扔到地上的聲音都能清晰聽見。反覆在長條椅上坐下又起來、起來又坐下之後，我跑到走廊盡頭的盥洗間，扭開水龍頭，將頭髮和臉淋得盡濕，這才從盥洗間裡出來。一出盥洗間，迎面飛來一顆足球，從我肩膀處飛掠過去，正中身後的牆壁。定睛看時，一個穿和服的小男孩正蹦跳著朝這邊跑過來。我需要一件什麼東西來讓我鎮定，便撿起足球，用腳朝他踢過去，還笑著對他點了點頭。

我知道，我的笑一定比哭還難看。

那個手拿一紙「聽力診斷證明書」想一頭往牆上撞去的人是誰？

是我。

大概四十分鐘之後，聽力診斷室的門突然打開，我的身體竟是一陣哆嗦。耳科醫生先出來了，扣子在後。我迎上前去，醫生卻將我拉到一邊，又做手勢讓扣子在長條椅上坐下。我跟著醫生往前走了兩步，心驚膽戰地接過了「聽力診斷證明書」。

日語寫就的診斷書寫著大致如下的文字：病人曾注射之青黴素針劑因沉澱物過多，損傷第八對神經，導致突發性耳聾。

我知道，所謂第八對神經，也就是聽力神經。

我手裡的一張白紙在向我宣告：我的膽戰心驚將永無休止。

醫生走了之後，我拿著那張白紙根本就不敢朝扣子走過去，摸摸這裡又摸摸那裡。當我狠下心來，笑著朝扣子走過去，「你不要騙我。」扣子定定地看著我說，「用不著再來這一套了——我的日語比你好。」

說罷，她冷冷地笑了。

深夜的醫院，被慘白燈光照亮的走廊，牛仔褲滿是破洞的兩個人：我反覆握緊後又鬆開的手，手裡被汗水浸濕的七星菸，還有扣子的亞麻布背包；踢足球的孩子，散落了一地的菸頭，還有她眼角的滴淚痣。我知道，哪怕我死去，眼前的情景也會消散在無形之中跟著我，鑽進我化爲粉末的肉身。

終有一天，我將厭恨自己忘記不了這一切。

「這一天，遲早都要來的。」在醫院門口，扣子竟然笑起來，「靠，這句話我是不是說過？好像就在前幾天。呵，你說我這一輩子，到底會說多少句『這一天遲早都是要來的』？」

我說不出話來，我即便說得出來，扣子也終究是聽不見了。
我只在想一件事：點把火去把橫濱的那間私人診所燒掉。
就是在扣子昏睡高燒不退的時候，他們給扣子注射了沉澱物過多的青黴素。
從第一時間開始，我就知道，我們將得不到那間診所的任何賠償。原因簡單得不能再簡單：任何賠償都需要受害者的身分證明，而扣子是一個「黑人」。
「該來的總是會來。」扣子又「呵」了一聲，「早就說過了，我這樣的人，遲早都會有這一天，還記得嗎？」
我仍然不回答。
「說話呀。」扣子往前走出去兩步，在我對面站住，看著我，「不是你的耳朵聾了，是我的。快說，我現在又能聽見一點了。」
我說什麼呢？看著她，鼻子一陣陣發酸。
「算了算了，你不說就算了，我來說吧。」她一揮手說，「反正也聽不見，你就算是說話，也像和我隔了十里八里的。」說罷，挽上我的胳膊往前走，舉步之間，竟是如此輕快。
我被煙嗆住了，一陣激烈的咳嗽。
「少抽點菸。」她伸出手來理理我的頭髮，「記住了？」
我剛要說聲「好」，可終究是欲言又止了。
「說話呀。要不，你就點頭吧。」扣子說。
我點了點頭。

「還有，每天都要早點睡覺。」她的聲音已經變大了，我知道，是因爲她對自己的聲音失去了感覺，「總覺得睡得早的人才是好好過日子的人。奇怪吧，可我就是這樣想的。」

我再點點頭。

「還是找間大學讀吧。你來了一趟日本，總得要找點東西證明自己來過吧，最好的東西就是大學的畢業證書。別寫小說，就算寫劇本也別寫小說，寫劇本聽上去像是在做一件什麼工作，寫小說就不是了，反正我不喜歡。能答應嗎？」

「能。」我說著再點點頭。

「哈。」她把手從我臂彎裡抽出來，伸了個懶腰，「其實我對你夠放心的了，是個眞正的男人，眞希望下輩子還和你在一起。」

「那我們就還在一起好了。」我說。

「你說什麼？」

「我說我們下輩子仍然還在一起。」突然，想起來她的耳朵，就往前走出去兩步，在她對面站住，用口形告訴她，「我說，我們下輩子還在一起。」

她發瘋地朝我懷裡鑽進來，抱住我，我也發瘋地抱著她，只是怎麼抱都不夠，兩個人的身體都在顫抖著。已經停歇的雨絲又開始下了，透過頭頂上法國梧桐樹冠裡的縫隙，慢慢將我們的頭髮浸濕。偶爾一輛汽車疾駛過去，我就湧起了如此的感覺：什麼都在飛奔，只有我和扣子留下了。我們被遺棄，什麼也不想地看著周遭的一切：這一切之中，有我們愛過的那一切，還有永遠都愛不夠的那一部分。

過了一會兒，扣子從我懷裡掙脫出來，把我拉到一盞路燈之下，仔細地看我，伸出手來撫過我的眼睛、鼻子和嘴巴：「想把你記得再清楚點。有好幾次，想起你來了，又想不起你的樣子。呵，今天要好好摸摸你。」

我的心裡有一團濃雲，正在越聚越攏。

「呵，摸完了，都記下了。」扣子滿意地抽回手去，調皮地一笑，問我，「像我剛才說的——想起我來了又記不起我的樣子——那樣的時候有過嗎？」

過去是有過的，但今時早已不同於往日，現在，只要我想起她，我就會先想起她的那顆滴淚痣，慢慢地，她的臉就在我想像裡清晰得不能再清晰了。就用口形告訴她：「沒有。」

「沒有嗎？」她驚奇地「啊」了一聲，眉毛也往上挑了一下，卻一把抓住我的手，「記得住也再摸摸吧，萬一想不起來的時候，就頂用了。」

如此時刻，扣子看上去竟然已經忘記了自己的耳朵，只抓過我的手去摸她的臉，我又如何不滿心疑惑？這麼說不算誇張：只要有人告訴我，離我半步之內的扣子此刻到底在想什麼，我一定會長跪在地，對他叩首，把他當成自己的萬歲萬歲萬萬歲。可是，沒有。我只有依她所言，去摸她的臉。足有一分鐘。

「一點一滴都記下了？」見我心神不寧地放下手，扣子問，「眞的是一點一滴？」

「是，一點一滴。」我一字一句告訴她。此時大街上突然傳來一陣轟鳴聲，定睛看時，一輛巨大的吊車正從一處建築工地上開出來，過了不遠處的十字路口之後，朝我和扣子站著的這條街上開來了。

「哦，對了，你的那件藍T恤，不要和別的衣服混在一起洗——容易掉色。」

「什麼？」我的心裡一陣抽搐：有事就要發生了。就在我幾乎吼叫著問她的時候，她突然伸出手狠狠將我往後一推，然後拔腳便轉過身去往前跑。我終於看清楚了：她是在朝著那輛巨大的吊車跑過去！

她想錯了。我的心裡早有疑慮，也早有準備。儘管她幾乎是飛奔著在往前跑，但是，我比她更快，而且堅信上帝一定會如我所願，不讓我一個人留下。

我如願了，我抓住了她的衣角。

從第八天晚上開始，扣子就再不開口說話了，此前她也並不曾和我說起什麼。當我忘記，或者忘形，想出一句什麼話對她脫口而出，她就把伸手可及的東西抓在手裡朝我砸過來：「別和我說話，我是個啞巴！」

她不說她是個聾子，她反而說她是個啞巴。

我知道原因何在，實在太簡單：她在糟蹋自己，她要讓自己在最短的時間內變成聾子和啞巴。她當然不知道，我也絕不會就此甘休，我不會讓她變成聾子和啞巴。

此前七天，我先給公寓換上了可以從門外反鎖的門，不給扣子鑰匙，然後，辭了送外賣的工作，徑直就往橫濱而去。可是沒有用了，當我站到那間私人診所前，診所裡空無一人，門口只貼著一張白紙，白紙上寫著診所已經被勒令停業，所有因注射沉澱物過多的青黴素而導致病變的病人，務必攜帶身分證明儘快與東京地方檢察院衛生調查課聯繫。

扣子的身分證明又在哪裡呢？

即使一把火將眼前空無一物的房子燒掉，也燒不來扣子的身分證明。

接著我就往各家醫院裡去，幾乎問遍了所有醫院的耳科醫生，得到的結果都是一樣：最佳救治時間已經錯過，雖然繳納巨額費用之後仍有救治的希望，但是，效果恐怕也不會太好，突發性耳聾比其他慢性耳聾治療起來要困難得多。

終了，我只能滿懷著絕望回秋葉原去。

第八天晚上，我剛走到公寓樓下，發現整座公寓都停電了，就加快步子爬樓梯上去。一上樓，就看見門竟然洞開著，門上的鎖已經被撞壞。我跑進房間，沒有發現扣子的影子，就再順著原路跑下樓去，站在大街上四處張望。還是沒有扣子的影子。

突然想起了貨場裡的那座墳，就趕緊狂奔著跑過去。扣子果然正在墳前跪著上香。上完香，磕了三個頭，她突然說話了：「呵，你說我還該不該信你，讓你保佑我呢？」我就在鐵柵欄外面坐下來，聽她說話。

「還是信你吧，不過不求你保佑我了，保佑他，你知道他是誰吧？對，就是他。」

我感到一股熱流在我的心胸之間湧出，正激烈地衝撞著我的四肢。

「我的聲音大了吧，只能對不起了，我聽不見，好歹只對你說三個字：保佑他。說完了我也就不打算再說話了，對他也不說話了，對誰都不說了。再說一次吧：保佑他。好了，說完了。」

我心裡一驚，立刻翻過鐵柵欄跑到她身邊。但是，在接下來的時間裡，無論我說什麼，她都不再應答了。

回到房間裡，她找來一張紙，在上面寫了一句話遞給我：「時間到了，我也該走了。」

我也在紙上寫了三個字遞給她：「辦不到！」

她對我寫的三個字不管不顧，轉而寫道：「我走了以後，你一定要好好去上大學。」

我也繼續寫：「不要這麼說，因爲你根本就走不掉，我們大概死也會死在一起。」

她丟掉手裡的筆，盯著我看，突然笑了起來，笑聲越來越大，直到流出了眼淚。我也一樣，跟著她笑，笑聲和她一樣大。

第二天，她果然一天都沒說話，坐在客廳的窗臺上，懶洋洋地打量著窗外的世界。坐了一天，也抽了一天的菸，動都沒動一下。門上的鎖被她撞壞之後，我寸步不離也在她身邊坐著，和她的不同僅在於我在地板上坐了一整天而已。

晚上九點，我從地板上跳起來，走到她身邊去，兩手按在她的肩膀上：「扣子，說話！」

她看著我，只搖了搖頭而已。

「說話啊扣子！」我按著她的肩膀，使勁搖晃著。她仍然不說，不管我怎樣搖。終於，也就是在突然之間，我打了扣子一耳光，吼叫著對她說：「求你了！」耳光過後，我才想起自己打了她，愣愣地看著自己的手。扣子也看著我的手，看完了，從窗臺下來，轉而坐到地板上，手裡玩著一只綠線包裹著的橡皮筋。

又過了一天，在我的威逼之下，扣子和我一起去了鬼怒川的日光江戶村。別無他法之後，我只能指望日光江戶村的妖異氣氛能使她高興點了，我還記得她曾對我說過：「每次去江戶村，都是出了一身冷汗跑出來的。」當我們到了銀座，再轉上山手線，不自禁想起一首歌來，也不知道是誰唱的，名字叫〈哭泣的山手線〉。

山手線原來也可以哭泣。

進了日光江戶村之後，這一次，我們選擇的路線是從被霧氣籠罩的竹林裡開始，經過地道、湖底的水牢，以及更多的重重機關，最終兩個人在一棵葉簇如雲的紅豆杉下會合。恐怖氣氛和我們上次來的時候如出一轍。又是在猝不及防中，我們從一個頭戴面具的人手中接過了自己的頭盔和衣服。但是，當我和扣子分別從兩個入口進去，我手提著一支劍，卻再也提不起興致去體驗恐怖，沒來由地想起一句話來：生活大於寫作。是啊，的確如此，生活裡的恐怖更是大於日光江戶村裡的恐怖。

我取下頭盔拿在手裡，又提著長劍走到扣子進去的那個入口，剛剛走過去，一眼便看見扣子背靠一根腐朽的木柱坐在地上抽菸，連衣服都沒有換。

到頭來，還是轉山手線回秋葉原。從秋葉原站出來，走到「東芝」專賣店門口，扣子站住了，指了指一家雜貨店，要我和她一起去。我當然願意，想著她只要去買東西就好。進了雜貨店，她別的東西一概不買，單單只買了一桶油漆。我當然也迷惑不解，卻也只好提在手裡和她一起回公寓裡去。

謎底在進房間不久之後就揭開了。

扣子進房間裡亂翻一陣，拿著把刷子走到客廳裡來，打開那桶油漆，將刷子伸進去蘸濕，在牆壁上寫了幾個字：「藍扣子是個啞巴」。寫完之後，滿意地一轉身，把刷子遞給我，示意我繼續在牆壁上寫下去，內容僅僅就只是「藍扣子是個啞巴」這幾個字。

我像籃球場上的喬丹，不接她遞過來的刷子，只在嘴唇邊豎起食指，對她搖了搖頭。

她笑了，笑著「哦」了一聲，哦不，根本就沒發出聲音，轉身走進房間，找出一把西瓜刀，放在自己的手腕上後，對著我往牆壁上她剛剛寫的那排字一努嘴巴，眉毛也往上挑了挑。

「別這樣扣子！」我馬上就失聲喊道，「我寫！」

我寫，我繼續寫，寫完了我還要再寫——我寫滿了整整一面牆：藍扣子是個啞巴。

寫著寫著，悲從中來，想著某種要席捲我們，使我們的眼被迷住、腳被絆住的狂風已經籠罩到了我的頭頂，我甚至已經感覺出自己再沒有力量拉住扣子，不讓她消失在我的三步之內，絕望便將我的全身都漲滿了。

「藍扣子是個啞巴」，這滿牆的字並不是用油漆寫就的，而是絕望，我的絕望就在黏稠的油漆裡運動不息，也在迴旋不止。

終於，我再也無法忍受，便將手中的刷子對著牆壁狠狠擲去，然後，仰面頹然倒在地板上，翻來覆去。我不管扣子手裡的西瓜刀，也不管我們的末日是否就近在眼前，只想在地板上翻來覆去，除此之外什麼也不想做。

還是做了一件事，我突然跑進房間，在床前的地板上跪下，把頭鑽進床下，拖出了我的箱子。打開後，我將幾件衣物和幾本閒書丟在一旁，終於找到了我的護照。

手拿著護照，我一邊往客廳裡去，一邊可以感覺出自己的身體正在一分爲二甚至更多，不想承認都不行：我眞正是已經虛弱不堪了。但是，我絕對不會就此甘休，我終將使我的身體合二爲一，我終將使我和扣子合二爲一。

我在扣子面前站住，將手裡的護照三下兩下撕碎，撕碎之後又扔到地上，對她說：「看到了吧？現在我們是一樣的人了。」

這一瞬之間，扣子已是驚呆了，只在我面前站著，眼淚奪眶而出，手裡的西瓜刀哐噹一聲落在地板上。

突然，她像是從混沌大夢裡清醒了，跑上前來，一把將我推倒在地，然後就在地板上收拾起破碎的護照，收拾完之後，立刻找了一瓶膠水，跑進房間，呯地一聲將門關上了。

一個小時之後，她從房間裡出來，和我並排在地板上躺下，把黏貼好的護照放在我和她之間的空隙裡，還有一張寫了字的紙和護照放在一起。我將這張紙拿過來讀：

不用再勸我了，如果你仍然不讓我走，繼續拖累你，我一定會活不過下個星期。你也到北海道去讀大學吧，我們都離開東京。

看完後，我將那張紙蓋在臉上，仍然躺在地板上沒有起身。良久，扣子半坐起來，掀掉我臉上的紙，看著我，理理我的頭髮，微笑著指指自己的心口，搖了搖頭。我一下子便想起來她曾對我說過：「我自己的首都在什麼地方，我不知道，我只知道現在它塌了。」終於，我再將那張紙蓋住自己的臉，號啕大哭了起來。

第十五章 漁樵

天還沒亮，我仍然在做夢，夢境全都和扣子有關：先是和她坐在櫻樹下喝啤酒，一片「櫻吹雪」襲來，翻轉之間她就不見了蹤影，我打著油紙燈籠找遍了上野公園，無論如何都找不到。當我站在一棵櫻樹下茫然四顧，頭頂上傳來了扣子的噗哧一笑。呵呵，原來扣子就在我的頭頂上；瞬息之間，我和她又來到了長崎，就蹲在「林肯號」砲艦的船舷上，遠遠眺望著遠處平克爾頓和巧巧桑的婚禮。看著看著，扣子一回頭，對我笑語吟吟：「你說，我敢不敢從這兒跳下去？」

她的話還沒說完，我就蒼白著臉一把抓過了她的手。

也就是這個時候，我醒了，能感覺出來自己的手在睡夢裡動彈過，再想想剛才的夢境，就轉身去看扣子。沒想到，在窗外映照進來的微曦之中，扣子也正睜著眼睛在看我。還有她的手，正在我赤裸的身體上游弋，而她的身體也是如我一般的赤裸了。

在懵懂中，我的下面已經脫離了我的主宰，成為扣子的玩偶。堅硬的玩偶。

我乾脆閉上眼睛，喘息著，任由她的手來把握。我希望在她的手中羽化，直至變成一堆甜蜜的骨灰。之後，她拉過我的手去撫摸她的身體，從臉開始，一直到她的腳趾，每一處最微小的地方我都不放過。

當我去親她，她身體上的每一處都在顫慄：她的嘴唇、乳頭；她的臉、脖頸後細密的絨毛；她的雙腿、肚臍；還有那幽深的極處。每一處，無不在顫慄。

我多麼想這個顫慄的人就是我從未謀面的母親！讓我縮回到她的體內，從此後兩個人只做一人吧！

當我進入她，除去微笑之外，她的表情裡總有會心的驚奇，甚至是小小的愕然，就彷彿在承接她的第一次。每到此時，我都會覺得我身體下的這個人，是全世界最乾淨的人；當她伸出雙臂將我環繞，當她以幽深的極處將我緊緊包裹，我常常忍不住地想大聲痛哭，下面也愈加堅硬，好像它就是我和她的信物，不管是今天遠在天邊，還是明朝近在眼前，我們都可以不顧；只要有它在，就能證明我們已經合爲了一人。

之後，她轉坐到我的身體上，呼吸和我一般緊促，卻只在輕輕地起落著，眼睛微閉，雙手交叉著盤在腦後。微曦裡，她就像一條赤裸的紅鯉魚。是的，就是紅鯉魚，儘管她的白皙膚色總像正在使窗外的幽光一點點減弱。

在最後的關頭，我突然坐起來，將她抱住，狠狠地抱住。我的頭埋進了她的雙乳，我的嘴唇吮吸著她如未成熟的葡萄般大小的乳頭。她加快了起落，我卻再也聽不到她的呻吟乃至呼喊——即便在此時，她也沒有忘記糟蹋自己——最後，我們擁抱著，一起倒在床上，兩人的腿還絞纏在一起。

每隔幾秒種，我還依然能感受出她的身體在抖動，就像座鐘裡的秒針在走動。我也一樣，我也是座鐘裡的秒針。

就這樣死了該多好。

八點鐘的樣子，我們起床，兩個人都還赤裸著，不著一物。扣子先去洗漱，不知道爲什麼，她竟然找了點胭脂和口紅出來，我去盥洗間裡洗漱的時候，她正對著那面殘破的鏡子細心地抹著口紅。哪怕剛剛才和她分開，此刻我依然忍不住去看她的裸體：豐滿的乳房，黝黑的毛叢和那顆微紅的滴淚痣。

她讓到我身後，讓我彎腰漱口。剛漱到一半，她的兩隻手又從身後將我環抱住，臉貼在我的背上，有一絲些微的涼意。我就站住不動，只看著鏡子裡的自己被她抱住。

慢慢地，她和我貼得越來越近，也越來越緊。除了她的臉，還有她的乳房和毛叢。與此同時，我感受出她冰涼的舌頭在我的背上游弋，像一條滾燙的蛇：就是這樣，既滾燙又冰涼。

我的呼吸重新緊促起來，閉著眼睛，置身於黑暗之中，但那股熟悉的熱流是眞切地去而復返了，熱流爬過我的每一寸皮膚——輕巧，但卻狂暴！就在這個時候，扣子將我的身體翻轉過來，這樣，我重新堅硬了的下面就又面對著她了。她看著我，伸出一隻手指，來回摩挲著我臉上的那顆滴淚痣，來來回回。

她沒有看我的眼睛，而是看著我的肩膀以下，貪婪地看著，就像一個喜歡甜食的孩子看見了奶油蛋糕。就在我陷入一陣突至的暈眩之時，她的手又把我下邊握在了手裡，只是握著，輕輕地，任由它一點點膨脹。她開始親我的嘴唇，不管我手裡還拿著牙刷，也不管我的嘴巴裡還殘留著牙膏，只是找我的舌頭。找到了之後，就死命絞纏在一起，絞纏之後，她的舌尖幾乎觸遍了我的每一顆牙齒。她臉上的胭脂全都暈開了。

我感到自己已經走到了我和扣子共同的末日世界。

我一把將扣子抱起來，狂奔到房間裡，將她在床上放好，然後，又一次進入了她。

我們的身體又奔向了短暫收留我們的太虛幻境。

合二爲一之後，還是只有一分爲二。一分爲二的時候到了，我平躺著，像大海上的孤舟，一波未平，一波又起。被子蒙住了我的臉，而我的身體則留在被子之外被她撫摸。用她的手和她的舌頭。她的舌頭滑過我的胸，在右邊的肩膀上停下來，咬，使出全身力氣來咬，一直咬到流出了血。然後，她掀開蒙在我臉上的被子，看了又看，終了，滿意地點頭，又將被子再蓋回我臉上。

五分鐘後，扣子穿衣起床，走出房間，客廳裡和盥洗間裡傳來一陣聲響，我不知道她在幹什麼，大概是在收拾什麼東西吧。又過了幾分鐘，我聽到客廳的門被打開，瞬息之間又被關上。客廳裡，還有盥洗間裡再也沒有了她的聲響。

我仍然在床上平躺著，仍然用被子蒙住臉——全世界都在運轉，所有能走動的生物都在往前走，扣子也在往前走，唯獨我被留在這裡，唯獨我被全世界拋棄了。

突然，我從床上坐起來，赤裸著跳下床去，打開窗子往窗外看：背著一只亞麻布背包的扣子正在馬路上狂奔，她跑過上百家電器商店，跑過巴士站，跑過成百上千的路人，最終在那座我們消磨了好多個後半夜的貨場外邊停下，翻過鐵柵欄，進了貨場，從我的視線裡消失了。兩分鐘之後，她再次出現在我的視線裡，但是，當她跑過鐵柵欄，從「東芝」專賣店門前一閃即逝，我的視線裡就再也沒有她的蹤影了。

我知道，就在她翻過鐵柵欄跑進貨場的兩分鐘裡，她肯定在那座孤墳前跪下了，還破戒說了話：「保佑他。你知道他是誰。」

我流著眼淚回頭，卻又在床上發現了一張寫了字的紙：「你放心，我會好好活下去，我要看清楚自己的一輩子到底是什麼樣的一輩子。」

我還知道，自此以後，我將再也看不到扣子了。

扣子走了之後，我沒有再出去找工作，終日在公寓裡昏睡，睡醒了就喝酒看書，連門上早已壞了的鎖都沒換。「就讓門開著吧。」我常如此想，反正我已經是個身無一物的人了。

晚上，我也出門去散步，範圍只在秋葉原一帶。幾天前的一晚，我在秋葉原車站前的那條路上走著，突然發現扣子就在離我五十米遠的巴士站等巴士，當我從短暫的懵懂中醒轉過來，她已經上了巴士。我跑到街心去攔了一輛計程車，坐上去，跟在那輛巴士後面追，一直追到日暮里地區。我從計程車上跳下來，氣喘吁吁地趕上巴士，跳上去，這才發現自己看錯了人，那個人根本就不是扣子。

天已經很冷了，回去的路上，我一邊豎起衣領，一邊重複著撥扣子的手持電話，可是，從來就沒有撥通過。

又過了幾天，當我從暗無天日的昏睡裡醒轉，再去撥她的手持電話，這才發現，她的電話因爲拖欠電話費已經被電話公司切斷了。

我不知道她在哪裡。難道，她眞的已經離開了東京嗎？

我想知道。當我難以自禁地去了吉祥寺的梅雨莊，一個人在梅雨莊的鐵路上走著，一直走到那片花卉公司的水池，脫掉衣服跳下去，當溫熱的水掠過我冰冷的皮膚，我的第一個念頭就是：扣子，你在哪裡？當我坐在電車上，臉貼在窗玻璃上，看到被電車驚醒的鳥群從樹冠裡飛出來四處逃散，我的第一個念頭就是：扣子，你在哪裡？

我想念扣子。想得無法自制。

從前，當我想把自己揶揄一番，便會苦笑著對自己說：「你他媽的也太矯情了吧？」現在，當我坐在電車裡的眾人之中，感覺像是去到了古代埃及，正被一座座獅身人面像團團圍住，就常常下意識地去找扣子的手，找不到，竟至於通體冰涼，我便對自己說：「使勁地想她吧，你他媽矯情得還遠遠不夠。」

就是這樣。

筱常月從北海道打了電話過來，沒有談起劇本的事，倒是我問她：「劇本什麼時候交到你手上合適？」筱常月便說因爲演出時間定在明年七月，所以，按常例來說，即使現在就拿到劇本，時間也還是多少有些匆忙了。

「好。」聽完之後我對她說，「一個月之內我就寫完，送到北海道來——怎麼樣？」

「啊！」聽我這樣說，筱常月顯然一點也沒想到，隔了話筒也能覺察出她的興奮，「眞的嗎？扣子也一起來嗎？呀，眞是太好了，眞希望見到你們兩個在一起的樣子。」

想了又想，還是沒和她說起我此刻的情形，只是說：「我有種預感，應該很快就能寫完。」

「眞是太好了。」她說。

我說的是眞話。在昏睡、喝酒和看書的間隙裡，我拿出已經完成了大部分的劇本來讀了，讀著讀著，一種只在夢境裡有過的奇怪感覺出現了——我和扣子蹲在「林肯號」砲艦的船舷上，巧巧桑的婚禮就在離我們不到一里路遠的地方舉行著；婚禮上的一切動靜都近在眼前，我和扣子看到了站在一株扶桑邊發呆的山鳥公爵，也看到了怒氣沖沖往婚宴上趕去的巧巧桑的伯父，還聽見巧巧桑孩子氣十足地對女友們說：「別叫我蝴蝶夫人，要叫就叫我平克爾頓夫人！」

我和扣子在一起。即便只是癡人說夢，我也想留住這感覺。

於是，當天晚上，我就開始寫了。

昏天黑地寫著，也就忘了爲自己要去北海道收拾行李。不過，細想起來，值得收拾好帶在身上的東西的確也不多，無非幾件衣物、幾本閒書罷了。寫累了，或者下樓買菸的時候，只要是後半夜，我也會到貨場裡的那座墳前去坐一坐。手持電話一直就帶在身上，我還在盼著扣子給我打電話來。

十二月初的一天，扣子給我來了電話。來了兩次，只是仍然沒有說一句話。

此前一天晚上，在幾乎所有人都已經沉睡的時候，東京發生了地震。地震，或者說震感，在日本本是經常有的事情，但是和以往相比，這一次的震感實在要強烈許多，甚至有房屋倒塌，死傷不少。發生地震的時候，我正蹲在一座自動售貨機前面等著啤酒從底部滾出來。突然之間，天旋地轉，自動售貨機轟然倒下。「罷了罷了，又是地震。」我邊想邊拉掉啤酒罐上的拉扣，一飲而盡。後來，我就坐在損壞了的自動售貨機邊，喝光了裡面的啤酒。

早上，我從自動售貨機旁邊站起來，拍了拍手打算回公寓裡睡覺。往公寓裡走的時候，一路上的電視牆已經有了關於地震的新聞了，依稀聽見電視牆裡站在一堆廢墟前的記者說了一句「秋葉原」，也沒聽清楚，想著反正與我無關，就繼續往大樓裡走。快走到門口了，看見幾家電器專賣店已經倒下，成了廢墟，才想這場地震可能眞的已經大得超出我的想像。

至於我，仍然只有倒在地板上睡覺而已。

正睡著，手持電話響了，惺忪中抓過來，湊到耳朵前說了一聲「喂」，對方卻沒有聲音，三兩秒種之後就掛斷了。我繼續睡，突然一躍而起，覺得自己的心都要跳出來了：天哪，是扣子，是扣子給我打電話來了。我查找著剛才的那個電話，終於，找到了，號碼前果然不是東京的區號，立即撥過去。話筒裡傳來了接通的聲音，但是一直沒有人來接聽。我知道，這一定是公用電話無疑了。

此刻，某市某條街道的一個公用電話在響著。

也許，電話邊還站著扣子，只是她已經聽不見電話的響聲，即使是給我打電話，她也只有看清螢幕上的「已接通」字樣才知道我仍然活著——在一個有人死去的夜晚，我卻是安然無恙。我知道，她一定是和我一樣，看見了大街上電視牆的報導，但是，她是在哪裡看見的？想來，一個居無定處的人，她能看到的電視牆也無非是車站或百貨公司大門前之類的地方吧。

她穿著什麼樣的衣服？她還背著那只亞麻布背包嗎？

我醒過神來，連忙打電話給電話公司，查詢剛才那個陌生的區號到底是哪裡，回答說是奈良。放下電話，我全身上下無一處不感到緊張，是啊，我緊張地思慮著去奈良找她的方法。在聽到「奈良」的第一時間裡，我就立刻決定要去奈良了。

但是，我必須先去找份短工湊夠去奈良的路費——我口袋裡已經山窮水盡了。這樣，我興奮地從地板上爬起來，去盥洗間裡洗漱、淋浴，打算再去送過外賣的中華料理店裡去碰碰運氣，看看能不能再送幾天外賣。

結果是我的運氣的確不錯，畢竟是同爲中國人的關係，店主答應了我。

但是，第二天中午，我正在往「Yamagiwa」專賣店送外賣，手持電話又響了，和昨天一樣，我剛說了一聲「喂」，電話就掛斷了。和昨天唯一不同的是：螢幕上顯示出的電話區號又換作了另外一個。

我一下子就明白過來，扣子已經不在奈良了。我甚至懶得再打電話去查詢這是什麼地方的區號，因爲我已經可以確認：扣子不會再見我。爲了不見我，她甚至一天之間就去了另外一座城市。她本就是冰雪聰明的人，當她撥通我的電話，肯定就已經做定了去往別處的打算。可是，她不知道，此前的幾十分鐘乃至幾千分鐘裡，我還一直在想像著找到她時的樣子。像我們這樣的人，能在什麼地方碰面呢？我已經問過，知道從東京去奈良也有通宵火車，我就忍不住去想像，我會在一家百貨公司門口找到她，因爲是淸晨，也許她還正對著百貨公司的玻璃門梳著頭髮呢。

我找到她的時候，應該就好像蘇東坡寫過的那樣吧：「小軒窗，正梳妝，相顧無言，唯有淚千行。」

接下來，又是一段昏沉不堪的生活：我又開始閉門不出，除去寫劇本之外，就又和以往一樣喝酒、睡覺和看閒書了。

一天下午，接到了杏奈父親的電話，告訴我說杏奈病情加重得厲害，已經別無他法，因此他和杏奈的母親決定帶著杏奈離開日本，再去印度比哈爾邦住下來。事已至此，他們也只能指望在那裡杏奈可以變回從前的那個樣子了。

又是一天下午，我從一場大夢裡醒來，居然看見我的屋子裡來了一個流浪漢，就盤腿坐在我身邊，吃著我沒吃完的東西，喝著我沒喝完的啤酒，端的是大快朵頤。我感到詫異，又一轉念：爬這麼高的樓上來，也算是我的客人了，便乾脆和他推杯換盞起來。的確如此，自從我來了日本，無論住在哪裡，想起來還不曾有過造訪我的客人，他算得上是第一個。

喝得興奮起來之後，他對我說起了他的父親，說是二戰時去過中國，也殺過人。

「那好辦。」我灌下去一口啤酒，對他說，「下次見到他的時候，你就代表中國人民一刀結果了他。」

「哦——」他愣怔了一下，哈哈大笑，「好，好，就這麼辦！」我也和他一起哈哈大笑，笑得連眼淚都流出來了。

十二月末，我帶著寫完的劇本坐上了去北海道的通宵火車。當火車離站，呼嘯著駛出市區，我回望這座車聲燈影裡的都城，突然感到它好像蹲在重重夜幕裡的擎天怪獸：滿城燈火都是牠覓食的眼睛，而綿延起伏的摩天高樓就是牠的獠牙，人群在其下行走，實際上是行走在這頭怪獸的嘴巴裡。

多日不見的好天氣，我和筱常月在距富良野不遠的美馬牛小鎭上走著。雪後初晴，陽光直射下來，天地萬物都在反光，直教人的眼睛酸疼不止。筱常月倒是戴著墨鏡，身上穿著阿爾巴卡羊駝絨大衣。從美馬牛小學的小禮堂裡出來以後，筱常月問我：「要不走回富良野去？」我當然願意，反正閒著也是閒著。

北海道這地方，尤其是富良野一帶，也眞是奇怪，公路上的雪向來無人淸掃，不過正好散發出濃郁的原始氣息，眞正是北國一片蒼茫。因爲大雪的關係，從富良野去美馬牛、美瑛直至更遠的札幌，就不能開車了，通行只能靠觀光小火車代步。我坐觀光小火車去過札幌，說實話，倒也另有一番風情。

整個美馬牛小鎮上似乎只有我和筱常月兩個人在路上走著。居民們在家中烤火，被積雪覆蓋的山坡上也沒了牛羊，只有滿目的尖頂房屋依然在提醒著我們：這裡的確就是聞名全日本、被稱爲「童話世界」的美馬牛小鎮，我們正走在一到春季就被稱作「景觀之路」的公路上。聽筱常月說，一到春季，全世界的遊人就蜂擁而至，那時候，從富良野開始，一直到美瑛小鎮，每幢尖頂房屋裡都住滿了人，直到薰衣草收割起來才會陸續離去。更有不少攝影家和畫家們，只要來了北海道，就會住滿一個春季。

「夏天，我是說薰衣草成熟的時候，這裡到底會美到什麼地步？」我問了筱常月一句。

「呀，實在太美了，連陽光都亮得像食物一樣，張嘴就可以吃下去的，薰衣草鋪天蓋地，我第一次來的時候，感動得連路都走不動了。」

我便忍不住去想像夏天的富良野：空氣中一定有鹹腥的海水味道，藉著清涼的微風，海水的味道從鄂霍次克海峽被送到了這裡。無論你置身何處，大概也只能生出「人在花中」之嘆——遠在天邊，近在眼前，全是讓人眩目的紫色。當然也還有別的花，它們和薰衣草套種在一起，因此，它們自然也明白自己只是薰衣草的配角，雖說也在開放和搖曳，但應該是有些害羞的，生怕占去薰衣草的位置。不過我想，單單從此刻就已經可以看出來，薰衣草盛開的富良野，無論是誰，只要他來了，就一定會像筱常月那樣被感動得走不動路的。

說實話，我也在期待自己遭遇這樣的奇蹟。

中國農曆年過後，筱常月租下了美馬牛小學的小禮堂，作爲昆曲《蝴蝶夫人》的排練場地，每天都和其他坐觀光小火車從各處趕來的戲迷一起排練，每次排練都長達六個小時。有時候我也和她同去，但是說實話，在小禮堂裡消磨的光陰裡，我總是靠在窗前抽著菸，沒有去看排練，只盯著窗外的皚皚四野發呆。盯到極處，視線裡就好像走來了一個人：她頭戴一頂紅帽子，穿著一條發白的牛仔褲，嘴巴正在朝手上哈著熱氣，耳朵裡塞著隨身聽的耳機——不，她已經用不著耳機了。

只是幻覺而已。

事實上，直到昨天，我才跟隨漁民們出海回來。自從來到北海道，在筱常月的日之出農場裡，我一下子做了三份工作：每天都在生產芳香精油的工廠裡工作兩小時，之後便到一間倉庫裡抱了乾草料去馬廄裡餵馬，到了晚上，還要提著馬燈到薰衣草試驗田裡去巡夜；要是遇到試驗田的塑膠棚被大風掀起了角，就要去將它安頓好。來了日之出之後，我才知道農場裡還養了好幾百匹馬。到了春天，薰衣草開始泛青的時候，放馬的人一般會趕著馬出去放，一直要放到鄰近的帶廣市八千代牧場才再折回來。我心裡不禁一動：做個放馬的人倒也不錯啊。立即就去申請這份工作，結果也申請到了。

我住的地方就在馬廄旁邊的一間平房裡，除了來北海道的第一夜我曾在筱常月家裡借宿了一晚，以後，我就一直住在這裡。房子雖說小，因爲暖氣和電都通了，我住起來也沒感到有什麼不便。有一天，去美馬牛看筱常月排練的時候，回來的路上，我在一幢尖頂小樓前撿了一套音響，搬回來後發現果然還能用，就趕緊去札幌買了幾張德布西的CD回來。當我喝著啤酒聽著音樂，就想起了扣子，還有杏奈和阿不都西提。

不排練的時候，筱常月會來我的屋子裡坐坐，也不談什麼，就是坐而已。也難怪，我們兩人都是那種談著談著就會走神的人。當和我一起做工的人對我談起筱常月，我便說自己是她的一個遠方親戚。說起來，我和他們也算是相處甚歡了，除去溝通起來有些困難之外，別的一切都好。但是，多多少少，他們也覺得我有點怪僻。當他們談起我，就會哈哈笑著說：「哈，那小子古怪是古怪了一點，倒也是個好人哪。」

前段時間，由於天氣太冷的關係，芳香精油工廠的機器發動不了，便停了下來。只是這樣一來，除了餵馬守夜之外，我就無事可幹了。恰好在這個時候，和我一起做工的人問我是否有興趣隨他們一起出海捕大馬哈魚，我也就跟他們一起出海了。

在船上待了一個星期，每天都是往深海裡下網，再將魚從網裡摘出來，還有就是喝酒了。當我們返航，我坐在堆成山丘般的大馬哈魚中間喝著啤酒，低旋的鷗鳥和夾雜在濤聲裡的鹹腥氣息撲面而來，不自禁地，我又想起了扣子，想她走在哪條街上，穿著什麼衣服。

「你說，她結婚的時候，穿的是什麼樣的衣服？」筱常月突然問我，見我不解，就補充了一句，「我說的是巧巧桑。」

「哦。」我一邊往前走，一邊聽著腳踩到積雪上發出的吱嘎聲：「應該是和服吧，雖說嫁給了美國人，但是畢竟在長崎，所以到了演出的時候，我覺得演員們還是穿和服比較好，至於平克爾頓，他是軍人，當然也要穿軍裝。」

「嗯，我也是這樣想的，再過幾天，演平克爾頓的人就要來了，巧得很，他也是美國人，喜歡昆曲。」停了停，筱常月繼續說，「還記得我說要給你講個滿長滿長的故事？」

「記得。」我說。

「一直都想講給你聽，可是不知道爲什麼，每次話到了嘴邊就是說不出口。」說話間，過了下一個山坡就到了上富良野，筱常月取下墨鏡拿在手裡，「說到底還是膽小的人哪。」

我心裡一動，終究還是沒忍耐住，問道：「和你丈夫有關嗎？」

我絲毫也不曾想到，我的尋常一問，筱常月竟然全身顫抖起來。我看著她，也不知道如何是好。等到拿著墨鏡的手好不容易平靜下來，她才笑了一下，看上去更顯落寞：「是的。和我的兩個丈夫有關。」

「兩個？」既然話題已經說到這裡來，我也乾脆狠下心去問了。

「是，兩個。」她又把墨鏡戴上了，原地站住，眼睛投向前方的上富良野。至於她到底在看哪裡，我也不知道。終於，她還是狠了心說，「……我親手造成了兩個孤魂野鬼，你信嗎？一個是中國人，一個是日本人，不過，都埋在北海道，都曾經是我的丈夫。也許，他們這時候都還站在奈何橋上等我呢。」

原來如此。

我頓時就有不好的預感，便引開話題說：「開春之後一起出海吧，海鷗就在身邊飛著，感覺和在陸地上還是有很多不同的。」

「……好。」筱常月遲疑了一會說，「什麼時候帶你去一個地方看看吧。」

「好啊，哪裡呢？」我問。

「我的兩個丈夫的墓。」筱常月說，「離富良野不遠，兩個人的墓離得也不遠。兩個人活著的時候沒見過面，死了以後倒是埋在了一起。」

我的確沒想到筱常月想帶我去的竟是那樣一個地方。

「我這個人，膽子終究是太小了，膽子只要大一點，兩個人就都不會死了。」筱常月接著說，「就算是現在，他們已經死了第七個年頭了，實在沒辦法，我還只能向《蝴蝶夫人》借點力氣來，看看這次自己的膽子能不能大點。」

「什麼，《蝴蝶夫人》？」我感到自己心裡不祥的預感正在急劇加深。

「啊，沒什麼，下次也許用筆寫下來給你？要是寫小說的話，至少可以寫得滿長的吧，兩個人都是自殺死的，兩個人都給對方下了那麼多的圈套——」說到這裡時她又說不下去了，「沒辦法，又說不下去了。」

於是，兩個人在一起朝富良野走去。公路上還是只有我們兩個人，路邊的廣播裡放著鋼琴曲，似乎是〈寫給母親的信〉，又似乎是〈給愛德琳的詩〉，我也記不清楚了。到了富良野，在筱常月的家門前，我還是問了：「怎麼會想起要把《蝴蝶夫人》改編成昆曲的呢？」事實上，當我和筱常月在東京見第一面的時候，我就問起過。

當時她並不曾回答過我，這一次也一樣，只說了句：「……大概是他們兩個人都喜歡吧。」就再也說不下去，哽咽著，臉上的表情一下子就變了。也只有到此時，我才會在短暫的時間裡有一種錯位之感：無論她是多麼有成熟風韻的女子，無論她的故事是多麼動人心魄的傳奇，終歸她還是一個蘇州的女人，動人也好，驚心也罷，本來與她無關。可是，弄人的是一言難盡的奇妙造化，世人只有陷在造化裡聽任沉浮而已，古往今來，莫不如此。

「明天我想去札幌添幾件樂器回來，一起去嗎？」分手的時候，筱常月問。

想著也打算去札幌的CD店裡買幾張CD回來，就說：「好。」

「那麼，明天見？」

「好，明天見。」我目送她離去，看著她推開院門，就想起了她曾和我說起過的：站在蘇州銅鈴關的城牆上甩水袖，月光照著，她跳進了蘇州河裡——在她跳進去的一剎那，河水濺起，發出了清脆的聲響，雖然寂寞，倒也能證明她的存在。可是，現在呢？我往農場裡走著，心裡不祥的預感愈加濃重，彷彿那聲清脆的聲響即刻就要響起，但是，那可能是她跳進河水之後，再也浮不出水面的聲響，而我卻沒有力量去阻攔，甚至不知道她將於何時跳進哪條河裡。

我唯有記住此刻：筱常月不像走在自家的院子裡，她仍然像是走在蘇州的那一段城牆上。扣子此刻又走在哪一段城牆上呢？是東京、秋田，還是奈良？是京都、大阪，還是鐮倉？想著想著，我就黯然神傷了。

好在回到我住的平房裡還有音樂。在不過十平方米的房子裡，我只穿一件薄薄的毛衫即可，絲毫不覺得冷。來到北海道的時間還不長，但這間房子已經可以算作小小的安樂窩了：到處都是菸、書和啤酒，還有CD，需要時一伸手即可。當然，由於我吃飯簡單，一個月下來總是還能剩下工資的大部分，於是就放到銀行裡存下來。每次當我去銀行裡存錢的時候，心裡就像有刀子在割：扣子手上有夠她吃飯的錢嗎？

除了夠吃飯的錢，我還有音樂。德布西的經典曲目已經被我聽了好多遍：〈大海〉、〈小提琴奏鳴曲〉、〈春天〉這樣的曲子就不用說了，即便比較冷僻的〈兒童樂園〉和〈黑鍵與白鍵〉之類，也幾乎被我收集齊全了。為了我喜歡的這個人，我每隔一段時間便要去一趟札幌。

此刻，在屋子裡坐著，喝著啤酒，抽著七星菸，透過窗子去看馬廐裡悠閒吃著草的馬，就疑心此刻是否眞實起來——常常有這樣的感覺，想改也改不了。坐著坐著，到了最後，眼睛總是要被丟在床上枕頭邊的手持電話吸引過去，便趕緊跑過去拿在手裡，一遍遍地把玩著。我無時不在渴望、在想像這樣的時刻：正在把玩的時候，扣子會給我打來電話。

我甚至從來就沒懷疑過扣子會給我打電話。到現在爲止，我一直沒有更換手持電話的號碼，儘管我沒有多少錢，在銀行裡也有了帳號，因爲已經打電話去東京的電話公司裡辦過了手續，所以，每個月到了交費時間，電話公司自然就會通過帳號將我的電話費劃撥走。只可惜，扣子一次也沒打過電話來。

我仍然不懷疑。

剛來的時候，也常常想起東京，但是，後來，我就逼迫自己不去想了，我只想扣子。

後半夜，起了大風，我一個人提著馬燈出去巡夜。將試驗田的塑膠棚安頓好，就信步在瀰天大雪籠罩的薰衣草田裡走著，聽著馬吃夜草的聲音，我覺得自己好像置身在遠古的某一朝代之中。後來，我在雪地裡坐下來，聽著遠處傳來的大海的濤聲，抽著菸，突然看到自己在雪地裡留下的腳跡，一下子覺得這腳跡根本不是自己留下的，而是扣子留下的。我盯著幽光裡的腳跡，彷彿看到了她正從我來的地方來，又要和我一同往我要去的地方去。

再有幾場這般的大雪，春天，也就要來了。

春天，天色尙未過午，我和筱常月在美馬牛小鎭上走著。空氣裡滿是薰衣草的淸香，舉目所見，皆是青蔥一片。和冬天時不同，此刻我們身邊三三兩兩走著不少悠閒的遊客，即便公路兩側遼闊無邊的薰衣草才剛剛吐露出淡藍色的花蕊，我想，這也就足以使他們和我一樣，感動得幾乎連路都走不動了。

我是碰巧和筱常月遇見的。兩天前，我趕著馬群從帶廣市的八千代牧場回來，在日之出農場裡休息了一天。今天想給自己買件春天穿的衣服，就上了去札幌的觀光小火車。一路上，置身於茵波花海之中，我迷醉得近乎神智不清了——只有來過北海道，來過富良野的人才知道我所言絕對不虛。坐在明治時代遺留至今的小火車上抽著菸，一眼看見遠處筱常月從美馬牛小學裡出來，正朝她的那輛紅色寶馬走過去，我便從小火車上跳下來，穿過薰衣草田，踩在綠油油的田塊上朝她跑了過去。

「再順著這條路往前走走？」見面之後，筱常月笑著問我。

「好啊。」我也笑著對她說，「換個方向走吧，朝札幌那邊走。」

於是，我找了家小店，買了兩支薰衣草雪糕，一支給自己，一支給筱常月，兩人一起朝前走。其實，原野上除了薰衣草之外，也套種著其他的花：向日葵、藥用罌粟花、波斯菊，等等等等，不過從天上看下來，地面上應該還是一張紫色的花毯。我下意識地往天上看去，結果還眞看見了坐熱氣球漫遊富良野的人。我剛一抬頭，坐在熱氣球上的人就興奮地尖叫著朝我招手。

我自然也朝他們招手了。

一路上，除了遊客，也有許多來這裡拍電視廣告的人。只是如此一來，便忽然有武士打扮的人迎面走過來，忽然又有手舉某某產品的演員從我們身後走向攝影機。儘管感覺錯亂，倒也正合了我的胡思亂想：看到武士打扮的人，我就浮想起濃雲密布的江戶時代。總之，看到什麼就去想什麼。

筱常月和我說起了多日下來的排練情形，雖然辛苦，但是大家都還饒有興致，不日之後大概就可以在一起走走場，將整齣劇目演一遍，看看效果如何了。就眼前的情形看來，筱常月還是覺得相當不錯。一邊往前走，她也一邊哼唱出兩句，讓我聽聽看怎麼樣。

「怨不能，恨不成，對著盞長明燈，坐不安，睡不寧，倚著扇舊畫屏，到頭來，燈兒也不明，夢兒也不成……」舉步之間，筱常月輕聲哼唱著巧巧桑靜夜裡想念平克爾頓時的一段唱詞，雙唇只是微啓，吐字卻是十分清晰。我聽著，想像著她在舞臺上的樣子，不覺就陷入了迷醉之中，便對她說：「我敢保證，到了眞正演出的時候，哪怕一點昆曲都不懂的人，也一定會傾倒的。」

「眞的？」筱常月站住，抱著一件外套，笑著微微欠了欠身問我。只有到此時，在這些不經意的動作之間，她作爲一個成熟女子的魅力才盡展無遺了。

「眞的。」我說。

「你說——」又往前走了兩步，筱常月突然站下來問我，「假如，在奈何橋上，兩個人都在等同一個人，等來了，但是來的人只能跟一個人走，剩下的那個人，還是會變成孤魂野鬼嗎？」

我的臉上應該是頓時之間就變了顏色，問她：「你在說你自己嗎？」

「……我說的是假如啊，好，就算是我吧，你覺得我應該怎麼辦？」

「依我說，這個人根本就不該去。」我依稀想起扣子對我說起的「三世輪迴」，便說，「聽人說，人死之後，要歷經三世才能了盡塵緣，最後脫胎換骨。這樣說來，無論去或不去，已經死了的人該對著長明燈的，還是只有對著長明燈，該倚著舊畫屏的，還是只有倚著舊畫屏罷了。所以，我倒覺得活著的人就是要繼續快樂地活下去，這樣，到了真正碰面的時候——不論是在奈何橋上碰面，還是在來世碰面——不管有幾個人，大家不過是會心一笑，繼續再往下面兩個輪迴走。我就是這樣想的。」

聽罷我的話，筱常月的眼睛亮了一下，但是很快就暗淡下去，只說了一聲「好冷啊」，待她急忙穿起外套，身體竟然顫慄起來了。我見她打了一個寒顫，趕緊脫掉自己的外套，幫她披好，見路邊有一家名叫「松浦」專供外來遊客的單車出租店，就趕緊和她一起躲了進去。

在單車出租店待了大約十分鐘，筱常月始終沒說話，不自禁地打著寒顫。等她平靜下來，我就送她回美馬牛。到了美馬牛，我陪她在車裡又坐了約莫十分鐘，才接下她遞過來的外套，問她：「沒事了？」

「沒事了。」她一邊將車窗搖下來，一邊說，「總是這樣，我也習慣了。」

如果是以往，如果我出門去札幌，只要遇見筱常月，她就一定會開車送我去。今天卻不是如此，當我最後確認她沒事，又看著一輛觀光小火車正從花田裡駛來，就下了車。往前走出去才剛剛兩步，就聽見她叫了我一聲，回頭看時，她正顫著嗓音問我：「有菸？」

我連忙掏出一支七星菸，回去遞給她，給她點上火。剛一點上，她就催我說：「快去吧，快趕不上車了。」

我盯著她看了一會，還是朝著花田裡緩慢行駛著的小火車跑過去了。當我跳上小火車，開出去好遠之後，那輛紅色寶馬還是沒有開動，我依稀還能看見車裡的筱常月手拿著一支燃到盡處的七星菸在發呆。

到了札幌，才知道我這人實在是個不會生活的人。在札幌轉了好幾家百貨公司，始終不知道自己該買什麼樣的衣服。也難怪，自從認識扣子，我的衣服都是她一手購置的，雖說價格便宜，但是身邊的風潮似乎也還能跟得上，不至於落伍太多。現在，只剩我一個人，該如何是好呢？也是湊巧，到了下午四點多鐘，我從一家CD店出來，一眼看見對面有家二手衣店，就趕緊跑了進去。

凡是估計扣子看不上的顏色和款式，我都不予考慮。這樣，從二手衣店出來的時候，我竟然一下子買了兩件，應該都是扣子喜歡的顏色和款式。

我提著裝了衣服的牛皮紙袋繼續在街上閒逛，腦子裡就又想起了扣子。

你在哪裡啊，扣子？

轉到天黑的時候，在中央區的宮之丘，我尋了一家西餅店，買了一小包鳳梨味的可樂餅出來，邊吃邊向觀光小火車的起始站走過去。走到Enyama動物園旁邊一條僻靜的巷子時，看見有人拍電影。我向來不喜歡湊這樣的熱鬧，就走到另一邊的人行道上去了。偶然的一瞥，大概也可以知道正在拍的這部電影應該是部動作片，因爲女演員正在人群之外補妝，而在人群之中的一棵巨大櫸樹上，一個和女演員穿著一模一樣戲裝的替身正背對著我這邊要從樹上跳下來。看起來，對於那個替身的表現，導演好像並不滿意，一直在呵斥著她。從訓斥聲裡聽去，似乎這已經是她第七次往下跳了。

我一邊往前走，一邊隨意朝他們瞥著。

那個替身第八次從樹上跳了下來。這一次，她沒有再得到導演的訓斥，順利通過了。不覺中我也笑了，站住了，想看看她轉過來的樣子。不到一分鐘後，她在強烈的鎂光燈裡轉過身來。

只一眼，我頓時覺得如遭電擊：我看到了扣子！重新將頭髮染黃的扣子；嚼著口香糖，一臉滿不在乎的樣子看著眼前眾人的扣子！

我鼻子一酸，下意識地覺得自己是在夢中；可是，同樣是下意識地，我撒腿就狂奔過去。是的，不管是不是在夢中，只要一看到扣子，除了朝她狂奔過去，我難道還會有絲毫的猶豫嗎？

絕對不會。

可是，等我跑近，我才終於看清楚了：眼前的這個替身，眞的就只是扣子的替身，儘管和扣子的樣子很像，但她實在不是，最明顯的例證，就是她正在和往她手上遞錢的人爭吵著什麼。是啊，她畢竟是張開嘴巴在說話的人。在幾欲使我睜不開眼睛的鎂光燈照耀下，我在人群之外蹲下了，絕望地憋住呼吸看著她：看她如何與對方爭吵，又看她如何最終被幾個大漢從人群裡推出來；當她走近了，我又看見她眼角上有一處傷痕，大概是從樹上往下跳的時候被樹枝劃傷的。

當她搖晃著身體從我身邊過去，不經意地瞥了我一眼，我幾乎一頭栽倒在地上。天哪，她和扣子太像了。迷離之間，她已經走遠了，我的鼻子還在嗅著她身上的香水味道，恰好一輛警車呼嘯著從我眼前開過去，提醒我趕緊要追上去，就站起身來，快步跟上了她。

——我就把她當作扣子了吧。

我一直跟著她往前走，朝著離小火車的起始站越來越遠的方向走，折過了好幾條巷子。宮之丘一帶，到了晚上就很是冷清，上流社會的深宅小樓也不算少，皆以爬滿蔦蘿的圍牆圍住，只有幾條剛夠行駛一輛汽車的幽徑穿插其間，這在國土面積狹小的日本，倒也是尋常的景象。

我看著她轉入一條巷子，急忙跟上去，卻不見她的蹤影。正在茫然四顧，她從一戶人家的大門口走出來，嚼著口香糖，滿不在乎地叫了一聲：「喂！」

自然是在叫我。可是，當她喊出一聲「喂」，我就狂亂了，只顧看著她，一時間，身體裡的熱流開始橫衝直撞，反倒使我的手足冰涼不堪。

「喂！」她又叫了我一聲，「想請我吃飯嗎？」

月光下，我就像置身於東京，和扣子在表參道上走著，走著走著，扣子調皮地回頭問我：「這位客官，想請我吃頓飯嗎？」

我一定會接口就說：「好說好說，那先給我唱上一曲吧？」

此刻，我卻呆呆地看著眼前的女孩子說不出來一句話，就更別說油腔滑調了。我的眼睛就像被上天賜予了無窮魔力，穿越漫漫時空，看見扣子就走在某個城市的某條路上，沒有吃飯，瑟縮著抱住肩膀往前走，走到一家裝著落地玻璃的餐廳前，站住了，她往裡看，看著看著，就「呵」了一聲，既像是不屑，也像是自嘲。總之，她還沒吃飯。

「好，去吃，吃最好的！」我下意識地對眼前這個女孩子說。我說的是中文。

這個女孩子稍稍愣怔了一下，也大致明白了我說的意思，就和我一起朝前走。

從小巷子裡出來，剛剛走上一條稍微寬敞些的馬路，我便看見馬路對面眞的就有一家裝著落地玻璃的餐廳，名叫「寂街町」，霓虹招牌上寫著「鯨肉、竹燒菜專營」的字樣，自然是價格不菲的所在。我一把拉住她的手：「扣子，就這兒吧，你放心，我有錢！」

迷亂裡，我拉住她的手跑到馬路對面，跑進了這家名叫「寂街町」的餐廳。

在進店門之前，我心裡一動，想要記住此刻，便回過頭望周遭四處看了一眼：因爲是步行街區，所以並沒有汽車的蹤影，甚至連行人都很少；店鋪都散落在沿街栽種的竹林裡，夜幕中，店鋪裡全都浮泛著橙色的燈影，只模糊看見細格木窗裡人影綽綽，幽到了極處，也暖到了極處。

我的心，還有我的身體，又有主了。在《蝴蝶夫人》的劇本裡，我寫過這樣的句子：「一株株垂楊柳，一串串楡莢錢；楊柳兒楡莢兒都是我的武陵源。」

第十六章　再見

一隻畫眉，一叢石竹，一朵煙花，它們，都是有前世的嗎？短暫光陰如白駒過隙，今天晚上，我又來到了這裡——扣子，你猜，我現在在哪裡？

好了，還是我自己將謎底揭開，免得遭你訓斥吧。

我在你的墳前。

你沒有聽錯，我已經給你找到了下葬的地方。現在我就坐在這裡了。不過，雖說已經在你墳前坐了半夜，還是捨不得把你放進去，因爲遲早會把你放進去，遲早會讓你被塵土蓋住，住進那溫暖的長眠之所。對了，我還給你找了個伴兒，想不開的時候你就和她說說話，怎麼樣？至於現在嘛，離天亮的時間還早，你就再陪我坐一會兒，抽著菸，喝著啤酒，有一句沒一句地聊著，怎麼樣？

「說了半天，你到底是把我埋在哪裡了呀？」

——呵呵，我知道，假如你還活著，你一定會做出一副凶相來敲我的頭。

別急，扣子，且聽我一一道來吧。

說起來，我到東京已經快一個星期了，去了表參道和鬼怒川，也去了吉祥寺和淺草，最後，也就是今天下午，我終於從日暮里上車，來到秋葉原。但是，我根本不敢往電器街那邊走，乾脆就沒從秋葉原車站裡出來，而是躲過眾人的眼睛，徑直沿著JR鐵路線往神田方向走過去了。走了一陣，掏菸的時候偶然一抬頭，竟然瞥見我們曾經住過的那幢公寓，在其中的一間房子裡，我們曾經喝了酒，吵了架，也做了愛。可是到了這個時候，我卻不敢看它一眼，把我們住過的房子找出來，匆忙之間就低了頭繼續朝前走，眞正是一步都沒停。

沿著去神田的鐵路走了一段，在神田川和昭和通之間的交叉路口上，我遲疑了一會兒，就決定掉轉方向往神田川去，還是沿著JR鐵路線。出了神田川，鐵路到了盡頭，我就經過萬世橋再往南方走。一點目的都沒有。走到交通博物館半人高的鐵柵欄外面，我突然發現這裡已經完全變了模樣：不知何時，交通博物館的正對面，新建了一座小型廣場。

因爲剛剛建成，連參天的古樹都是剛剛才被移栽到這裡，要在樹幹下搭起木架才能使它們穩當地站立住，所以，除去幾個花工之外，廣場上並無多少行人。我就隨意地盯著廣場西南角的一小片櫻樹林看著。突然，我心頭一怔，抱著你狂奔過去。

我看見一尊雕像。我曾在那座和你消磨許多後半夜的貨場裡，見過這尊江戶時代的武士雕像。我相信自己絕對沒有看錯。

我眞的沒有看錯。它就是我看見過的那尊雕像。只是，它現在顯然已經被精心修飾過了，那把圓月彎刀也被重新裝上了刀柄，通體上下，無一處不被徹底清洗，新上了一層石膏。我站在其下，呆呆看著，簡直懷疑自己走錯了地方。

還不止於此，在我恍惚著的時候，看見有幾個花工正從櫻樹林裡走出來，我就隨意地朝櫻花林裡看去——扣子，你猜我看到了什麼？

那座墳。

假如我的記憶沒有錯，哦不，我的記憶決然錯不了，你的最後一句話就是跪在那座墳前喊出來的，人雖不在，言猶在耳：「保佑他。你知道他是誰。」

僅僅只是一觸目，我卻是連大氣都不敢出了。你雖然就被我抱在懷裡，但是說實話，現在，當我看到雕像和墳墓，從頭到腳的器官都被喚醒，我便覺得從來也沒有和你像此刻離得如此之近。

眞的走到它身邊的時候，我反而平靜了下來，因爲我已經在心裡暗暗定下一個主意。是啊，我在東京來來回回已經走了一個星期，爲的就是此刻：我確信，我已經找到你可以容身的地方。

大千世界，芸芸眾生，動心轉念也好，裝瘋賣傻也罷，又何嘗不是在如此的一瞬間？扣子，眞是要恭喜你啊。不過，呵呵，恭喜你就等於恭喜我自己。

沒有錯，就是它。當我眞正站在那堆四周皆被青草環繞的土坡前，我已經完全可以確認這就是那個名叫金英愛的朝鮮妓女的新居了。首先便看見，那塊墓碑在搬運到這裡的路上殘缺得更加厲害了，但上面「金英愛」和「昭和三年立」的字樣依然清晰可見；然後，我又看到了幾塊花崗岩石塊，上面同樣刻著「金英愛」和「昭和三年立」的字樣。這是爲什麼呢？不過，扣子，我很快就明白了，這是有關人士要給金英愛造一個長眠之所——就像公墓裡的那樣，他們將要在她的方形墓上覆蓋以花崗岩石塊。至於那塊原來的墓碑，大概仍然會象徵性地嵌入其中。

這也是你的長眠之所。在這裡，你想住多長時間，就可以住多長時間。

那個你要她保佑我的人，就是我給你找的伴兒，你們兩個人一起保佑我吧。

主意下定之後，我馬上開始周密思慮什麼時候將你放進去最爲合適，思慮了半天的結果，還是覺得後半夜，也就是我坐著抽菸的此刻來這裡最好。此刻，廣場上，還有櫻樹林裡，一個人也沒有，墓穴還空著，不過我估計，至多明天早晨金英愛的骨灰就會被移至此處，所以，我必須在今天晚上就將墓穴挖得再深些，將你先行放下去，也只有這樣，才會留出讓別人看不出絲毫破綻的空間來放金英愛的骨灰。只是，到了那時候，我們就再也沒有相見的那一天了。

再沒有相見的那一天了。

下午，主意徹底拿定之後，我在交通博物館旁邊的一家愛爾蘭酒吧裡坐了半天，耳邊迴旋著愛爾蘭風笛吹奏的樂聲，不忍再看近在眼前的櫻樹林，就閉了眼睛，像過去一樣，逼迫自己去想一大串不相干的畫面——一個沒有背景的虛幻所在，草地上，歡樂的人群都打著燈籠載歌載舞，你從人群裡出來，蹲在一條漂滿了紙船的小河邊上發呆。不一會，還有一個人也走了過來，從背後將手放在你的肩膀上，你淚如雨下，將整個身體都靠在那隻手上。那個人就是金英愛。後來，在一座橋邊，你碰見了筱常月，她像是在找什麼人，但是一直沒有找到，三個人就一起坐下了，聊起了我：「也不知道他現在在幹什麼。」河水嘩嘩，露水冰涼，終於，筱常月要走了，你挽留過，留不住，看著她在瀰天大霧裡消失，只是再沒有了那輛紅色寶馬。筱常月走了，卻來了阿不都西提，他站在橋頭笑著問：「有可以做愛的女孩子嗎？」

晚上十一點，我準時來了。不光抱著你，手裡也拿著一瓶啤酒。爲什麼沒有像以往那樣買罐裝的啤酒呢？原因很簡單：啤酒喝完之後，我要用啤酒瓶當工具，將墓穴挖得深一些，直至再深一些。現在，啤酒我早就喝完了，墓穴也挖得相當深了，可是，就是捨不得把你放進去。不過也沒關係，反正離天亮還早，我們就有一句沒一句地聊著，好嗎？

就說說那個北海道春天的晚上吧——

在幽幽的橙色燈光裡，在衣冠楚楚的食客間，顯然，我和萍水相逢的女孩子又是最寒酸的一對。平心而論，日本人的可愛之處，就在於內心裡再怎樣對你不屑一顧，表面看起來卻還是對你禮敬有加，所以，我們還是被紮著領結的侍者客氣地引進了店裡，又幫我們找到了一處靠角落的座位。坐下來以後，我就一直盯著眼前的這張臉看。

怎麼都看不夠。

「哈，眞不錯啊。」迷離之中，我聽這個女孩子說了這麼一句。一邊說，她一邊取下身後的背包，然而，卻不是亞麻布的。

餐廳裡迴旋著愛爾蘭凱爾特舞曲，曲風可以用「夏日清晨裡的一杯菊花茶」來形容，聲音小的關係，倒眞有一點低吟淺唱的味道。眼前這個女孩子就一邊聽音樂一邊搖著身體，手裡還拿著一支筷子跟著韻律在藍印花桌布上輕輕敲著，突然問我：「你怎麼不說話？」

我朝她一笑，未及開口，鼻子已經先酸了。恰好在此時，我們點的竹燒菜和炒鯨皮被端了上來。「眞好眞好。」女孩子叫著，菜剛剛放好，她就拿起筷子直衝炒鯨皮而去了。

的確不錯，我這輩子還從來沒吃過這麼好的東西。青竹被劈成兩半之後，再放入當季的蝦仁、貝肉和烤栗子，用文火精心烤製，就是所謂的竹燒菜了；至於炒鯨皮，更是前所未見，那只盛著鯨皮的陶罐剛端上來，香氣立刻就四溢開來了。可是，我就是不想吃，只看著眼前的女孩子吃，又環顧了四周，並沒見到禁止抽菸的標記，就一支一支抽起了菸。

「慢點，小——」看她吃得太快，我忍不住去提醒一下，「小」字剛出口，想起來她不是扣子，遲疑了一會兒，還是說了，「……扣子，吃慢點。」

女孩子便驚異地看著我，喝了一口鯨湯，噗哧一聲笑了：「我還眞是第一次碰見你這樣奇怪的人吔。」

噗哧一笑。

我的雙手頓時都緊緊攥住了，攥住了再鬆開，還是一把攥住了她的手，問她：「扣子，這麼長時間都是怎麼過來的啊？」我說的仍然是中文。女孩子沒有把她的手縮回去，另一隻手拿著筷子頂在嘴唇上，看著我，鬼精靈般地笑著。突然，她「啊」了一聲，聲音高了起來：「我知道了，你把我當作了另外一個人？」說的是千眞萬確的日語。

終了，我還是只能對她頹然點頭。

吃完飯，從「寂街町」餐廳出來，一抬頭看見滿天的星光，我深深地呼了一口氣，猶豫著不知道該對這個女孩子說句什麼，她卻「哈」了一聲問我：「有睡覺的地方？」我懷疑自己聽錯了，看著她，她便又重複了一次，「有睡覺的地方？」

「……有。」我說。

於是，我夢遊一般和她朝觀光小火車的起始站走去。這樣描述我的心情可能算不得誇張：既害怕她和我一起回去，又害怕她一下子就從我的眼前消失不見。夢遊般走過巷道、廣場和繁華處鱗次櫛比的摩天高樓，最後，終於到了起始站。

我也用生硬的日語和她聊了起來，沒有問她的名字，只問了她是哪裡的人、現在在做什麼之類。她說是札幌新得町的人，十三歲從孤兒院裡逃出來，就一直沒有工作，當然了，有時候也會像今天這樣，當替身打打零工。我沒再問了，因爲我大致已經知道，她也不過和我一樣，日日過著不受自己控制的生活罷了；當然，也和扣子一樣。這就是所謂的「相逢何必」了。

她倒也和扣子一樣，是個活潑的人，對我也有幾分興趣，問我是中國人還是朝鮮人，我便照實說是中國人。說話間，我們上了小火車，揀了最後的一處位置坐下來。小火車哐噹著離開站臺的時候，她想了想，又一臉肯定的樣子問我：「那個女孩子，是你愛的人？」

她自然說的是扣子。我不假思索地說：「是。」

「她不愛你了嗎？」

「不！」

「那她現在怎麼會不和你在一起呢？」

她不知道，如此尋常的一問，幾乎會要了我的命。

我說不出話來，她看出我的臉色變了，就說：「我來講講自己的事給你聽？」

我點點頭，她便開始講，說起了死於愛滋病的鄰居，也說起了第一個男朋友，好像還說了小時候在孤兒院裡捉了螢火蟲用玻璃瓶裝起來的事。她說著，我聽著，腦子裡卻想著此刻扣子在哪裡。

不知道從什麼時候起，她就不再說了。

小火車在星光下的花田裡穿行，遍野都是薰衣草發出的淡淡清香，當車燈照亮一小片花田，我似乎看見有個穿著白色牛仔褲的人在薰衣草裡晃了一下，就喊了一聲：「扣子！」不覺中卻一把扶在身邊女孩子的肩上，連半刻都沒猶豫，就一把將她摟在懷裡，把自己的頭扎在她的肩膀上。

女孩子愣了愣，也抱住我的頭，輕輕地梳理著我的頭髮。

我知道，剛才的幻象不過是我的幻覺，正如佛家所言：一切幻象，皆因執迷不悟。

到了我的房子裡，我先打開音響，將她安頓好，然後去馬廐裡給馬餵夜草，餵完之後，站在馬廄外面，我突然心如刀絞。

回到房子裡，我們做愛了。

在德布西〈伊貝利亞〉的樂聲裡，我的全身上下空空如也，完全陷入一個讓我眼前發黑的漩渦。身下的女孩子急促地喘息著，雙手將我的身體抱住，我使出全身的力氣，使她喘息，使我喘息，我盼望就此永遠葬身於風尖浪底。

「扣子！」我叫著扣子的名字，卻恨不得天上的雨水淋死我，恨不得地上的螞蟻踩死我。

「扣子！」我匍匐在女孩子的身體上，一邊使出全身力氣，一邊將頭埋在她的肩膀上，來回摩挲著她脖頸處細細的絨毛，又哽咽著叫了一聲，「扣子！」

我自己都不知道，其實我一直在叫著扣子。

就在此時，我聽到了哭聲，先是如我一般的哽咽，短暫的瞬間裡，突然就號啕了起來，哇哇地哭著，也在哇哇地說著——是我身下的女孩子哭了。我抬起頭來，她的臉上滿是淚水，唸著一個我從未聽過的名字，似乎是叫「柴崎」，還罵著日語裡的髒話，突然，一把將我推開，跳到床下去穿衣服。

我赤身裸體坐在床上，看著她穿好內衣，又迅速地將外面的衣服套好，一把拿起背包要往身上背。我害怕了，我心慌了，一下子從床上跳下來，趕在她之前先將門抵住了：「扣子，求你了，不要走！」

她還沒來得及說話，我卻三兩步跑到床前的寫字桌前，推開散亂的稿紙，再推開一大堆德布西的CD，找到一張褐色封皮的存摺，舉著它，三兩步跑回來，一不小心，被凳子絆倒在地。絆倒了我也不管，半跪著爬過去，抓住她的腿：「扣子，不要走，我有錢了，可以給你治耳朵了。」

說完這句話，除去〈伊貝利亞〉的樂聲還在迴旋，房子裡再也沒有了聲音。

我又絕望地看清楚了：這並不是我的扣子。

她也愕然了，盯著我看，終了，嘆口氣，伸出手來，撫了撫我的頭髮，之後，她背上背包，打開門，走了出去。一出門，她就狂奔了起來。

我跪在門前，一直看著她跑出了日之出農場，消失在「景觀之路」上，就彷彿沒來過一樣。不到一分鐘，我突然恢復了神智，擔心起她的下落，擔心她不知道在哪裡上車，就站起來朝「景觀之路」上追過去，反正農場裡外都沒什麼人，我也就沒穿衣服，照樣赤身裸體。

可是，哪裡還有她的影子呢？

目力所及，只有在星光下隨風起伏的薰衣草。

悵然回到農場裡，我不想睡，進房間去點了一支七星菸抽上，坐在門口，對著門前的草地發呆。不經意間，一眼瞥見剛才的女孩子留在草叢間沙土裡的腳印，悲從中來，走過去，赤身裸體地在那一雙腳印上匍匐下去。

腳印在我身體之下，即是扣子在我的身體之下。

我並不知道，直到此時爲止，這個夜晚對於我其實才剛剛開始——僅僅半個小時之後，我就要接到扣子的電話了。

七月裡，筱常月死了。

二十三日，是《蝴蝶夫人》在札幌公開演出的第一天。我起了個大早，想著即將開始的公演，心裡就覺得說不出來的舒爽。花了十分鐘洗漱完畢，喝了一杯涼開水便跑出日之出，徑直往筱常月的家裡去。走近了，正好碰見筱常月關好院門，拿著戲裝朝那輛紅色寶馬走去，便過去輕鬆地和她打個招呼。所謂戲裝，其實就是做工考究的和服。前幾次和她見面時就已經商量下來，戲裝一律還是和服，至於平克爾頓，穿當時那個時代的美國海軍軍裝就可以了。不過說起來，又有幾天不曾和她見過面了。自上個星期起，她就將排練的地方遷到了正式公演的北海道國立劇院的舞臺上。

最近一段時間，閒來無事的時候，我經常會想起上個月的一件事情：我和筱常月去札幌的中國用品店裡買琵琶；中午，我們在紅磚廳舍附近的一家中華料理店吃淮揚菜，菜上齊之後，筱常月剛剛喝了一口紅酒，全身上下突然戰慄起來，她哀求般地對我說：「我冷，抱抱我，可以嗎？」

我走過去，抱住了她的肩膀。

三天前，她從札幌回來後，來找過我，我們一起在花田裡的田埂上散步，她曾問過我一個問題：「要是我們死在日本，算不算像受了傷的畫眉一樣死在半路上？」

當時我是怎麼回答的？現在竟是一點也想不起來了。管他的呢，反正唯一能把握的只有此刻而已：此刻筱常月也應該是和我一般高興的。

她的心情果然不錯。坐上車以後，她笑著回過頭來，對坐在後排座位上的我說：「有沒有沒發現——我的房子實在是很漂亮？」

「當然。」我愉快地點頭。

「那麼，乾脆——」說著，筱常月好像下了多麼大的決心，「時間還早，我們開著車兜兜風吧？」

「好主意。」我說。

這樣，紅色寶馬便朝著和札幌相反的方向開了出去。天色雖說尚早，沿途的牧場上卻已經有不少牛羊在悠閒地吃草了。不知道爲什麼，汽車在隱約的霧氣裡穿行，汽車上的我卻覺得通體上下都十分清醒，就像和天地萬物都打通了一般。行至三十里外遊客們乘坐拖曳傘的那段丘陵上，我腦子裡突然湧起了一句話：「莫道君行早，更有早行人」——由冬天的滑雪斜坡改造成的拖曳傘滑行場已經站滿了遊客，都排好了隊在等著先行了一步的人騰出拖曳傘。

然後，往回開，路過筱常月的房子的時候，她將車開進了環繞房子的櫸樹林，繞著用扶桑匝成的圍牆開了一圈。我很是詫異，完全沒想到她會繞著自己的房子去開一圈，但是也沒去問她。車開得很慢，我也和她一樣，看著眼前這幢西式小樓的白色窗子、窗子上的風鈴和院子裡的漂流木桌椅。

從櫸樹林裡出來，車開上了「景觀之路」，筱常月說了一聲：「實在是很漂亮——我的房子。」接著，似乎嘆了一口氣，「去了那邊，也不知道還能不能住上這樣的房子……」

「你要去哪兒嗎？」我問。

「哦，不去哪兒。」她沒有回頭，兩手優雅地握著方向盤，似乎笑了一下，問我，「對了，最後那一場，蝴蝶手裡那把匕首上刻的字，我想用日文唸出來，你覺得怎麼樣？」

她說的是蝴蝶夫人巧巧桑臨死之前的一場戲。那時，巧巧桑讓女僕將自己的孩子帶到門外，然後，取下掛在神像下的祖傳匕首，拿在手裡反覆讀著刻在匕首上的字：「寧可懷著榮譽而死，決不受屈辱而生。」就在這時候，門開了，女僕從門縫裡把孩子推進來，巧巧桑抱住孩子痛哭，終了，還是讓孩子在蓆子上坐下，找了一面美國旗和一個洋娃娃讓他獨自玩耍，再將他的眼睛紮起來，自己提著匕首走進了屏風後面。

「我問過了，在祖傳的東西上刻字是許多日本人的傳統，觀眾也都是日本人，假如在這時候用日語來唸刻在匕首上的字，一定更能打動觀眾吧，好像這樣演起來就一下子把昆曲和普通的日本人拉到了一起。你看呢？」筱常月問。

我想了想，說：「好。」的確如此，不過是一句普通的臺詞，用日語唸出來，除去將昆曲和觀眾拉得更近，也更添了一份特殊的韻味。

到了札幌，我們要做的第一件事並不是進劇場裡去走臺，而是找百貨公司去買匕首。

「排練的時候，一直是用的一把塑膠匕首。」筱常月說，「今天還是該買把講究一點的吧。」她說的自然不會有錯。依我看來：一齣戲，要麼乾脆不演，一旦決定要演，便不能忽視任何一個細節。

在我的想像裡，我們要買的匕首應該要比尋常的匕首稍微大一點，但也大不了太多，不是太考究的那種，刀柄只以牛皮包裹就好，只有這樣，才不至於太不像巧巧桑那個時代的東西。可是，去了幾家百貨公司，我和筱常月對裡面賣的匕首都不滿意，刀刃大都過於閃亮，刀柄處也都太過流光溢彩。總之是不滿意。

眼看著走臺的時間快到了，我便勸筱常月先去劇院，我留下來慢慢尋訪即可。可是她卻說非要留下來不可，一臉堅決的樣子倒是我從來不曾見過的。

直到八點鐘都過了，我們才在北海道大學校園的一家商店，買到一把用牛皮包裹刀柄的匕首。我和筱常月都是一眼看中的。付了錢之後，筱常月沒急著走，說想試試它鋒利不鋒利。按理說鋒利與否對演戲來說關係不大，但是我的心情一直不錯，便說了一聲「好辦」，找售貨小姐要了一張砂紙，再讓筱常月用兩手半舉著，我拿著匕首當空劈下，砂紙應聲一分爲二，果真是削鐵如泥。

九點半鐘，演出終於開始了。

開始之前，我坐在第一排的位置上，還是感到了緊張。因爲不管怎麼說，這也是我親手寫的劇本第一次在劇院舞臺上演出。劇院裡不許人抽菸，我想分散一下自己的緊張，就盯著劇院兩邊牆上亮著的螢光牌看，依稀看見上面有幾排字，似乎是「北海道民族藝術祭」之類的話，這個我倒還留有印象，第一次和筱常月見面時，她就曾告訴過我這個藝術節。

當鑼鼓聲響起，身著和服的筱常月在女友的簇擁下從布幔後面走出來，我的身體竟至一陣顫抖。

她甚至還沒開口，我就知道，這歷時一個半小時的演出，一定會傾倒我身邊所有的人。

當她穿上繡著蝴蝶的和服上場，一時間，我就覺得自己看見了眞正的巧巧桑。

十點五十分，筱常月死了——

所有的人都看見她提著匕首走進了屏風，卻不會有一個人看見她再從屏風背後走出來！

此前，掌聲不斷在劇場裡響起，我的身體就在掌聲裡顫慄著，當舞臺上的筱常月一把抓過掛在神像下的匕首，我淸晰地感覺到鄰座的一位中年夫人也是一陣顫抖，低叫了一聲，抓住了自己的胸口。

但是，筱常月再也沒有從屏風背後走出來。

劇院裡一片死寂，舞臺下的觀眾全都以爲這短暫的冷場原本就是情節的一部分，只有我如遭電擊，大聲地喘著粗氣，滿腦子掠過的只有一樣東西：除了匕首，還是匕首。

遲早要來的一步還是來了。

兩分鐘的死寂之後，布幕關上，一個身著和服的女孩子走上臺來宣布演出已經結束。儘管有些愕然，但觀眾們畢竟已經被絕倫的演出傾倒，還是高興地談論著開始離場。只有我，繼續坐在座位上，紋絲不動，兩隻眼睛死死盯住布幕——在布幕被徹底關上的一刹那裡，我看見舞臺上幾乎所有的人都奔向筱常月走進去的那扇屏風。

匕首，刀柄用牛皮包裹的匕首，一刀下去就能要了人命的匕首……

當我穿過離場的觀眾走上舞臺，掀開布幕，走到屏風背後，撥開亂作一團的人群，第一眼看到的是一朵薰衣草的花蕊，害羞地躲在筱常月的和服上繡滿的蝴蝶中間。我知道，那其實不是薰衣草的花蕊，是從筱常月脖子裡流出來的血，流成了花蕊的模樣。我跪下去抱起她的時候，匕首還插在她的脖子上，還有血在源源不斷地湧出來——

只是，她是笑著的，儘管笑容也掩飾不住她與生俱來的落寞。

薰衣草，草本紫蘇科植物，原生於法國南部，適合高地氣候，抗晒抗雨能力低，栽培環境必須乾爽、清涼、通風，因此極難栽培。

一個星期後，我和工人們出海歸來，正在花田裡的田埂上走著，工人送來了筱常月臨死前一天給我發出的信，信是這樣寫的：

一下筆，我就知道，我的故事終於還是講不出來了，哪怕是現在，再過幾十個小時，戲就要演了，我也該走了。

還記得問我爲什麼想請你改編《蝴蝶夫人》？當時沒有回答你，一來是因爲不知道該怎樣回答好，二來就是想等到現在才說。可是，提起筆的一剎那，我就知道，還是不行，膽子太小了，這不是第一次——前兩次都約好了一起死，結果，我前後兩個丈夫都死了，我還是活了下來。

我的兩個丈夫在世時都和我一樣喜歡《蝴蝶夫人》，覺得那個女孩子可愛，不過從來沒想過有一天自己會去演她。這是突然想到的，一想到，我就知道自己這一次是非死不可了。我是個唱了十幾年昆曲的人，現在又唱著昆曲去死，不知道這算不算是天意。

怎麼把匕首拿在手裡，怎麼走到屏風後面去，怎麼把匕首刺進脖子，這些問題已經想過好多遍了，應該是不會出什麼問題，只是覺得對不起看戲的人，不管怎麼樣，畢竟還有兩分鐘的戲沒辦法演下去了。

至於北海道這邊「七年祭」的傳說，相信不相信其實都是無所謂的事，我也未見得就有多麼相信，現在想起來，無非是想多找點東西來給自己當動力罷了。不管怎麼說，死是早就決定的事，所以，想給你講自己的事不是想爲了活下去，而是想沒有任何負累地去。

我這個人，一輩子就是膽子太小了，你不知道，每天晚上，窗户上的風鈴響一下，我就嚇得睡不著覺。可是，爲了讓自己能夠順利地去，我就故意不去把那串風鈴從窗户上取下來。還是沒把自己的事情對你講出來，就是因爲這個緣故。不過，你好像說過脫胎換骨要經過三生三世，這樣一想，就覺得該自己負累的東西還是負累著去吧，將來會怎麼樣，三世以後再說。

我只能對你說：我愛過兩個人，愛得滿身都是罪孽，是小說家都想像不出的罪孽。

哦對了，排練太忙的關係，你的報酬一直沒來得及給你，剛才出門來札幌之前去找過你，沒找到，就把錢放在馬廄外面的乾草堆裡，你一定要記得拿回去。實在抱歉，手邊的現金只有那麼多了。還有，剛才，在舞臺下的觀眾席上坐著，突然想起你寫的一句臺詞，是蝴蝶臨死前唱的：走此一遭，不過如此。我死了以後，這句話刻在墓碑上倒是很好，不過又一想，還是算了，拋不下的、不敢說的我都帶走，不該留下的也還是不要留下吧。

信就寫到這裡。她似乎還想寫下去，可能剛好寫到這裡有人來叫她了，於是只能戛然而止，如同她帶走的謎團。

每個人的心裡都有一個謎團。

我也有，可是我知道我的謎底，那就是扣子。我拿著筱常月寫給我的信，心裡想著扣子，在田埂上發足狂奔，跑過綿延起伏的薰衣草，跑過呼嘯著駛向札幌的觀光小火車，跑過馬廄邊的乾草堆，跑到了試驗田附近的一片湖泊前，想都沒想就跳了下去。

扣子，我們不得不分開了！

我想告訴你一件事情——你已經不在我的手裡了。你已經被我放進墓穴裡去了。

天已經亮了，清晨的東京全然變成了一座霧都，扣子，你那裡現在也有這麼大的霧嗎？再過一會兒，我就該從你身邊離開，退到櫻樹林之外去了，不如此，便會招來工人的懷疑；不如此，我就沒辦法給你找到長眠之地。扣子，別怪我，我非和你分開不可了。不過，我知道，你是不會怪我的，你只會保佑我。

讓我想像一下你此刻在做什麼吧：和筱常月在一起？或者和金英愛在一起？要麼，就是站在火車站的站臺上打算給我打電話？你那邊也應該是有火車站的吧，在北海道，我一個人進電影院去看過一場電影，名字就叫《下一站，天國》。

扣子，我就要走了！

舉步之際，卻突然想起你給我打電話的那個晚上。是啊，在北海道，我一共只接到過兩個電話和兩封信，其中的千迴百轉，我這一生只怕是再也不會忘記了。好吧，扣子，趁著工人們還沒來，我就再給你說說那個你打電話來的晚上吧。

那天晚上，在門外的草地上坐了半個小時，我回了房間，躺在床上聽著德布西，於一支支地抽著，手持電話上〈悲嘆小夜曲〉的鈴聲突然響了起來。我也不知道是怎麼了，甚至在半秒鐘之內就確認電話是你打來的，因爲根本就沒有人打來過。我一躍而起，跑到寫字桌前去拿手持電話，也沒去辨認螢幕上的電話號碼，就先對著話筒喊起來了：「扣子，你現在在哪裡？我馬上就來找你！」

話筒裡除去線路不好造成的雜音之外再無別的聲音。

「扣子，你別掛電話——」我繼續說，「不管你聽得見聽不見，都不要掛，我們慢慢想辦法，我一定有辦法找到你。」

就在這時候，我聽到了你的一聲咳嗽。

咳嗽聲很大，我終於可以再次確認，你的耳朵眞正是什麼也聽不見了，已經對所有的聲音都沒了感覺。扣子，你不知道，時已至此，我還是無時不在心裡抱著僥倖：希望你的耳朵偶爾還能聽見一點東西，希望你能在偶爾聽見的時候給我打來電話，我們一起商量碰面的地點。是啊，我還有足夠的把握，勸說你同意我去找你。

可是，你眞正是什麼也聽不見了，如此一來，你也就眞的什麼也不會說了。這麼長時間以來，只要我想起你，就一定會想起用油漆寫了滿滿一牆壁的「藍扣子是個啞巴」。想躲也躲不走，想繞也繞不開。

「扣子，你別掛電話——」我把這句話重複了好幾遍，神經質地拿了一支七星菸放在嘴巴裡，又神經質地拿下，終至捏碎。突然，我想出一個主意，頓時急不可耐地說：「不管你聽不聽得見，都不要掛，一直拿著，讓我聽聽你身邊的動靜，這樣我就知道你在哪裡了，好不好？」

明明知道你聽不見，可我還是要說，因爲這是最後一根我還可以抓住的救命稻草。

也不知道是怎麼了，你好像聽見了我的話，果眞沒掛電話，又咳了起來。一時之間，我以爲自己已經如願，激動得不知道如何是好，恨不得對著看不見的上帝跪下磕頭，一下子又想起你的咳嗽聲，便問：「你感冒了？哦對了，你別管我說什麼，別掛電話就好了。

「呵，我現在每個月的工錢都能存下三分之二，ＣＤ也買得差不多了，不想再買了，加上筱常月給我的錢，兩個人過生活足夠了。我沒寫小說，每天就是餵餵馬，再到工廠裡去做做工，有空的時候就和別人一起出海捉大馬哈魚，兩三天下來就能裝滿滿一船回來，味道可不怎麼好吃，太腥了。

「還有，我到札幌的醫院裡去問過，說你的耳朵還是有救的，就是要慢慢來，治療費雖然貴，可是要是我們兩人一起打工的話，應該可以維持得來。富良野這一帶，還有美瑛和美馬牛，遊客多，工作也好找，你來找的話就更好找了，呵呵。

「扣子，我來矯情一下吧？其實還是那句話：我離不開你。我們兩個，都是沒有父母的人——扣子！」

話筒裡突然傳來一陣火車駛過的聲音，電話斷了。

與此同時，我的心口又像是正在被針扎下去，大喊了一聲「扣子」，又接連喊了幾聲，可是，電話終於還是斷了。

我頹然看著手裡的手持電話，自從來到北海道，它幾乎和我寸步不離，當我心慌意亂之時，就忍不住去把它拿在手裡把玩，漸漸才能平靜，時間長了，已經顯出陳舊的痕跡了。過了不到一分鐘的時間，我的頭腦中靈光一閃，想起了掛電話之前話筒裡傳來的火車的轟鳴聲，儘管還想不清楚，但是我馬上就開始穿衣服。此前其實我還一直是赤身裸體。穿好衣服，我還是把手持電話拿在手裡把玩，點上一支菸絞盡腦汁。說來也怪，我腦子裡就像有一條鐵路在慢慢伸展開去，一直伸展到天際處，扣子就站在其中的一個站臺上坐著，發著呆，頭頂上還有一面廣告牌。

廣告牌！可口可樂的廣告牌！

有一個地方慢慢在我眼前浮現了出來，幾乎在它浮現出的第一時間，我就認定扣子必定就是在那裡——那個不知名的站臺，扣子曾哈哈笑著從火車上跳下去的站臺。

一定是。

直到這個時候，我才想起要去看手持電話裡還儲存著的電話號碼。竟然是東京的區號。想起那個小站臺離東京並不遠，應該還是屬於東京都管轄的某一地區，我激動得竟至手足冰涼，再跑到寫字桌前推開散了一桌的書和CD，抓起一把紙鈔，打開門，跑了出去。

我的目標一定要達到，我的目標也一定能夠達到。

觀光小火車已經停開了，巴士也停了，我站在公路中間等著能夠捎我一程的人，心裡已是算計好了：一刻鐘等不到捎我一程的過路車的話，我就去找筱常月，請她送我去，只要一直順著鐵路線往東京開，我總能找到那個小站臺。

我不斷看著手持電話上的時間，僅僅過了八分鐘，來了一輛老爺車，我攔下了，我甚至還來不及請求，開車的老人就對我招了招手，我便趕緊跑過去，打開後車門坐在後排的座位上。不用問也知道，這個鬚髮皆白的老人肯定是個畫家，看樣子還在富良野住了不短的時間：他身邊的座位和整整一排後座上都堆滿了已經完成的油畫，此外還有不少空畫框，應該是買了帶回家繼續用的。富良野這邊用櫸木做的畫框原本就十分有名氣。

我便在滿車的畫框裡蜷縮著，聞著刺鼻的油畫顏料味道，和這個老畫家有一句沒一句地聊著什麼，主要是他說話，我則實在沒有心思。

「我說小子。」快到札幌的時候，老畫家叫了我一聲，「這麼晚你還到札幌來幹什麼？」

我心不在焉地應了一句：「……打算去東京。」

「哦？」他哈哈笑了起來，「這麼晚通宵火車可是沒有了啊，去東京赴女友的約會？」

我想都沒想，便說：「是。」

「不要怪我多嘴啊——」他繼續笑著問，「很長時間不見了嗎？」

「是。」我還是想都沒有想便告訴他，「很長時間不見了，不過，這次我一定能見上。」

「我說小子，我的雪茄完了，給我支菸吧。」他說。我趕緊找了一支菸，點上火後遞給他，他接過去之後大大吸了一口，「七星菸抽起來也不錯嘛，以後我就抽它了。我說小子，你怎麼不問我這是要去哪裡？」

我也正在點火，聽罷他的話便停下來茫然看著他，問道：「難道是去東京？」

「哈哈，你小子不笨嘛！我就是要回東京，可以送你去想去的地方。怎麼，沒想到深更半夜我一個老頭子開車回東京吧。」

「是。」我乾脆老實回答，還是忍不住疑惑，「可是，老先生——」

我的話還沒說完，這位鬚髮皆白的老人就打斷了：「叫我大猩猩吧，我的朋友都這麼叫我。我雖然快八十歲了，自己可是一點也不覺得老啊。奇怪我爲什麼這麼好心送你去你要去的地方吧，很簡單，六十年前我比你更瘋狂，爲了喜歡的女孩子，半夜裡醒來了，想得不行，就馬上到碼頭上去坐到上海的客船，哈哈。」

「……」

「小子，坐穩了，我可要加速了！」我還在恍惚著的時候，老畫家，哦不，是大猩猩，已經提高了車速，老爺車猶如離弦之箭疾駛而去。車速提起來之後，他又哈哈大笑了起來。

幾年之後，我從報紙上偶然看見了大猩猩辭世的消息，終於得知：他的原名叫山下鏡花，是日本油畫界的泰斗級人物。

也是和今天一般的淸晨，也是和今天一般的霧氣，我終於看到了那個小站臺，可是，那面可口可樂廣告牌之下卻沒有你，扣子。說實話，扣子，直到此刻爲止，我才第一次眞正感到：你的一生裡，我的一生裡，我們再也沒有見面的那一天了。大猩猩把老爺車停在站臺對面的鐵路邊，我發瘋地盯著站臺上的一景一物，發瘋地絕望，忘記了下車。

「小子。」大猩猩轉過頭來問我：「怎麼不下車？是那個女孩子沒來嗎？」

於是，我夢遊般地下了車，夢遊般地往站臺上走，走到鐵軌中間時，大猩猩叫住了我：「小子，爲女孩子哭可不是什麼丟人的事。」一語既畢，我便再也忍不住了，想了又想，還是仰面在鐵軌上倒下了。

我的小小水妖。我的小小母親。

扣子，這些，你斷然是不知道的。好了，掌嘴，不說這些了，要說就說現在吧。可是，現在，我們眞的不得不分開了：包裹著我的瀰天大霧正在消散，天際的一團光暈正在撞破雲層，扣子，你知道，那就是太陽。你那邊也有太陽嗎？你那邊也起了霧嗎？

我還記得，筱常月死去之後的好長一段時間，北海道每天早晨都會漫起鋪天蓋地的大霧，我在大霧裡長跑，順著「景觀之路」一直跑到札幌，汗流浹背，幾乎虛脫，卻一點都不覺得累。是啊，就是不想讓自己的身體閒下來。

除了餵馬放馬和在工廠裡做工之外，我一下子又多做了好幾份工作，最主要的就是送報紙。

說起來，這倒是我的老本行。日之出農場是富良野這邊最大的農場之一，所以，送報並不是輕鬆的差事，一趟報紙發下來，大半個上午也就過去了。閒下來的時候，我也和別人一起出海，歸航時，坐在堆成了山的大馬哈魚中間，看著追船逐浪的鷗鳥，只要頭腦裡浮出半點東京的模樣，我就掌自己的嘴。只要不出海，每天晚上，我還是要像早晨一樣長跑到札幌，有時候，在跑的路上心猿意馬了，我就把手持電話拿出來狠狠地攥，狠狠地攥，如此這般，便總是能平靜下來，繼續往前跑。總之，不讓自己的身體閒下來。

日子也就這麼一天天往下過。

八月五日，我出海回來，剛剛下了船，接到來了北海道之後接到的第二個電話。電話接通之後，對方說是東京的新宿警視廳，問我是不是某某人，我暗暗奇怪他們會有什麼事情找到我，卻也點頭稱是，對方便找我要現在的通信地址，我也如實告知了，結果，正要問他們找我所爲何事的時候，話筒裡傳來一陣噪音，聽上去似乎有什麼緊急事件，電話便戛然而止了。等我再打電話過去，卻是無人接聽，連打了幾次都是無人接聽。

一個星期後，我餵完馬從馬廄裡出來，接到來了北海道之後接到的第二封信，信封上的落款是新宿警視廳。打開來，信是這樣寫的：

本年度八月二日，新宿車站南口發生車禍，一不明身分女子當場死亡，遺物爲一只亞麻布背包，包中計有手持電話一只、現金三百五十圓、衛生棉一袋，因該女子手持電話中儲存有閣下電話號碼，特致函閣下核實該名女子身分，熱忱期待閣下回音。

扣子，已經是早上八點鐘了，霧氣照常散去，太陽照常升起，廣場對面的愛爾蘭酒吧也照常開了門，扣子，我也要走了，眞的要走了。

不過，我不會走得太遠，離這裡稍微遠一點就可以，我要找個地方坐下來，看著金英愛的骨灰被送到這裡，看著你們作鄰居，看著你們一起被塵沙掩蓋，澆上水泥，蓋上花崗岩石塊，看著你永遠從我的視線裡消失。

可以告訴你的是，我的心並不會跟隨你一起被塵沙掩蓋，它就在我的身上。我知道，這也正是你要叮囑我的。你放心，我會讓你保佑它，讓它控制我。以後我要好好餵馬，好好送報紙，機緣到了，我大概也會去讀大學，就在北海道讀，你看怎麼樣？你知道爲什麼？算了，爲了不讓你訓斥我，我還是自打自招：原因就是我把你埋在了東京，而我還打算回北海道去——無論我在哪裡，每隔一段時間，我總會來一趟東京看你，由此，我和東京、我和身邊的世界，也就算是有了關係了。

我和這個世界終於有了關係了。

從明天起，我要做一個幸福的人：餵馬，劈柴，關心蔬菜；我還要建一所房子：面朝大海，春暖花開。

只是扣子，一個多星期了，我還是經常忍不住去想你那邊的世界究竟是什麼樣子。總也想不清楚，像過去一樣，到頭來就是一串不相干的畫面——先是你一個人在一所空曠的房子裡請碟仙，有人來敲門，打擾了你，你怒氣沖沖地開門，將亞麻布背包砸到對方身上，然後再將門狠狠關上；

不知怎麼，突然就有一大群人在一片茵波花海之中縱情歌舞，你自在其中，不過既不唱也不跳，只懶洋洋地喝著啤酒；之後，你和金英愛，還有阿不都西提，一起來到了一條河上，划著一艘船，行至奈何橋，叫喚著奈何橋上徘徊的筱常月，再一起往前划，此時，岸上好像有一個馬戲團的小丑正在表演，你看了一會兒，哈哈大笑起來，笑得連腰都直不起來，連連說：「靠，眞是I服了You！」

扣子，我還想問你一個問題，一隻畫眉，一叢石竹，一朵煙花，它們，都是有來生的嗎？我不問它們的前世，我只問它們的來生，呵呵，你又要戳穿我的陰謀詭計了吧，是的，我其實是想問你和我的來生。在來生裡，上天會安排我們在哪裡見第一次面？是在中國，還是在日本；是在東京秋葉原的那條巷子，還是在遙遠的北海道富良野？

上天還會讓我們在來生再見嗎？

你快說呀，扣子。

手捧金英愛骨灰的人已經走過來了！

快說呀，扣子。

你不說就由我來說吧，我希望是——表參道，沒想到吧？

我希望是這樣：我抽著七星菸，喝著冰凍過的啤酒，在夜幕下的表參道上閒逛，逛過一路的畫廊、咖啡館和「降臨法國」大樓。在茶藝學校的門口，時間剛過晚上九點，突然有一根手指在背後抵住了我的腦袋，與此同時，背後響起一個壓抑住笑意的聲音：「放下武器，繳槍不殺。」

國家圖書館出版品預行編目資料

滴淚痣／李修文著.－－初版.－－臺北市：大塊文化，2003【民92】
面；　公分.－－(catch；67)
ISBN 986-7600-21-5(平裝)

857.7　　　92020543

105 台北市南京東路四段25號11樓

廣告回信
台灣北區郵政管理局登記證
北台字第10227號

大塊文化出版股份有限公司 收

地址：□□□ ＿＿＿＿市／縣＿＿＿＿鄉／鎮／市／區

＿＿＿＿路／街＿＿段＿＿巷＿＿弄＿＿號＿＿樓

姓名：

請沿虛線撕下後對折裝訂寄回，謝謝！

大塊 LOCUS 文化

編號：CA 067 書名： 滴淚痣

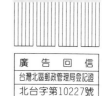

大塊文化 讀者回函卡

謝謝您購買這本書，爲了加強對您的服務，請您詳細塡寫本卡各欄，寄回大塊出版 (免附回郵) 即可不定期收到本公司最新的出版資訊。

姓名：____________________ **身分證字號**：____________________

住址：____

聯絡電話：(O)____________________ (H)____________________

出生日期：______年______月______日 E-mail: ____________________

學歷：1.□高中及高中以下 2.□專科與大學 3.□研究所以上

職業：1.□學生 2.□資訊業 3.□工 4.□商 5.□服務業 6.□軍警公教 7.□自由業及專業 8.□其他________

從何處得知本書：1.□逛書店 2.□報紙廣告 3.□雜誌廣告 4.□新聞報導 5.□親友介紹 6.□公車廣告 7.□廣播節目8.□書訊 9.□廣告信函 10.□其他____________

您購買過我們那些系列的書：

1.□Touch系列 2.□Mark系列 3.□Smile系列 4.□Catch系列 5.□home系列 6.□幾米系列 7.□from系列 8.□to系列 8.□acg系列

閱讀嗜好：

1.□財經 2.□企管 3.□心理 4.□勵志 5.□社會人文 6.□自然科學 7.□傳記 8.□音樂藝術 9.□文學 10.□保健 11.□漫畫 12.□其他_____

對我們的建議：____

____

____

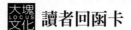

LOCUS

LOCUS

LOCUS

LOCUS